第一辑

MENGZIXUE DIYIJI

组编　邹城博物馆

主编　邵逝夫

孟子學

齐鲁书社
·济南·

图书在版编目（CIP）数据

孟子学. 第一辑 / 邹城博物馆组编；邵逝夫主编.
-- 济南：齐鲁书社, 2024.1
ISBN 978-7-5333-4806-9

Ⅰ.①孟… Ⅱ.①邹… ②邵… Ⅲ.①《孟子》－研
究 Ⅳ.①B222.55

中国国家版本馆CIP数据核字(2023)第225976号

封面题签：林锡泉
责任编辑：许允龙　张　涵
封面设计：刘羽珂
版式设计：赵萌萌

孟子学（第一辑）

邹城博物馆 组编　邵逝夫 主编

主管单位	山东出版传媒股份有限公司
出版发行	齐鲁书社
社　　址	济南市市中区舜耕路517号
邮　　编	250003
网　　址	www.qlss.com.cn
电子邮箱	qilupress@126.com
营销中心	（0531）82098521　82098519　82098517
印　　刷	日照日报印务中心
开　　本	720mm×1020mm　1/16
印　　张	23.5
插　　页	6
字　　数	360千
版　　次	2024年1月第1版
印　　次	2024年1月第1次印刷
标准书号	ISBN 978-7-5333-4806-9
定　　价	88.00元

《孟子学》编委会

目　录

发 刊 词

一

儒者之学，一言以蔽之，曰：人学也。所谓人学，即成人之学。生而为人，自有人之为人的准则，惟有履行这一准则，方可称为成人——成为真正的人。儒者便是切实履行这一准则以求成人的人，儒者之学便是为了阐明这一准则，并指示何以履行这一准则的学问。此学肇始于人祖伏羲，发扬于炎、黄二帝，兴盛于尧、舜、禹、汤、文、武、周公，至孔子而后集大成。孔子删《诗》《书》、定《礼》《乐》、系《易》、作《春秋》，所欲明于世者，无非此学。孔门三千弟子，七十二贤人，惟颜子得其神韵，惜乎早逝；曾子得其精粹，著《大学》、述《孝经》。曾子传诸子思子，子思子撰《中庸》，继而孟子起，私淑诸圣，述七篇而贻矩，后世追为亚圣。孟子逝后，此学竟不得其传。

惟孟子道性善，以察端为要津，示知言、养气之教，明尽心、知性、知天、存养、修俟之工夫次第，成人之学，更无遗说。故韩文公（愈）赞之，乃曰"功不在禹下"；陆象山（九渊）誉之，则曰"十字打开，更无隐遁"，此皆知者之言。其学虽不得其人而传，其文则幸存而不坠。时至北宋，治教修明，乃有周濂溪（敦颐）、程明道（颢）、程伊川（颐）、张横渠（载）、邵康节（雍）诸子出，此学渐得复明。南渡而后，有朱子（熹）出，乃集其大成。与朱子同时，有张南轩（栻）、陆象山。至于明，则有陈白沙（献章）、王阳明（守仁），其后又有刘蕺山（宗周）、王船山（夫之）等。此学复又蔚然大观。观乎诸大儒之论，莫不以续孟、述孟、宗孟为己责，故知孟子真无负乎"守先待后"之名。哀哉！经由清朝、民国诸学人的混淆视听，加之近世西方消费主义的急剧扩张，人欲之肆，无过乎今。"天下熙熙，皆为利来；天下攘攘，皆为利往。"太史公此言，可谓今日写实。以义利之辨为始的孟子学，难免会为世人谓为迂阔。反观学界，研究孟子学者亦非少数，惟大多以对象视之，往往少有反身体贴、躬行实践者。更有甚者，竟拟以提倡性恶的荀子替代孟子。

韩文公又曰："求观圣人之道者，必自孟子始。"然则，孟子之学可不弘欤？吾辈虽不敏，然幸于成人之学略有体味，不敢自弃，故不揣浅陋，勉为此《孟子学》辑刊，意在略略弘扬孟子成人之学于今世。

二

今日学问的当务之急，莫过乎返本开新，此乃学坛之共识。然而，返本，当以何为本？开新，又当以何为新？此则往往仁者见仁，智者见智。惟成人之学，自有其大本在，亦自有其开新处，实不容妄议。其本则曰性德。孔子之曰"仁"，《大学》之云"明德"，《中庸》之云"诚"，孟子之曰"仁义"，无非性德；至于"克己""修身""率性""尽心"等，则莫非立德之方。其新则曰随时变易，亦即应对所在时空之所需立说，以期解决现世之问题，惟其大本则不变。此意，孟子发之甚明，其论舜、文王，则曰："地之相去也，千有余里；世之相后也，千有余岁。得志行乎中国，若合符节。先圣后圣，其揆一也。"舜与文王，所处之地不同，所处之世亦异，其所作为，自当有所不同，然论其本，则一也。其论禹、稷、颜子，则曰"易地则皆然"，而指为"同道"。禹、稷、颜子之所为，无非应时应地，若其易位而行则同，故知其本则一。后世惟宋明诸大儒深得此意，如朱子赞二程先生，则曰："其于孔子、孟氏之心，盖异世而同符也。"成人之学实为求同之学问，其所异者，随需应变者也。

此心同，此理同。惟纯乎此心、全乎此理，又无过乎孔、孟二圣者。故知后世之论成人之学，同于孔、孟者，是为正学；异乎孔、孟者，即为异端。明乎此，则明返本开新矣。所谓返本，即返归乎孔、孟之学；所谓开新，即顺应时代之所需，转化落实孔、孟之学。简言之，开新实即对孔、孟之学顺应时代的换着说。吾辈之所欲为者，正是此一换着说。惟本末一贯，但得其本，自得其末，实能返本，自能开新。既欲换着说，务当先返归乎孔、孟之学，《孟子学》辑刊之责，又在乎此。

盖犹有说。成人之学，实为生命之学，要在反身躬行，切实成人；若以对象视之，以求知为目的，则有违乎孔、孟之教，亦非吾辈之意。此即儒者与儒学家之别。而今，儒学家遍出，儒者则罕见，然世无儒者，又遑论返本？今日吾辈之第一要务，即在呼吁儒者——激发世人成就儒者。此路漫漫，不积跬步，无以至千里。惟愿与有心君子共同努力，但问耕耘，莫问收获，假以时日，庶可无负乎亚圣之名矣！

三

学贵乎有本。古之云成人之学，或谓之为修己安人之学，或谓之为内圣外王之学，或谓之为天人合一之学。观其意，悉皆为有本之学。修己为安人之本，内圣为外王之本，天为人之本。反观今之学者，不务修己，却意欲安人；不求内圣，却妄想外王；不知天，却动辄论人。宜乎去古之学者远矣！

开新要在返本，返本在于务本。"君子务本，本立而道生"，何为务本？则可一言以概尽，曰：在心上用功。惟性为心具之理，但能从心而发，莫不率性而合理。故知"存其心"即"养其性"，"养其性"即"存其心"，心、性又岂可强分为二哉？今人论学，动辄以理学、心学为对峙者，妄论高下，实不知性为心具之理，心、性本为一体，理学依性立言，性即理也，心学依心立言，心即理也。一则曰率性，一则曰尽心，究其实，则并无二致。孟子尝曰：

> 尽其心者，知其性也；知其性，则知天矣。存其心，养其性，所以事天也；夭寿不贰，修身以俟之，所以立命也。

此语实可该摄理学、心学。则知，由孟子之学而下，即可贯通乎理学、心学；由心学、理学而上，亦可远溯至孟子之学。孟子之学，又无非孔子之教。故吾辈之所谓孟子学，自不限于《孟子》及孟子其人之探究与解析。古往今来，凡以成人为归宗的学问，皆可命之曰孟子学。

四

《尚书·泰誓》有曰："惟人，万物之灵。"《礼记·礼运》篇有云："人者，其天地之德，阴阳之交，鬼神之会，五行之秀气也。"又有云："人者，天地之心也，五行之端也。"濂溪本于《易》而撰《太极图说》，揭宇宙万物生成之由，其中亦云："惟人也，得其秀而最灵。"生而为人，真是一份幸运。惟此幸运背后，更有一份责任在，亦即有其"职分之所当为"者——生而为人，自有天职。惟尽其天职者，方才不负此生为人。

然则，天职者何？其必曰：生生。盖宇宙万物无非生生之体现，既为生生之体现，自当履行生生之职。万物之中，惟人最灵，而能推求以尽其生生之职。所谓生生之职，分而言之，曰好生、利生、尊生、护生、守生。人能尽其天职，纯然生生，便是与生生本体合一，便是与天合一。

宇宙万物悉皆为生生之体现，实乃一浑然整体。故而凡于生命有真实体验者，悉皆识得天地万物浑然一体之意。惟其同体，故于宇宙间之万物莫不好其生；惟其同体，故曰"天下兴亡，匹夫有责"（顾炎武语），故曰"宇宙内事，乃己分内事；己分内事，乃宇宙内事"（陆九渊语）；亦惟其同体，故能感而遂通，而有恻隐、羞恶、辞让、是非诸心。吾等既为天地间之一人，又何敢自弃？

横渠有四句教，曰：

为天地立心，为生民立命，为往圣继绝学，为万世开太平！

此实吾辈职分之所当为者，不容已也。"当今之世，舍我其谁也？"盍兴乎来！

孟子与孟子学

亚圣其人

刘培桂

在中国传统文化中，儒家学说占主导地位，已流传了两千五百多年。儒学由孔子而创始，得孟子而光大，故孔子被尊为"至圣"，孟子被尊为"亚圣"，儒家学说则被称为"孔孟之道"。孟子曰，吾"何以异于人哉？尧舜与人同耳"（《孟子·离娄下》。以下仅注篇名）。孟子虽被尊为"亚圣"，但是他自谓与一般人没有什么不同。为了解亚圣其人，本篇就从孟子的人生说起。

孟子的生平，司马迁在《史记·孟子荀卿列传》中首次作了记述。可惜仅有一百余字。其中直接记述孟子的有："孟轲，驺人也。受业子思之门人。道既通，游事齐宣王，宣王不能用。适梁，梁惠王不果所言，则见以为迂远而阔于事情。""而孟轲乃述唐、虞、三代之德，是以所如者不合。退而与万章之徒序《诗》《书》，述仲尼之意，作《孟子》七篇。"此外，在汉代人的著述中，还可见到有关孟子的记载，除有关孟母的传说外，其他基本没有超出《史记》所载内容。汉代以后，没有新的资料出现。其实，了解孟子生平最可靠的资料，莫过于《孟子》七篇。从七篇中，可见孟子生活的时代，可知曾与孟子共同相处的历史人物，更可了解孟子的政治主张、思想学说及主要活动等。

一、家世及生活的时代

孟子的家世，很难查到可靠的史料。后人虽然称鲁公族孟孙氏为他的祖先，但仅是猜测。孟子的父亲叫什么名字、母亲姓氏均不可考。关于孟子父母，《孟子》书中有"后丧逾前丧"的记载，即孟子办理母亲的丧事比办理父亲的丧事隆重。孟子名轲。字，则是后人编造的。生卒年月，不可详知。仅能从七篇中推测其生活的大体年代。孟子是战国中期邹国人，后世公认。但邹系小国，一般人对它了解不多。邹究竟是国是邑？邹、驺、邾、陬、鄹应如何分辨？以及邹与鲁的关系等，也曾让后人产生过误解与争议。

1. 名字　里籍

孟子，名轲。字，则没有留下确切的记载。

《孟子》书中，留下了孟子关于名字的自述。在与北宫锜的答问中，孟子说："……然而轲也尝闻其略也。"（《万章下》）在与宋牼的对话中，孟子说："轲也请无问其详，愿闻其指。"（《告子下》）乐正子曾问鲁平公："君奚为不见孟轲也？"（《梁惠王下》）

《史记·孟子荀卿列传》载："孟轲，驺人也。"

《汉书·艺文志》称："《孟子》十一篇。（名轲，邹人）"

东汉末，赵岐在《孟子题辞》中说："孟子，邹人也。名轲，字则未闻也。"

三国时，曹魏人作"徐幹《中论》序"（未署作者姓名），也说："予以荀卿子、孟轲怀亚圣之才，著一家之法，继明圣人之业，皆以姓名自书，犹至于今，厥字不传。原思其故，皆由战国之世，乐贤者寡，同时之人，不早记录。"从序中推测，作序人与徐幹（170～217）约为同时代人。

在孟子殁后五百多年，曹魏末年的王肃（195～256）作《圣证论》说："学者不知孟轲字，按《子思书》及《孔丛子》有孟子居，即是轲也。轲少居坎轲，故名轲，字子居也。"

西晋傅玄（217~278）著《傅子》，又说："……其后，邹之君子孟子舆，拟其体著七篇，谓之《孟子》。"

南朝人刘孝标在《辩命论》中，有"子舆困臧仓之诉"之句。（见《文选》）《文选·辩命论注》除引《傅子》原文注释此句外，又说："然子舆，孟子之字也。"

《孔丛子》则载："孟子车尚幼，请见子思。"（《孔丛子·杂训》）

至此，孟子的字则出现了子居、子舆、子车三个。

唐代颜师古（581~645）在为《汉书》作注时，对孟子的字就提出质疑："《圣证论》云：轲，字子车。而此志无字，未详其所得。"（《汉书·艺文志·颜师古注》）

南宋王应麟（1223~1296）在《困学纪闻》中说："孟子字未闻。《孔丛子》云：'子车，（注一作子居）居贫坎轲，故名轲，字子居，亦称字子舆。'《圣证论》云：'《子思书》《孔丛子》有孟子居，即是轲也。'《傅子》云：'孟子舆'疑皆附会。"

南宋朱熹（1130~1200）则对《孔丛子》的真伪提出了质疑："《孔丛子》说话多类东汉人，其文气软弱全不似西汉文字。兼西汉初若有此种语，何故略不见于贾谊、董仲舒所述，恰限到东汉方突出来？皆不可晓。"（《朱子语类》）

其实，在《汉书·艺文志》中就未见著录《孔丛子》。直到《隋书·经籍志》才著录在经类《论语》之后，称"《孔丛》七卷。（陈胜博士孔鲋撰）"。

清代焦循（1763~1820）撰《孟子正义》，对王应麟的观点表示赞同："王肃、傅玄生赵氏后，赵氏所不知，肃何由知之？《孔丛》伪书，不足证也，王氏疑其附会是矣。"（《孟子正义·卷一》）

近人罗根泽对前人关于孟子字的争议曾作概述："孟子字，古书不载。载之自王肃《圣证论》始。《圣证论》乃王氏妄制以难马（融）、郑（玄）者，漂渺纰缪，不足为据。至《傅子》以为字子舆，盖车、舆通用，仍袭王氏之误。《孔丛子》晚出伪书，更无足采。而辗转因循，久假成真。"（《孟子评传》）

孟子的里籍，《史记》《汉书》都有确切的记载：邹人。（《孟子荀卿列传》《艺文志》）

孟子居邹，《孟子》书中多有记述：

邹与鲁閧。穆公问曰："……"孟子对曰："凶年饥岁，君之民老弱转乎沟壑……"（《梁惠王下》）

滕定公薨……然友之邹问于孟子。孟子曰："……"……然友复之邹问孟子。孟子曰："……"（《滕文公上》）

任人有问屋庐子曰："……"……屋庐子不能对。明日之邹，以告孟子，孟子曰："……"（《告子下》）

曹交问曰："人皆可以为尧舜，有诸?"孟子曰："然。"……曰："交得见于邹君，可以假馆，愿留而受业于门。"（《告子下》）

孟子居邹，季任为任处守，以币交，受之而不报。……他日，由邹之任，见季子。……（《告子下》）

赵岐在《孟子题辞》中也说："孟子，邹人也。"还说："邹本春秋邾子之国，至孟子时改曰邹矣。国近鲁，后为鲁所并；又言邾为楚所并，非鲁也，今邹县是也。"

但是，赵岐接着又说："或曰：'孟子，鲁公族孟孙之后。'故孟子仕于齐，丧母而归葬于鲁也。三桓子孙，既以衰微，分适他国。"（《孟子题辞》）以至后人"吴程乃云：'孟子，鲁人，居邹。非生于邹。'谭氏贞默《孟子编年略》更侈其说，云：'邹为鲁下邑，即《说文》所称孔子乡，叔梁纥所治地。……孔子所生名故邹城，去孟子所居五十里，以邑则孔孟皆邹人，以国则孔孟皆鲁人。故孟子居邹邑，即是居鲁……'"（转引自罗根泽《孟子传》）这就引出了孟子的祖先是鲁国人，因而是鲁人，以及"邹为鲁下邑"的两种说法。

孟子的祖先是哪国人，有待考证。（详见附录一《驳"孟子，鲁公族孟孙之后"说》）邹是否为鲁下邑，史籍已有明确的记载。

东汉许慎《说文解字·邑部》云："邹，鲁县，古邾娄国，帝颛顼之后所封。"清代段玉裁注曰："鲁国驺，二《志》同。二《志》作驺，许作邹者，盖许本作鲁驺县，如今汝南新息、今南阳穰县之比。浅者乃删去驺字耳。周时或云邹，或云邾娄者，语言缓急之殊也。周时作邹，汉时作驺者，古今字之异也。邾娄，各本无娄，今依《韵会》所据正。《左》《穀》作邾，《公羊》《檀弓》作邾娄，娄如字。邾又夷也。邾娄之合声为邹，夷语也。《国语》《孟子》作邹。三者邹为正，邾则省文。故邾篆下不言春秋邾国，此必依《公羊》作邾娄国也。汉时县名作驺，如《韩敕碑》阴'驺韦仲卿'足证。《郑语》曰：'曹姓邹、莒。'韦云：'陆终第五子曰安，为曹姓，封于邹。'杜《谱》云：'邾，曹姓，颛顼之后，有六终，产六子，其弟五子曰安，邾即安之后也。'周武王封其苗裔侠为附庸，居邾。《前志》曰：'驺，故邾国，曹姓，二十九世为楚所灭。'按《左传》，颛顼氏有子曰黎，为祝融。祝融之后八姓，妘、曹其二也。然则上文郐祝融之后妘姓所封；此云帝颛顼之后，互文错见也。今山东兖州府邹县县东南二十六里有古邾城。赵氏岐曰：'邹本春秋邾子之国，至孟子时改曰邹。'此未知其始本名邹也。"（《说文解字注》）

近人王献唐在其遗著《春秋邾分三国考》中说："春秋时邾分三国，一为邾，一为小邾，一为滥。同出一系，土地政权各不相谋。经传言邾，多指二邾，或称邾，或称小邾，或称二邾，皆分别言之。诸侯会盟，邾及小邾多并举。""邾之先，自邾子侠受封，五世至夷父颜。（据《世本》）当周宣王时，封其子肥于郳，为小邾。身后子夏父立，别分叔术于滥，为滥国。夏父居邾，缵承旧统，先后传二十九世，战国末叶，为楚所灭。（《通考》谓为鲁灭）疆域在今邹县中部、南部，济宁东境，滕县北境。东西北三面界鲁，南临小邾、滕国。春秋称邾，即指此国，亦邾之旧邦也。《孟子》《国策》《韩非》、贾谊《新书》《释名》诸书，邾多作邹。"

清末马星翼编纂《邹县志》时，曾对"邹""陬"作过专门考证，撰《陬、邹考》曰："陬，鲁邑。《史记》孔子生鲁昌平乡陬邑是也。陬一作鄹，一作郰。《论语》或人称孔子为鄹人之子，《左传》称叔梁公为郰人纥是也。盖本一陬字，或郰或鄹，皆传写之异，要为鲁邑名无疑也。邹，邾子国，至战国时称邹。《孟子》书有邹穆公是也。邹一作驺，《史记》称孟子驺人是也。或邹或驺，要皆为邾子国名。邹国与陬邑判然不同，乃后人混而一之。

《水经注》云：'邹山，故邾娄之国，曹姓也。叔梁纥之邑也，孔子生于此。后乃县之，因邹山之名以氏县也。'《寰宇记》云：'邹城，孔子父所治之邑，汉为县。'《括地志》云：'邹故城在泗水县东六十里。'《舆地志》云：'邹城西界阙里，有尼邱山。'是皆以夫子诞生之陬邑，与曹姓邾子后之邾国混而为一。岂叔梁公为邾国大夫，而鲁孔某亦邾人耶？纰缪已甚。考之地域，亦失其实。夫疆域沿革古今攸殊，而邹鲁名山终古不易。驺绎山前，邾故城尚在。杜预云：'邾文公迁于绎，即此城。'京相璠云：'绎山在邹县北，绎邑之所由名也。'邾子国断以绎山为近。若夫尼山、颜母山、昌平山，在今曲阜县治之东四五十里，西南距绎山七八十里，当时邾国必不能越鲁而东，抚有兹山。而所谓昌平乡陬邑者，俱在尼山、昌平山之侧，西距防山、阙里尤为密迩。后汉建宁时，鲁相史晨因昌平亭立市会，以便尼山之祀。是尼山、昌平皆鲁国旧治，至汉且然矣。而谓陬邑即邹国之邑，岂不谬哉！"（《邹县志稿》）

邹之前身"邾""邾娄"为国，《春秋》记载颇详。"隐公元年（前722）三月，公及邾仪父盟于蔑。"这是《春秋》所记载的第一件历史事件。公即鲁隐公，邾仪父即邾国的国君，他们在蔑地结盟。在《春秋》记载的二百多年历史中，邾国参与诸侯国间朝聘会盟近五十次，战争征伐四十多次。因北杏之会附从齐桓，晋爵为子。（《春秋·庄公》）邾东、西、北三面界鲁，除与鲁多次结盟外，亦经常发生战争。僖公二十二年（前638）"八月丁未，公及邾师战于升陉，我师败绩。邾人获公胄，县诸鱼门。"（《春秋左传·僖公二十二年》）文公十三年（前614），"邾文公卜迁于绎"。十四年（前613），"邾文公之卒也，公使吊焉不敬，邾人来讨，伐我南鄙"（《春秋左传·文公十四年》）。襄公四年（前569）"冬十月，邾人、莒人伐鄫。臧纥救鄫，侵邾，败于狐骀"（《春秋左传·襄公四年》）。鲁国亦经常侵略邾国。哀公二年（前493），"春王二月，季孙斯、叔孙州仇、仲孙何忌帅师伐邾。取漷东田及沂西田"。三年（前492）"季孙斯、叔孙州仇帅师城启阳。叔孙州仇、仲孙何忌帅师围邾"。六年（前489）"冬，仲孙何忌帅师伐邾"。七年（前488）"秋，公伐邾。八月己酉入邾，以邾子益来"（《春秋·哀公七年》）。后因吴、齐出兵干预，方"归邾子益于邾"。（同上）

由上述可知，孟子"邹人也"之邹，为一古国名。春秋时称"邾"或"邾娄"，战国时称邹。与鲁国毗邻，绝非鲁下邑。孔子所生鲁昌平乡陬邑，系春秋时鲁下邑，在邾国故城东北六七十里，为另一地域名称。国、邑不应混淆，邹、陬应当别论。

2. 祖先 父母

孟子的祖先，《孟子》书中没有记述。《史记》《汉书》中也没有记载。在孟子殁后四百多年，东汉末赵岐在《孟子题辞》中说："或曰：'孟子，鲁公族孟孙之后。'故孟子仕于齐，丧母而归葬于鲁也。三桓子孙，既以衰微，分适他国。"

赵岐没有说出处，并以"或曰"冠之。但后人便依此确定了孟子的祖先。金代贞祐元年（1213），孙弼撰《邹公坟庙之碑》称："其先鲁公族孟孙之后。"清代阎若璩《孟子生卒年月考》云："孟子，盖鲁公族孟孙之后，不知何时分适邹，遂为邹人。"焦循在《孟子正义》中，除罗列了鲁公族孟孙氏的世系外，也说："孟子既以孟为氏，宜为孟孙之后。但世系不可详，故赵氏以'或曰'疑之耳。"

孟子的父亲叫什么名字，母亲姓氏，不仅《孟子》《史记》《汉书》无载，连东汉赵岐的《孟子题辞》也未提及。唐代林宝在《元和姓纂》中说："孟敬子生滕伯，伯生廖，廖生轲。"金代贞祐元年（1213）孙弼撰《邹公坟庙之碑》称："公夙丧其父，母李氏以贤德见称。"元代元贞二年（1296），张颋撰《孟母墓碑》说："颋读《邹公坟庙碑》……其言母氏曰'李'，未知何据，当考。"此碑今存孟母墓前，"李"字已被人磨改为"仉"，但字痕仍清晰可辨。延祐三年（1316）七月，元仁宗追封孟子父为邾国公，母为邾国宣献夫人，亦未称其姓名。致和元年（1328），曹元用撰《邾国公祠堂记》说："考诸方册，邾国公言行无从可征，夫人姓氏亦不知所自。惟藏仓有孟子'后丧逾前丧'之语。"明代成化十八年（1482），刘浚撰《孔颜孟三氏志》载："孟子之父激公宜，母仉氏，或云李氏。"孟子父名激，字公宜；母仉氏，在明、清有关孟子的著述中已被普遍采用。

近人杨伯峻说："孟子名轲，邹国人。关于他的父母，我们知道得很少。《春秋演孔图》以及《阙里志》等书，说他父亲名激，字公宜；母亲娘家姓仉（音掌），自然是些无稽之谈。"（《孟子译注·导言》）

孟子母亲的姓氏虽不可知，但西汉韩婴撰《韩诗外传》，刘向撰《列女传》，却留下了孟母教子的记述：

孟子少时，诵。其母方织。孟辍然中止，乃复进。其母知其喧也。呼而问之曰："何为中止？"对曰："有所失，复得。"其母引刀裂其织，以此诫之。自是之后，孟子不复喧矣。

孟子少时，东家杀豚。孟子问其母曰："东家杀豚何为？"母曰："欲啖汝。"其母自悔而言曰："吾怀妊是子，席不正不坐，割不正不食，胎教之也。今适有知而欺之，是教之不信也。"乃买东家豚肉以食之，明不欺也。《诗》曰："宜尔子孙绳绳兮。"言贤母使子贤。（《韩诗外传·卷九》）

邹孟轲之母也，号孟母。其舍近墓。孟子之少也，嬉游为墓间之事，踊跃筑埋。孟母曰："此非吾所以居处子。"乃去。舍市傍。其嬉戏为贾人衒卖之事。孟母又曰："此非吾所以居处子也。"复徙舍学宫之傍。其嬉游乃设俎豆，揖让进退。孟母曰："真可以居吾子矣。"遂居之。及孟子长，学六艺，卒成大儒之名。君子谓孟母善以渐化。《诗》云："彼姝者子，何以予之！"此之谓也。

孟子之少也，既学而归，孟母方绩。问曰："学何所至矣？"孟子曰："自若也。"孟母以刀断其织。孟子惧而问其故。孟母曰："子之废学，若吾断斯织也。夫君子学以立名，问则广知。是以居则安宁，动则远害。今而废之，是不免于厮役，而无以离于祸患也。何以异于织绩而食，中道废而不为，宁能衣其夫子，而长不乏粮食哉？女则废其所食，男则堕于修德，不为窃盗则为虏役矣。"孟子惧，旦夕勤学不息，师事子思，遂成天下之名儒。君子谓孟母知为人母之道矣。《诗》云："彼姝者子，何以告之？"此之谓也。（《列女传·卷一·母仪传》）

关于孟子是否"三岁丧父"，清人周广业曾有考证："孟子父名字失考，孟母氏亦未详。《题辞》云：孟子生有淑质，夙丧其父，幼被慈母三迁之教。

及注后丧逾前丧云，孟子前丧父，约；后丧母，奢。前后虽无定时，以士大夫三鼎五鼎之言推之，相隔必不甚久远。《礼》曰：丧从死者，祭从生者。祭以三鼎，则在孟子为士之后明矣。时年盖以四十余。《题辞》所谓夙丧者，特以父先母死耳。非幼孤也。薛应旂《四书人物考》《四书直解》《集语》《续文献通考》《阙里志》《三迁志》遂云'孟子三岁丧父'。考《韩诗》《列女》俱无此说。且《列女》载孟母断机事云：'织绩而食，中道废而不为，宁能衣其夫子，而长不乏粮食哉？'此必非嫠恤之言。夫士及三鼎，固非褵褷间事，且去丧母五六十年，鲁人亦何从知其前后丰俭悬绝，而臧仓得以行其毁戚耶？王复礼曰：'若前丧在三岁前，丰啬非所自主，仓安得谮之？平公安得信之？乐正又安得不辨之？盖公宜实未尝卒，其三迁断机，或者公宜出游，慈母代严父耳。'……则三岁丧父之说妄也。"（《孟子四考·卷四》）

3. 生卒年月

孟子的生卒年月，《孟子》七篇及其同时代乃至秦汉史籍均无记载。

据清代人称，唐代司马贞作《史记·索隐》，曾有"孟子生于周定王三十一年，卒于赧王二十六年，寿八十四"之说。（见潘眉《孟子游历考》引）近人罗根泽则说："施彦士《读孟质疑》、魏源《孟子年表》，皆引《索隐》云此。魏并据《阙里志》所引，谓近日本有讹，似详读《索隐》而言者。然今本《索隐》，绝无此说，未悉何故？"（《孟子传》）

金代孙弼撰《邹公坟庙之碑》云："孟子，邹人也，后孔子三十五年而生，时周定王三十七年也。"

元代张颐撰《孟母墓碑》，对孙弼之说提出质疑："谨按孔子以周敬王四十一年壬戌岁卒，后三十五年，实贞定王二十四年丙申。又三年戊戌，贞定崩。孟子之至魏，显王三十三年也，岁在乙酉。逆数至贞定丙申，为一百十年。慎靓王二年壬寅，去魏适齐。视乙酉十八年。赧王元年丁未去齐，在齐六年。自齐葬鲁，此六年间。《皇极经世书》谓：'孟子显王四十三年乙未为齐上卿，四十四年丙申去齐。'则葬鲁丙申前事。其生不在孔子卒后三十五年明矣。……"

署名为元代程复心的《孟子年谱》谓："孟子生于周烈王四年，鲁共公五年己酉四月二十，卒于赧王二十六年，鲁文公六年□□□□五日。周正建子，改朔不改月也。寿八十四岁，以冬至日终。邹邑人悲感，遂辍贺正，迄兹成俗。"（转引自罗根泽《孟子传》）此《孟子年谱》，《四库全书提要》疑即明代谭贞默《孟子编年略》。

明万历三十九年（1611），潘榛编《孟志》载："周烈王四年，鲁共公五年己酉四月初二日，孟子生。"并注曰："孟子生卒，古书不载。家世相传，谓其卒于赧王之二十六年，年八十有四。《留青日札》《听雨纪谈》皆然。独其生之岁，二书皆言在周定王三十七年。近黄梅瞿九思谓定王崩后三十余年孔子乃生，年次甚左。若以定王为贞定王，则去孟子卒时为百四十余岁。又与八十四之数不合。且贞定在位止二十八年，安得云三十七年哉？因定以为烈王四年，今从之。"至于孟子卒年则载："赧王二十六年十一月十五日，孟子卒。古碑云，孟子卒于冬至之日，邹人因哭孟子而废贺冬之礼，遂以成俗。"（《孟志·卷之一·年表》）

明、清以降，作孟子年表，考孟子生卒年月者不下数十家，其说各异。清光绪十三年（1887）陈锦、孙葆田编《重纂三迁志》，曾对此作过评析："孟子生卒年月，史传无征。旧志据孟氏《世谱》，定为周烈王四年四月二日生，赧王二十六年正月十五日（林春浦引古碑云，孟子卒于冬至日，盖周正月，夏十一月也）卒。其说始于明人。或云《世谱》得自孟子四十五代孙宁。宁，宋元丰时人，今亦未知其言何据？……或又谓孟子八十九岁而卒，纷纷议论，俱出自臆测，非有确征。故今为《孟子年表》，不敢注生卒于年月之下，阙疑。以示慎也。"又述曰："司马子长叙《孔子世家》，所载孔子生卒年月出处甚具。至《孟子列传》乃独缺而不书，岂其疏略特甚。抑亦古史阙文之义耳。后儒区区修补，乃欲于二千年后悬断二千年前不可臆知之事，宜其多所抵牾已。今考《孟子年谱》，阅近代诸儒著述不下数十家，其间或合或否，靡所适从……"（《重纂三迁志·卷之一》）

孟子生卒年岁虽不可臆测，但大约生卒年代还是可以推断的。《孟子》一书最能体现孟子年岁者，莫过于《梁惠王》篇，梁惠王称孟子为"叟"。而惠王年岁又有《竹书纪年》确记。孟子游梁，在惠王卒前不久，襄王新立之初。《竹书纪年》载：梁惠王卒于周慎靓王二年（前319）；梁襄王立于周慎靓王三年（前318）。孟子见梁惠王，约为周慎靓王元年（前320）。惠王称孟子为"叟"，当时孟子年龄必在五十岁以上，一般不会超过六十岁，约为五十五岁。若以后人多数认可的孟子寿八十五岁左右推算，约生于周烈王元年丙午（前375），约卒于周赧王二十五年辛未（前290）。

当今通行之说，孟子约生于周烈王四年己酉（前372），约卒于周赧王二十六年壬申（前289），寿八十四岁。此与上述推算相差无几，姑可从之。

4. 生活的时代

孟子生活在战国中期，约公元前372年至公元前289年。据司马迁《史记》中的《六国年表》，战国起于周元王元年，即公元前475年，止于公元前221年，秦统一六国，总共有二百五十四年的历史。孟子出生时，战国已延续了约一百零三年；孟子去世后约六十八年，秦灭掉最后一个诸侯强国齐，战国结束。

战国是继春秋之后社会更加动荡、分化、变革的时代。如果说春秋是礼崩乐坏、诸侯争霸的奴隶社会的衰败期，那么战国就是诸侯称王、相互兼并的封建社会的临产期，而战国中期，正是诸强对峙、战乱不止的时代。

关于孟子生活的时代，西汉司马迁、刘向，东汉赵岐，均有记述。司马迁在《史记·孟子荀卿列传》中说："当是之时，秦用商君，富国强兵；楚、魏用吴起，战胜弱敌；齐威王、宣王用孙子、田忌之徒，而诸侯东面朝齐。天下方务于合从连衡，以攻伐为贤，而孟轲乃述唐、虞、三代之德，是以所如者不合。"

《战国策·刘向书录》云："仲尼既没之后，田氏取齐，六卿分晋，道德大废，上下失序。至秦孝公捐礼让而贵战争，弃仁义而用诈谲，苟以取强而已矣……晚世益甚，万乘之国七，千乘之国五，敌侔争权，盖为战国……，胜者为右，兵革不休，诈伪并起。当此之时，虽有道德不得施谋……故孟子、孙卿儒术之士，弃捐于世；而游说权谋之徒，见贵于俗，是以苏秦、张仪、公孙衍、陈轸、代、厉之属，生纵横短长之说，左右倾侧，苏秦为从，张仪为横，横则秦帝，从则楚王，所在国重，所去国轻。"

赵岐在《孟子题辞》中说："周衰之末，战国纵横，用兵争强，以相侵夺。当世取士，务先权谋，以为上贤，先王大道，陵迟隳废。异端并起，若杨朱、墨翟放荡之言，以干时惑众者非一。"

以上是汉代人对孟子生活时代的概括叙述。下面就其中涉及的重要背景、主要人物、重大事件等，再略作介绍。

周衰之末　当时天下已无共主，东周王朝徒有虚名。残存的周王室，仅保有今河南西部方一二百里的一小块地方。考王时（前440～前426），考王封其弟于河南（今河南洛阳），称桓公，以续周公之官职。显王二年（前367），桓公之孙惠公，又封其少子于巩（今河南巩义市西南），以奉王，号东周惠王。这样，周王室残存的领地，又分为西周、东周两个部分。周赧王时（前314～前256），东、西周分治，赧王寄居西周。东、西周各有封君，如同小国。周边的大国可以对其任意摆布，两周之间也相互攻打。如《史记·周本纪》记曰："韩征甲与粟于东周""东周与西周战，韩救西周"。因西周君参与合纵抗秦，"秦昭王怒，使将军摎攻西周。西周君奔秦，顿首受罪，尽献其邑三十六，口三万"。公元前256年，秦灭了西周，这一年周赧王死去。从此周王绝续。公元前249年，秦又灭了东周，东、西周皆入于秦，周王朝彻底灭亡。

六卿分晋　西周初，成王封其同母弟叔虞于唐，叔虞子燮改唐为晋，是为晋侯。春秋中期，晋文公称霸诸侯。春秋末期，继鲁国"三分公室""四分公室"，孟孙、叔孙、季孙三桓专权之后，各诸侯国相继发生了剧烈变化。公元前550年，晋国的异支与异姓贵族，韩、赵、魏、智伯、中行、范氏六家，打败了旧公族栾氏。随后又灭了旧公族祁氏、羊舌氏，分其领地以为县。史称"六卿分晋"。从此，"六卿强，公室卑""晋益弱，六卿皆大"（《史记·晋世家》）。公元前493年，赵、韩、魏又打败了范氏、中行氏，与智伯共分其地以为邑。公元前453年，赵、韩、魏共杀智伯，尽并其地，最终实现了"三家分晋"。

田氏取齐　　西周初，成王封其外祖父吕尚为齐侯，并赐征伐有罪诸侯之特权。春秋中期，齐桓公称霸诸侯。齐桓公十四年（前672），陈国发生内乱，公子完惧祸奔齐，被任命为工正，陈氏（后改为田氏）始立于齐。齐景公时（前547～前490），田完六世孙田釐子乞事景公为大夫，其收赋税以小斗进，予民以大斗出，厚施薄敛，收买人心，使民众大量逃往田氏门下。景公卒，田乞以武力废除了据景公嘱立的国君荼，立景公他子阳生为悼公，自为相，专齐政。公元前481年，田乞的儿子田常（即田恒，田成子）杀齐简公，立简公弟为平公，自为相。五年之后，"齐国之政皆归田常。田常于是尽诛鲍、晏、监止及公族之强者，而割齐自安平以东至琅邪，自为封邑。封邑大于平公之所食"（《史记·田敬仲完世家》）。公元前386年，田常曾孙田和始为诸侯，仍沿用齐国国号。公元前379年，被迁往海滨的齐康公卒，吕氏绝祀。最终完成了"田氏取齐"。

经过"六卿分晋""田氏取齐"，战国的格局已经形成。经过春秋时期的兼并战争，到战国初年，春秋时的一百多个小国仅剩十余个。大国有秦、齐、楚、燕、韩、赵、魏，即所谓"战国七雄"，此外还有越国。小国有周、宋、卫、中山、鲁、邹、滕等。各国内部变革更加急剧，相互兼并战争更加惨烈。

秦用商鞅，富国强兵　　秦孝公六年（前356年，一说在三年），孝公任用商鞅，实行变法。商鞅（约前390～前338），战国卫人，姓公孙，名鞅。因有功于秦封于商，也称商鞅、商君。初仕魏，为魏相公叔痤家臣。痤死，入秦，历任左庶长、大良造。商鞅变法的主要内容有：奖励耕织，生产多的可免徭役；废除贵族世袭特权，制定按军功大小给予爵位等级的制度；推行连坐法，建立什伍同罪连坐制。孝公十二年，迁都咸阳，进一步变法：普遍推行县制，合并乡邑为三十一县（一说四十一县），设令、丞掌管政事，直属国君，加强中央集权；废除井田制，准许土地买卖；创立按丁男征赋的办法；统一度量衡等。经过两次变法，奠定了秦国富强的基础。孝公死，公子虔等诬商鞅谋反，车裂死。

魏、楚用吴起，战胜弱敌　　吴起（？～前381），战国时卫国人。曾从学于曾参。初仕鲁，后仕魏。善用兵，廉平，尽能得士心。魏文侯用为将，攻秦，拔五城。为西河守，秦兵不敢东向，韩、赵宾从。文侯卒，因魏相公叔所忌，奔楚。楚悼王用为令尹，支持其"明法审令，捐不急之官，废公族疏远者，以抚养战斗之士。要在强兵，破驰说之言从横者。于是南平百越；北并陈、蔡，却三晋；西伐秦。诸侯患楚之强"（《史记·孙子吴起列传》）。悼王死，被宗室大臣杀害。

齐威王用孙子、田忌之徒，而诸侯东面朝齐　齐威王，名因齐，田齐的第五代国君，公元前356年至公元前320年在位。初即位时，委政卿大夫，国不治。后详察民情，改革吏治，以万户重赏勤政而不张扬者，以烹刑重罚失职而行贿求誉者，使人人不敢饰非，务尽其诚，齐国大治。孙子，即孙膑。战国时兵家，齐国阿（今山东阳谷东北）人，孙武之后。大致与商鞅、孟子同时。曾与庞涓同学兵法。后涓为魏将，嫉膑之才，诳其到魏，处以膑（去膝盖骨）刑，故称孙膑。后由齐国使者秘载归齐，被齐威王任为军师。田忌，一作田期、田期思，战国时齐将。公元前354年，魏伐赵，围邯郸。次年，赵向齐求救。齐威王命田忌为大将，孙膑为军师，率兵救赵。孙膑利用魏国内部空虚之机，袭击魏都大梁，迫使魏军回兵自救。在桂陵，魏军遭到齐军的阻击，大败。这就是著名的"围魏救赵"。"于是齐最强于诸侯，自称为王，以令天下。"（《史记·田敬仲完世家》）公元前342年，魏攻韩，韩向齐求救。齐威王派田忌、田婴为将，孙膑为师，起兵攻魏救韩。两军相持达一年之久。次年，孙膑以逐日减灶的办法，制造齐军大量逃亡的假象，引诱魏军追击。当魏军追到马陵的险要狭道，齐军伏兵万弩齐发，十万魏军被歼，魏将庞涓自杀，太子申被俘。"其后，三晋之王皆因田婴朝齐王于博望，盟而去。"（同上）

天下方务于合从连衡，以攻伐为贤　合从连衡，即合纵连横。（从，通纵；衡，通横）是战国中后期盛行的外交攻伐谋略。自从马陵之战以后，魏国削弱，出现了秦、齐两大强国东西对峙的形势，彼此展开了争取与国、孤立敌国的斗争。而韩、赵、魏等国内，也分成联秦抗齐和联齐抗秦两派。因在地域上，韩、赵、魏居中，北连燕，南连楚，南北相连为纵；东连齐，或西连秦，东西相连为横。合纵，是"合众弱以攻一强"的意思；连横，是

"事一强以攻众弱"的意思。起初，合纵既可以抗秦，也可以抗齐；连横，既可以事秦，也可以事齐。直到长平之战以后，才固定为合纵是六国并力抵抗强秦，连横是秦国拉拢部分弱国攻打其他弱国。公孙衍、张仪是与孟子同时代的纵横家。公孙衍，魏阴晋人，号犀首。初在秦为大良造，后入魏为将。魏惠王后元十二年（前323），发起赵、燕、韩、魏、中山"五国相王"，即相互为王，合纵抗秦。张仪，魏人。秦惠文君十年（前328）任秦相，封武信君。执政时，用欺骗加武力的手段，迫使魏献上郡，帮助秦惠文君称王，游说各国服从秦，瓦解齐楚联盟，夺取楚汉中地。公元前322年，张仪为秦入魏，魏惠王任用为相。张仪"欲令魏先事秦而诸侯效之"，即所谓连横。魏惠王不肯听从，秦就派兵攻占了魏的曲沃、平周两地。面对强秦的威胁，齐、楚、燕、赵、韩五国支持公孙衍的合纵策略。公元前319年，魏改用公孙衍为相，把张仪逐回秦国。公元前318年，公孙衍发起魏、赵、韩、燕、楚五国合纵伐秦，推楚怀王为纵长。因楚、燕观望，只有韩、赵、魏三国出兵与秦交战，结果被秦打得大败。公孙衍合纵，张仪连横，其声势倾动天下。故当时人景春说："公孙衍、张仪岂不诚大丈夫哉！一怒而诸侯惧，安居而天下熄。"（《滕文公下》）

在《孟子》书中，也有关于孟子生活时代的记述。如，孟子谓梁襄王曰："今夫天下之人牧，未有不嗜杀人者也。"（《梁惠王上》）这是说当时的国君没有不杀人成性的。

孟子曰："今之大夫皆逢君之恶""今之事君者皆曰，'我能为君辟土地，充府库。'……'我能为君约与国，战必克。'今之所谓良臣，古之所谓民贼也。"（《告子下》）"辟土地，充府库"者，是以商鞅为代表的法家；"约与国，战必克"者，是以公孙衍、张仪为代表的纵横家。

孟子曰："争地以战，杀人盈野；争城以战，杀人盈城。此所谓率土地而食人肉，罪不容于死。故善战者服上刑，连诸侯者次之，辟草莱、任土地者次之。"（《离娄上》）这是记述了兼并战争的惨烈，以及孟子对发动战争者的愤恨。

具体而言，《孟子》中记述了如下诸侯国之间的战争。

魏国屡败　"梁惠王曰：'晋国，天下莫强焉，叟之所知也。及寡人之身，东败于齐，长子死焉；西丧地于秦七百里；南辱于楚。'"（《梁惠王上》）"东败于齐，长子死焉"，是魏、齐马陵之战。"西丧地于秦七百里"，则是魏与秦之间，于公元前339年至公元前328年发生的连续战争。据《史记·秦本纪》记载：孝公"二十二年，卫鞅击魏，虏魏公子卬"。惠文君"六年，魏纳阴晋。""七年，公子卬与魏战，虏其将龙贾，斩首八万。""八年，魏纳河西地。""九年，渡河，取汾阴、皮氏，与魏王会应。围焦，降之。""十年，张仪相秦。魏纳上郡十五县。"这些还可与上述商鞅在秦富国强兵，张仪为秦连横相印证。"南辱于楚"，是指楚怀王"六年（前323），楚使柱国昭阳将兵而攻魏，破之于襄陵，得八邑"（《史记·楚世家》）。

齐伐燕　"齐人伐燕，胜之。宣王问曰：'或谓寡人勿取，或谓寡人取之。以万乘之国伐万乘之国，五旬而举之，人力不至于此。'""齐人伐燕，取之。诸侯将谋救燕。宣王曰：'诸侯多谋伐寡人者，何以待之？'"（《梁惠王下》）"燕人畔。王曰：'吾甚惭于孟子。'"（《公孙丑下》）以上记述的是，燕王哙三年（前318），燕王哙把燕国让给了他的相国子之，子之南面行王事。将军市被、太子平等贵族不服，起兵进攻子之。子之反攻，杀死了市被和太子平。齐宣王六年（前314），齐宣王趁燕国内乱，派匡章带领"五都之兵""北地之众"向燕进攻。仅仅用了五十天就攻下了燕国国都，进而占领了燕国，并施暴于燕国人民。因孟子曾劝齐宣王不要暴虐燕国人民，并赶快从燕国撤兵，齐宣王不听，结果遭到燕国人民的激烈反抗，其他诸侯国也合力救燕，迫使齐军不得不撤出燕国，故齐宣王说："吾甚惭于孟子。"

秦楚构兵　"宋轻将之楚，孟子遇于石丘，曰：'先生将何之？'曰：'吾闻秦楚构兵，我将见楚王说而罢之。楚王不悦，我将见秦王说而罢之。二王我将有所遇焉。'"（《告子下》）这是说秦楚正在交战，宋轻想通过说服秦楚二王，使之停战。

齐楚伐宋　"万章问曰：'宋，小国也；今将行王政，齐楚恶而伐之，则如之何？'"（《滕文公下》）这是说，宋国欲行王政，齐楚轻蔑其小而不许有所作为，故出兵讨伐。最终将宋灭掉。

邹与鲁閧　"邹与鲁閧。穆公问曰：'吾有司死者三十三人，而民莫之死也。诛之，则不可胜诛；不诛，则疾视其长上之死而不救，如之何则可也？'"（《梁惠王下》）邹国与鲁国发生了流血冲突，邹国的官吏死了三十三人，而老百姓没有一个为他们死难的。这一方面记述了邹鲁之间的一次小规模战争，同时反映了邹国百姓与统治者之间的矛盾。自春秋以来，邹鲁时而结盟，时而交战，邹国屡遭鲁国的欺辱，土地被蚕食，官民被杀死，甚至国君被俘虏。鲁强邹弱，但邹国一直没有停止过对鲁国的反抗。

滕小国自危　"滕文公问曰：'滕，小国也，间于齐、楚。事齐乎？事楚乎？'"（《梁惠王下》）"滕文公问曰：'齐人将筑薛，吾甚恐，如之何则可？'"（同上）"滕文公问曰：'滕，小国也。竭力以事大国，则不得免焉，如之何则可？'"（同上）滕小国间于齐、楚两大国之间，随时有被灭亡的危险，惶惶不可终日。春秋时有国一百四十多个，至战国初仅剩十余国。在秦、齐、楚、燕、韩、赵、魏七雄争王的兼并战争中，邹、滕这类幸存的小国朝不谋夕。

率兽食人　兵连祸结，狼烟四起，老百姓的生活是怎样的呢？《孟子》中这样记述：孟子曰："且王者之不作，未有疏于此时者也；民之憔悴于虐政，未有甚于此时者也。"（《公孙丑上》）"有布缕之征，粟米之征，力役之征。君子用其一，缓其二。用其二而民有殍，用其三而父子离。"（《尽心下》）孟子谓梁惠王曰："狗彘食人食而不知检，途有饿莩而不知发。""庖有肥肉，厩有肥马，民有饥色，野有饿莩，此率兽而食人也。""彼夺其民时，使不得耕耨以养其父母。父母冻饿，兄弟妻子离散。"（《梁惠王上》）孟子谓齐宣王曰："今也制民之产，仰不足以事父母，俯不足以畜妻子；乐岁终身苦，凶年不免于死亡。"（同上）"臣闻郊关之内有囿方四十里，杀其麋鹿者如杀人之罪，则是方四十里为阱于国中。"（《梁惠王下》）孟子谓齐平陆大夫曰："凶年饥岁，子之民，老羸转于沟壑，壮者散而之四方者，几千人矣。"（《公孙丑下》）

百家争鸣　与七雄争王，战乱不止，民不聊生，社会变革相适应，思想学术上则是百家争鸣。《孟子》中这样记述，孟子曰："圣王不作，诸侯放恣，处士横议，杨朱、墨翟之言盈天下。天下之言不归杨，则归墨。……杨墨之道不息，孔子之道不著，是邪说诬民，充塞仁义也。"（《滕文公下》）墨翟，春秋、战国之际思想家，墨家学派的创始人。鲁国人，作过宋国大夫，死于楚国。一说是宋国人。他主张兼爱、非攻，尚贤、尚同，反对儒家的繁礼厚葬，提倡薄葬、非乐。墨家有严密的组织，墨子自己以钜子的身份带着学生到各国进行政治活动。杨朱，魏国人，又称杨子、阳子或阳生。后于墨翟，前于孟子。其说重在爱己，不以物累，不拔一毛以利天下。既反对墨子的"兼爱"，也反对儒家的伦理。杨、墨是战国时期和儒家对立的两个重要学派，墨家曾与儒家并称为"显学"。

关于其他学派的争鸣与交流，《孟子》中这样记述："有为神农之言者许行，自楚之滕，踵门而告文公曰：'远方之人闻君行仁政，愿受一廛而为氓。'文公与之处。其徒数十人……"（《滕文公上》）孟子通过其追随者陈相，与之辩论社会分工、商品以质论价等问题。"陈良，楚产也，悦周公、仲尼之道，北学于中国。北方之学者，未能或之先也。"（同上）这是说学术上的南北交流，南方也有超过北方的大儒。而其弟子陈相、陈辛，"事之数十年，师死而遂倍之""见许行而大悦，尽弃其学而学焉"（同上），由此可见，不同学派之间的争夺与农家的影响力之大。还有孟子与告子关于人性的反复辩论，与淳于髡关于权变的辩论等，则反映了学术争鸣之激烈。

附录一：驳"孟子，鲁公族孟孙之后"说

孟子的先祖是谁，《孟子》七篇没有提到，《史记》《汉书》及其他与孟子同时代或稍晚的历史文献也没有记载。在孟子殁后四百多年，东汉末赵岐首次言及这一问题。他在《孟子题辞》中说："或曰：'孟子，鲁公族孟孙之后。'故孟子仕于齐，丧母而归葬于鲁也。三桓子孙，既以衰微，分适他国。"

赵岐没说出处，并以"或曰"冠之。但后人便依此确定了孟子的先祖。金代贞祐元年（1213）孙弼撰《邹公坟庙之碑》称："其先鲁公族孟孙之后。"清代阎若璩《孟子生卒年月考》云："孟子，盖鲁公族孟孙之后，不知何时分适邹，遂为邹人。"焦循在《孟子正义》中，除罗列了鲁公族孟孙氏的世系及名人外，也说："孟子既以孟为氏，宜为孟孙之后。但世系不可详，故

赵氏以'或曰'疑之耳。"（《孟子正义》卷一）

　　另外，明代《孔颜孟三氏志》《三迁志》《孟志》及清代《重纂三迁志》等，还将孟子的祖先由孟孙氏向上追溯到周公，由周公又追溯到黄帝，向下叙述了孟氏的形成："周公子伯禽封鲁，数传至桓公。桓公生子庄公，同及庆父、叔牙、季友。庆父之后为仲孙氏，与叔孙、季孙并称三家，亦曰三桓。仲孙为三桓之孟，故号孟孙，其后称孟氏焉。孟子，即孟孙之后也。"（清光绪十三年刻本《重纂三迁志》卷一）同时，还历数了孟孙氏的世系，罗列了多位孟氏名人。遗憾的是，不论是孟孙氏的世系，还是孟氏名人，越接近孟子越无法衔接，只有空缺数代。绕过这一难题，然后接着说："故后汉赵岐云，孟子，鲁公族孟孙之后是也。孟子之父激公宜……"（明成化十八年刻本《孔颜孟三氏志》卷六）或者说："至孟激字公宜者，娶仇氏而孟子生焉。"（明万历三十九年刻本《孟志》卷一）然而，唐代林宝在《元和姓纂》中却说："孟敬子生滕伯，伯生廖，廖生轲。"

　　直至今日，不少有关孟子的论著中都沿用了孟子是"鲁公族孟孙之后"的说法。《辞源》"孟子"条目下也说"春秋鲁公族孟氏之后"。这一说法，似乎已成公论，或已成定论。

　　孟子是鲁公族孟孙之后吗？这个问题首先由东汉赵岐提出，故还要重温赵岐的说法。赵岐先说"或曰"，即"有的说"，就是说没有肯定，只是有这样一种说法。作为一种说法，是可以提出的。但后人去掉"或曰"，将一种说法，变为唯一的说法，将一种推测与假设，变为一种肯定与结论，这本身就是荒谬的，是对赵岐说法的断章取义与歪曲，因而是不能成立的。

　　退一步看，赵岐的推测是否就能成立呢？在赵岐的推测里，"孟子，鲁公族孟孙之后"与"故孟子仕于齐，丧母而归葬于鲁也"，这两句话是互为因果关系的。如果前者为因，后者为果，那么其大前提就是："如果是鲁公族孟孙之后，那么他就会丧母而归葬于鲁。"如果后者为因，前者为果，那么其大前提就是："如果丧母而归葬于鲁，那么他就是鲁公族孟孙之后。"稍作分析，这两个大前提都是不能成立的。因为鲁公族孟孙之后丧母，一般来说会归葬于鲁，但并不是全部归葬于鲁；凡归葬于鲁者，有的是鲁公族孟孙之后，但不都是鲁公族孟孙之后。这一假言推理，是犯了大前提不真实的错误。

孟子仕于齐，丧母而归葬于鲁，本于《孟子》一书。《公孙丑》篇记曰："孟子自齐葬于鲁，反于齐，止于嬴。"如果孟子不是鲁公族孟孙之后，那么他为什么会自齐葬于鲁呢？而不自齐葬于故里邹呢？要回答这一问题，还必须回顾一下春秋战国期间邹国与鲁国之间的疆界纠葛。

孟子的故乡邹国，春秋时称邾或邾娄，东、西、北三面界鲁，除与鲁多次结盟外，亦经常发生战争。因鲁强邾弱，战争虽互有胜负，但最终还是多以邾国失败，大片领土被鲁国侵占而罢兵。据《春秋》记载：

僖公三十三年（前627），"公伐邾，取訾娄。"

文公七年（前620），"春，公伐邾。三月甲戌，取须句。"

宣公十年（前599），"公孙归父帅师伐邾，取绎。"

襄公十九年（前554），"取邾田，自漷水。"

哀公二年（前493），"春，王二月，季孙斯、叔孙州仇、仲孙何忌帅师伐邾，取漷东田及沂西田。"

哀公三年（前492），"叔孙州仇、仲孙何忌帅师围邾。"

哀公六年（前489），"冬，仲孙何忌帅师伐邾。"

哀公七年（前488），"秋，公伐邾。八月己酉，入邾，以邾子益来。"对此次鲁国侵邾，《左传·哀公七年》还有详细记述："师遂入邾，处其公宫。众师昼掠，邾众保于绎。师宵掠，以邾子益来，献于亳社，囚诸负瑕。"

鲁侵邾，还曾于宣公九年（前600）"取根牟"，宣公十年（前599）"取颡"，成公六年（前585）"取鄟"，襄公十三年（前560）"取诗"，昭公三十二年（前510）"取阚"，……以上《春秋·公羊传》均在其下记曰："邾娄之邑也。曷为不系乎邾娄？讳亟也。"

另外，邾国的大夫等，还多人带着土地投奔鲁国。如襄公二十一年（前552），"邾庶其以漆、闾丘来奔"（《春秋》）。昭公三十一年（前511），"冬，邾黑肱以滥来奔"（《春秋·左传》）。就在哀公七年（前488），邾国的国君邾子益被鲁国俘去的那次战争中，"成子以茅叛"（《春秋·左传》）。

直至战国，《孟子》中还记述了"邹与鲁閧。穆公问曰：'吾有司死者三十三人，而民莫之死也……'"（《梁惠王下》)邹鲁之间仍未停止流血冲突。

　　邹鲁之间的战争，使邹国大片的土地被鲁国占领。至春秋末年，已"鲁击柝闻于邾"（《春秋左传·哀公七年》)。战国中期的孟子也说："去圣人之世，若此其未远也；近圣人之居，若此其甚也。"（《尽心下》)圣人之居，应是指的孔子居住的鲁都（今曲阜）。这都说明邹鲁相距甚近，领土犬牙交错。据实地考察，鲁都与邾国故城（今邹城市峄山前纪王城）实际距离，亦不过三十余公里。鉴于上述，必然有相当一部分邾国人的墓地，随邾国土地的丧失而沦为鲁国的土地。为随葬先祖，或夫妇合葬，这部分邾国人不得不居邾而葬于鲁。据此，应当存在这样一种可能，孟子先祖的墓地原在邹国北部近鲁处，后被鲁国侵占，孟子虽为邹人居邹，仕于齐，丧母，但不得不"自齐葬于鲁"。

　　这种推测，与实际情况有相吻合之处。孟母墓所在地，在今邹城北十公里凫村马鞍山东麓。距鲁都十余公里，距邾国故城二十公里左右。春秋时邻近邹鲁两国交界地。在古沂水西侧，即哀公二年（前493）鲁国伐邾取沂西田的范围。这里历史上曾长期隶属于邹县，而邹县的地界是以古邾国的四境为基础的。元代邹县尹司居敬，曾请孔颜孟三氏子孙教授张颎撰《孟母墓碑》碑文，刻石立于孟母墓前，至今犹存。明代邹县知县王一桢，捐俸置地二十亩，给帖佃种，一切租税差役悉为蠲免，止令看守孟子父母林墓。清代邹县知县娄一均，在孟母墓西侧的凫村，留有《蠲免凫村杂徭记碑》。碑文曰："……父老告余曰：'此亚圣孟子诞生处也……今又名凫村，尚有孟子故宅在焉。其后裔聚族而居，代有优崇之典，并无差役'……爰令一切摊派杂项概行豁除，以示优宠。"并勒石致意后之莅斯土者。居住在邹城孟府里的孟子主祀孙，从四十五代孟宁起，至七十三代（七十四代旅居台湾），基本上都埋葬在这里，且有碑刻墓志可考。由此看来，孟子自齐葬于鲁，确实有特殊的历史背景与原因，这是赵岐按照一般规律分析所不能理解的。

　　"孟子既以孟为氏，宜为孟孙之后。但世系不可详，故赵氏以'或曰'疑之耳。"（《孟子正义》卷一）这是焦循为赵岐的推测补充的新的依据，即"孟子既以孟为氏"，又以"世系不可详"，解释了赵岐以"或曰"疑之的原因。这一说法能否成立呢？我们不妨再作一次分析。按照焦循的说法，其大前提应当是：如果以孟为氏，那么他就是孟孙之后。这一大前提是否可靠呢？这要考察历史上"孟"字在姓氏名字中的应用。

姓氏的形成，在中国历史上是一个漫长的发展演变过程。上古，姓和氏是有区别的。姓的出现早于氏。最早的姓源于母系氏族的族号，氏则为同姓氏族的分支族号。氏的来源是多方面的，有的得之于先祖的号，有的得之于先祖的封国，有的得之于先祖的居住地名、官职名、职业名以及名、字、排行等。由于人口的繁衍，新的分支族号不断增加，姓氏也就不断发展。至春秋战国，姓氏的使用是最纷杂活跃的时代，已有姓氏不分的趋势。至秦汉，姓氏逐渐合而为一，并加在名字之前，且延续至今。

孟氏之"孟"，是以排行为氏。子女中居长者称孟。在古代既是一个姓氏，又经常用于人名。春秋战国时期，还通行以孟（或伯）、仲、叔、季的排行加在姓名前作称呼。考诸史籍，在孟子之前，鲁国内外，以"孟"为姓氏名字者，除孟孙氏之外，不乏其人。如："夏后启之臣曰孟涂，是司神于巴，巴人请讼于孟涂之所。"（《山海经·海内南经》）"（帝启）八年，帝使孟涂如巴莅讼。"（《竹书纪年·上》）"王若曰：'孟侯，朕其弟，小子封。'"（《尚书·康诰》）卫公孟絷之后，亦称孟氏。（《通志·二八·氏族·四·以次为氏》）赵之先曰季胜，"季胜生孟增，孟增幸于周成王……"（《史记·赵世家》）《孟子》中还记载有孟贲、孟施舍，为古勇士。（《公孙丑上》）许慎说："孟贲，卫人。"（《史记·范雎列传集解》）另外，古代女子名字中有"孟"者也不少见。如"彼美孟姜，洵美且都"（《诗经·郑风·有女同车》）。《传》："孟姜，齐之长女。"孟姚，战国时吴广之女，一称姓嬴，为赵武灵王后。（《史记·赵世家》）"璋珪杂于甑窐兮，陇廉与孟娵同宫。"（《楚辞·哀时命》）孟娵，古美女名。在鲁国，与孟孙氏并称"三桓"之一的叔孙氏，其后有一名曰叔孙豹者，娶齐国国姜为妻，生有二子，一个叫孟丙，一个叫仲壬。（《左传·昭公四年》）还有，孔子的哥哥名孟皮。（《孔子家语·卷九》）……上述人名中的"孟"，有的是作为姓氏，有的是作为名字，但他们与鲁公族孟孙氏均无牵连。由此可见，"孟"，绝非孟孙氏所专用。因孟子以孟为氏，就推测其为孟孙之后，同样是犯了大前提不真实的错误。

赵岐的说法，并不是其臆想，而是根据《孟子》一书中的有关记载作出的一种推测。细读七篇，是否还能找到孟子是鲁公族孟孙之后的依据呢？笔者不仅一时没有找到，反而发现了否定孟子是鲁公族孟孙之后的记述。

其一，不尊周王室。鲁公族是周王室的同姓分支。孟子所处的时代，周王室尚且存在，历烈王、显王、慎靓王、赧王，诸侯国的名分还需要周天子确认。然孟子周游列国，所到之处，则劝时君行王道，以仁德统一天下，视周王室如无有。如，他回答梁惠王："地方百里而可以王。"回答梁襄王："不嗜杀人者能一之。"回答齐宣王："保民而王，莫之能御也。""……故王之不王，不为也，非不能也。"（以上均见《梁惠王上》）孟子还答公孙丑说："以齐王，由反手也。"（《公孙丑上》）答万章："……（宋）苟行王政，四海之内皆举首而望之，欲以为君。"（《滕文公下》）

其二，不称文王、武王、周公等为先祖。文王、武王、周公都是鲁公族的先祖。如果孟子是鲁公族孟孙之后，那么他们也是孟子的先祖。然而，孟子在谈话中经常引用他们的言行，却从没表示过对先祖式的尊称。如，孟子曰："文王生于岐周，卒于毕郢，西夷之人也。"（《离娄下》）陈贾见孟子，问曰："周公何人也？"曰："古圣人也。"（《公孙丑下》）就连鲁公族孟孙氏的第四代孟献子（仲孙蔑），孟子也是直呼其名："孟献子，百乘之家也，有友五人焉：乐正裘，牧仲，其三人，则予忘之矣。献子之与此五人者友也，无献子之家者也。此五人者，亦有献子之家，则不与之友矣。"（《万章下》）孟献子去世，到孟子出生，还不到二百年。

其三，持与鲁公族不同的丧葬观点与习俗。孟子在与滕文公的使者然友关于如何为滕定公举行葬礼的答问中，表述了与鲁公族截然不同的丧葬观点与习俗：

> 滕定公薨，世子谓然友曰："昔者孟子尝与我言于宋，于心终不忘。今也不幸至于大故，吾欲使子问于孟子，然后行事。"
> 然友之邹，问于孟子。

孟子曰："不亦善乎！亲丧，固所自尽也。曾子曰：'生，事之以礼；死，葬之以礼，祭之以礼，可谓孝矣。'诸侯之礼，吾未之学也；虽然，吾尝闻之矣。三年之丧，齐疏之服，饘粥之食，自天子达于庶人，三代共之。"

然友反命，定为三年之丧。父兄百官皆不欲，曰："吾宗国鲁先君莫之行，吾先君亦莫之行也，至于子之身而反之，不可。且《志》曰：'丧祭从先祖。'曰'吾有所受之也'。"

谓然友曰："吾他日未尝学问，好驰马试剑。今也父兄百官不我足也，恐其不能尽于大事，子为我问孟子！"

然友复之邹问孟子。

孟子曰："然不可以他求者也。孔子曰：'君薨，听于冢宰，歠粥，面深墨，即位而哭，百官有司莫敢不哀，先之也。'上有好者，下必有甚焉者矣。君子之德，风也；小人之德，草也。草尚之风，必偃。是在世子。"

然友反命。世子曰："然是诚在我。"五月居庐，未有命戒。百官族人可，谓曰知。及至葬，四方来观之，颜色之戚，哭泣之哀，吊者大悦。（《滕文公上》）

由上述可知，孟子的丧葬主张是实行三年的丧礼，穿着粗布缉边的孝服，吃着稀粥，从天子一直到老百姓，三代都是这样的。滕文公准备采纳孟子的意见，而滕国的父兄百官却都竭力反对。理由是：我们的宗国鲁国的历代君主没有实行过，我们的历代祖先也没有实行过，到你这一代却改变了祖先的做法，这是不应该的。而且《志》说过，丧礼祭礼一律依从祖宗的规矩。道理就在于我们是从这一传统继承下来的。滕文公拿不定主意，再次派然友到邹国请教孟子。孟子坚持了自己的主张，并以孔子的话作为依据。滕文公尽管非常尊重孟子，但最终还是没有实行"三年之丧"，仅部分地采纳了孟子的意见。

丧葬习俗，往往保留着一个民族、氏族、家族的历史传统，也是与其他民族、氏族、家族相区分的重要标志。如果孟子是鲁公族之后，为什么他所主张的三年之丧，鲁国的历代君主没有实行过，滕国的历代君主也没有实行过？滕国与鲁国同为周王室分封的姬姓国，同一祖宗。况且，当时规定，丧礼、祭礼一律依从祖宗的规矩。是孟子背叛了祖宗，还是孟子根本与鲁公族没有血缘关系？如果孟子背叛了祖宗，为什么滕国的父兄百官不就此直接对孟子痛加指责？孟子一生以继承传统为己任，他为什么在丧葬大事上不依从祖宗的规矩？再者，不论是孟子本人，还是滕国的父兄百官，以及鲁平公、臧仓等，都不曾言及孟子与鲁公族有什么关系。从三桓衰微，孟孙氏的封邑郕被齐国攻破（据《史记·田敬仲完世家》记载，约公元前408年），到孟子诞生（约前372），不过四十年。如果说孟子是孟孙氏之后，他本人不会装作不知，世人也不可能闭口不言。对此，《孟子》一书可以不作记载，而与孟子同时代或稍晚的论著、史书，岂能也不记述？直至东汉末才出现赵岐的推测。孟子以好辩著称，对论敌丝毫不留情面，他的论敌为什么不就此重大问题对他进行攻击？

综上所述，"孟子，鲁公族孟孙之后"，自东汉赵岐以"或曰"提出，经后人断章取义，遂将一种推测变为一个定论。此说的形成，实由圣贤皆出自名门望族这一陈腐观念所致。支撑这一说法的理由，一是孟子自齐葬于鲁；一是以孟为氏。春秋中晚期，邹国大片土地被鲁国侵占，孟子先祖的墓地沦入鲁国的版图，这是孟子自齐葬于鲁的真正原因。以孟为氏，孟子之前，鲁国内外，非孟孙氏之族均有使用者，并非孟孙氏所专用。况且，春秋战国时通行以孟（或伯）、仲、叔、季的排行加在姓名前作称呼。故"自齐葬于鲁""以孟为氏"，都不能证明孟子是鲁公族孟孙氏之后。孟子不尊周王室；不称文王、武王、周公、孟献子等为先祖；持与鲁公族完全不同的丧葬观点与习俗，将这一些联系起来看，可以说明孟子与鲁公族孟孙氏没有血缘关系。

孟子的先祖究竟应当如何认定，应以实事求是的态度，到最原始的历史文献中去寻找答案。司马迁生于孟子殁后一百四十多年，是第一位为孟子立传者。他虽然写人物传记时往往先追溯其先祖，并曾到鲁国和邹国故地做过考察，但他没有记述孟子的先祖，仅说："孟轲，邹人也。"（《史记·孟子荀卿列传》）《孟子》一书，是了解孟子最原始的资料，其中也没有涉及孟子的先祖，同样记载了孟子是邹人，如，"孟子居邹"（《告子下》），"然友之邹问于孟子""然友复之邹问孟子"（《滕文公上》），"屋庐子不能对，明日之邹，以告孟子"（《告子下》）。……《史记》《孟子》是有关孟子最原始、最可靠的历史文献，既然在这两部最权威的历史文献里没有孟子先祖的记载，就说明孟子的先祖于史无征。既然于史无征，不妨存疑待考。然而，在这两部历史文献里，有关孟子里籍的记载是非常明确的，也是一致的，这就为考证其先祖提供了最基本的线索。孟子既然是邹人，故应首先在邹国寻访其先祖，首先推测其先祖是邹人。这是合乎情理的，也是追溯孟子先祖最科学的途径。至于能否寻到，则有待于新的可靠证据的发现。当然，这并不排除其他有据之说。

二、生平活动

孟子受业子思之门人。在青壮年时期，除受业讲学外，还曾居邹为士。其他则不可详考。周游列国，已是近年老以后的活动。他怀着"王天下""救民于水火"的美好愿望，先后游历了梁、齐、宋、滕、鲁等国。他劝说时君施行仁政、王道，坚决反对暴政、霸道。在齐曾任过客卿。滕文公曾非常尊重他。虽然梁、齐等国不采纳他的主张，但他从不枉尺直寻。年老后，退而归邹，与万章、公孙丑之徒疑难答问，著书立说。

1. 受业

孟子受业于谁？他本人在七篇中略有自述：

"乃所愿，则学孔子也。"（《公孙丑上》）

"君子之泽五世而斩，小人之泽五世而斩。予未得为孔子徒也，予私淑诸人也。"（《离娄下》）

后人对孟子受业于谁亦有记述，但说法有异。

司马迁说："……受业子思之门人。"（《史记·孟子荀卿列传》）

刘向说："师事子思。"（《列女传·母仪传》）

班固说："……名轲，邹人，子思弟子。"（《汉书·艺文志》）

应劭说："孟子受业于子思。"（《风俗通·穷通篇》）

赵岐也说："长师孔子之孙子思，治儒术之道……"（《孟子题辞》）

上述诸说，前两者为西汉人，后三者为东汉人。其说一为"受业子思之门人"；一为"受业于子思"。孟子究竟能否受业于子思，后人多有考证。

清代毛奇龄《四书剩言》云："王草堂谓《史记·世家》子思年六十二。孔子卒在周敬王四十一年，伯鱼先孔子卒已三年；向使子思生于伯鱼所卒之年，亦止当在威烈王三四年之间。乃孟子实生于烈王四年，其距子思卒时，已相去五十年之久。又谓鲁缪公曾尊礼子思，然缪公即位，在威烈王十九年。则《史记》所云'子思年六十二'者，或是'八十二'之误。若孟子则断不能亲受业也。予只以《孟子》本文计之，梁惠王三十年，齐虏太子申，则孟子游梁，自当在三十年之后。何则？以本文有'东败于齐，长子死焉'之语也。然孟子居梁，不及二、三年，而惠王已卒，襄王已立。何则？以本文有见梁襄王之语也。乃实记其时，梁惠王即位之年，距鲁缪公卒年，亦不过四十零年，然而孟子已老，本文有'王曰：叟'是也。则受业子思，或未可尽非者与？"（转引自焦循《孟子正义》）

焦循说："按《史记·鲁世家》，哀公十六年，孔子卒。二十七年卒于有山氏，悼公立。三十七年卒，子元公立。二十一年卒，子显立，是为穆公。穆公立三十三年卒。自穆公元年，上溯至孔子卒之年，当有六十八年。孔子未卒，子思已生。而孟子明言子思当穆公时，则子思之年，不止六十二明矣。穆公子共公立，二十二年卒，子康公立。九年卒，子景公立。二十九年卒，子叔立，是为平公。平公元年，上溯穆公卒之年，当有六十年。再溯穆公初年，则九十年矣。则孟子不能亲受业于子思又明矣。草堂之说是也。乃《六国表》鲁穆公元年，即周威烈王十九年；魏惠王元年，当周烈王六年；相距三十八年。惠王三十五年，孟子来大梁，上溯鲁穆公时，已有七十余年。如以亲受业子思言之，则子思年必大耋，而孟子则童子时也。刘向、司马迁皆西汉人，一以为受业子思；一以为受业子思之门人。而《史记》纪年多不可

据，大抵异同不过此两端，识者察之。"（《孟子正义》）

清代崔述说："赵岐谓孟子亲师子思。王劭谓《史记》'人'字为衍。余按孔子之卒，下至孟子游齐燕人畔时，一百六十有六年矣。伯鱼之卒在颜渊前，则孔子卒时子思当不下十岁。而孟子去齐后，居邹，之宋，之薛，之滕，为文公定井田，复游于鲁，而后归老，则孟子在齐时，亦不过六十岁耳。即令子思享年八十，距孟子之生尚三十余年。孟子何由受业于子思乎？孟子云：'予未得为孔子徒也，予私淑诸人也。'若孟子亲受业于子思，则当明言其人，以见其传之有所自，何得但云人而已乎？由是言之，孟子必无受业于子思之事。《史记》之言是也。然孟子之学深远，恐不仅得之于一人，殆如孔子之无常师者然。故但云'私淑诸人'耳。"（《孟子事实录·卷上》）

从上述可知，子思约生于周敬王三十七年，鲁哀公十二年（前483），孟子约生于周烈王四年（前372），子思年长孟子一百一十余岁，故孟子不可能受业于子思。王草堂、崔述的分析是有道理的。

孟子是否受业于子思，除从年龄上考证外，孟子的著作也应是考证的重要方面。《孟子》二百六十余章，其中涉及子思的有以下几章：

> 子思居于卫，有齐寇。或曰："寇至，盍去诸？"子思曰："如伋去，君谁与守？"孟子曰："曾子、子思同道。曾子，师也，父兄也；子思，臣也，微也。曾子、子思易地则皆然。"（《离娄下》）
>
> 孟子曰："……费惠公曰：'吾于子思，则师之矣；……'"（《万章下》）
>
> （淳于髡）曰："鲁缪公之时，公仪子为政，子柳、子思为臣，鲁之削也滋甚；……"（《告子下》）
>
> （孟子）曰："坐，我明语子。昔者鲁缪公无人乎子思之侧，则不能安子思；泄柳、申详无人乎缪公之侧，则不能安其身。子为长者虑，而不及子思。子绝长者乎？长者绝子乎？"（《公孙丑下》）
>
> （孟子）曰："……缪公亟见于子思，曰：'古千乘之国以友士，何如？'子思不悦，曰：'古之人有言，曰事之云乎，岂曰友之云乎？'子思

之不悦也，岂不曰：'以位，则子，君也；我，臣也。何敢与君友也？以德，则子事我者也，奚可以与我友？'"（《万章下》）

（孟子）曰："缪公之于子思也，亟问，亟馈鼎肉。子思不悦。于卒也，摽使者出诸大门之外，北面稽首再拜而不受，曰：'今而后知君之犬马畜伋。'盖自是台无馈也。悦贤不能举，又不能养也，可谓悦贤乎？"

（孟子）曰："……子思以为鼎肉使己仆仆尔亟拜也，非养君子之道也。"（《万章下》）

上述六章，其中第二、三、四章，是对子思身份的一般介绍；第一、五、六章，则涉及了子思的言行，其言仅有三句，其行与孟子无涉。孟子仅引述之而用以阐述自己的主张。这很难说明孟子曾受业于子思。

简言之，孟子青少年时，曾受业于子思之门人，并私淑诸人。其详情则无从考证。

2. 游梁

约梁惠王后元十六年，周慎靓王二年（前319），孟子来到梁国。梁惠王称孟子曰"叟"，可见孟子当时已进入老年，约五十五岁。

当时的梁国，据惠王自述："晋国，天下莫强焉，叟之所知也。及寡人之身，东败于齐，长子死焉；西丧地于秦七百里；南辱于楚。寡人耻之，愿比死者壹洒之……"（《梁惠王上》）这些重大历史事件，在史籍中均可找到记载。《史记·魏世家》载：惠王"三十五年（前335），……惠王数被于军旅，卑礼厚币以招贤者。邹衍、淳于髡、孟轲皆至梁。"（《史记》所记年代有误。详见附录二《孟子周游列国年代考》）

孟子到了魏国，惠王见面就问："叟！不远千里而来，亦将有以利吾国乎？"孟子回答："王何必曰利，亦有仁义而已矣。"接着又阐述了为什么不可言利："上下交征利而国危矣。""未有仁而遗其亲者也，未有义而后其君者也。"（《梁惠王上》）

孟子见梁惠王，梁惠王站在池塘边，一边看着鸿雁麋鹿，一边问孟子：

"贤者亦乐此乎?"孟子回答:"贤者而后乐此。不贤者虽有此,不乐也。"并指出:"古之人与民偕乐,故能乐也。""民欲与之偕亡,虽有台池鸟兽,岂能独乐哉?"(《梁惠王上》)

梁惠王以国事问孟子:"寡人之于国也,尽心焉耳矣。河内凶,则移其民于河东,移其粟于河内。河东凶亦然。察邻国之政,无如寡人之用心者。邻国之民不加少,寡人之民不加多,何也?"孟子以作战为喻,指出梁惠王的治国方法与邻国没有本质的区别,只不过是五十步笑百步。问题的根本不是年成不好,而是治国的路子不对。孟子告诫惠王:"不违农时,谷不可胜食也;数罟不入洿池,鱼鳖不可胜食也;斧斤以时入山林,材木不可胜用也。谷与鱼鳖不可胜食,材木不可胜用,是使民养生丧死无憾也。养生丧死无憾,王道之始也。"孟子还向惠王描述了一个理想社会:"五亩之宅,树之以桑,五十者可以衣帛矣。鸡豚狗彘之畜,无失其时,七十者可以食肉矣。百亩之田,勿夺其时,数口之家可以无饥矣。谨庠序之教,申之以孝悌之义,颁白者不负戴于道路矣。七十者衣帛食肉,黎民不饥不寒,然而不王者,未之有也。"孟子批评惠王:"狗彘食人食而不知检,途有饿莩而不知发;人死,则曰:'非我也,岁也。'是何异于刺人而杀之,曰:'非我也,兵也。'王无罪岁,斯天下之民至焉。"(《梁惠王上》)

经过几次答问,梁惠王终于心悦诚服地对孟子说:"寡人愿安承教。"孟子进一步指出惠王为政的弊端:"庖有肥肉,厩有肥马,民有饥色,野有饿莩,此率兽而食人也。兽相食,且人恶之;为民父母,行政,不免于率兽而食人,恶在其为民父母也?"(《梁惠王上》)

梁惠王问孟子,如何洗雪"东败于齐,长子死焉;西丧地于秦七百里;南辱于楚"之耻。孟子劝惠王最好的办法是施仁政于民。"省刑罚,薄税敛,深耕易耨;壮者以暇日修其孝悌忠信,入以事其父兄,出以事其长上,可使制梃以挞秦楚之坚甲利兵矣。""彼夺其民时,使不得耕耨以养其父母。父母冻饿,兄弟妻子离散。彼陷溺其民,王往而征之,夫谁与王敌?故曰'仁者无敌'。王请勿疑。"(《梁惠王上》)

梁惠王与孟子相处不久便去世了。《竹书纪年》载:周"慎靓王……二年

（前 319），魏惠成王薨。""三年（前 318），今王元年。"今王，即梁惠王的儿子梁襄王。

孟子见梁襄王，出来后，告诉别人说："望之不似人君，就之而不见所畏焉。卒然问曰：'天下恶乎定？'吾对曰：'定于一。''孰能一之？'对曰：'不嗜杀人者能一之。''孰能与之？'对曰：'天下莫不与也。……今夫天下之人牧，未有不嗜杀人者也。如有不嗜杀人者，则天下之民皆引领而望之矣。诚如是也，民归之，由水之就下，沛然谁能御之？'"（《梁惠王上》）

孟子与梁襄王仅有一次谈话。因对其印象不好，不久，孟子就离开了梁国。时间约在梁襄王即位那一年，即周慎靓王三年（前 318）。

在魏国，孟子还与景春、周霄、白圭等进行过交谈或论争。

景春问："公孙衍、张仪岂不诚大丈夫哉？一怒而诸侯惧，安居而天下熄。"孟子反驳说：他们怎么能算大丈夫呢？他们是"以顺为正者，妾妇之道也"。只有"居天下之广居，立天下之正位，行天下之大道；得志，与民由之；不得志，独行其道。富贵不能淫，贫贱不能移，威武不能屈，此之谓大丈夫"（《滕文公下》）。

在与周霄的谈话中，孟子阐述了为士之道："古之人未尝不欲仕也，又恶不由其道。不由其道而往者，与钻穴隙之类也。"（《滕文公下》）

孟子还与白圭讨论过国家税收的比例。白圭问："吾欲二十而取一，何如？"孟子认为，轻于尧舜之道，重于尧舜之道，都是不恰当的，税收要依据国家的实际需要而定。

白圭还说："丹之治水也愈于禹。"孟子批评他说："子过矣。禹之治水，水之道也。是故禹以四海为壑，今吾子以邻国为壑。"（《告子下》）

3. 游齐

约梁襄王元年，齐宣王二年（周慎靓王三年，前 318），孟子离开魏国，来到了齐国。

当时齐宣王刚刚即位不久，一心想成就一番霸业。他让孟子做客卿。在与孟子的交谈中，首先问孟子："齐桓、晋文之事可得闻乎？"孟子答："仲尼之徒无道桓、文之事者，是以后世无传焉，臣未之闻也。"并说，王一定要我说，我就讲讲用道德的力量来统一天下的王道吧！

齐宣王问："德何如则可以王矣？"孟子答："保民而王，莫之能御也。"宣王问："若寡人者，可以保民乎哉？"孟子肯定地回答："可。"并以曾听说过齐宣王见到将用于衅钟之牛，不忍其觳觫，若无罪而就死地，并以羊易之为例，说这就是不忍之心，如果将这种不忍之心推及百姓，就是仁术。"故王之不王，不为也，非不能也。""故推恩足以保四海，不推恩无以保妻子。"孟子反问齐宣王："抑王兴甲兵，危士臣，构怨于诸侯，然后快于心与？"宣王矢口否认，并说："将以求吾所大欲也。"孟子问他的大欲是什么？宣王笑而不答。孟子猜测说："……欲辟土地，朝秦楚，莅中国而抚四夷也。"孟子告诫齐宣王："以若所为求若所欲，犹缘木而求鱼也。""尽心力而为之，后必有灾。"孟子劝齐宣王，要想达到自己的愿望，不如从根本做起，发政施仁，"使天下仕者皆欲立于王之朝，耕者皆欲耕于王之野，商贾皆欲藏于王之市，行旅皆欲出于王之途，天下之欲疾其君者皆欲赴诉于王。其若是，孰能御之？"宣王终于为孟子所折服，说："吾惛，不能进于是矣。愿夫子辅吾志，明以教我。我虽不敏，请尝试之。"于是孟子向齐宣王讲了"恒产"与"恒心"的关系，"是故明君制民之产，必使仰足以事父母，俯足以畜妻子，乐岁终身饱，凶年免于死亡；然后驱而之善，故民之从之也轻"。又描述了他曾向梁惠王介绍的理想社会模式："五亩之宅，树之以桑……老者衣帛食肉，黎民不饥不寒，然而不王者，未之有也。"（《梁惠王上》）

齐宣王见孟子于雪宫，问孟子："贤者亦有此乐乎？"孟子说："有。人不得，则非其上矣。不得而非其上者，非也；为民上而不与民同乐者，亦非也。乐民之乐者，民亦乐其乐；忧民之忧者，民亦忧其忧。乐以天下，忧以天下，然而不王者，未之有也。"（《梁惠王下》）

齐宣王让孟子讲讲怎样去实行王政，孟子说："昔者文王之治岐也，耕者九一，仕者世禄，关市讥而不征，泽梁无禁，罪人不孥。"并且，发政施仁，必先鳏、寡、独、孤。齐宣王高兴地说："善哉言乎！"孟子追问："王如善之，则何为不行？"宣王说："寡人有疾，寡人好货。"孟子说，王如好货，与百姓同之，那对实行王政有什么妨碍呢？宣王又说："寡人有疾，寡人好色。"孟子说，只要内无怨女，外无旷夫，王如好色，与百姓同之，那对实行王政又有什么妨碍呢？（《梁惠王下》）

齐宣王也曾就一些非常尖锐的问题向孟子试探。他问孟子："汤放桀，武王伐纣，有诸？""臣弑其君，可乎？"孟子回答："贼仁者谓之贼，贼义者谓之残，残贼之人谓之一夫。闻诛一夫纣矣，未闻弑君也。"（《梁惠王下》）

齐宣王问关于公卿的事情。孟子说：贵戚之卿"君有大过则谏；反覆之而不听，则易位。"齐宣王听了突然变了脸色。神色稍定，又问异姓之卿，孟子说："君有过则谏，反覆之而不听，则去。"（《万章下》）

孟子在回答齐宣王提问的同时，也主动向齐宣王就多方面的问题谈论自己的看法。或严厉地批评时政，或提出自己的建议。孟子对齐宣王说：您有一个臣子把妻室儿女托付给朋友照顾，自己游楚国去了。等他回来时，他的妻儿却在挨饿受冻。对这样的朋友，该怎么办呢？齐宣王说："弃之。"孟子又说："士师不能治士，则如之何？"王曰："已之。"孟子紧接着说："四境之内不治，则如之何？"齐宣王装作没听懂，左顾右望而把话题扯到了别处。（《梁惠王下》）

孟子向齐宣王提出辨识人才的方法："左右皆曰贤，未可也；诸大夫皆曰贤，未可也；国人皆曰贤，然后察之，见贤焉，然后用之。左右皆曰不可，勿听；诸大夫皆曰不可，勿听；国人皆曰不可，然后察之，见不可焉，然后去之。左右皆曰可杀，勿听；诸大夫皆曰可杀，勿听；国人皆曰可杀，然后察之，见可杀焉，然后杀之。故曰，国人杀之也。如此，然后可以为民父母。"（《梁惠王下》）

孟子以雕琢璞玉为例，劝说齐宣王，治理国家要任用精通治国之道的政治家，正像价值万镒的璞玉也要让玉工去雕琢一样。如果非让政治家放弃治国之道而一切听从国君的，"则何以异于教玉人雕琢玉哉？"（《梁惠王下》）

孟子告诫齐宣王说："君之视臣如手足，则臣视君如腹心；君之视臣如犬

马，则臣视君如国人；君之视臣如土芥，则臣视君如寇雠。"（《离娄下》）

孟子对齐宣王直言不讳，齐宣王虽不得不听，但有时内心实在难于接受，以致出现了回避的倾向。一次，孟子准备朝见齐宣王，宣王派人以"有寒疾，不可以风"相推辞，让孟子明天临朝办公时再来见。孟子针锋相对，说："不幸而有疾，不能造朝。"次日，孟子不上朝，反而到东郭氏家去吊丧。齐宣王派人带着医生来看孟子。孟仲子一边以谎言搪塞使者，一边派人告诉孟子赶紧去上朝。孟子不得已躲到景丑氏家里歇宿。景子责问孟子："内则父子，外则君臣，人之大伦也。父子主恩，君臣主敬，丑见王之敬子也，未见所以敬王也。"孟子辩解说：齐国人没有一个拿仁义的道理向王进言的，认为这个王哪配得上和他谈仁义呢？这才是最大的不恭敬。"我非尧舜之道，不敢以陈于王前，故齐人莫如我敬王也。"景子说："否。非此之谓也。礼曰：'父召，无诺；君命召，不俟驾。'固将朝也，闻王命而遂不果，宜与夫礼若不相似然。"孟子说："岂谓是与！曾子曰：'晋楚之富，不可及也；彼以其富，我以吾仁；彼以其爵，我以吾义，吾何慊乎哉？'夫岂不义而曾子言之？是或一道也。天下有达尊三：爵一，齿一，德一。朝廷莫如爵，乡党莫如齿，辅世长民莫如德。恶得有其一以慢其二哉？故将大有为之君，必有所不召之臣；欲有谋焉，则就之。其尊德乐道，不如是，不足以有为也。故汤之于伊尹，学焉而后臣之，故不劳而王；桓公之于管仲，学焉而后臣之，故不劳而霸。今天下地丑德齐，莫能相尚，无他，好臣其所教，而不好臣其所受教。汤之于伊尹，桓公之于管仲，则不敢召。管仲且犹不可召，而况不为管仲者乎？"（《公孙丑下》）

在齐国，孟子的弟子们也经常就一些政治问题向孟子请教。公孙丑问曰：夫子如果在齐国当权，管仲、晏子的功业可以再度兴起吗？孟子批评他说：你真是个齐国人，只知道管仲、晏子，管仲是曾西都不愿跟他相比的人，你以为我愿意效法他吗？并说，以齐国来统一天下，易如反掌。"当今之时，万乘之国行仁政，民之悦之，犹解倒悬也。故事半古之人，功必倍之，惟此时为然。"（《公孙丑上》）

公孙丑问孟子："夫子加齐之卿相，得行道焉，虽由此霸王，不异矣。如此，则动心否乎?"孟子说："否。我四十不动心。"并向公孙丑讲述了不动心的道理，讲了如何养勇，讲了心、气、志的相互关系。公孙丑问孟子："敢问夫子恶乎长?"孟子说："我知言，我善养吾浩然之气。"(《公孙丑上》)

孟子在齐任客卿，曾受命到齐国各地了解民情、政情。一次，他到了平陆，对其地方长官孔距心说：如果你的战士一天三次失职，你开除他吗?孔距心说：不等到三次。孟子说：那么，你自己失职的地方也很多了。灾荒年成，你的百姓，年老体弱抛尸露骨于山沟中的，年轻力壮逃亡四方的，已近千人了。孔距心说：这个事情不是我力所能及的。孟子说：比如现在有一个人，接受别人的牛羊而替人放牧，那一定要为牛羊找牧场和草料。如果牧场和草料都找不到，是把它退还原主呢?还是站在那里看着它一个个死去呢?孔距心终于认识到了自己的过错。过了几天，孟子见到齐王，说：王的地方长官，我了解了五位。明白自己罪过的，只有孔距心一人。王说：这个也是我的罪过啊!(《公孙丑下》)

齐国灾荒之年，孟子曾积极建议开仓救济灾民，并在棠地主持发放救灾粮。为此，他似乎受到过别人的误解或非议，以致后来齐国又一次发生灾荒，弟子陈臻说："国人皆以夫子将复为发棠，殆不可复。"孟子说：再这样做，便成了被人讥笑的冯妇了。(《尽心下》)

齐王曾命孟子为正使到滕国吊丧，并让盖大夫王驩为副使同行，孟子弟子公孙丑也作陪同。王驩做事独断专行，孟子对他很反感，往返的路上连话也不跟王驩说。(《公孙丑下》)

后来，王驩做了右师，公行子死了儿子，王驩去吊唁，他一进门，不少人争着与他打招呼。当时孟子也在场，就是不理睬他。王驩不高兴地说："诸君子皆与驩言，孟子独不与驩言，是简驩也。"孟子听说了，说："礼，朝廷不历位而相与言，不逾阶而相揖也。我欲行礼，子敖以我为简，不亦异乎?"(《离娄下》)

匡章，齐国人都说他不孝，而孟子却与他交游，并非常礼貌地对待他。当公都子感到不解，问孟子为什么这样做时，孟子说：世俗所谓不孝者五：四肢懒惰，不养父母，一不孝;好下棋饮酒，不养父母，二不孝;好钱财，偏爱妻子儿女，不养父母，三不孝；放纵耳目的欲望，使父母因此受到耻辱，四不孝；好勇斗狠，危及父母，五不孝。章子这五项中有一项吗？他不过是因父子之间以善相责，而把关系弄坏了罢了。（《离娄下》）

孟子处世为人不同凡俗，齐王曾派人悄悄地窥探他，看他有什么与别人不同的地方。储子问孟子："王使人瞯夫子，果有以异于人乎？"孟子说："何以异于人哉？尧舜与人同耳。"（《离娄下》）

孟子在齐国时，曾返回鲁国埋葬母亲。他为母亲做了非常精美的棺椁，葬礼也办得很隆重。返回齐国的路上，在嬴地稍停，弟子充虞忍不住问孟子：棺木是不是太好了？孟子答道：上古时对棺椁没有什么规定，到中古才规定棺厚七寸，椁相称。从天子到庶人，讲究棺椁，不仅是为了美观，更主要的是想通过这来表达孝心。为地位所限，不能用上等木料，当然不称心；能用上等木料，没有财力，也还是不称心。既有地位又有财力，古人都这样做，我为什么不能这样做呢？况且仅使死者的尸体不与泥土相挨，难道就能使人心满足吗？我听说过，"君子不以天下俭其亲"（《公孙丑下》）。

约齐宣王二年，即燕王哙三年，周慎靓王三年（前318），燕国发生了重大政治变故，燕王哙将燕国让给了相国子之，子之南面行王事。过了三年，燕国大乱，百姓恫怨。将军市被、太子平谋，将攻子之。太子因要党聚众，将军市被围公宫，攻子之，不克。子之欲杀太子平，亦不克。因构难数月，死者数万。齐宣王因令匡章将五都之兵，因北地之众伐燕。士卒不战，城门不闭，燕君哙死。齐师杀子之，醢其身。（《竹书纪年》《战国策·燕一》）

当燕国发生内乱时，沈同曾经以个人的名义问孟子："燕可伐与？"孟子说："可。子哙不得与人燕，子之不得受燕于子哙。"齐国果然去讨伐了燕国，有人问孟子："劝齐伐燕，有诸？"孟子说："未也。沈同问：'燕可伐与？'吾应之曰：'可。'彼然而伐之也。彼如曰：'孰可以伐之？'则将应之曰：'为天吏，则可以伐之。'今有杀人者，或问之曰：'人可杀与？'则将应之曰：'可。'彼如曰：'孰可以杀之？'则将应之曰：'为士师，则可以杀之。'今以燕伐燕，何为劝之哉？"（《公孙丑下》）

齐人伐燕，大获全胜。齐宣王问孟子："或谓寡人勿取，或谓寡人取之。以万乘之国伐万乘之国，五旬而举之，人力不至于此。不取，必有天殃。取之，何如？"孟子回答："取之而燕民悦，则取之。古之人有行之者，武王是也。取之而燕民不悦，则勿取，古之人有行之者，文王是也。以万乘之国伐万乘之国，箪食壶浆以迎王师，岂有他哉？避水火也。如水益深，如火益热，亦运而已矣。"（《梁惠王下》）

齐国吞并了燕国，其他诸侯国计议着要救助燕国，齐宣王不知如何是好，向孟求教："诸侯多谋伐寡人者，何以待之？"孟子回答说："臣闻七十里为政于天下者，汤是也。未闻以千里畏人者也。《书》曰：'汤一征，自葛始。'天下信之，东面而征，西夷怨；南面而征，北狄怨，曰：'奚为后我？'民望之，若大旱之望云霓也。归市者不止，耕者不变，诛其君而吊其民，若时雨降。民大悦。《书》曰：'徯我后，后来其苏。'今燕虐其民，王往而征之，民以为将拯己于水火之中也，箪食壶浆以迎王师。若杀其父兄，系累其子弟，毁其宗庙，迁其重器，如之何其可也？天下固畏齐之强也，今又倍地而不行仁政，是动天下之兵也。"孟子郑重建议齐宣王：您赶快发出命令，遣回老老小小的俘虏，停止搬运燕国的宝器，再和燕国的百姓协商，择立一位燕王，然后自己从燕国撤退，这样做，要使各国停止兴兵，还是来得及的。（《梁惠王下》）

齐宣王没有听从孟子的规劝。第二年，燕人群起反抗齐国。不久，又拥立了公子平（一说公子职）为国君，即燕昭王。齐宣王后悔地说："吾甚惭于孟子。"（《公孙丑下》）

孟子看到齐宣王不能听从自己的劝谏，又做出了侵略燕国这样的不仁不义的事情，在齐国已无法实现自己的政治抱负，于是，辞去客卿的职位，准备返回故里邹国。齐宣王急忙来到孟子的住处，说："前日愿见而不可得，得侍同朝，甚喜；今又弃寡人而归，不识可以继此而得见乎？"孟子说："不敢请耳，固所愿也。"过了几天，齐宣王对时子说：我想在临淄城中给孟子一幢房屋，用万钟之粟来养他的门徒，使我国的臣民都有所效法。你何不替我向孟子谈谈。时子又托陈子把这话转告了孟子。孟子

仍婉言拒绝。(《公孙丑下》)

　　孟子启程返回邹国，在离齐都不远的昼邑歇宿过夜。有一位想替齐王把孟子挽留住的人，恭敬地坐着同孟子说话，孟子却不加理会，那人很不高兴地说："弟子斋宿而后敢言，夫子卧而不听，请勿复敢见矣。"孟子说："坐！我明语子，昔者鲁缪公无人乎子思之侧，则不能安子思；泄柳、申详无人乎缪公之侧，则不能安其身。子为长者虑，而不及子思。子绝长者乎？长者绝子乎？"(《公孙丑下》)

　　孟子在昼邑歇宿了三天，盼望着齐宣王改变态度。他认为，宣王如能回心转意，那一定还会把自己召回。假若真心实意地按自己的主张去做，岂止能安齐国之民，天下的百姓都能得到太平。但是，三天过去了，齐王并没有再来召唤。孟子终于失望地离开了齐国。这一年，约是齐宣王八年，即周赧王三年（公元前312年）。

　　在离开齐国的路上，弟子充虞问孟子："夫子若有不豫色然。前日虞闻诸夫子曰：'君子不怨天，不尤人。'"孟子说："彼一时，此一时也。五百年必有王者兴，其间必有名世者。由周而来，七百有余岁矣。以其数，则过矣；以其时考之，则可矣。夫天未欲平治天下也，如欲平治天下，当今之世，舍我其谁也？吾何为不豫哉？"(《公孙丑下》)

4. 游宋 过薛

　　孟子离开了齐国，回到了故里邹国。不久，听说宋国的国君偃要实行仁政，他就与弟子一起，奔赴宋国。当时宋国的国君偃，已即位十七年，称王已七年，时间大约在周赧王三年（前312）。

　　孟子的弟子万章问孟子："宋，小国也。今将行王政，齐楚恶而伐之，则如之何？"孟子向万章讲了历史上汤征葛的事例，并说："不行王政云尔，苟行王政，四海之内皆举首而望之，欲以为君。齐楚虽大，何畏焉？"(《滕文公下》)

　　在宋国，孟子对宋臣戴不胜说：你想让你的君主为善吗？我明白地告诉你，这里有个楚国的官员，希望他的儿子会说齐国话，那么，找齐国人来教呢？还是找楚国人来教呢？戴不胜答道：找齐国人来教。孟子说：一个齐国人教他，却有许多楚国人在打扰，纵使每天鞭打他，逼他说齐国话，也是做不到的。假若带领他在临淄庄街岳里的闹市里住上几年，纵使每天鞭打他，逼他说楚国话，也是做不到的。你说薛居州是个好人，要他住在王宫中，如果王宫中无论年龄大的小的，地位高的低的，都是薛居州式的好人，那王同谁一起干坏事呢？在王周围的人如果都不是薛居州式的好人，那王与谁为善呢？只有一个薛居州，能对宋王起什么作用？（《滕文公下》）

宋大夫戴盈之问孟子：税率十分抽一，免除关卡和商品的赋税，今年还办不到，预备先减轻一些，等到明年，然后完全实行，怎么样？孟子说：现在有一个人每天偷邻居一只鸡，有人告诉他说：这不是正派的行为。他便说：准备减少一些，先每一个月偷一只，等到明年，然后完全不偷——如果晓得这种行为不合道理，便赶快停止算了，为什么要等到明年呢？（《滕文公下》）

在宋国，孟子可能一直坚持不主动谒见宋王，因而弟子公孙丑问孟子："不见诸侯，何义？"孟子说："古者不为臣不见。"他还引曾子的话说："胁肩谄笑，病于夏畦。"即耸起两肩，做着讨好的笑脸，这比夏天在菜地里干活还要累。（《滕文公下》）

滕国的太子即后来的滕文公要到楚国去，途经宋国，会见了孟子。孟子向他讲了性善的道理，言必称尧舜。滕太子从楚国回来，又来看孟子，孟子说："世子疑吾言乎？夫道，一而已矣。成覵谓齐景公曰：'彼，丈夫也；我，丈夫也，吾何畏彼哉？'颜渊曰：'舜，何人也？予，何人也？有为者亦若是。'公明仪曰：'文王，我师也；周公，岂欺我哉？'今滕，绝长补短，将五十里也，犹可以为善国。"孟子恐滕太子难于接受自己的主张，还引《书》经上的话说，如果药物不能使人吃得头晕脑涨，那病是不会痊愈的。（《滕文公上》）

孟子在宋国过了一段时间，最终感到仍不能施展自己的政治抱负，于是离开宋国，返回故里邹国。临行前，他接受了宋王兼金七十镒的馈赠。途中，路过薛邑，又接受了薛君兼金五十镒的馈赠。孟子的弟子陈臻对此感到不解，问孟子：过去在齐国，齐王送您上等金一百镒，您不接受，后来在宋国，宋王送您七十镒，您接受了；在薛，薛君送您五十镒，您也接受了。如果过去的不接受是正确的，那今天的接受便错了；如果今天接受是正确的，那过去的不接受便错了。二者之中，老师您一定有一个是错了。孟子说：都是正确的。当在宋国时，我准备远行，对远行的人一定要送些路费，因此他说：送上一点路费吧。我为什么不接受？当在薛时，我听说路上有危险，需要戒备，因此他说：听说您需要戒备，送点钱给您买兵器吧。我为什么不接受？至于在齐国，就没有什么理由。没有什么理由却要送我一些钱，这等于用金钱收买我。哪里有君子可以拿钱被收买的呢？（《公孙丑下》）

薛邑离邹国仅有百里左右。孟子在薛稍做歇息，很快便回到了故里邹国。

5. 居邹 游滕 去鲁

约周赧王四年（前311），孟子从宋国经过薛邑回到了邹国。大约在孟子回到邹国的前夕，或刚刚回到邹国不久，邹国与鲁国发生了一次流血冲突。邹穆公问孟子：这一次冲突，我的官吏牺牲了三十三个，老百姓却没有一个为他们死难的。杀了他们，杀不了那么多；不杀，他们瞪着两眼看着长官被杀却不去营救，怎么处置他们才好呢？孟子答道：当灾荒年岁，您的百姓，年老体弱的弃尸于山沟荒野之中，年轻力壮的便四处逃荒，这样的人有数千之多。而在您的仓库中堆满了粮食，库房里装满了财宝。这种情况，您的有关官吏谁也不来报告，这就是在上位的人不关心老百姓，并且还残害他们。曾子说：戒之戒之！出乎尔者，反乎尔者也。现在，您的百姓只是得着报复的机会罢了。您不要责备他们了！您如果实行仁政，老百姓自然会亲近他们的长上，情愿为他们牺牲了。（《梁惠王下》）

滕国国君定公死了，太子对然友说：过去在宋国，孟子跟我谈了很多，我心里一直不曾忘记。今日不幸得很，遭了父丧，我想让你到孟子那里请教一下，然后再办丧事。然友便到邹国去问孟子。孟子建议按照夏商周三代的规矩，实行三年的丧礼。然友回国复命。太子打算按孟子的建议去办。但滕国的父老、官吏却不同意。因为宗国鲁国的先君及本国的先君都没有这样实行过。太子感到为难，又派然友到邹国再问问孟子。孟子说：嗯！这是不能够求于别人的。孔子说过，君主死了，太子把一切政务交给冢宰安排，喝着稀粥，面色深黑，就临孝子之位痛哭。大小官吏没有人敢不悲哀，这是因为太子带头的缘故。在上位的有什么爱好，在下面的一定爱好得更厉害。君子的德行好像风，小人的德行好像草，风向哪边吹，草就向哪边倒。这件事情完全决定于太子。然友向太子报告，太子说：对，这应当决定于我。于是，太子居丧庐中五月，不曾颁布过任何命令和禁令。官吏同族们都很赞成，认为知礼。举行葬礼时，四方的人都来观看，太子容色悲惨，哭泣哀痛，使来吊丧的人都深受感动。（《滕文公上》）

滕文公即位后，孟子到了滕国。时间约在周赧王六年至七年，即公元前309年至公元前308年。

滕文公多次就国事向孟子请教。滕文公问道：滕国是一个弱小的国家，处在齐国和楚国的中间，是归顺齐国呢？还是归顺楚国呢？孟子说：这个问题不是我的能力所能解决的。您如果一定要我谈谈，那只有一个主意，把护城河挖深，把城墙筑坚固，同百姓一道来保卫它，宁肯献出生命，百姓都不离开，那就有办法了。（《梁惠王下》）

滕文公问道："齐人将筑薛，吾甚恐，如之何则可？"孟子回答说："昔者大王居邠，狄人侵之，去之岐山之下居焉。非择而取之，不得已也。苟为善，后世子孙必有王者矣。君子创业垂统，为可继也。若夫成功，则天也。君如彼何哉？强为善而已矣。"（《梁惠王下》）

滕文公还问孟子："滕，小国也，竭力以事大国，则不得免焉，如之何则可？"孟子对此实在没有什么好办法，只得请滕文公在"大王去邠"与"效死勿去"之中，选择其一。（《梁惠王下》）

滕文公问孟子应当怎样治理国家。孟子说："民事不可缓也。""民之为道也，有恒产者有恒心，无恒产者无恒心。苟无恒心，放辟邪侈，无不为已。及陷乎罪，然后从而刑之，是罔民也。焉有仁人在位罔民而可为也？是故贤君必恭俭礼下，取于民有制。"同时，还要"设为庠序学校以教之""人伦明于上，小民亲于下。有王者起，必来取法，是为王者师也"。孟子还勉励滕文公："《诗》云：'周虽旧邦，其命惟新。'文王之谓也。子力行之，亦以新子

之国！"（《滕文公上》）

滕文公让毕战向孟子询问关于井地的问题，孟子说：你的君王准备实行仁政，选择你来问我，你一定要好好干。实行仁政，一定要从划分田界开始。田界划分不正确，井田的大小就不均匀，作为俸禄的田租收入也就不会公平合理。只要田界正确了，分配人民以田地，制定官吏的俸禄标准，都可以毫不费力地做出决定了。（《滕文公上》）

滕文公按照孟子的主张实行仁政，信奉神农学说的许行，带领门徒从楚国来到滕国，谒见文公，表示要做滕国的百姓。陈良的门徒陈相和他的弟弟陈辛，也背着农具从宋国到了滕国，也对文公说：听说您实行圣人的政治，那么，您也是圣人了，我愿意做圣人的百姓。陈相见了许行，完全抛弃以前所学，而向许行学习。陈相来看孟子，向孟子宣扬许行的主张。孟子听后，批驳了许行"贤者与民并耕而食，饔飧而治"的观点，阐述了社会分工理论，以及商品应以质论价的理论。

孟子在滕国住了一段时间，虽然滕文公非常尊重他，但他可能感到滕国太小，最终还是难以施展自己的抱负，于是，仍旧回到了故里邹国。

约鲁平公九年，即周赧王九年（前306），孟子听说鲁国要任用他的弟子乐正克治理国政，高兴得连觉也睡不着。公孙丑问曰："乐正子强乎？"孟子说："否。""有知虑乎？"答："否。""多闻识乎？"答："否。""然则奚为喜而不寐？"答："其为人也好善。""好善足乎？"答："好善优于天下，而况鲁国乎？……"（《告子下》）

可能由于乐正克的邀请，孟子来到了鲁国。乐正克建议鲁平公去会见孟子。鲁平公准备外出，他所宠幸的小臣臧仓问道：平日您外出，一定要把去的地方通知管事的人。现在车马都准备好了，管事的人还不知道您要往哪里去，因此来请示。平公说：我要去拜访孟子。臧仓说：您不尊重自己的身份，而先去拜访一个普通人，为的是什么呢？您以为孟子是贤德之人吗？贤德之人的行为应该合乎礼义，而孟子办他母亲的丧事，大大超过他以前办父亲的丧事。您不要去看他！平公说：好吧。乐正子去见平公，问道：您为什么不去看孟轲呢？平公说：有人告诉我，孟子办他母亲的丧事，大大超过他以前办父亲的丧事。所以不去看他了。乐正子说：您所说的超过，是什么意思呢？是办父亲的丧事用士礼，办母亲的丧事用大夫之礼吗？是办父亲的丧事用三个鼎摆设供品，办母亲的丧事用五个鼎摆设供品吗？平公说：不。我指的是棺椁衣衾的精美。乐正子说：那便不能叫超过，只是前后贫富不同罢了。乐正子去见孟子，说道：我同鲁君讲了，他打算来看您。可是有一个他所宠幸的小臣臧仓阻止了他，他因此就不来了。孟子说："行，或使之；止，或尼之。行止，非人所能也。吾之不遇鲁侯，天也。臧氏之子焉能使予不遇哉？"（《梁惠王下》）

6. 授徒　著述

孟子自在鲁国没有得到鲁平公的会见，便彻底取消了游说诸侯的念头。约从鲁平公九年，即周赧王九年（前306）之后，便在故里邹国专事授徒讲学，并与万章、公孙丑等高弟整理一生的言论，编撰《孟子》一书。这时，孟子已经七十多岁了。

约在孟子的晚年，墨家信徒夷之，借着孟子弟子徐辟的关系求见孟子，孟子通过徐辟，向夷之转述了自己与墨家不同的观点。孟子批评夷子：墨家办理丧事，以节俭为合理，并想以此推行天下，但他自己埋葬父母相当丰厚，那便是拿他所轻贱、所否定的东西对待他的父母了。况且天生万物只有一个根源，就人来说，只有父母，所以儒家主张"老吾老以及人之老"。夷子却说有两个根源，因此认为自己的父母和别人的父母没有区别，主张爱无差等，这是没有道理的。大概上古有不埋葬父母的人，父母死了，抬了他弃在山沟中。过了些时候，经过那里，狐狸在吃着他，苍蝇蚊子在吸吮着他，那个人不禁额头上流着悔恨的汗，斜着眼睛望望，不敢正视。这一种流汗，不是流给别人看的，实是由于衷心的悔恨而在面貌上表达出来的，大概他也回家去取了锄头畚箕再把尸体埋葬了。埋葬尸体诚然是对的，那么，孝子仁人埋葬他的父母，自然有他的道理了。夷子接受了孟子的观点。（《滕文公上》）

有一位任国人问屋庐子道：礼和食哪样重要？答道：礼重要。又问：娶妻和礼哪样重要？答道：礼重要。接着问：如果按着礼节去找吃的，便会饿死；不按礼节去找吃的，便会得到吃的，那一定要按着礼节行事吗？如果按照亲迎礼，便得不到妻子；如果不行亲迎礼，便会得着妻子，那一定要行亲迎礼吗？屋庐子不能对答，第二天便去邹国，把这话告诉孟子。孟子说：答复这个有什么困难呢？如果不揣度基础的高低是否一致，而只比较其顶端，那一寸厚的木块，若放在高处，可以使它比尖角高楼还高。我们说金子比羽毛重，难道是说三钱多重的金子比一大车的羽毛还重吗？拿吃的重要方面和礼的细节相比较，何止于吃的重要？拿婚姻的重要方面和礼的细节相比较，何止于娶妻重要？你这样去答复他吧：扭折哥哥的胳膊，抢夺他的食物，便得到吃的；不扭便得不着吃的，那会去扭吗？爬过东邻的墙去搂抱女子，便得到妻室；不去搂抱，便得不着妻室，那会去搂抱吗？（《告子下》）

　　曹交问道：人人都可以做尧舜，有这话吗？孟子做了肯定的回答。曹交问：我听说文王身高一丈，汤身高九尺，如今我有九尺四寸多高，只会吃饭罢了，要怎样才能成呢？孟子说：这有什么关系呢？只要去做就行了。……人难道以不能胜任为忧吗？只是不去做罢了。慢点走，走在长者之后，便叫悌；走得很快，抢在长者之前，便叫不悌。慢点儿走，难道是人所不能的吗？只是不那样做罢了。尧舜之道，也不过就是孝和悌而已。你穿尧的衣服，说尧的话，作尧的所作所为，便是尧了。你穿桀的衣服，说桀的话，作桀的所作所为，便是桀了。曹交说：我准备去谒见邹君，向他借个住的地方，情愿留在您门下学习。孟子说：道就像大路一样，难道难于了解吗？只怕人不去寻求罢了。你回去自己寻求罢，老师多得很呢！（《告子下》）

　　孟子弟子众多，周游列国时，曾"后车数十乘，从者数百人，以传食于诸侯"（《滕文公下》）。年老居邹时，邻近各国及邹国都有不少人到孟子门下求学。但《孟子》书中留下记载的仅有万章、公孙丑、乐正克、浩生不害、孟仲子、陈臻、充虞、屋庐连、徐辟、陈代、彭更、公都子、咸邱蒙、高子、桃应、盆成括、滕更等。其中万章、公孙丑与孟子答问最多，乐正克曾在鲁国为政。

附录二：孟子周游列国年代考

孟子周游列国，据《孟子》一书记载，曾到过梁（魏）、齐、宋、滕、鲁等国。因《孟子》不记年月，战国史又比较混乱，缺乏统一准确的文献记载，故具体时间及顺序历来多有争议。争议的焦点，是先到梁，还是先到齐；是一次游齐，还是两次游齐。只要游梁、游齐的问题厘清了，其他问题都将迎刃而解。要厘清这一问题，唯一的办法，就是依据《孟子》中的记载，核对有关史书。能与《孟子》相核对这一问题的史书，主要有《竹书纪年》《战国策》《史记》等。因《竹书纪年》在宋代就已经亡佚，目前又有今古本之争，故本文仅依据《孟子》，参照南朝宋裴骃《史记集解》和唐司马贞《史记索隐》中引证的《竹书纪年》，并参考《战国策》《史记》等来作考证。

一、孟子游梁的年代

《孟子·梁惠王上》第一至五章，记述了孟子与梁惠王的答问。第一章说："孟子见梁惠王。王曰：'叟！不远千里而来，亦将有以利吾国乎？'孟子对曰：'王何必曰利？'"这段对话，反映了孟子刚到梁国的情况。在这五章答问中，最能说明时间问题的，是第五章梁惠王的一段自述："晋国，天下莫强焉，叟之所知也。及寡人之身，东败于齐，长子死焉；西丧地于秦七百里；南辱于楚。寡人耻之，愿比死者壹洒之，如之何则可？"这段自述，说明了孟子到梁之前不久，梁发生了"东败于齐，长子死焉""西丧地于秦七百里""南辱于楚"三件大事。紧接着，第六章记述了孟子见梁襄王的情况："孟子见梁襄王，出，语人曰：'望之不似人君，就之而不见所畏焉……'"孟子与梁襄王的对话就这么一章。仅这一章，可以反映两个问题：一是孟子在梁国见到惠、襄两位王，且在这两位王交替之际；二是孟子认为梁襄王"不似人君"，在其即位不久就离开了梁国。

根据《孟子》书中提供的线索，只要厘清了梁惠王、梁襄王的在位年代，以及梁惠王所述孟子到梁前发生的三件大事，就可大体推测出孟子游梁的年代。

1. 关于梁惠王、梁襄王在位的年代

据《史记·六国年表》记载：周烈王六年，为梁惠王元年。而杨宽著《战国史》称，周烈王七年，为梁惠王元年。理由是《开元占经·卷一百一》曾引《竹书纪年》载："梁惠成王元年，昼晦（即日蚀）。"《史记·六国年表》亦载：周烈王七年，秦献公十六年，"民大疫，日蚀"。据朱文鑫《历代日食考》中《战国及秦日食考》，公元前369年4月11日13时9分，确实日有环食。因此，梁惠王元年应在周烈王七年，即公元前369年，而不在周烈王六年，应以《竹书纪年》纠正《史记》记载之误。

《史记·魏世家》载：惠王"三十六年，复与齐王会甄。是岁，惠王卒，子襄王立"。襄王"十六年，襄王卒，子哀王立"。

"惠王卒"句下，［索隐］曰："按《纪年》，惠成王三十六年改元，称一年，未卒也。"

"襄王卒，子哀王立"句下，［集解］曰："荀勖曰：'和峤云：《纪年》起自黄帝，终于魏之今王。今王者，魏惠成王子。……今案古文，惠成王立三十六年，改元称一年，改元后十七年卒。《太史公书》误分惠、成之世，以为二王之年数也。《世本》惠王生襄王而无哀王。然则今王者魏襄王也。'"［索隐］曰："按：《系本》襄王生昭王，无哀王。盖脱一代耳。而《纪年》说惠成王三十六年，又称后元一十七年卒……"

《史记·田敬仲完世家》"魏惠王卒"句下，［索隐］也说："案《纪年》，……此时梁惠王改元称一年，未卒也。"

《史记·孟尝君列传》"杀魏将庞涓"句下，［索隐］也说："《纪年》当梁惠王二十八年，至三十六年改为后元也。"

由上述可知，根据《竹书纪年》的记载，梁惠王元年为周烈王七年，公元前369年。至三十六年，即周显王三十五年，公元前334年，改元，称后元一年。改元后十七年，即周慎靓王三年，公元前318年，卒。在位五十二年。

梁惠王卒后，如果梁襄王当年即位，那么，周慎靓王三年，即公元前318

年，就是梁襄王元年；如果次年即位，周慎靓王四年，即公元前 317 年，就是梁襄王元年。目前学术界流行周慎靓王三年为梁襄王元年之说。《竹书纪年》记至今王二十年，说明梁襄王在位二十年。

2. 关于梁惠王所说，孟子游梁之前发生的几件大事的年代

①东败于齐，长子死焉

《史记·魏世家》载：惠王"三十年，魏伐赵，赵告急齐。齐宣王用孙子计，救赵击魏……太子果与齐人战，败于马陵。齐虏魏太子申，杀将军涓，军遂大破。"

"败于马陵"句下，[索隐]曰："按：《纪年》二十八年，与齐田朌战于马陵。"《纪年》对此事的记载较《史记》早两年。

《史记·田敬仲完世家》载：宣王"二年，魏伐赵。……韩氏请救于齐。宣王召大臣而谋曰：'蚤救孰与晚救？'驺忌子曰：'不如勿救。'田忌曰：'弗救，则韩且折而入于魏，不如蚤救之。'……齐因起兵，使田忌、田婴将，孙子为师，救韩、赵以击魏，大败之马陵。杀其将庞涓，虏魏太子申。"

"不如蚤救之"句下，[索隐]曰："案：《纪年》威王十四年，田朌伐梁，战马陵。"

"使田忌、田婴将"句下，[集解]曰："徐广曰：'婴，一作朌。'"

《史记·孙子吴起列传》在记载魏齐桂陵之战的"后十三岁"句下，[索隐]曰："王劭（按）：《纪年》云，'梁惠王十七年，齐田忌败梁于桂陵，至二十七年十二月，齐田朌败梁于马陵'，计相去无十三岁。"战争发生于年末，延续到下一年是可能的，此二十七年之说，与二十八年之说相近。

《史记·孟尝君列传》载："宣王二年，田忌与孙膑、田婴俱伐魏，败之马陵，虏魏太子申，而杀魏将庞涓。"

"而杀魏将庞涓"句下，[索隐]曰："《纪年》当梁惠王二十八年，至三十六年改为后元也。"

由上述可知，"东败于齐，长子死焉"，发生于梁惠王二十七年至二十八年，即周显王二十六年至二十七年，公元前 343 年至公元前 342 年。当时齐国的国君，《史记》记载为齐宣王，而《纪年》的记载为齐威王，应以《纪年》的记载为准。

②西丧地于秦七百里

《史记·魏世家》记载：惠王"三十一年，秦、赵、齐共伐我，秦将商君诈我将军公子卬而袭夺其军，破之。秦用商君，东地至河……"

襄王（笔者注：应为惠王后元）"五年，秦败我龙贾军四万五千于雕阴，围我焦、曲沃。予秦河西之地。"

"六年，与秦会应。秦取我汾阴、皮氏、焦。"

"七年，魏尽入上郡于秦。秦降我蒲阳。"

《史记·秦本纪》载：孝公"二十二年，卫鞅击魏，虏魏公子卬。"

惠文君"六年，魏纳阴晋。"

"七年，公子卬与魏战，虏其将龙贾，斩首八万。"

"八年，魏纳河西地。"

"九年，渡河，取汾阴、皮氏与魏王会应。围焦，降之。"

"十年，张仪相秦。魏纳上郡十五县。"

由上述可知，"西丧地于秦七百里"，约发生在梁惠王三十一年至梁惠王后元七年，即周显王三十年至四十一年，公元前 339 年至公元前 328 年。

③南辱于楚

《史记·魏世家》载：襄王（笔者注：应为惠王后元）"十二年，楚败我襄陵。"

《史记·楚世家》载：怀王"六年，楚使柱国昭阳将兵而攻魏，破之于襄陵，得八邑。"

由上述可知，"南辱于楚"，发生在梁惠王后元十二年，楚怀王六年，即周显王四十六年，公元前 323 年。

总之，梁惠王向孟子所述之三件大事，发生于梁惠王二十七年至梁惠王后元十二年，即周显王二十六年至四十六年，公元前 343 年至公元前 323 年。

明确了梁惠王、梁襄王在位的年代，就可推测孟子游梁的年代。由孟子与梁惠王、梁襄王的对话可知，孟子是在梁惠王末年至梁，约梁惠王后元十六年，即周慎靓王二年，公元前 319 年。梁惠王卒后，梁襄王即位。约梁襄王元年，即周慎靓王三年，公元前 318 年，孟子就离开了梁国。

明确了孟子游梁前梁国发生的三件大事的年代，就可推测，孟子游梁，最早不会早于三件大事中最晚的"南辱于楚"的年代，即梁惠王后元十二年，周显王四十六年，公元前 323 年。

《史记·魏世家》之所以产生"（惠王）三十六年……是岁，惠王卒，子襄王立"的有误记载，并由此而引申出"（惠王）三十五年，……惠王数被于军旅，卑礼厚币以招贤者，邹衍、淳于髡、孟轲皆至梁"的有误记载，并将梁惠王后元之年发生的大事，系于襄王之年，主要原因是不知"惠王三十六年改元，称一年"，将惠王后元之年，误记为襄王之年。究其委原，正如司马迁在《史记·六国年表》中所说："秦既得意，烧天下诗书，诸侯史记尤甚，为其有所刺讥也。诗书所以复见者，多藏人家，而史记独藏周室，以故灭。惜哉！惜哉！独有《秦记》，又不载日月，其文略不具。"又云："余于是因《秦记》，踵《春秋》之后，起周元王，表六国时事，讫二世，凡二百七十年，著诸所闻兴坏之端。"六国时事因《秦记》所记，《秦记》又不载日月，有误在所难免。司马迁作《史记》时，《竹书纪年》尚埋在汲郡魏墓中。直至西晋咸宁五年（公元 279 年，一作太康元年或二年，即公元 280 年或 281 年）才出土。《竹书纪年》为魏人所记，其记又与《孟子》相符，故应以《竹书纪年》纠正《史记》之误。

二、孟子游齐的年代

《孟子·梁惠王上》共七章，前六章记录了孟子在梁国与梁惠王、梁襄王的答问，从内容上来看，基本是按时间顺序排列的。第七章是与齐宣王的答问："齐宣王问曰：'齐桓、晋文之事可得闻乎？'孟子对曰：'仲尼之徒无道桓文之事者……'"从内容上来看，似首次见面或刚刚接触不久相互了解的对话。孟子与齐宣王的对话约有 13 章；未称齐宣王，简称"王"或"齐王"的对话约三章。在与齐宣王的对话中，牵涉的重大历史事件，主要是"齐伐

燕，杀子之"。因孟子与齐宣王对伐燕的主张不同，在"燕人畔"之后，孟子
离齐。《史记·田敬仲完世家》对田齐诸王的纪年也有错误。由于受《史记》
误载的影响，目前学术界仍流行孟子在齐威王时首次游齐的说法。故考证孟
子游齐的年代，必须对齐威王、齐宣王的在位年代，以及"齐伐燕"的年代
逐一进行考证。

1. 关于齐威王、齐宣王的在位年代

据《史记·六国年表》，齐威王因齐元年，在周安王二十四年，即公元前
378 年，在位三十六年。齐宣王辟疆元年，在周显王二十七年，即公元前 342
年，在位十九年。接着是齐湣王地元年，在周显王四十六年，即公元前 323
年，在位四十年。

《史记·索隐》引《纪年》，多处纠正《史记》的有误记载，为厘清田齐
诸王的年代提供了重要线索。

《史记·田敬仲完世家》桓公午"六年，救卫。桓公卒"句下，［索隐］
曰："案《纪年》，梁惠王十二年，当齐桓公十八年，后威王始见，则桓公十
九年而卒，与此不同。"

《史记·魏世家》"齐威王初立"句下，［索隐］曰："按《纪年》，齐幽
公（笔者注：当为齐桓公）之十八年而威王立。"

《史记·田敬仲完世家》"田忌曰：'……不如蚤救之'"句下，［索隐］
曰："案：《纪年》威王十四年，田朌伐梁，战马陵。"

《史记·孙子吴起列传》在记载魏齐桂陵之战"后十三岁"句下，［索
隐］曰："王劭（按）：《纪年》云'梁惠王十七年，齐田忌败梁于桂陵，至
二十七年十二月，齐田朌败梁于马陵'，计相去无十三岁。"

《史记·孟尝君列传》"湣王即位。即位三年，而封田婴于薛"句下，
［索隐］曰："《纪年》以为梁惠王后元十三年四月，齐威王封田婴于薛。十
月齐城薛。十四年，薛子婴来朝。十五年，齐威王薨，婴初封彭城，皆与此
文异也。"

由上述可知，按《史记·田敬仲完世家》［索隐］引《纪年》，"梁惠王

十二年，当齐桓公十八年，后威王始见。"那么齐威王元年应在梁惠王十三年，即周显王十二年，公元前 357 年。按《史记·魏世家》[索隐] 引《纪年》，"齐幽公（笔者注：当为齐桓公）之十八年，而威王立。"这就出现了齐威王元年的两个说法：一个在齐桓公十八年；一个在齐桓公十九年。齐桓公十八年，当梁惠王十二年，即周显王十一年，公元前 358 年。

再看关于魏齐马陵之战的记载。《史记·田敬仲完世家》[索隐] 引《纪年》，马陵之战发生在齐威王十四年。《史记·魏世家》[索隐] 引《纪年》，在梁惠王二十八年。《史记·孙子吴起列传》[索隐] 引《纪年》，在梁惠王二十七年十二月。按齐威王十四年，当梁惠王二十七年，上推，齐威王元年，应在梁惠王十四年，即周显王十三年，公元前 356 年。按齐威王十四年，当梁惠王二十八年，上推，齐威王元年，应在梁惠王十五年，即周显王十四年，公元前 355 年。

以上四种说法，第一种说法，"梁惠王十二年，当齐桓公十八年，后威王始见"，没有说"后"在哪一年。说梁惠王十三年，为齐威王元年，仅是一种推测；第二种说法，"齐幽公十八年，而威王立"，有"幽公"记载不确之疑；第三种说法，魏齐马陵之战，发生在齐威王十四年，梁惠王二十七年十二月，一个是《史记·田敬仲完世家》[索隐] 引《纪年》，一个是《史记·孙子吴起列传》[索隐] 引《纪年》，年代具体，且至月，应较可信；第四种说法，是战争延续至次年的记载，应与第三种说法基本属同一种说法。因此，齐威王元年，在梁惠王十四年，即周显王十三年，公元前 356 年，比较可靠有据。

按《史记·孟尝君列传》[索隐] 引《纪年》，"梁惠王后元十五年，齐威王薨。"由梁惠王十四年，为齐威王元年，下推，这一年是齐威王三十七年，即周慎靓王元年，公元前 320 年。齐威王在位三十七年。

由此再下推，齐宣王即位，当梁惠王后元十六年，即周慎靓王二年，公元前 319 年。

《史记·田敬仲完世家》载：宣王"十九年，宣王卒，子湣王地立。"对此记载，[索隐] 没有引《纪年》校正。那么，齐宣王在位就是十九年，按齐宣王元年在周慎靓王二年，那么卒年应在周赧王十四年，即公元前301年。当梁襄王十八年。

2. 关于齐伐燕

《史记·六国年表》载：燕王哙元年，当周慎靓王元年，即公元前320年。又载：燕王哙五年"君让其臣子之国，顾为臣"，七年"君哙及太子相子之皆死"。

《史记·田敬仲完世家》未记载"齐伐燕，杀子之"这一重大历史事件。

《史记·燕召公世家》载："燕哙三年，……王因收印自三百石吏已上而效之子之。子之南面行王事，而哙老不听政，顾为臣，国事皆决于子之。""三年，国大乱，百姓恫恐。将军市被与太子平谋，将攻子之。……因构难数月，死者数万，众人恫恐，百姓离志。孟轲谓齐王曰：'今伐燕，此文武之时，不可失也。'王因令章子将五都之兵，以因北地之众以伐燕。士卒不战，城门不闭，燕君哙死，齐大胜。燕子之亡二年，而燕人共立太子平，是为燕昭王。"

"燕子之亡"句下，［集解］曰："徐广曰：'《年表》云君哙及太子相子之皆死。'骃案：《汲冢纪年》曰'齐人禽子之而醢其身也'。"

"是为燕昭王"句下，［集解］曰："徐广曰：'哙立七年而死，其九年燕人共立太子平。'"

《史记·赵世家》也记载了这一件事：武灵王"十年，……齐破燕。燕相子之为君，君反为臣。""十一年，王召公子职于韩，立以为燕王，使乐池送之。"

"立以为燕王"句下，［集解］曰："徐广曰：'《纪年》亦云尔。'"

"使乐池送之"句下，［集解］曰："按《燕世家》，子之死后，燕人共立太子平，是为燕昭王，无赵送公子职为燕王之事，当是赵闻燕乱，遥立职为燕王，虽使乐池送之，竟不能就。"［索隐］曰："《燕系家》无其事，盖是疏也。今此云'使乐池送之'，必是凭旧史为说，且《纪年》之书，其说又同，则裴骃之解得其旨矣。"

《战国策·燕一》对于"齐伐燕"的记载，基本与《燕召公世家》同。其不同点，主要是当时齐国国君是谁的记载，《燕召公世家》称子之"三年。国大乱，……诸将谓齐湣王曰：'因而赴之，破燕必矣。'"而《战国策·燕一》称："子之三年，燕国大乱，……储子谓齐宣王：'因而仆之，破燕必矣!'"一个记为齐湣王，一个记为齐宣王。

由上述可知，"燕王哙让国与子之"，《六国年表》说在燕王哙五年，而《燕世家》则说在燕王哙三年。《战国策·燕一》的记载，也是燕王哙三年"子之南面行王事"。本文从《燕世家》与《战国策》之说。并猜测，《六国年表》"五年"之说，是否为"三年"刊刻之误？按燕王哙三年，当周慎靓三年，齐宣王二年，魏（梁）襄王元年，即公元前318年。

燕"国大乱""齐人伐燕""君哙及太子相子之皆死"，这一年，按《六国年表》为燕王哙七年，而按《燕世家》及《战国策》，此事发生在"子之三年"，当燕王哙六年。其实这两个时间并不矛盾。据推测，《燕世家》及《战国策》所说的应是"国大乱"开始的时间，而《六国年表》则是说的"君哙及太子相子之皆死"的时间。《燕世家·集解》也引徐广曰："哙立七年而死。"那么，"齐人伐燕"杀子之、燕王哙死的时间应在燕王哙七年，即周赧王元年，齐宣王六年，公元前314年。

"燕人共立太子平，是为燕昭王"，按《史记·燕世家》及《战国策·燕一》，均在"子之亡二年"，《燕世家·集解》引徐广曰："哙立七年而死，其九年燕人共立太子平。"那么，燕人立昭王，当在燕王哙九年，即齐宣王八年，周赧王三年，公元前312年。

另外，《史记·赵世家》所记载的：武灵王"十年，……齐破燕。燕相子之为君，君反为臣"。"十一年，王召公子职于韩，立以为燕王，使乐池送之"。这不论在"齐伐燕""立燕王"的时间上，还是被立的燕王是谁上，都与《燕世家》及《战国策》不同。从时间上看，赵武灵王十年，按《六国年表》为燕王哙五年，周慎靓王五年，即公元前315年。在这一时间下，既记有齐破燕，又记有"燕相子之为君，君反为臣"，并非专指，故仅供参考。"齐伐燕"的时间，仍应从《燕世家》及其［集解］。"十一年，王召公子职于韩，立以为燕王"，从时间上看，不同于《燕世家》及其［集解］所载的"子之亡二年"，即燕王哙九年，"燕人共立太子平"。这一时间，亦仍应从《燕世家》及其［集解］。然"王召公子职于韩，立以为燕王"句下，［集解］曰："徐广曰：'《纪年》亦云尔，'"既然《纪年》亦云新立的燕王为公子职，而不是太子平，那么，在新立的燕王是谁上，应从《纪年》。

齐伐燕，当时齐国的国君是谁？按《史记·六国年表》及《燕召公世家》，为湣王。按《战国策·燕一》的记载，为宣王。《史记》齐纪年有误。《六国年表》与《燕召公世家》关于燕、齐的纪年相互矛盾。《六国年表》载，燕王哙元年，为齐湣王四年。而《燕召公世家》载："燕哙既立，齐人杀苏秦。……及苏秦死，而齐宣王复用苏代。"这是说，燕王哙元年，当齐宣王时。而燕王哙七年齐伐燕，又记为湣王时。按《六国年表》，燕王哙七年，当周赧王元年。据《竹书纪年》校正的结果，周赧王元年，当齐宣王六年，即公元前314年。这时齐国的国君是宣王。《战国策》的记载与《竹书纪年》是一致的，故应从《战国策》。

下面，再看《孟子》的有关记载。从《孟子·梁惠王上》第六、七章可知，孟子与梁襄王的对话后，接着就是与齐宣王的对话。从梁襄王、齐宣王的在位年代来看，梁襄王元年，当齐宣王二年。孟子约在这一年离梁游齐。

《孟子·公孙丑下》第八章载："沈同以其私问曰：'燕可伐与？'孟子曰：'可。子哙不得与人燕，子之不得受燕于子哙。……'"由此可知，燕王哙让国子之，燕大乱时，孟子已在齐国。这与齐宣王二年孟子来齐，燕王哙三年哙让国与子之，都是相吻合的。

《孟子·梁惠王下》第十章载："齐人伐燕，胜之。宣王问曰：'或谓寡人勿取，或谓寡人取之。……取之，何如？'孟子对曰：'取之而燕民悦，则取之。……取之而燕民不悦，则勿取。'"本章可以说明两个问题：一个是齐伐燕时齐国的国君是宣王，而不是威王或湣王；二是齐伐燕时孟子在齐，齐宣王曾征询过他的意见。

《孟子·梁惠王下》第十一章载："齐人伐燕，取之。诸侯将谋救燕。宣王曰：'诸侯多谋伐寡人者，何以待之？'孟子对曰：'……若杀其父兄，系累其子弟，毁其宗庙，迁其重器，如之何其可也？天下固畏齐之强也，今又倍地而不行仁政，是动天下之兵也。王速出令，反其旄倪，止其重器，谋于燕众，置君而后去之，则犹可及止也。"这说明孟子曾劝齐宣王赶快发出命令，遣回老老小小的俘虏，停止搬运燕国的重器，再和燕国的人士协商，择立一位燕王，然后从燕撤退。

《孟子·公孙丑下》第九章载："燕人畔。王曰：'吾甚惭于孟子。'"这说明，齐宣王没有听孟子的劝告，导致燕人另立了新君，即燕昭王公子职，并组织反抗齐国。此时，孟子仍在齐国，时为子之亡二年，燕王哙九年，齐宣王八年。

接着，第十章载："孟子致为臣而归。王就见孟子……"这说明，燕人畔不久，孟子因齐宣王不听劝告，不行仁政，便非常遗憾地离开了齐国。

综上所述，孟子游齐约在齐宣王二年至齐宣王八年，即周慎靓王三年至周赧王三年，公元前318年至公元前312年。至于孟子齐威王时游齐，因《孟子》书中没有明确的记载，又无其他可靠的史科佐证，故不敢认可。

三、孟子游宋、滕、鲁等国的年代

根据以上考证，孟子游梁约在梁惠王后元十六年至梁襄王元年，即周慎靓王二年至周慎靓王三年，公元前319年至公元前318年；孟子游齐约在齐宣王二年至齐宣王八年，即周慎靓王三年至周赧王三年，公元前318年至公元前312年，那么，孟子是先游梁而后游齐。

孟子游梁、游齐的先后确定了，游历其他各国的顺序就也较好确定了。《孟子·公孙丑下》有这样一段记载："陈臻问曰：'前日于齐，王馈兼金一百，而不受；于宋，馈七十镒而受；于薛，馈五十镒而受。前日之不受是，则今日之受非也；今日之受是，则前日之不受非也。夫子必居一于此矣。'孟子曰：'皆是也。当在宋也，予将有远行，行者必以赆，辞曰：馈赆。予何为不受？当在薛也，予有戒心，辞曰：闻戒，故为兵馈之。予何为不受？若于齐，则未有处。无处而馈之，是货之也。焉有君子而可以货取乎？'"从这一记载可知，孟子离开齐国后，到了宋国，在宋国过了不久，便由宋国经过薛，回到了离薛不足五十公里的故里邹国。时间约在宋王偃称王七年至八年，即周赧王三年至四年，公元前 312 年至公元前 311 年。

《孟子·滕文公上》第一章，有这样一段记载："滕文公为世子，将之楚，过宋而见孟子。孟子道性善，言必称尧舜。世子自楚反，复见孟子。……"由此可知，孟子游宋时，滕文公尚为世子。滕文公在往返楚国的途中，在宋国曾与孟子交谈。紧接着第二章，记述了滕文公的父亲滕定公薨，作为世子的滕文公，两次派然友去邹国，请教孟子如何办理丧事。第三章，"滕文公问为国。孟子曰：'民事不可缓也。……'"这时滕文公已即位，孟子也到了滕国。以上说明，孟子在游宋后，经薛回到了邹国。在邹期间，滕定公薨，滕文公即位。滕文公即位后，孟子到了滕国，时间约在周赧王六年至七年，即公元前 309 年至公元前 308 年。

关于孟子游鲁，在《孟子·梁惠王下》第十六章有所反映。鲁平公欲见孟子，遭到嬖人臧仓的阻止，理由是"孟子之后丧逾前丧"。《孟子·公孙丑下》第七章，有"孟子自齐葬于鲁，反于齐，止于嬴"，弟子充虞有"木若以美然"的疑问。孟子回答："……君子不以天下俭其亲。"这说明，孟子游鲁，当在游齐之后。这一点，从乐正子身份的变化上也可反映。鲁平公要见孟子，是由于乐正子的建议，此时乐正子已为政于鲁。而孟子在齐时，乐正子曾因追随齐卿王驩谋求职位，而受到孟子的责备。由《孟子》中鲁平公见孟子受臧仓阻拦一章，排列在滕文公与孟子答问的第十五章之后，以及孟子曰："行，或使之；止，或尼之。行止，非人所能也。吾之不遇鲁侯，天也。臧氏之子焉能使予不遇哉？"可知，孟子游鲁当在游滕之后，在孟子的晚年，是他周游列国的最后一次活动。时间约在鲁平公九年，即周赧王九年，公元前 306 年。

综上所述，孟子周游列国，应先梁后齐，其大体顺序为：梁、齐、宋、滕、鲁。由故里邹国出游，又老归故里。其间多次返邹，居邹。游梁、游齐、游宋基本可以系年，而游滕、游鲁的时间仅能大体推测。

四、后世尊崇

孟子生前，"游事齐宣王，宣王不能用；适梁，梁惠王不果所言"，被认为"迂远而阔于事情"（《史记·孟子荀卿列传》）。但是，由于他言必称唐虞三代之德，著必述仲尼之意，忠实地继承、坚持、发展了孔子的学说，因此，在去世之后，经历代学者的推崇，逐步确立了儒学嫡系传人的地位。不仅其学说与孔子的学说并称为"孔孟之道"，而且封建朝廷屡加封赐，直至赐以"公"爵，尊为仅次于"至圣"孔子的"亚圣"。

1. 亚圣大才　功不在禹下

孟子晚年，与其弟子万章等人，著《孟子》七篇，集中阐述了他的思想主张。正是由于这部著作，对后世产生了强烈的影响，引起了历代学者及封建统治者对孟子的注重与推崇。

西汉扬雄（一作杨雄），首先肯定了孟子对儒学的突出贡献。他在《法言·吾子篇》中说："古者杨墨塞路，孟子辞而辟之，廓如也。"孟子后孔子百余年，正是儒家传统的衰微时期，诸子蜂起，百家争鸣，天下学士随风而靡，不归杨，则归墨。唯独孟子能倡导儒学，宣扬周孔之道，力辟杨墨，致仲尼之教独尊于千古。扬雄的评价是推崇孟子的先声。

东汉赵岐，不仅为《孟子》一书作注，而且高度赞扬孟子："著书七篇，二百六十一章，三万四千六百八十五字。包罗天地，揆叙万类，仁义道德，性命祸福，粲然靡所不载。帝王公侯遵之，则可以致隆平，颂清庙；卿大夫士蹈之，则可以尊君父，立忠信；守志历操者仪之，则可以崇高节，抗浮云。有风人之托物，《二雅》之正言，可谓直而不倨，曲而不屈，命世亚圣之大才者也。"（《孟子题辞》）这是首次尊称孟子为"亚圣"。

唐代韩愈，认为孟子"功不在禹下"。他说："孟子云：今天下不之杨则之墨。杨墨交乱，而圣贤之道不明，则三纲沦而九法斁，礼乐崩而夷狄横，几何其不为禽兽也！故曰：'能言距杨墨者，皆圣人之徒也。'……孟子虽贤圣，不得位，空言无施，虽切何补？然赖其言，而今学者尚知宗孔氏，崇仁义，贵王贱霸而已。其大经大法皆亡灭而不救，坏烂而不收，所谓存十一于千百，安在其能廓如也？然向无孟氏，则皆服左衽而言侏离矣。故愈尝推尊孟氏，以为功不在禹下者，为此也。"（《与孟尚书书》）

韩愈还提出了道统论，确认孟子是儒学道统的最后一位嫡系传人。他说："夫所谓先王之教者，何也？博爱之谓仁；行而宜之之谓义；由是而之焉之谓道；足乎己，无待于外之谓德。……尧以是传之舜，舜以是传之禹，禹以是传之汤，汤以是传之文武周公，文武周公传之孔子，孔子传之孟轲，轲之死，不得其传焉。"（《原道》）他还说："自孔子没，群弟子莫不有书，独孟轲氏之传得其宗……故求观圣人之道，必自孟子始。"（《送王埙序》）

唐宪宗时，处州刺史邺侯李繁作孔子庙，图孟子同公羊高、左丘明、荀况等于壁祀之。韩愈作《处州孔子庙碑》以记。这是孟子受祀及从祀孔子的发端。

2. 邹国公　邹国亚圣公

宋代，由于《孟子》被列为经书，并于熙宁四年（1071）始列为科举考试的科目，故对孟子的尊崇发展到一个新的阶段。由文人学士的舆论，影响到封建朝廷的认同。

北宋景祐四年（1037），孔子四十五代孙孔道辅守兖州，以恢张大教、兴复斯文为己任。尝谓诸儒有大功于圣门者，无先于孟子，故访其墓而表之，新其祠而祀之，以旌其烈。在孟子去世一千三百余年之后，孔道辅首次在邹县东北三十里四基山之阳访到孟子墓，并在墓旁首建孟子庙。泰山学者孙复作《新建孟子庙记》，刻石以志。文曰："孔子既没，千古之下，攘邪怪之说，夷奇险之行，夹辅我圣人之道者多矣，而孟子为之首，故其功钜。……嘻！子云能述孟子之功而不能尽之，退之能尽之而不能祀之，惟公，既能尽之又能祀之，不其美哉！"随后，孔道辅又在邹县城北二十里凫村，找到了孟子四十五代后裔孟宁，并推荐于朝，授迪功郎、邹县主簿，主孟子庙祀事。从此，孟子不仅有了坟墓、祠庙，还有了专人主持祭祀。孟氏后裔也得以确认，并延续至今。仅在北宋，孟庙又迁徙、扩建了两次，宣和三年（1121 年）定址于邹县城南道左。今日宏伟肃穆之孟庙，就是由此扩建、沿革而来的。景祐五年（1038 年），孔道辅又于孔庙西偏、齐国公殿前建"五贤堂"，专祀孟子及荀况、扬雄、王通、韩愈五子。这是孟子配食曲阜孔庙的发端。孔道辅自撰《重建五贤堂记》曰："先圣生当战伐之世，……于时，则我圣人大道为异端破之，不容于世也。而孟荀继作，乃述唐虞之业，序仁义道德之源，俾诸子变怪不轨之势息，圣人之教复振，其功甚大矣。……因建堂，收五贤所著事，图其仪，叙先儒之时荐。庶几识者登斯堂，观是像，览是书，肃然革容，知圣贤之道尽在是矣。"

宋神宗元丰六年（1083）十月，追封孟子为"邹国公"。先是熙宁七年（1074），判国子监常秩等请立孟轲、扬雄像于庙庭，仍赐爵号。又请追尊孔子以帝号。下两制礼官详定，以为非是而止。元丰六年，朝散大夫试吏部尚书曾孝宽疏请："臣左领使京东西路，邹鲁实在封部。伏见孟轲有庙在邹，属兖州。未有封爵载于祀典。况先儒皆有封爵。孟轲自古尝以其书置博士，朝廷亦以其书劝学取士。宜有褒封，载于祀典。伏望圣慈付有司议定施行。"朝廷敕命："自孔子没，先王之道不明。发挥微言，以绍三圣，功归孟氏，万世所宗。厥惟旧邦，实有祠宇，追加爵号，以示褒崇。宜特封邹国公。"（孟庙石刻《尚书省牒》）这是孟子首次被封建皇帝赐以"公"爵。

元丰七年（1084）五月，始以孟子配享孔子，自国子监及天下学庙皆塑孟子像祀之。据《宋史·礼志》记载："晋州州学教授陆长愈请：'春秋释奠，孟子宜与颜子并配。'议者以谓：'凡配享从祀，皆孔子同时之人，今以孟轲并配，非是。'礼官言：'唐贞观以汉伏胜、高堂生、晋杜预、范宁之徒与颜子俱配享至今，从祀岂必同时？孟子于孔门，当在颜子之列。至于荀况、扬雄、韩愈，皆发明先圣之道，有益学者，久未配食，诚阙典也。请自今春秋释奠，以孟子配食，荀况、扬雄、韩愈并加封爵，以世次先后，从祀于左丘明二十一贤之间。自国子监及天下学庙，皆塑邹国公像，冠服同兖国公。仍绘荀况等像于从祀。荀况，左丘明下；扬雄，刘向下；韩愈，范宁下，冠服各从封爵。'诏如礼部议。"

元丰七年五月四日，朝奉郎、权发遣兖州军州事李樾奏请朝廷：欲乞于修文宣王庙余剩钱内支钱三百贯文，委本州郁官增修孟子庙。所有合衣冕服等，并乞从礼部检定降下，以凭遵依施行。太常寺检会：国公系正一品，合服，九旒冕（旒以青琪为之），犀簪导，青纩充耳；青衣朱裳九章，白罗中单，青襈襈裙，革带，钩鰈，大带，蔽膝，玉装铜，玉佩，晕锦绶，间施二玉环；朱袜，朱履者。同年九月五日，圣旨下，敕命增修孟子庙施行。（孟庙石刻《太常寺牒·修庙敕》）这是朝廷增修孟子庙之始，也是官方首次颁定孟子塑像的具体服饰。

政和五年（1115），太常等言，兖州邹县孟子庙，诏以乐正子配享，公孙丑以下从祀，皆拟定其封爵。乐正子克利国侯，公孙丑寿光伯，万章博兴伯，告子不害东阿伯，孟仲子新泰伯，陈臻蓬莱伯，充虞昌乐伯，屋庐连奉符伯，徐辟仙源伯，陈代沂水伯，彭更雷泽伯，公都子平阴伯，咸丘蒙须城伯，高子泗水伯，桃应胶水伯，盆成括莱阳伯，季孙丰城伯，子叔承阳伯。（《宋史·礼志》）这是孟子始有配享和从祀，孟子的弟子也有了封爵。

金代，世宗大定十四年（1174），诏迁孟子像于宣圣右，与颜子相对。时国子监言："兖国公，亲承圣教者也；邹国公，功扶圣教者也，当于宣圣像左右列之。今孟子以燕服在后堂，宣圣像侧还虚一位，礼宜迁孟子像于宣圣右，与颜子相对，改塑冠冕妆饰法服，一遵旧制。"（《金史·礼志》）

南宋度宗咸淳三年（1267），诏封曾参郕国公，孔伋沂国公，配享先圣。"戊申，帝诣太学，谒孔子，行舍菜礼，以颜渊、曾参、孔伋、孟轲配享。"（《宋史·度宗本纪·礼志》）自此，孟子与颜、曾、子思并列为"四配"。

元代，封建皇帝对孟子的封赐达到了极顶。仁宗延祐三年（1316），诏封孟子父为邾国公，母为邾国宣献夫人。至顺元年（1330），文宗加赠孟子为"邹国亚圣公"。《圣旨》曰："孟子，百世之师也。方战国之从衡，异端之充塞，不有君子，孰任斯文？观夫七篇之书，惓惓乎致君泽民之心，凛凛乎拔本塞源之论，黜霸功而行王道，距诐行而放淫辞。可谓有功圣门，追配神禹者矣。朕若稽圣学，祗服格言，乃著新称，以彰渥典。於戏！诵《诗》《书》而尚友，缅怀邹鲁之风，非仁义则不陈，期底唐虞之治。英风千载，蔚有耿光，可加封邹国亚圣公。"（孟庙石刻《皇元圣制》）这是孟子始被封建朝廷尊封为"亚圣"。从此，在中国历史上"亚圣"便与孟子联为一体，成为孟子的代名词。

与此同时，颜子被封为"兖国复圣公"，曾子被封为"郕国宗圣公"，子思被封为"沂国述圣公"。在此之前，孔子于至大元年（1308）被加封为"大成至圣文宣王"。各位儒家大师的封爵都达到了顶点。

泰定五年（1328），依大司农司都事郭奉议奏请，朝廷摽拨孟庙祭田三十顷，以供春秋朔望祭祀，并修理庙宇销用，庶永不乏春秋之祀。（孟庙石刻·蔡文渊《孟子庙资田记》）

3. 亚圣

明太祖洪武元年（1368），制春秋释奠礼，配祀诸儒悉如旧制。

洪武五年（1372），围绕孟子配享孔子出现了一场风波。朱元璋尝览《孟子》一书，当他看到"君之视臣如土芥，则臣视君如寇仇"等语句时，"谓非臣子所宜言，议罢其配享，诏有谏者以大不敬论。"刑部尚书钱唐冒死抗疏入谏曰："臣为孟轲死，死有余荣。"次年，在大臣们的强烈反对下，朱元璋不得不改言："孟子辨异端，辟邪说，发明孔子之道，配享如故。"（《明史·礼志·钱唐传》）

景泰二年（1451），代宗"升授颜、孟宗子世袭为'翰林院五经博士'之职，令吏部给符，还守祀事"（孟庙石刻·杨瓛《亚圣五十六代孙世袭翰林院五经博士荣归记》）。从此，孟氏后裔有了朝廷授予的世袭官职，专主孟庙祭祀。此制延续到清末。到民国二十四年（1935），改称"亚圣奉祀官"。

嘉靖九年（1530），孟子与其他圣人一起被去掉封爵，由"邹国亚圣公"改为直称"亚圣"。先是大学士张璁言："先师祀典，有当更正者。……"帝以为然。因言："……其谥号、章服悉宜改正。"璁缘帝意，言："孔子宜称先师，不称王。……配位公侯伯之号宜削，止称先贤先儒。……"帝命礼部会翰林诸臣议。……于是礼部会诸臣议："人以圣人为至，圣人以孔子为至。宋真宗称孔子为至圣，其意已备。今宜于孔子神位题'至圣先师孔子'，去其王号及大成、文宣之称。改大成殿为先师庙，大成门为庙门。其四配称复圣颜子、宗圣曾子、述圣子思子、亚圣孟子。十哲以下凡及门弟子，皆称先贤某子。左丘明以下皆称先儒某子。不复称公侯伯。……"命悉如议行。(《明史·礼志》)

明代，虽然明太祖曾罢孟子配享，明世宗去掉孟子等圣人的封爵，但是，以读《孟子》书科举入仕的各级官吏，对孟子的尊崇却依然如故。他们络绎不绝地前往孟庙拜谒、祭祀，至明末，留下了题咏、祭文、告庙文、谒记等石刻载文近二百篇，以至形成了"满地丰碑满壁诗"的盛况。例如，明初书吏尤存作《祀孟子歌》曰："哲人挺生，独任斯文，出其类兮；泰山岩岩，配禹超荀，功业炽兮；命世亚圣，醇乎其醇，崇仁义兮；绍尧继舜，道传其身，赖不坠兮；……"嘉靖戊子（1528），司马郎张国纪作《奉诏过谒谨识》曰："有天须有吾夫子，无日堪无亚圣公。一脉可容时或息，百川永赖障之东。堂高数仞元非志，庙享千年合食功。屹屹碑前留使节，岩岩阶下仰遗风。"嘉靖癸巳（1533），东塘毛伯温题《祗谒孟庙敬志一首》曰："入邹祗谒孟夫子，浩气堂堂俨若生。尧舜从来惟此道，孔颜之后独高名。峄山秀色凌层汉，泗水清流绕故城。仰止高风惭后学，云松烟柏不胜情。"嘉靖十五年（1536），太仆丞周昌龄题《丙申春二月谒孟庙》白："翼翼黉祠沂水东，岩岩气象坐春风。七篇仁义云霄上，万世经纶宇宙中。论性养心传道统，分庭抗礼藐王公。古今亚圣斯文主，天下尊崇祭祀同。"万历十八年（1590），巡按山东监察御史钟化民作《昭告于邹国亚圣公孟夫子文》曰："既生天地，不可无仲尼；既生仲尼，不可无夫子。天地之道，得仲尼常行；仲尼之道，得夫子常明。化民观风兹土，肃拜圣容，敢不正人心，明王道，以承夫子之功？尚享！"上述石刻至今仍保存于孟庙。

清代，沿袭明制，仍尊称孟子为"亚圣"。据《清史稿·礼志三》记载："至圣先师孔子，崇德元年（1636），建庙盛京，遣大学士范文程致祭，奉颜子、曾子、子思、孟子配，定春秋二仲上丁行释奠礼。世祖定中原，以京师国子监为大学，立文庙。……顺治二年（1645），定称'大成至圣文宣先师孔子'，……中祀先师孔子，南向；四配：复圣颜子，宗圣曾子，述圣子思，亚圣孟子；十哲闵子损……俱东西向。"孟子与颜、曾、子思依然为"四配"。

　　康乾盛世的几位皇帝对孟子都特别尊崇。康熙二十六年（1687），玄烨帝立巨碑于孟庙，《御制孟子庙碑》文曰："不有孟子，使杨墨滥觞于前，释老推波于后，后之人虽欲从千载之下，探尼山之遗绪，其孰从而求之？""是以后世学者如韩愈、苏轼之徒，咸推其功以配大禹，而闽洛之儒益尊为正学之宗传。"文后赞曰："……我读其书，曰仁曰义；遗泽未湮，闻风可企。岳岳亚圣，岩岩泰山；功迈禹稷，德参孔颜。刻石兹文，于祠之下；诵烈扬休，以告来者。"同年，御制《孔子赞序》《颜曾思孟四赞》，镵之石，揭其文，颁直省。（《清史稿·礼志三》）其中《孟子赞》曰："哲人既萎，杨墨昌炽。子舆辟之，曰仁曰义。性善独阐，知言养气。道称尧舜，学屏功利。煌煌七篇，并垂六艺。孔子攸传，禹功作配。"

　　雍正三年（1725）八月初五日，胤禛帝题孟庙匾额"守先待后"，至今仍悬挂在亚圣殿内神龛正上。同时，赐孟子六十五代主祀孙孟衍泰堂匾"七篇贻矩"。

　　乾隆三年（1738），弘历帝将孟母原来的封号"邾国宣献夫人"加"端范"二字，钦定为"邹国端范宣献夫人"。十三年（1748），御制《亚圣孟子赞》曰："战国春秋，又异其世。陷溺人心，岂惟功利。时君争雄，处士横议。为我兼爱，簧鼓树帜。鲁连高风，陈仲廉士。所谓英贤，不过若是。于此有人，入孝出弟。一发千钧，道脉永系。能不动心，知言养气。治世之略，尧舜仁义。爱君泽民，惓惓余意。欲入孔门，非孟何自？孟丁其难，颜丁其易。语默故殊，道无二致。卓哉亚圣，功在天地！"立碑建亭于孟庙。二十一年（1756），赐孟庙亚圣殿匾联"尊王言必称尧舜，忧世心同切禹颜"，匾额为"道阐尼山"。

　　弘历皇帝不仅于乾隆十三年（1748）、二十一年（1756）、三十六年（1771）、四十九年（1784）、五十五年（1790）五次出巡幸阙里时，遣大臣分祭邹县孟庙，而且在乾隆二十二年（1757），夏四月己巳、乾隆二十七年（1762）四月庚辰，两次南巡回銮过邹县，亲幸孟庙拈香，行一跪三叩礼。（《重纂三迁志》卷四）

《孟子·梁惠王章句》浅释

邵逝夫

梁惠王章句上第一

（凡七章）

【本卷主旨】

　　本卷旨在讨论王道，所以，一上来便进行义利之辨，点明了全卷的主旨：为政当以德。概而言之，义利之辨便是王道与霸术之辨，便是大体与小体之辨，便是率性与从欲之辨，贯穿着整部《孟子》。这也正是《孟子》七篇以义利之辨作为开始的缘由。紧接着，讲述了为政者应当与民同乐，其后则开始讲述推行王道的三部曲：遂生（多民）、富民、教民。这与孔子的为政之道如出一辙：

　　　　子适卫，冉有仆。子曰："庶矣哉！"冉有曰："既庶矣。又何加焉？"曰："富之。"曰："既富矣，又何加焉？"曰："教之。"（《论语·子路第十三》）

　　其后，又反复阐明仁爱是为政之本，最终则指明仁本于心，乃是人皆有之的，只要能够体认到本心发用的端——恻隐之心，并就此扩充开去，"老吾老以及人之老，幼吾幼以及人之幼"，便可以成就王道。

第一章

孟子见梁惠王①，王曰："叟不远千里而来，亦将有以利②吾国乎？"

【今注】

①梁惠王，即魏侯，名罃，惠是他的谥号，所以又称作为梁惠王。他在继父亲魏武侯之位后的第九年，将魏都迁至大梁（即今开封），是战国期间最早僭越称王的诸侯。②利，对于惠王而言，当为富国强兵。

【浅释】

孟子所在的战国时期，周王室的权威已经完全丧失，天下各国弱肉强食，强者恃强凌弱，任意掠夺；弱者沦为鱼肉，在夹缝中谋求生存。魏国本来盛极一时，可是到了惠王之时，却连番败绩，"东败于齐，长子死焉；西丧地于秦七百里；南辱于楚"（本卷第五章），从此一蹶不振。正因为此，惠王迫切希望走出窘境，于是，四处招贤纳士，寻求富国强兵之道。孟子正是因为听说惠王礼敬贤者，所以，不辞道远，前往魏国，寻求施行仁政的机会。本章所记载的当是孟子与梁惠王首次见面的情景。

惠王一心想着富国强兵，所以，见到孟子，连寒暄都来不及，便迫不及待地希望孟子能够讲出一番有利于魏国的良策。这其中有两个原因：其一，自然是惠王做梦都想着让魏国重新强大起来，从而能够一雪前耻，"愿比死者壹洒之"（同上）；其二，战国时期，纵横家频出，而纵横家如苏秦、张仪、公孙衍之徒动辄便会以利相诱，以至于惠王将孟子也视作纵横家了。

"叟"，老先生。孟子前往魏国之时，已经五十五岁左右，所以，惠王称他为"叟"。孟子为邹国人，自邹至魏，路途遥远，所以，惠王说他"不远千里而来"。"亦将有以利吾国乎？"一个"亦"字，可见惠王是以纵横家看待孟子的。大概纵横家到了一个国家，总是会先讲一通富国强兵的计谋，所以，惠王认为孟子也将会如此，于是问道："您也将要有所利益于我魏国吧？"倘若是纵横家，自然会投其所好，讲出一番富国强兵的计谋来，可是，孟子不是纵横家，而是一位大儒。

　　孟子对曰："王何必曰利？亦有仁义而已矣！"

【浅释】

　　惠王迫不及待，期盼孟子为他提供一个富国强兵的良策，可是，孟子却直截了当地说："大王何必动不动就讲利益呢？只要能够施行仁义也就可以了！"

　　在很多人看来，孟子的回答近似乎迂腐，其实不然。在我们看来，孟子的回答可以说得上是截断众流，并直接地指出了王道的根本——施行仁义。那么，何为仁义？概而言之，仁义为德。今人说到德，便会将它们视作为外在的约束，这是以西方的道德观来看待传统的德。其实，德不在别处，就在我们的本心之中。这里强调本心，是因为常人所说的心，通常都是习心，是被自我所支配着的，以自我为主体的心。所谓自我，即是在种种习染之下所形成的对自身的认知。人们往往会将这一个自我视作为真我，其实那只是一个被塑造了的我。而以自我为主体的心，也就是被塑造了的心，所以，称之为习心。古时候，德字写作为"惪"，上面一个直，下面一个心，直截了当地从心中所发出来的就是德。这一个心，乃是本心。所谓仁，所谓义，全都是顺应本心而发。立德，不是让我们到外面去找一个所谓的道德准则来约束自己，而是要求我们反求诸己，体贴本心，从本心之中体认到德。——德，乃是我们所本有的。正因如此，孔子才会说："仁远乎哉？我欲仁，斯仁至矣！"（《论语·述而第七》）正因为仁是本有的，所以，才会"欲仁"而"仁至"。孟子也曾说："仁、义、礼、智，非由外铄我也，我固有之也，弗思耳矣。故曰：'求则得之，舍则失之。'"仁、义、礼、智诸德，不是由外面注入给我的，而是我本来便有的，只要去求就必定能够得到。反之，如果不去求而舍弃它们，自然也就会失去。（这里所说的失去，指的是被遮蔽，而不是丧失。德是生而具足的，是恒在的，永远都不会丧失，但是会因为被私欲所遮蔽而发用不出来。）这与西方的道德观截然不同。西方式的道德观往往是带有目的性的，"如果没有德，你就会……"，是西方道德观的主体模式。在这其中，德是谋取某种目的的手段和方法。也就是说，人为了实现某种目的，就必须遵循于德。如此一来，德自然就会成为一种外在的约束。而源于本心的德，却是没有任何目的油然而发出的，其中没有任何得失成败的计较。体认并体证我们所本有的德，正是儒门修身之学的基础。对于如何体认并体证本有的德，孟子有着一个卓绝的指引，那就是察端扩充，在《公孙丑章句上·第六章》中有着详尽的陈述，此不赘言。概言之，施行仁义，便是将源自本心的仁义推广开去，以仁待人，以义处世。果真如此，王道也就开始了。

"王曰'何以利吾国？'大夫曰'何以利吾家？'士庶人曰'何以利吾身？'上下交征利而国危矣！万乘①之国，弑②其君者，必千乘之家；千乘之国，弑其君者，必百乘之家。万取千焉，千取百焉，不为不多矣，苟为后义而先利，不夺不餍③。"

【今注】

①乘，四匹马拉一辆车，车上站着三位将士，其后跟着七十二名卫士，便称作为一乘。由此可知，乘是表示军事力量的单位。在春秋战国时期，军力的强弱往往决定着国家的命运。②弑，居下位者杀害居上位者，如子杀父、臣杀君等。③餍（yàn），满足。

【浅释】

接下来，孟子讲述了唯利是图会导致的恶果：

"大王您希望有利于自己的国，大夫们希望有利于自己的家，士子和百姓们希望有利于自己的身，如此一来，势必就会上下相互征取利益，而导致国家处于危害之中了。在拥有万乘军力的国家中，杀害国君的，必定是拥有千乘军力的大夫；在拥有千乘军力的国家中，杀害国君的，必定是拥有百乘军力的大夫。在拥有万乘军力的国家内，占取了千乘军力；在拥有千乘军力的国家内，占取了百乘军力，这些大夫们所拥有的不是不多啊，但是，如果把仁义放在后面，而将利益摆在前面，那么，不将国君所拥有的全部夺取，他们是不会满足的。"

简言之，倘若举国上下，人人一心求利，其结果必然会是"上下交征利"，而且是"不夺不餍"。如此一来，自然处处都是弱肉强食、强取豪夺，更有甚者，则会犯上作乱，乃至于弑君弑父。

于今看来，这番话似乎有些耸人听闻。然而，在战国时期，臣弑君、子弑父的事件并不少见。所以，对于惠王而言，孟子的这番话还是会产生一定的触动的。之于诸侯求利，大夫、士、庶人就会求利的原因，非常简单："上有好者，下必有甚焉者矣。"（《滕文公章句上》）因为在上位者做出这样的行为，下位者就会效仿。

"未有仁而遗其亲者也，未有义而后其君者也。王亦曰仁义而已矣，何必曰利？"

【浅释】

最后，孟子讲述了施行仁义的益处，在儒者看来，这才是真正的利：

"从来没有拥有仁德的人会遗弃他们的亲人，也从来没有拥有道义的人会怠慢他们的君王。大王您只要施行仁义就可以了，又何必要讲利益呢？"

这时，就需要对仁义做出进一步的解说了：

先说仁。樊迟问仁，子曰："爱人。"（《论语·颜渊第十二》）爱人便是仁的具体表现。孟子则反复强调"亲亲，仁也"（尽心章句上），两者一结合，则行仁在于爱人，而爱人应当从亲人爱起，然后逐步扩充开去，直到关爱整个宇宙内的一切。孟子所说"老吾老以及人之老，幼吾幼以及人之幼""亲亲而仁民，仁民而爱物"，正是此意。仁者之爱，固当如此博大，而又以"亲亲"为本，所以，"未有仁而遗其亲者也"。

再说义。《中庸》有云："义者，宜也。"所谓宜，即是适宜，即是不偏不倚、无过无不及。那么，如何才能做到适宜呢？唯有顺应天理而为，方能如此。顺应天理而为，便是义。孟子有云："义，人路也。"（《告子章句上》）生而为人，必当循义而为，孔子也强调"君子义以为质"（《论语·卫灵公第十五》）、"君子义以为上"（《阳货第十七》）。总而言之，无论何时，都应当唯义是从。君臣之间，循义而为，自然便会"君使臣以礼，臣事君以忠"（《论语·八佾第三》）。"臣事君以忠"，所以，"未有义而后其君者也"。

"未有仁而遗其亲者也，未有义而后其君者也"，身为君王，若是能够以身作则，施行仁义之道，大夫、士、庶人自然就会起而效仿，如此一来，一国之内，就会"人人亲其亲，长其长"（离娄章句上）。

很显然，本章的主旨在于辨别义利，义利的背后则是王道与霸术、大体与小体、本性与欲望。所以，本章有着极其重要的意义，也正因为此，被摆在了首章。当然，义利之辨乃是儒家的传统，孔子便对这一问题颇为关注，他曾说："君子喻于义，小人喻于利。"（《论语·里仁第四》）又说："见利思义。"（宪问第十四）然而，也正因如此，后世有人便误解了义利，将义与利对立了起来，就此认为儒家只讲义，不讲利。其实，儒家并非不讲利，而是在讲义的时候，利便已经包含在其中了。——利是循义而为的自然结果。当然，也不是为了谋利而循义，倘若如此，那就成了假仁假义，是虚伪的。在儒家，义与利并不矛盾，更不对立，恰恰相反，义和利乃是统一的。正因如此，《易·乾·文言》才会说："利者，义之和也。"利就是长期行义的所得。故而，孔子在面对利时，所考虑的乃是符不符合义，符合义就取，不符合义就不取，而不是排斥利、拒绝利，所以，他说"不义而富且贵，于我如浮云"（《论语·述而第七》），而不是说"富贵于我如浮云"。他甚至说："富而可求也，虽执鞭之士，吾亦为之。如不可求，从吾所好。"（同上）所谓可求与不可求，也是取决于合不合义，合义即为可求，不合义即为不可求。孟子也是如此，对于利，总是当取即取，不当取则分毫不取。关于这一点，《孟子》中有着诸多记载，后面会一一讲到。当然，判断一个人是不是儒者，不在于听他如何谈仁义，而是要看他在利面前的表现。很多所谓的儒者，平时口若悬河，高谈阔论，可是，一旦面对利益，很快便会暴露出自私自利的真实面目。真正的儒者则是真金不怕火炼，是"富贵不能淫，贫贱不能移，威武不能屈"（《滕文公章句下》）的。所以，古时的人特别注重出处问题，而今的儒者却极少关注这一方面，故而，常常给人留下伪君子的形象。

那么，为什么在这里孟子却决绝地将仁义与利益对立了起来？这是因为惠王一心求利，若是迎合着他，去讲施行仁义也可以带来利益，在惠王心中，仁义势必就会转化为实现利益的工具。如此一来，纵然是他能够施行仁义，那仁义也是虚假的，是假仁假义。所以，唯有彻底打消他一心求利的执念，方才有可能真正去施行仁义之道。正因为此，孟子上来便是一句："王何必曰利？亦有仁义而已矣！"

第二章

孟子见梁惠王，王立于沼上，顾鸿雁麋鹿，曰："贤者亦乐此乎？"

【浅释】

孟子去见梁惠王，惠王站在池沼之上，望着鸿雁麋鹿，问道："贤者也会以此为乐吗？"

大概在惠王看来，站在池沼之上，观望鸿雁麋鹿，乃是世俗之乐，不是贤者之乐。若是贤者也以这样的乐为乐，那就不足以称作为贤者。所以，有此一问，以诘难孟子。孟子乃是大智者，乃是"知言"之人，自然一听便知惠王之意，又岂能为惠王难住？不但难不住，还要借此机会点化、警醒惠王。

孟子对曰："贤者而后乐此，不贤者虽有此不乐也。"

【浅释】

孟子回答道："只有成为贤者之后才能够以此为乐，不贤者虽然拥有这一切也不会获得快乐。"

　　读到此处，令人情不自禁地击节赞叹：孟子真是有降龙伏虎的霹雳手段！这一个回答真可谓把断要津，断绝了惠王的一切退路。其实，乐本无分乎世俗之乐与贤者之乐。乐，本源于天地间永恒不息的生生之仁。但凡是有生机之处，即有乐。贤者能够体味到生生之仁，所以，在观望鸿雁麋鹿之时，为感受到那不息的生机而乐，"贤者而后乐此"，说的正是这个意思。不贤者所谓的乐，则源于一己私欲的满足，这种乐通常是短暂的、一时的，稍纵即逝。从根本上来说，这种乐并非真乐。不但不是真乐，还会因为沉湎于此而无法体味真乐。"不贤者虽有此不乐也"，说的正是这个意思。因为他们只是一心关注私欲的满足，而不能够体味到天地间的生生之仁，无法体认生机之乐。

　　更重要的是：贤者体味到生生之仁，以天地万物为一体，故而能够与民同乐，如此一来，民也乐其所乐，所以能获得乐，文王就是如此。不贤者则将一切据为己有，而不愿与民共享。更有甚者，为了满足一己的私欲，不顾天下百姓的死活，如此一来，则民厌其所乐，希望他早日灭亡，夏桀便是如此。

　　"《诗》云：'经始灵台，经之营之，庶民攻之，不日成之。经始勿亟，庶民子来，王在灵囿①，麀②鹿攸伏，麀鹿濯濯，白鸟鹤鹤。王在灵沼，於③牣④鱼跃。'文王以民力为台为沼，而民欢乐之，谓其台曰灵台，谓其沼曰灵沼，乐其有麋鹿鱼鳖。古之人与民偕乐，故能乐也。《汤誓》曰：'时日害丧？予及女（汝）偕亡！'⑤民欲与之偕亡，虽有台池鸟兽，岂能独乐哉？"

【今注】

　　①囿（yòu），园林。没有围墙的园林称作为苑，有围墙的园林则称作为囿。②麀（yōu），牝鹿。③於（wū），感叹词。④牣（rèn），充满。⑤《汤誓》，《尚书》篇名。《书序》曰："伊尹相汤伐桀，升自陑，遂与桀战于鸣条之野，作《汤誓》。""时"，是。相当于"这"。"害"，同"曷"，何。"时日害丧？予及女偕亡！"是《汤誓》所述百姓之言，日指夏桀，因为夏桀曾经自称为日："吾有天下，如天之有日，日亡吾乃亡耳。"（《四书章句集注》）

【浅释】

　　孟子接着说："《诗经·大雅·灵台》篇中说：'开始经营构筑灵台，经营而又经营，百姓们一起参与构筑，不过数日便已经构筑完成。文王对百姓们说，开始经营规划时并不急于完成，可是百姓们却像孩子帮助父母一样前来，毫不懈怠。文王在灵囿之中行走，母鹿会安静地伏着，丝毫不受惊扰，母鹿肥胖而有光泽，白色的鸟儿羽毛光洁亮丽。文王在灵沼边上行走，满池的鱼儿跃出水面。'文王以百姓之力构筑台和沼，而百姓为之感到欢乐，称所构筑的台为灵台，称所构筑的沼为灵沼，并且很高兴其中有着成群的麋鹿和鱼鳖。古时的人因为与百姓一同分享快乐，所以能够获得快乐。《尚书·汤誓》篇中说：'这个太阳（指夏桀）何时灭亡啊？我宁愿与你一同灭亡！'百姓竟然希望与夏桀一同灭亡，如此一来，他虽然拥有台池、鸟兽，又如何能够独自享乐呢？"

　　不待惠王质疑，孟子又以文王、夏桀的事例来论证"贤者而后乐此，不贤者虽有此不乐"。文王，贤者之至；夏桀，不贤者之至。贤者之至，爱民如子，而与民同乐。所以，天下百姓也视之如父，"故能乐也"。不贤者之至，视百姓如草芥，为了满足一己的私欲，任意荼毒生民，所以，天下百姓视之如仇寇，恨不得"与之偕亡"，如此又如何能够独享其乐？

　　有人会说："百姓对待夏桀的态度，那是因为发展到了极致才如此的，不可以一概而论。"事实固然如此，可是，若非夏桀一心追求私欲的满足，又怎么会导致民不聊生，乃至于百姓发出"及女偕亡"的悲愤之言？所以，应当体会孟子乃是从根本上立论的。这就是圣贤的用心，倘若惠王真能体会孟子的用心，从此也就可以做到防微杜渐、未雨绸缪了。

第三章

　　梁惠王曰："寡人①之于国也，尽心②焉耳矣。河内凶，则移其民于河东，移其粟于河内。河东凶亦然。察邻国之政，无如寡人之用心者，邻国之民不加少，寡人之民不加多，何也？"

【今注】

①寡人，古时天子、诸侯的谦称。②尽心，此处指费尽心思。

【浅释】

梁惠王说："寡人对于国家的治理，也算是费尽心思了。河内一带遭遇凶年，百姓饥荒，我就将那里的部分百姓迁移到河东一带，并将河东的部分粮食转运到河内去。河东一带遭遇凶年时，我也是这样做的。而观察邻国的治理，没有像寡人一般用心为百姓考虑的，可是，邻国的百姓并没有减少，而寡人国家的百姓也并没有增多，这又是为什么呢？"

惠王也知道人民是国家之本，所以，费尽心思，想方设法，以求增多人民，可是，最终他却发现自己的所作所为并没有取得成效，心中疑惑，于是，有此一问。

孟子对曰："王好战，请以战喻。填然①鼓之，兵刃既接，弃甲曳兵而走，或百步而后止，或五十步而后止。以五十步笑百步，则何如？"

曰："不可！直不百步耳，是亦走也。"

曰："王如知此，则无望民之多于邻国也。"

【今注】

①填然，击鼓的声音。

【浅释】

孟子通过一个譬喻来做回答。纵观整部《孟子》，诸位会发现孟子是一位擅长运用譬喻进行教化的智者。适当的譬喻可以将复杂的问题简单化，进而取得意想不到的成效。所以，古今中外的教育大师们全都会将譬喻视为重要的教育方法。如释氏也曾说："诸有智者要以譬喻而得开悟。"（《大佛顶首楞严经》）

惠王好战，所以，孟子便用战争来做譬喻。好战当是战国时期诸侯们的共同嗜好，因为可以在战争中扩张领土，获取利益。当然，也有可能会在战争中丧失领土，利益受损。

"在战场上，战鼓已经敲得咚咚作响，双方的战士已经兵刃交接，一场恶战已然展开，这时却有士兵丢盔弃甲倒拖着兵器逃跑，有的逃跑百步之后停了下来，有的逃跑五十步之后停了下来，那些逃跑五十步的士兵却去嘲笑逃跑百步的士兵。"

这就是成语"五十步笑百步"的由来。讲述了"五十步笑百步"之后，孟子问惠王："你认为怎么样？"战斗之时，逃跑百步是逃跑，逃跑五十步也是逃跑，两者的性质并无差别，"以五十步笑百步"，自然是不当的，这一点惠王当然明白。所以，他回答说："不可以。只不过没有逃跑到百步而已，但他们也是在逃跑啊。"孟子就此对他说："大王您如果真的明白这一点，那么，就不要指望魏国的百姓多于邻国了。"

由此可见，在孟子看来，惠王以求增多百姓的措施，相比于邻国而言，只不过是"以五十步笑百步"而已。为什么？因为尽管惠王挖空心思，希望增多百姓，可是，他所采取的乃是不仁之政。概而言之，惠王的措施有两点：一、迁民；二、移粮。河内一带遭遇凶年，就把部分河内的百姓迁居到河东去，并将河东的部分粮食转运到河内去。河东一带遭遇凶年，也会采取相同的措施。乍一看，惠王的措施还不错，诚如他自己所说，比邻国用心多了。可是，细细一推敲，就会发现他的措施实在是缺乏仁心：迁民，让百姓远离故土，背井离乡，会造成百姓漂泊异乡而无所归依；移粮，转运粮食固然很好，可是河内凶，转运的是河东的粮食；河东凶，转运的是河内的粮食，国家的粮仓却并没有向百姓开放，总而言之，国家并没有丝毫的付出，这其实是一种对百姓的变相压榨。如此一来，河内凶，河东的百姓就会有怨心；河东凶，河内的百姓就会有怨心。——惠王的所作所为，看似很用心，其实仍是不仁之政，与邻国并无本质性的差别。所以，孟子才会说他是"以五十步笑百步"。

"不违农时，谷不可胜食也；数罟①不入洿②池，鱼鳖不可胜食也；斧斤以时入山林③，材木不可胜用也。谷与鱼鳖不可胜食，材木不可胜用，是使民养生丧死无憾也。养生丧死无憾，王道之始也。

五亩之宅，树之以桑，五十者可以衣帛矣。鸡豚狗彘之畜，无失其时，七十者可以食肉矣。百亩之田，勿夺其时，数口之家可以无饥矣。谨庠序④之教，申之以孝悌之义，颁（斑）白者不负戴于道路矣。七十者衣帛食肉，黎民不饥不寒，然而不王⑤者，未之有也。"

【今注】

①数（cù）罟（gǔ），细密的渔网，古时规定渔网的网眼不得小于四寸（相当于今天的二寸七分六厘），如此则不至于将水池中的鱼儿一网打尽，而保护幼鱼。②洿（wū），深。③斧斤以时入山林，古时规定春天不得上山采伐树木，意在保证树木的生长。④庠（xiáng）序，庠，古时的乡学。序，学校，有次第而教的意思。⑤王（wàng），施行仁政而获得天下归心的意思。

【浅释】

接下来，孟子讲述了王道的施行：

"不违背农田的耕作之时（即不在应该耕作之时征用民工，而耽误农作），谷物便会多得吃不完；细密的渔网不到深水池中捕鱼，鱼鳖就会多得吃不完；遵循一定的时间进入山林砍伐木材，木材便会多得用不尽。谷物和鱼鳖多得吃不完，木材多得用不尽，如此一来，便可以使得百姓足以供养生者、送葬死者而没有任何遗憾了。百姓供养生者、送葬死者而没有任何遗憾，便是王道的开始。

在五亩大的宅院之中，种植桑树，以供养蚕，五十岁以上的人就可以穿得上丝绵之衣了。对于鸡、狗、猪（豚、彘皆为猪，豚为幼猪）等家畜的畜养，不要在繁衍期进行宰杀，七十岁以上的人就可以吃得上肉了。对于百亩的土地，只要不侵夺农人的耕作时间，那么，几口人的家庭就不会遭遇饥饿了。严谨认真地开展学校教育，对百姓申明孝敬父母、敬重兄长的道理，如此一来，头发花白的人便不会再背负着重物在道路上行走了（因为人人尊老敬长，而愿意为老人代劳）。七十岁以上的人全都穿得上丝绵之衣、吃得上肉，黎民百姓不再遭遇饥饿和寒冷，做到这样，还不能够成为天下归心的王者，是从未曾有过的事。"

王道的施行分为三步：一、遂生，"使民养生丧死无憾"，正是遂生，遂生则可增多人民；二、富民，"五十者可以衣帛""七十者可以食肉""数口之家可以无饥"，正是富民；三、教民，"谨庠序之教，申之以孝悌之义"，正是教民。很显然，这与孔子的为政之道全然一致：

> 子适卫，冉有仆。子曰："庶矣哉！"冉有曰："既庶矣。又何加焉？"曰："富之。"曰："既富矣，又何加焉？"曰："教之。"（《论语·子路第十三》）

"庶"，众，多。"庶矣哉"，是说人口很多了。唯有遂生，方能增多人民。人口增多，接着便是"富之"，"富之"而后则需"教之"。遂生、富民、教民，这就是孔孟二圣共同的政治主张。

在很多人看来，孟子的措施显得过于简单、粗糙。其实不然。为政之要，莫过于安民。所以，子路问君子，孔子答以"修己以敬""修己以安人""修己以安百姓"（《论语·宪问第十四》），而要安民，又不外乎遂其生而后富之、教之。细究之，孟子的措施不但不简单，而且施行起来并不容易。原因在于：王道的施行对于为政者有着很高的要求。一个最为根本的要求便是为政者体察到自身的仁心，并且能够将之扩充开去。缺失了这一点，则根本无从施行仁政而成就王道。

早年读《孟子》，笔者时常会为梁惠王、齐宣王不能够采纳孟子的建议而深感失望，后来才逐渐明白：其实梁惠王也好，齐宣王也罢，都不是能够施行仁政而成就王道的人。因为他们沉湎于一己的私欲之中，尽管他们也有雄心伟志，希望能够一统天下，但是，这种愿望并非出于本心之仁，而是源于自我的"大欲"（见本篇第七章）。但凡有一点私意，便可以扼杀本心之仁，更何况是像梁惠王、齐宣王这般几乎完全沉浸在自我的私欲之中的人呢？至于孟子为何还要反复启发他们，只不过是不得已退而求其次，毕竟相较于其他诸侯，梁惠王、齐宣王尚算是值得一教。至于梁襄王，则连教都不值得教了，所以孟子看了他一眼之后便选择了离开魏国（见本篇第六章）。

"狗彘食人食而不知检①，涂有饿莩②而不知发。人死，则曰：'非我也，岁也。'是何异于刺人而杀之，曰'非我也，兵也'？王无罪岁，斯天下之民至焉。"

【今注】

①检，觉察并节制。②莩（piǎo），同"殍"，饿死的人。

【浅释】

孟子接着说："狗、猪吃人的食物，却不知道有所节制；道路上有饿死的尸体，却不知道打开粮仓，发粮赈灾。当百姓遭遇死亡时，则说：'这不是我的罪过，是饥荒之年所造成的。'如此则与用刀子刺杀死人，却说'不是我杀的人，是刀子杀的'有什么不同呢？大王若是从此之后，不再将百姓的苦难归罪于饥荒之年，如此一来，普天之下的百姓就会投奔而来了。"

在这里，孟子提出了一个概念："罪岁。"很显然，这是针对惠王而言的。无论是迁民，还是移粮，其实都是归罪于凶年的表现：因为凶年，所以不得不迁民；也是因为凶年，所以不得不移粮。总之，一切都是因为凶年。这就是惠王的逻辑。在这个逻辑下，为政者绝无责任可言。然而，明君为政却绝非如此。他们不会将责任归罪于凶年，而是"制民之产，必使仰足以事父母，俯足以畜妻子，乐岁终身饱，凶年免于死亡"（本篇第七章），也即是说，明君虽然同样无法避免凶年，但是，却可以采取切实有效的措施，以免百姓在凶年遭受危害。而且，绝不会"率兽食人"（"狗彘食人食而不知检"正是"率兽食人"的体现），在百姓遭遇饥荒之时，则会及时打开粮库，发粮赈灾。

惠王之所以会"罪岁"，乃是因为他完全沉湎于一己的私欲，为了不影响自身的利益，所以将责任归结给凶年。反之，明君之所以"无罪岁"，乃是因为一体之仁，当百姓遭受伤害之时，惟有无尽的悲悯与同情，又如何还会想到逃脱责任，乃至于转嫁负担呢？既"无罪岁"，自然就会承担起救助百姓的责任，与百姓同甘共苦，同舟共济，如此则"近者悦"而"远者来"（《论语·子路第十三》），所以说"无罪岁，斯天下之民至焉"。

第四章

梁惠王曰："寡人愿安承教！"

【浅释】

本章承接上章而来。惠王听了孟子之言，生发虔敬之心，故而"愿安承教"，愿意安心聆听孟子的教导。

孟子对曰："杀人以梃与刃，有以异乎？"
曰："无以异也。"
"以刃与政，有以异乎？"
曰："无以异也。"

【浅释】

孟子对惠王说："用梃杖杀人和用利刃杀人，两者有差异吗？"
惠王答道："没有差异。"
孟子又问："用利刃杀人与用政治杀人，两者有差异吗？"
惠王又答道："没有差异。"
孟子诚可谓循循善诱，从用梃杖杀人与用利刃杀人无有差异，进而指出用利刃杀人与用政治杀人也没有差异。尽管所用的工具和方式不一样，然而，杀人就是杀人，当然无有差异。惠王自然也能够明白这一点，所以，只能答以"无以异也"。

曰：“庖有肥肉，厩有肥马，民有饥色，野有饿莩，此率兽而食人也！兽相食，且人恶之。为民父母，行政不免于率兽而食人，恶在其为民父母也？仲尼^①曰：‘始作俑者，其无后乎！’为其象人而用之也。如之何其使斯民饥而死也？”

【今注】

①仲尼，孔子之字。仲，古时排行老二称为仲，孔子有一个哥哥，叫作孟皮。《论语》中记载，孔子将孟皮的女儿嫁给了弟子南宫适。尼，有两个由来：一、孔子的父母曾到曲阜附近的尼丘山祈子，归来后便生了孔子，故而取山名为字；二、据说孔子出生后，头顶中部凹下，四边凸起，犹如尼丘山的形状，所以以尼为字。

【浅释】

孟子接着说：“厨房里有肥美的肉食，马厩中养着肥壮的马儿，而百姓却面带饥黄色，野外的道路上有饿死的尸体，这就是在率领野兽吃人啊！野兽相食，人们尚且厌恶。而作为百姓的父母，主持政治却不能够免于率领野兽来吃人，又如何能够作为百姓的父母呢？孔子说：‘最初制作木俑陪葬的人，应该会断子绝孙吧！’这是因为那人运用像人的木俑作为陪葬啊。连用木俑陪葬尚且不可以，作为父母又怎么可以使得百姓活活地饿死呢？”

此处与上章末段相呼应，明确指出了惠王乃是“率兽食人”。“庖有肥肉，厩有肥马”，都是剥夺百姓而有的，剥夺百姓而有肥肉肥马，导致百姓辗转沟壑，抛尸荒野，这便是“率兽食人”。上章所谓“狗彘食人食而不知检”，也正是“率兽食人”：剥夺百姓的食物，以供狗彘，不正是率狗彘以食人吗？古时的为政者，视民如子，所以称他们为百姓的父母。如今，惠王身为诸侯，身为百姓的父母，却干着“率兽食人”之事，这就是“以政杀人”，杀人之政，自然是不仁之政。“罪岁”是不仁之政，“率兽杀人”更是不仁之政。

其后，孟子两番指出惠王不仁的实质，根本不配作为百姓的父母：其一，“兽相食”，人尚且感到厌恶，“率兽而食人”，岂不是比野兽更加过分？由此可见，惠王真是不仁之甚！其二，"始作俑者"，既以人像作为陪葬，以真人陪葬的念想必定已经存在，虽然尚未真的杀人殉葬，然而，只要有这一念存在，势必就会发展为杀人殉葬。孔子正是因为看到了这一点，所以对"始作俑者"深恶痛绝。仁人君子，对于心存杀人之念的人都会如此厌恶，又怎么会"率兽食人"而不顾百姓的死活呢？这就再一次指出惠王不仁之甚！之于"始作俑者"为何会"无后"？乃是因为存心杀人者，既是断绝他人的生机，也是断绝自家的生机。惠王既然如此不仁，又如何能够作为民之父母呢？当然，孟子的目的并不在于指责惠王的不仁，而是希望以此来促使惠王自省，根本仍在于唤醒惠王的仁心，激发他去施行仁政推行王道。

第五章

　　梁惠王曰："晋国①，天下莫强焉，叟之所知也。及寡人之身，东败于齐，长子死焉②；西丧地于秦七百里③；南辱于楚④。寡人耻之，愿比⑤死者壹洒（洗）⑥之，如之何则可？"

【今注】

　　①晋国，即魏国。春秋时期，晋国极其强大，后来韩、赵、魏三家分晋，梁惠王自恃国力强盛，以过去的晋国自期，所以，自称晋国。②"东败于齐，长子死焉"，所说当为历史中著名的马陵之战。魏国伐韩，韩国向齐国求救，齐国以田忌为将、孙膑为军师伐魏救韩，而惠王以庞涓和太子申为将抵御齐军，最终魏军中了孙膑的计策，在马陵遭遇大败，庞涓被杀，太子申被俘。③"西丧地于秦七百里"，马陵之战后，魏国实力大减，秦国屡次在魏国西部发动战争，先后掠夺了魏国河西之地和上郡的十五个县城。④"南辱于楚"，指梁惠王后元十一年，楚国派柱国昭阳率师攻魏，夺取了魏国八座城邑。⑤比（bì），替代。⑥洒，同"洗"。

【浅释】

梁惠王对孟子说："晋国，原先是天下最为强盛的诸侯国，这一点老先生您是知道的。可是，到了寡人主政的时候，东面和齐国打仗，败给了齐国，我的长子还死在了战场上；西面又败给了秦国，丧失了七百里的土地；南面又遭到楚国的欺辱，被掠走了八座城池。寡人深深为这一切感到羞耻，希望能够替那些战死沙场的兵士们一雪前耻，要怎么做才可以呢？"

据惠王所说，可知当时的魏国四面受辱，很是憋屈，无怪乎惠王所思所想全都是如何有利于魏国。然而，惠王所追求的仍是霸业，他期望能够恢复当年的辉煌，可以报仇雪恨，一雪前耻。概言之，惠王的目的不在于安民，而在于一己私欲的满足。这与孟子的期望大相径庭。

孟子对曰："地方百里而可以王。王如施仁政于民，省刑罚，薄税敛，深耕易耨①。壮者以暇日修其孝悌忠信，入以事其父兄，出以事其长上，可使制梃以挞②秦楚之坚甲利兵矣。彼夺其民时，使不得耕耨以养其父母。父母冻饿，兄弟妻子离散。彼陷溺其民，王往而征之，夫谁与王敌？故曰：'仁者无敌。'王请勿疑！"

【今注】

①易，治。耨（nòu），耕耘。深耕易耨，指处理农活精耕细作。②挞（tà），打。

【浅释】

孟子回答道："拥有方圆百里之地，就可以施行王道。大王您如果对百姓施行仁政，减少刑罚，减轻税赋，指导百姓深耕细作。空闲之时，让青壮年者修学孝悌忠信，在家事奉父母和兄长，在外事奉长者和上司，如此一来，手持着木制的梃杖便可以抗击秦楚之国拥有坚固盾甲、锐利兵刃的军队了。因为他们侵夺百姓的耕作时节，使得农田得不到及时耕种，从而导致无有谷物供养父母。父母受冻挨饿，兄弟、妻儿四方离散。他们让百姓深陷于水深火热之中，大王您此时前往征讨他们，又有谁能够与您为敌呢？所以说：'有仁德的人无敌于天下。'请大王不要怀疑我的话，及时施行仁政吧！"

孟子对于惠王所渴求的霸业置之不理，上来直接讲述王道："地方百里而可以王。"地方百里而王者，古时有之，文王是也。（《公孙丑章句上》）当然，孟子的这句话中隐含着对惠王的失望：地方百里便可以成就王道，而当时的魏国尽管四面受辱，但依旧还算得上是一个大国，可是惠王却不愿意去施行仁政推行王道，只是一心想着称霸，想着复仇。然而，失望归失望，孟子还是借此机会，对仁政做了一番陈述。

所谓仁政，根本在于三点：其一，"省刑罚，薄税敛"；如此则可以遂生；其二，"深耕易耨"；这是为了改善百姓的生活质量，可以对应富民；做到了这两点，便可以使得百姓"仰足以事父母，俯足以畜妻子，乐岁终身饱，凶年免于死亡"；其三，"壮者以暇日修其孝悌忠信"，这就是教民。这与第三章所说王道的施行如出一辙，都是遂生、富民、教民。其实，王道即是仁政，仁政即是王道，二者是一不是二。

施行仁政，百姓得以安居乐业，人人亲其亲而长其长，此时如果再有外邦入侵，百姓便会誓死捍卫自身的幸福，所以，"可使制梃以挞秦楚之坚甲利兵矣"。这就解决了惠王的一个心头大患：担心秦、楚的入侵。不仅如此，施行仁政还可以"无敌于天下"，因为以仁讨伐不仁，那就是在拯救对方的百姓于水深火热之中，对方的百姓势必将会"箪食壶浆以迎"。商汤征讨夏桀便是如此，"东面而征，西夷怨；南面而征，北狄怨，曰：'奚为后我？'民望之，若大旱之望云霓也。"（《梁惠王章句下》）既然如此，自然是无征不利了。所以说"仁者无敌"。有学者取明道（程颢）"仁者以天地万物为一体，莫非己也"之意，讲述这里的"仁者无敌"，意谓既为一体，何来敌对？故而"无敌"。恐怕不是孟子的本意。

最后，孟子还苦口婆心地加了一句："王请勿疑！"疑则不信。虽有仁政，不信则不得施行。所以，孟子让惠王"勿疑"。至于惠王有没有听从孟子之言而尝试着施行仁政，至今已经不得而知了，因为《孟子》中所记载的关于孟子与梁惠王的交接至此便已经结束了。此后，梁襄王即将登场。孟子与他见了一面，心中不甚满意，随即便离开魏国，前往齐国了。

第六章

孟子见梁襄王①，出，语人曰：

"望之不似人君，就之而不见所畏焉。卒（猝）然问曰：'天下恶乎定？'吾对曰：'定于一②。''孰能一之？'对曰：'不嗜杀人者能一之。''孰能与之？'对曰：'天下莫不与也。王知夫苗乎？七八月之间旱，则苗槁矣。天油然③作云，沛然④下雨，则苗浡然兴之矣。其如是，孰能御之？今夫天下之人牧⑤，未有不嗜杀人者也。如有不嗜杀人者，则天下之民皆引领而望⑥之矣。诚如是也，民归之，由（犹）水之就下，沛然谁能御之？'"

【今注】

①梁襄王，梁惠王逝世之后，他的儿子赫即位，是为梁襄王。②一，一统。③油然，忽然兴起。④沛然，雨水丰盛的样子。⑤人牧，治理百姓的人。⑥引领而望，领即衣领，用来表示脖子。引领即伸长了脖子。伸长了脖子相望，表示盼望迫切。

【浅释】

孟子去见梁襄王，出来之后，对人说：

"远远望去不像为人君主的样子，靠近了之后又不见有令人敬畏的威仪。突然向我问道：'天下如何才能够得以安定？'我回答说：'天下的安定在于一统。'又问道：'谁能够一统天下？'我答道：'不嗜好杀戮的人能够一统天下。'又问道：'谁能够认同并跟随他呢？'我答道：'天下之人没有不认同并跟随他的。大王知道田间的禾苗吗？假如七八月份遭遇干旱，那么，禾苗便会枯槁了。如果天上忽然乌云密布，雨水沛然而下，那么，禾苗便会蓬勃生长。像这样，又有谁能够阻挡得了呢？如今天下各国的诸侯们，没有一个不嗜好杀戮的。如果有不嗜好杀戮的人出现在其间，那么，全天下的百姓便全都会伸长脖子而期望他前来解救自己。果真如此，百姓归附于他，就像水向下流淌一般，沛然而下，又有谁能够阻挡得了呢？'"

本章所记当为孟子初见梁襄王，见了之后，孟子颇感失望，很快就离开了魏国。

由孟子的陈述，可见襄王既无人君的气象，又无人君的威仪。"卒然"而问，更见其心浮气躁，难成大器。然而，就是这样一个人，却痴心妄想要让天下得到安定。既然襄王有所问，孟子自然应当有所答。襄王问："天下恶乎定？"孟子答以"定于一"，所谓"定于一"，便是定于一统。所谓一统，即是大同。《礼记·礼运》篇有云：

> 大道之行也，天下为公，选贤与能，讲信修睦。故人不独亲其亲，不独子其子，使老有所终，壮有所用，幼有所长，矜寡孤独废疾者皆有所养，男有分，女有归。货恶其弃于地也，不必藏于己；力恶其不出于身也，不必为己。是故谋闭而不兴，盗窃乱贼而不作，故外户而不闭。是谓大同。

实现大同，在于普天之下人人履行人之为人之道，人人成为真正的人，惟有如此，才是一统，才是大同。有人将此处的"一"理解为统一，是不当的。统一或许可以通过势力，如秦始皇统一天下，但是，统一天下并不意味着获得安宁，恰恰相反，秦朝统治期间，种种反抗此起彼伏，从未曾停息过，没有片刻的安宁。惟有一统，惟有大同，方才会有真正的安宁可言。而要实现一统，实现大同，除却施行仁政推行王道，别无二途。所以，当襄王问"孰能一之"时，孟子答以"不嗜杀人者能一之"。很多人都颇为小看"不嗜杀人"四字，认为这是孟子敷衍襄王的回答。其实不然。当时天下，仁心泯灭，"天下之人牧，未有不嗜杀人者"，诸侯们为了扩张领土，追逐利益，往往"争地以战，杀人盈野；争城而战，杀人盈城"（《离娄章句上》）。在这样的状况下，仁心已经完全被私欲所遮蔽。而"不嗜杀人者"，则尚有一丝良知未泯，尚有一息仁心存留，若是能够就此扩而充之，转"不嗜杀人"的恻隐之心而为仁民爱物的仁政，那么，单单这一个"不嗜杀人"的念，即可成为施行仁政推行王道的开始。

襄王接着又问道："孰能与之?"很显然，这一问是充满着怀疑的。由此一问，也可知襄王对于"不嗜杀人"并无真切的体味。到了此时，孟子也已经明晓襄王是不足以成就仁政的。然而，为了将其中的道理阐述清楚，还是通过一个譬喻做了解说：

禾苗遇到干旱自然会枯槁，遇到雨水自然会蓬勃生长。干旱喻不仁之政，雨水喻仁政。人民在不仁者的统治下，"仰不足以事父母，俯不足以畜妻子，乐岁终身苦，凶年不免于死亡"。反之，在仁者的治理下，百姓能够安居乐业，生活太平。而仁政之初，往往正在于一念"不嗜杀人"。在天下诸侯无不嗜杀的状态下，民不聊生，果真有"不嗜杀人者"，"则天下之民皆引领而望之"，乃是理所当然的事。道理本是如此简单明了，可是，当时天下诸侯一概沉湎于自我之中，强者追求霸业，弱者惟求自保，竟然无有愿意施行仁政的，不得已，孟子在多番游说之后，终于选择了像孔子一般，回归故乡，著书立说，传承圣学。

第七章

齐宣王^①问曰："齐桓、晋文之事可得闻乎?"

孟子对曰："仲尼之徒无道桓、文之事者，是以后世无传焉，臣未之闻也。无以，则王乎!"

【今注】

①齐宣王，齐威王之子，名辟疆，他喜爱文学、游说之士，在国都临淄设稷下学宫，当时诸多游说之士如邹衍、慎到等纷纷前往。孟子见过梁襄王之后，颇感失望，便也到了齐国。孟子在齐国居住了很长一段时间，并曾一度为卿，但都是"无官守""无言责"的闲职（《公孙丑章句下》），孟子自称为"臣"，正因为此。

【浅释】

　　本章内容极长，应当是孟子与齐宣王交谈得最为深入的一次，也是孟子将王道阐述得最为完备的一章。一切从齐宣王的问题开始："齐桓公、晋文公称霸春秋的事迹，您可以讲给我听听吗？"

　　齐桓公，名小白，晋文公，名重耳，是春秋五霸中最为著名的两位霸主。战国时期，各国诸侯都很羡慕他们的霸业，齐宣王自然也无从避免，所以，向孟子询问齐桓、晋文之事。霸术的本质乃是以利为本，王道则以仁义为本，两者截然不同，所以，孟子黜霸业而举王道："孔子的门徒之中，没有人谈到齐桓公、晋文公的事迹，所以后世没有流传，我也就没有听说过。大王如果一定要听我说，那我就给你讲讲天下归心的王道吧！"

　　其实，孔子并非不提齐桓、晋文，他曾说："晋文公谲而不正，齐桓公正而不谲。"（《论语·宪问第十四》）谲，诡诈。由此可见，孔子对齐桓公的评价还不低。然而，不管评价如何，霸术与王道终归是两途，不可混淆，所以，董仲舒有云："仲尼之门，五尺童子羞称五霸，为其先诈力而后仁义也。"（《四书章句集注》）由此可见，孟子并非不知齐桓、晋文之事，而是不齿于霸业而已。

　　曰："德何如则可以王矣？"

　　曰："保民而王，莫之能御也。"

　　曰："若寡人者，可以保民乎哉？"

　　曰："可。"

　　曰："何由知吾可也？"

　　曰："臣闻之胡龁曰，'王坐于堂上，有牵牛而过堂下者，王见之，曰："牛何之？"对曰："将以衅钟①。"王曰："舍之，吾不忍其觳觫②，若无罪而就死地。"对曰："然则废衅钟与（欤）？"曰："何可废也！以羊易之。"'不识有诸？"

　　曰："有之。"

　　曰："是心足以王矣。百姓皆以王为爱也，臣固知王之不忍也。"

　　王曰："然，诚有百姓者。齐国虽褊小，吾何爱一牛？即不忍其觳觫，若无罪而就死地，故以羊易之也。"

　　曰："王无异于百姓之以王为爱也，以小易大，彼恶知之？王若隐其无罪而就死地，则牛羊何择焉？"

　　王笑曰："是诚何心哉？我非爱其财而易之以羊也，宜乎百姓之谓我爱也。"

　　曰："无伤也，是乃仁术也，见牛未见羊也。君子之于禽兽也，见其生，不忍见其死；闻其声，不忍食其肉，是以君子远庖厨也。"

　　王说（悦）曰："《诗》云：'他人有心，予忖度之。'夫子之谓也。夫我乃行之，反而求之，不得吾心。夫子言之，于我心有戚戚焉③。此心之所以合于王者，何也？"

【今注】

　　①衅（xìn）钟，新铸造的钟在使用之前，要杀牲口取血祭钟。②觳觫（hú sù），因恐惧而害怕颤抖的样子。③戚戚焉，因为有深刻的感触而怦然心动。

【浅释】

　　孟子不讲齐桓、晋文的霸业，却要讲王道。宣王倒也颇有几分见识，明了推行王道需要以德为本，问道："拥有怎样的德行，才可以成就天下归心的王道？"

　　孟子答道："能够处处保护百姓的人便可以成就王道，这样的人普天之下没有什么能够阻挡得了。""保民"二字，说来容易，行起来却极其不易。因为它本自于仁心，若无仁心，纵是一时为了利益，貌似能够"保民"，最终也必定会露出自私自利的真面目。

　　宣王又问道："像寡人这样的人，也可以保护百姓吗？"由此一问，可见宣王还是有推行王道的可能性的，虽然他的语气略显得有些自暴自弃，自甘于不能，然而，还是可以加以激发的。既然如此，孟子自然会把握时机，进行切实的引导。于是，孟子答道："可以。"宣王颇感意外："您是如何知道我可以的呢？"

接下来，孟子的这一番话极其关键，交代了王道之本："我曾经听胡龁说过这样一件事：有一天大王坐在大堂之上，有人牵着牛从堂下经过，大王见到了，便问：'这头牛要牵到哪里去？'那人答道：'将杀了它，用以祭钟。'大王便说：'放了它吧，我不忍心看到它因为即将遭遇杀戮而害怕发抖的样子，就像一个无罪的人却要被送上刑场一样。'那人问道：'那么，是不是要废弃祭钟这项仪式呢？'大王说：'怎么可以废弃呢！用一只羊来替代它吧。'不知道是不是真的有过这件事？"宣王听了之后，做出了肯定的回答："是有过这件事。"

在常人看来，这件事无甚奇特，然而，一旦真正理解了孟子学，理解了孟子的察端扩充之教，就会明白这件事的意义极其重大。因为，通过这件事，让孟子知道了宣王良知未泯，若是能够让他就此体认到本心之仁，从此扩充开去，那么，施行仁政推行王道也就有望了。

当宣王见到那头即将被送去衅钟的牛瑟瑟发抖的样子，一下子触动到了他的本心，油然而生一股恻隐之心。"不忍其觳觫，若无罪而就死地"，这就是恻隐之心，也就是仁德之端，这份用心是当下即时生发的，其间没有任何一丝计较，若是有计较，哪怕是一丝一毫的计较，那就不是本心的发用。其实，这样的用心并不少见，几乎人人会有，然而，纵然是有了这样的用心，很多人也会像宣王一般，不明就里而错失，"夫我乃行之，反而求之，不得吾心"。然而，在孟子这里，这份用心却异常重要，对于为政而言，乃是仁政之始；对于个人而言，则是修身之始。因为一旦能够体察到这份用心，进而反复探求，就会发现这份用心不是出于任何的思量与计较，无因无缘，进而可知，在我们的自我意识背后还有一个更为本质的东西存在着，那就是我们的本心。当我们体察到本心，就会发现我们以往所谓的人生，只不过是在自以为是的思量与计较下的产物，这样的人生是肤浅的，可笑的，也是可悲的。从此之后，便会力求以本心应事应物，果真如此，便可以算是走上了修身之路。对于为政者而言，一旦他们体贴到本心，则会发现以往所采取的所谓政治措施，其实全都源自一己的私欲，但能就此悔过，顺应本心之仁施行仁政，则王天下也就不远了。

然而，这其中仍有两个问题：其一，是否信得及？很多人纵然是在某个特殊的因缘之下，体察到了本心发用之端，然而，因为信不及，就此置之不理，如此则永远也无法体证本心。其二，是否能够克制自我？自我是本心的大敌，自我意识不除，本心之德便难以发用。正因为如此，孔子注重"克己"，颜渊问仁，子曰："克己复礼为仁，一日克己复礼，天下归仁焉!"（《论语·颜渊第十二》）而孔子绝四，根本也在于"毋我"：子绝四，毋意，毋必，毋固，毋我。（《论语·子罕第九》）然而，自我并不易克，务必狠下功夫。例如宣王，经过孟子的指引，他最终明白了不忍衅钟之牛觳觫的心，是源于本心的恻隐之仁，然而，因为不曾实下功夫去克除自我，最终连那一点恻隐之仁也泯灭掉了。

得到宣王的肯定答复之后，孟子接着说："凭借这份用心便足可以成就天下归心的王道了。百姓都以为大王是出于吝啬，然而，我知道大王是出于不忍心见到那头牛即将遭受杀戮而发抖的样子。"

这就指出宣王的那份用心乃是源于本心的不忍之仁，与分别计较无关。

听了孟子的话，宣王说："是这样的，确实有这样议论的百姓。齐国尽管地处偏僻，地方狭小，可是，我又如何会吝惜一头牛呢？我实在是不忍心见到它即将遭遇杀戮而害怕发抖的样子，就像一个无罪的人却要被送上刑场一样。所以，才用羊来替代它的。"

宣王再一次做出确认：当初的那份用心，确实是出于自己的不忍心。

孟子对宣王说："大王也不必奇怪百姓会认为您是吝啬，他们只见到了您以体形小的羊替代了体形大的牛，又如何能够知道您背后的深意呢？再说了，在百姓们看来，大王若是出于恻隐之心怜悯那头牛无罪而被牵去屠杀，那么，对于牛和羊又如何会有所选择呢？"

以羊易牛，以小易大，确实很容易让人觉得是宣王吝啬。而如果是出于恻隐之心，那么为什么对牛有恻隐之心，对羊就没有了呢？这就是常人的看法，孟子的这番话看似只是在陈述百姓的认识，其实饱含深意。既是为了让宣王更为深入地体贴那份用心，也是为了指出对于常人而言，恻隐之心是在特定的机缘下才会发现的。孟子与宣王接下来的对话，将揭示出这一点。

听了孟子的话，宣王笑着说："这到底是什么用心呢？我确实不是因为出于吝惜财物而用羊替代那头牛的，然而，经您这么一说，百姓说我吝啬似乎也是适宜的。"

孟子说："百姓误解也没有关系，这就是仁术，见到了那头牛而没有见到那只羊。君子对于禽兽，见到它们活着，就不忍心看到它们死去；听到它们的哀鸣之声，就不忍心再吃它们的肉，所以，君子常常是远离厨房的。"

宣王以羊易牛，是因为他看到了牛觳觫的样子，而没有看到羊觳觫的样子，若是他看到的是羊，也许就会以牛易羊了。这就指出了恻隐之心是在特定的机缘下呈现的，而且是当下的、即时的，稍纵即逝。有人会说："宣王以羊易牛，已经过去很久，为什么宣王还能够留存恻隐之心呢？"其实不然，宣王这时所谈论的只不过是对当时的那份记忆罢了，已经不是恻隐之心本身了。恻隐之心的发现必定是当下的、即时的，一旦自我意识生起，恻隐之心便会立时消隐。在这里，孟子还提到了一个词"仁术"。所谓仁术，即是施行仁爱的方法。宣王看到牛觳觫的样子，触动恻隐之仁，让人以羊易牛，这便是施行仁爱的方法，所以，孟子称之为"仁术"。

听了孟子的话，宣王很开心地说："《诗经·小雅·巧言》篇中说：'他人存有什么样的心，我便能够揣摩得到。'说的正是先生您啊。那时，我只是那样做了，可反过来追究原因时，心中却找不到解释。如今听先生您这么一说，使得我怦然心动啊。"

体察到本心之仁的刹那是充满喜悦的，经过孟子的指引，宣王有了这份体验，认识到那份不忍之心源自自己的本心，所以，能够"心有戚戚焉"。

紧接着，宣王又问道："先生您说这种心便合乎于天下归心的王道，又是什么道理呢？"

至此，便可以讨论王道了。然而，孟子似乎并不急于讲述王道，却是先指出宣王"之不王"，乃是因为"不为也"，而"非不能也"，就此指出推行王道其实并不难，根本在于愿不愿意去做。

曰："有复于王者曰：'吾力足以举百钧①，而不足以举一羽；明足以察秋毫②之末，而不见舆薪。'则王许之乎？"

曰："否。"

"今恩足以及禽兽，而功不至于百姓者，独何与（欤）？然则，一羽之不举，为不用力焉；舆薪之不见，为不用明焉；百姓之不见保，为不用恩焉！故王之不王，不为也，非不能也。"

曰："不为者与不能者之形何以异？"

曰："挟太山以超北海，语人曰'我不能'，是诚不能也。为长者折枝③，语人曰'我不能'，是不为也，非不能也。故王之不王，非挟太山以超北海之类也；王之不王，是折枝之类也。"

【今注】

①钧，三十斤。②秋毫，秋天时鸟初生的细毛，喻细小之物。③折枝，或曰按摩，或曰折树枝，或曰躬身行礼。当以后者为优。枝，或为支，同"肢"。

【浅释】

孟子对宣王说："假如有人向大王汇报，说：'我的力量足以举起三千斤，却不能够举起一根羽毛；我的眼力足以明察秋天时鸟儿初生的细毛，却不能够见到一车子的木柴。'大王您认许这样的话吗？"无疑，这样的话是极其不合理的，是谁也不会认可的。所以，宣王说："不认许。"

孟子接着说："如今，大王您的恩德足以及于禽兽，然而，却不能够使得百姓得到任何受益，这又是为什么呢？事实是这样的。一根羽毛举不起来，是因为不肯用力；一车子的木柴看不见，是因为不想去看；如今百姓们不能够获得大王您的保护，那是因为您不肯施恩的缘故啊！所以，大王您不能够成就天下归心的王道，是因为不肯去做，而不是因为不能够做得到。"

原来，孟子那番很不合理的话又是一个譬喻，"力足以举百钧""明足以察秋毫之末"，喻宣王"恩足以及禽兽"；"不足以举一羽""不见舆薪"，喻宣王"功不至于百姓"。这个譬喻是建立在"仁术"的基础上的，推行仁爱的方法，必然会是由近及远的，"亲亲而仁民，仁民而爱物"（《尽心章句上》），可如今，宣王却完全颠倒了，"恩足以及禽兽，而功不至于百姓"，由此可见，不合理的不是别人，正是宣王。

不举一羽，是不用力；不见舆薪，是不用明；同样，百姓不见保，是不用恩。恩既然可以及于禽兽，恩及百姓，还不是举手之劳？恩及百姓，距离成就王道也就不远了。就此，孟子指明宣王之所以"不王"，乃是因为他"不为也"，而"非不能也"。

当然，这其中尚有一辨：若是宣王以羊易牛是出于吝啬，那就该另当别论了，因为那是私欲的使然。然而，此前已经过反复验证，宣王确实是出于恻隐之仁而以羊易牛的，正因为如此，才可以说他"恩足以及禽兽"。也唯有如此，他才有可能意识到自身对于百姓的不仁。若是其他诸侯，连本心发用之端都未曾体验过，与他们谈论"不为"与"不能"，则毫无意义可言。

当孟子指出宣王之所以"不王"，是因为"不为"，而"非不能"之后，宣王情不自禁又问道："不肯去做与不能够做到，这两者有什么差异？"

同样，孟子还是运用譬喻做了答复："挟太山以超北海"与"为长者折枝"，前者是"不能"，后者则是"不为"。而宣王"之不王"，不是前者，而是后者。

"腋下夹着泰山而跳过北海，对人说'我做不到'，这是真的不能够做到。为年长的人鞠躬，对人说'我做不到'，则是不肯去做，而不是不能够做到。所以，大王您不能够成就天下归心的王道，不是腋下夹着泰山而跳过北海这种不可能做到的事。大王您不能够成就天下归心的王道，是为年长的人鞠躬这类力所能及却不肯去做的事啊。"

这就更为清晰地指出，对于宣王而言，成就王道本是举手之劳，就像为长者鞠躬一般。相信到此为止，无论是宣王还是读者，全都会深感疑惑：成就王道，真的有这么简单吗？

　　"老吾老以及人之老，幼吾幼以及人之幼，天下可运于掌。《诗》云：'刑①于寡妻，至于兄弟，以御于家邦。'言举斯心加诸彼而已。故推恩足以保四海，不推恩无以保妻子。古之人所以大过人者，无他焉，善推其所为而已矣。今恩足以及禽兽，而功不至于百姓者，独何与（欤）？权，然后知轻重；度，然后知长短。物皆然，心为甚。王请度之。"

【今注】

　　①刑，同"型"，典型，示范。

【浅释】

　　孟子接着说：

　　"敬重自己的长辈而推及敬重他人的长辈，关爱自己的孩子而推及关爱他人的孩子。如此一来，治理天下就会像转动手掌中的物件一般简单。《诗经·大雅·思齐》篇中说：'先给妻子做好榜样，然后再扩展到兄弟，进而推广到封邑和国家。'所说的也就是把这份心扩充到他人身上去罢了。所以，由近及远的推行恩德足可以保护四海之境，安定天下，不知道由近及远的推行恩德则不足以保护自己的妻儿。古时候的人之所以能够远远超过一般人，没有其他的缘由，只不过是善于推广他们的恩德罢了。如今，大王您的恩德足以及于禽兽，然而，却不能够使得百姓得到任何受益，这又是为什么呢？称一称之后，便可以知道物体的轻重；量一量之后，便可以知道物体的长短。天下的物体全都是如此，人心更是如此。请大王您细细地度量一番。"

　　这便是推行王道的大体。一个字而言，为"推"；两个字而言，则为"推恩"。"老吾老以及人之老，幼吾幼以及人之幼"，乃是"推"的具体，"老吾老"，为孝；"幼吾幼"，为慈。由孝敬自己的父母进而孝敬普天之下的父母，由慈爱自己的孩子进而慈爱普天之下的孩子，这便是"推"。如此一来，则普天之下，老者得其所安，少者得其所怀，"天下可运于掌"，王道自然也就可成。所引诗句，讲的也是"推"，由妻子推至兄弟，再由兄弟推至封邑和国家。而"古之人所以大过人者"，无他，正是因为"善推其所为而已矣"。

"推"在《孟子》中，还有另外一个表述"充"。"苟能充之，足以保四海；苟不充之，不足以事父母。"（《公孙丑章句上》）简而言之，"推"便是由此及彼、由近及远，便是"举斯心加诸彼"。所谓"斯心"，不是别的什么心，正是源于本心的不忍之心。——成就王道，不在于别的，正在于一个"推"字。"推恩足以保四海，不推恩无以保妻子"，能保四海者，自然可以王天下。

而今宣王"恩足以及禽兽，而功不至于百姓"，这又是为何呢？答案很显然：不曾"推恩"而已。正因为如此，孟子才会要求宣王去"度心"。"度"，度量。"度心"，即度量自己的用心。如果宣王真的能够去好好度量自己的用心，或许就会恍然有悟，就此推恩于百姓而成就王道了。

"抑王兴甲兵，危士臣，构①怨于诸侯，然后快于心与（欤）？"

王曰："否。吾何快于是！将以求吾所大欲也。"

曰："王之所大欲可得闻与（欤）？"

王笑而不言。

曰："为肥甘不足于口与（欤）？轻煖不足于体与（欤）？抑为采色②不足视于目与（欤）？声音不足听于耳与（欤）？便嬖③不足使令于前与（欤）？王之诸臣皆足以供之，而王岂为是哉？"

曰："否。吾不为是也。"

曰："然则王之所大欲可知已。欲辟土地，朝秦楚，莅④中国而抚四夷也。以若所为求若所欲，犹缘木而求鱼也。"

王曰："若是其甚与（欤）？"

曰："殆有甚焉！缘木求鱼，虽不得鱼，无后灾。以若所为求若所欲，尽心力而为之，后必有灾。"

曰："可得闻与（欤）？"

曰："邹人与楚人战，则王以为孰胜？"

曰："楚人胜。"

曰："然则。小固不可以敌大，寡固不可以敌众，弱固不可以敌强。海内之地方千里者九，齐集⑤有其一，以一服八，何以异于邹敌楚哉？盖亦反其本矣。今王发政施仁，使天下仕者皆欲立于王之朝，耕者皆欲耕于王之野，商贾皆欲藏于王之市，行旅皆欲出于王之涂（途），天下之欲疾其君者皆欲赴愬⑥于王。其若是，孰能御之？"

【今注】

　　①构，结。②采色，指悦目之物。③便嬖（pián bì），亲近的宠幸之臣。④莅，临。⑤集，集合。⑥愬（sù），同"诉"，控诉。

【浅释】

　　在要求宣王"度心"之后，孟子便启发他去"度心"：

　　"难道说大王您动员军队，发动战争，使得将士和臣子身陷于危险之中，与别的诸侯结下怨恨，如此之后，才会觉得心里痛快吗？"

　　尽管发动战争的结果大多会如此，但是，谁也不会以此为痛快。所以，宣王做出了否认："不是。我怎么会以此为痛快呢！我是想以此来实现我的一个大愿望。"就此引出了宣王的"大欲"，孟子自然知道宣王所谓的"大欲"，无非就是成就霸业而已。然而，孟子却不直接说破，而是采取欲擒故纵的方法，与宣王周旋一番。

　　孟子问道："大王的大愿望，可以讲给我听听吗？"

　　宣王笑而不答。

　　孟子说："您是为了肥美的食物不够吃吗？是为了轻柔温暖的衣服不够穿吗？还是为了悦目的物件不够看？美妙的声音不够听？伺候的人不够使唤？对于这些，大王的群臣们全都足以能够供给，然而，大王您难道真的是为了这些吗？"

　　宣王的"大欲"自然不是这一切，所以，他再一次做出了否认："不是。我不是为了这些。"

　　此时，孟子不再与之周旋，直截了当指出了宣王的"大欲"：

　　"那么，大王的大愿望也就可以知道了，大王是想开辟疆土，让秦、楚等国全都前来朝贡，君临天下，并且安抚四周边境的少数民族。"

　　这就是齐桓公、晋文公当年所成就的霸业。宣王心心念念所思所想的，正是这一个"大欲"。然而，孟子在指出宣王的"大欲"之后，毫不留情地指出："以您现在的所作所为去追求您的大愿望，就像爬到树上去捉鱼一样。"宣王的"所为"，一言以概之，便是"不推恩"，"不推恩无以保妻子"，连妻儿都不能够保护，更何况是实现"辟土地，朝秦楚，莅中国而抚四夷"的"大欲"了。所以，孟子说他就像是"缘木而求鱼"，鱼在水中，"缘木而求鱼"，自然会一无所得。这就等于明白地告诉了宣王：你的"大欲"是绝无可能实现的！

　　宣王一听，深感意外："竟然有这么严重？"

　　孟子则更进一步地指出："恐怕比缘木求鱼还要严重呢！爬到树上去捉鱼，虽然得不到鱼，之后却没有灾祸。可是，以您现在的所作所为去追求您的大愿望，如果是尽心尽力去实行，之后则必然会有灾祸。"

　　这番话等于是给宣王迎面泼了一盆冷水，可是，他尚且不能明白其中的道理。于是，问道："先生您可以说给我听听吗？"

　　同样，孟子还是通过譬喻做了解说："邹国与楚国发生战争，大王您认为哪个国家会获得胜利？"

　　邹国是一个非常小的国家，自然无法与战国七雄之一的楚国相抗衡，宣王这点见识还是有的，所以，他回答说："楚国人得胜。"

　　孟子接着说："是这样的。小国固然不可以抵抗大国，人口稀少的国家固然不可以抵抗人口众多的国家，力量薄弱的国家固然不可以抵抗力量强盛的国家。如今，四海之内拥有方圆九千里的地方，齐国的土地集合起来也只不过占有其中的一份（即方圆千里），以一份去征服其余的八份，与邹国和楚国发生战争又有什么差异呢？还是返归到根本上来吧。如今，大王您若是能够改革政治而施行仁政，使得普天之下的士大夫全都希望站立于齐国的朝廷之中，耕种之人全都希望耕种于齐国的田野之间，行商之人全都希望经商于齐国的市场，来往的旅客全都希望出入于齐国的道路，普天之下那些痛恨本国君主的人全都希望到大王您这里来控诉。果真做到这样，又有谁能够抵挡您成就王道呢？"

　　孟子给宣王算了一笔账，让宣王明白如果想凭借武力去实现自己的

"大欲"——"辟土地，朝秦楚，莅中国而抚四夷"，那就会像邹国与楚国发生战争一般，必败无疑。指明了这一点之后，孟子给宣王开出了"反本"的药方。所谓"反本"，即反过来顺从自己的本心之仁，而后"推恩"开去。这就是施行仁政的根本。"反本"，所反的乃是仁政之本，乃是王道之本。也就是将不忍衅钟之牛觳觫的恻隐之仁推广到百姓身上去，就此施行仁政，但能如此，则"天下仕者皆欲立于王之朝，耕者皆欲耕于王之野，商贾皆欲藏于王之市，行旅皆欲出于王之涂，天下之欲疾其君者皆欲赴愬于王"，又"孰能御之"？

王曰："吾惛①，不能进于是矣。愿夫子辅吾志，明以教我，我虽不敏，请尝试之。"

曰："无恒产而有恒心者，惟士为能。若民，则无恒产，因无恒心。苟无恒心，放辟邪侈，无不为已。及陷于罪，然后从而刑之，是罔民也。焉有仁人在位，罔民而可为也？是故明君制民之产，必使仰足以事父母，俯足以畜妻子，乐岁终身饱，凶年免于死亡，然后驱而之善，故民之从之也轻。

今也制民之产，仰不足以事父母，俯不足以畜妻子，乐岁终身苦，凶年不免于死亡，此惟救死而恐不赡，奚暇治礼义哉？

王欲行之，则盍反其本矣！五亩之宅，树之以桑，五十者可以衣帛矣。鸡豚狗彘之畜，无失其时，七十者可以食肉矣。百亩之田，勿夺其时，八口之家可以无饥矣。谨庠序之教，申之以孝悌之义，颁（斑）白者不负戴于道路矣。老者衣帛食肉，黎民不饥不寒，然而不王者，未之有也。"

【今注】

①惛（hūn），同"昏"，糊涂。

【浅释】

听了孟子关于"反本"的陈述之后，宣王一时不知所措，说：

"我现在思维昏乱，不能够进一步体会先生您所说的。希望先生您能够辅助我实现志愿，明明白白地教导我，我虽然不够聪敏，也请让我尝试着去施行一下。"

宣王终于表示愿意"尝试"着去施行仁政推行王道了。

孟子说："没有恒定的财产却能够拥有恒定的心志，惟有士人才可以做到。至于一般的百姓，若是没有恒定的财产，便会因此而没有恒定的心志。倘若没有恒定的心志，种种放逸、邪行，便会无所不为。等到他们身陷罪恶，然后根据罪行对他们进行刑罚，如此的行为，就等于是设计了罗网去陷害百姓啊。又怎么会有有仁德的人位于君王之位，而会做出设计罗网陷害百姓的事来呢？所以，贤明的君主创制百姓的产业时，必定使得百姓向上足可以奉养父母，向下足可以蓄养妻子和子女；遇上丰收之年，一年到头丰衣足食；遇上歉收之年，也能够避免于饿死。到达这一地步之后，再驱使他们走上良善之道，那么，百姓便可以很容易听从了。"

士人与百姓的分别在于：一个"无恒产"而能"有恒心"，一个则"无恒产"便"无恒心"。士人之所以可以"无恒产而有恒心"，乃是因为有教而闻道，明晓人之为人之道，就此守道不违。民，《说文》："众萌也。"萌，蒙昧之人，未曾受过教化，不曾听闻大道，所以，如果不能够遂其生，使得他们"养生丧死无憾"，就很难有恒心。而因为"无恒心"，为了获取一己的私利，往往便会胡作非为，对于种种邪恶之行，无所不作。而如果为政者等到他们"陷于罪，然后从而刑之"，那就是"罔民"了。"罔"，同"网"。"罔民"，即设计罗网以待百姓。唯有不仁之人才会干这样的事，仁人在位则是绝不会这样干的。那么，仁人在位又会如何对待百姓呢？下面所说的明君所为，即是仁人所为。仁人在位，便是明君。

明君所为，概言之，分为两步：一、遂生；二、教化。遂生，通过"制民之产"来实现，"必使仰足以事父母，俯足以畜妻子，乐岁终身饱，凶年免于死亡"；教化，则主要是指引他们向善，所谓"驱而之善"是也。遂生与教化，对于"无恒产"便"无恒心"的百姓来说，前者是基础，若无前者，则纵是"驱而之善"，百姓也不会听从。所以，《管子》有云："仓廪实则知礼节，衣食足则知荣辱。"然而，单单遂生，人至多只是取得了肉体生存的权利，成就了生物学层面的人，若是不明人之为人之道，一任血气，随着躯壳起念，则与禽兽并无不同，此所谓"鹦鹉能言，不离飞鸟；猩猩能言，不离禽兽"（《礼记·曲礼上》）。仁人在位，又如何会任由百姓自甘于禽兽之途呢？所以，明君必定会"驱而之善"，之，往也。"之善"，即是往善。"驱而之善"，即是指引百姓走向善。人性本善，向善便是复性而率性。人能率性，即为遂其性。由此可知，明君所为，先是让百姓遂生，其后让百姓遂性。遂生，重在于"制民之产"；遂性，则重在于教化。既遂其生，又遂其性，则人人成为真正的人，如此一来，天下自然大同。

接着，孟子指出了现状，这不单单是齐国的现状，也是普天之下的现状：

"而如今所创制的百姓产业，向上不足以奉养父母，向下不足以蓄养妻儿，遇上丰收之年，一年到头受苦；遇上歉收之年，则不能够避免于饿死，在这种状况下，时时忙着救活自己，并且时时担忧不能赡养父母，又如何有空闲时间去学习礼仪和道义呢？"

对于百姓来说，不能遂其生，便无从遂其性。

最后，孟子又讲述了一番富民、教民的具体措施，这段文字乃是重出，已经见于第三章，较之前文所言"明君所为"，略微翔实：

"大王您希望尝试着施行仁政，那么，为何不返归到根本上来呢！在五亩大的宅院之中，种植桑树，以供养蚕，五十岁以上的人就可以穿得上丝绵之衣了。对于鸡、狗、猪等家畜的畜养，不要在繁衍期进行宰杀，七十岁以上的人就可以吃得上肉了。对于百亩的土地，只要不侵夺农人的耕作时间，那么，八口人的家庭便不会遭遇饥饿了。严谨认真地开展学校教育，对百姓申明孝敬父母、敬重兄长的道理，如此一来，头发花白的人便不会再背负着重物在道路上行走了。年老的人全都穿得上丝绵之衣、吃得上肉，黎民百姓不再遭遇饥饿和寒冷，做到这样，还不能够成为天下归心的王者，是未曾有过的事。"

在天下百姓无以遂其生的时候，宣王但能"反其本"，施行仁政，遂生、富民而后教民，则成就王道，实在可以说是像"为长者折枝"一般容易。

大体而言，本章可以分为两个部分，第一部分自开始至"物皆然，心为甚。王请度之"，其余则为第二部分。两个部分各有侧重，第一部分重在讲述推行王道的大体——"推恩"，但能"老吾老以及人之老，幼吾幼以及人之幼""天下可运于掌"，王道也就可成。第二部分则讲述了推行王道的具体措施——施行仁政。仁政为民，要施行仁政，先要明晓民的特征——"无恒产"便"无恒心"，明君所为正是围绕这一特征展开的，所以能够遂其生而遂其性。当然，两个部分并不是截然分开的，而是一个紧密相连的有机整体。

梁惠王章句下第二

（凡十六章）

【本卷主旨】

本卷承接上篇，继续讲述王道。然而，重点则与上卷略有不同。上卷要在辨明王道，本卷则重在指明施行王政的根本。概言之，施行王政的根本，在于一个"同"字，所以，本卷先后有十数章，所讲皆为与民同乐、与民同好、与民同忧，但能与民同，则天下安定；不能与民同，则天下混乱。

然而，要做到与民同，需要君王克制自我，除尽私欲，与百姓融为一体。这又不是某一个君王所可以轻易做到的，所以，梁惠王、齐宣王也好，邹穆公、鲁平公也罢，全都不足以为之。幸好尚有一个滕文公，不以孟子之言为迂腐，信而从之，可惜滕国实在太小，在天下纷争的战国时期，实在不足以有所为。孟子所处之时，真的是"夫天未欲平治天下"啊！

第一章

庄暴见孟子，曰："暴见于王，王语暴以好乐，暴未有以对也。"曰："好乐何如？"

孟子曰："王之好乐甚，则齐国其庶几乎！"

【浅释】

庄暴，当是齐臣。有一次，他去拜见宣王，宣王对他说自己很喜好音乐，他却不知道该如何应对。所以，见到孟子，他便提起了这件事，并且问："喜好音乐会怎么样？"

孟子答道："宣王如果真的很喜好音乐，那么，齐国也就差不多能够治理好了。"这一个答复使人颇感诧异：喜好音乐与治理国家有什么关系？可惜的是，庄暴并没有就此追问下去，所以，喜好音乐与治理国家之间的关系，我们也就不得而知了。

他日，见于王，曰："王尝语庄子以好乐，有诸？"
王变乎色①，曰："寡人非能好先王之乐也，直好世俗之乐耳。"
曰："王之好乐甚，则齐其庶几乎！今之乐由古之乐也。"
曰："可得闻与（欤）？"
曰："独乐乐②，与人乐乐，孰乐？"
曰："不若与人。"
曰："与少乐乐，与众乐乐，孰乐？"
曰："不若与众。"

【今注】

①变乎色，感到惭愧而变了脸色。②乐（yuè）乐（lè），以欣赏音乐而获得快乐。

【浅释】

庄暴没有问，孟子却不能不说，因为这又是一次激发宣王施行仁政的机会。所以，过了几天，孟子见到宣王，便问道："大王您曾经对庄暴说过自己很喜好音乐，有没有这回事？"

宣王听了之后，立即变了脸色，不好意思地说："寡人所喜好的不是先王所制定的音乐，只不过是喜好世俗所流行的音乐罢了。"由此可见，宣王将乐分为两大类：先王之乐与世俗之乐，而他所喜好的乃是世俗之乐。由"变乎色"可见宣王还是有惭愧之心的，并没有完全泯灭良知。

然而，孟子的话却出乎他的意料："大王若是真的很喜好音乐，那么，齐国也就差不多能够治理好了。如今世俗所流行的音乐，如同古时先王所制定的音乐。"

"今之乐犹古之乐",一下子便将先王之乐与世俗之乐的分别抹去了,这自然会令宣王深感意外:"这其中的道理,先生您可以讲给我听听吗?"

其实,古之乐与今之乐,又如何可以相同呢!不但古之乐与今之乐不同,即便是古之乐与古之乐也会有所不同,如孔子谓《韶》:"尽美矣!又尽善也!"谓《武》:"尽美矣!未尽善也。"(《论语·八佾第三》)《韶》是大舜之乐,《武》是武王之乐,同为圣人之乐,也会有所不同,更何况是古之乐与今之乐了。然而,孟子所谓"今之乐犹古之乐",并不是就乐本身而言的,而是从乐能够带来快乐的角度而言的。乐与乐尽管不一样,但是,全都可以给人带来快乐,从这个角度来讲,"今之乐"自然"犹古之乐"了。所以,接下来,孟子并不跟宣王讨论古乐与今乐,而是讲"乐乐"。

孟子问道:"独自享受音乐而获得快乐,与跟他人一起享受音乐而获得快乐,哪一个更快乐呢?"

独自享乐,自然不如与人共享来得快乐。所以,宣王答道:"不若与人。"

孟子又问道:"跟少数人一起享受音乐而获得快乐,与跟众人一起享受音乐而获得快乐,哪一个更加快乐呢?"

答案自然还是后者,所以,宣王答道:"不若与众。"

众者,民也。治理国家,重在安民。至此,孟子已经成功地将喜好音乐与治理国家结合了起来,喜好音乐,是为了享受快乐。若是能够与众共享,与民同乐,民也就会乐其之所乐,就此则一国之人其乐融融,自然也就会有"近者悦,远者来"的效应。如此则何止是"齐国其庶几乎",即便是成就王道,也并非不可能!

从"独乐乐"到"与人乐乐",再到"与众乐乐",这其中仍旧是一个"推"的过程。也就是"举斯心加诸彼",也就是"推己及人"。自己可以通过享受音乐而取得快乐,别人自然也是如此,于是,跟别人分享。但能就此一步一步地"推"下去,最终的结果必然会是与民同乐。

当然,对于宣王而言,他可以"推",也可以不"推"。"推",必将与民同乐;不"推",则独享其乐,而不与民同乐。孟子自然希望宣王能够

"推"，所以，接下来他便讲述了不与民同乐和与民同乐的不同结局。

"臣请为王言乐。今王鼓乐于此，百姓闻王钟鼓之声，管籥之音，举疾首蹙頞①而相告曰：'吾王之好鼓乐，夫何使我至于此极也？父子不相见，兄弟、妻子离散。'今王田猎于此，百姓闻王车马之音，见羽旄之美，举疾首蹙頞而相告曰：'吾王之好田猎，夫何使我至于此极也？父子不相见，兄弟妻子离散。'无他也，不与民同乐也。今王鼓乐于此，百姓闻王钟鼓之声，管籥之音，举欣欣然有喜色而相告曰：'吾王庶几无疾病与（欤），何以能鼓乐也？'今王田猎于此，百姓闻王车马之音，见羽旄之美，举欣欣然有喜色而相告曰：'吾王庶几无疾病与（欤），何以能田猎也？'此无他，与民同乐也。今王与百姓同乐，则王矣。"

【今注】

①頞（è），鼻梁。蹙（cù）頞，皱起鼻梁表示不满的样子。

【浅释】

孟子接着说：

"让我给大王讲讲快乐吧。如今，大王在这里奏乐，百姓们听到鸣钟击鼓的乐声，又听到吹奏箫笙的乐音，全都痛心疾首、皱起鼻梁而相互议论说：'我们的大王这么喜好奏乐，又为何使得我们至于如此糟糕的地步呢？让我们父子不能相见，兄弟、妻儿离散四方。'如今，大王在这里打猎，百姓们听到大王车马发出的声音，见到仪仗的华丽，全都痛心疾首、皱起鼻梁而相互议论说：'我们的大王这么喜好打猎，又为何使得我们至于如此糟糕的地步呢？让我们父子不能相见，兄弟、妻儿离散四方。'导致这样的情况并没有其他原因，只是因为不能够与百姓一同享受快乐啊。"

独享其乐，而不与民同乐，必然就会一意追求自身的享乐，而不顾百姓的死活。所以，导致百姓"父子不相见，兄弟、妻子离散"。这就是将自身的快乐建立在别人的痛苦之上。因为追求享乐而给百姓带来痛苦，百姓自然也就会厌恶他的享乐。反之，如果能够与民同乐，则百姓便会以他的享乐为乐：

"如今，大王在这里奏乐，百姓们听到鸣钟击鼓的乐声，又听到吹奏箫笙的乐音，全都开开心心面带喜色而相互议论说：'我们的大王应该没有任何疾病吧，否则又如何能够奏乐呢？'如今，大王在这里打猎，百姓们听到大王车马发出的声音，见到仪仗的华丽，全都开开心心面带喜色而相互议论说：'我们的大王应该没有任何疾病吧，否则又如何能够出来打猎呢？'导致这样的情况也没有其他原因，只是因为能够与百姓一同享受快乐啊。"

关于这段文字，应当与上卷第二章结合起来看，文王便是与民同乐的典型，而夏桀则是不与民同乐的典型。能够与民同乐，所以，民也乐其所乐。不能够与民同乐，发展下去，则必将是百姓厌恶他的享乐，乃至于愿意"及女偕亡"，如此一来，又如何能够享乐呢？

最后，孟子说："如今，大王您若是能够与百姓一同享受快乐，便可以成就王道了。"这才是孟子真正想要说的话。"好乐"的背后是追求快乐的心，这一个心，无论是宣王，还是百姓，都是相同的。所以，当庄暴说起宣王"好乐"时，孟子便意识到这又是一个促使宣王推行王道的契机。这一个契机便是宣王"推乐"，进而与民同乐。

第二章

齐宣王问曰："文王之囿方七十里，有诸？"

孟子对曰："于传有之。"

曰："若是其大乎？"

曰："民犹以为小也。"

曰："寡人之囿方四十里，民犹以为大，何也？"

曰："文王之囿方七十里，刍荛①者往焉，雉兔者往焉，与民同之。民以为小，不亦宜乎？臣始至于境，问国之大禁，然后敢入。臣闻郊关之内有囿方四十里，杀其麋鹿者如杀人之罪，则是方四十里为阱于国中。民以为大，不亦宜乎？"

【今注】

　　①刍（chú），草；荛（ráo），薪。

【浅释】

　　本章的主旨仍是与民同乐。宣王"好乐"，孟子便期望他能够"推乐"而与民同乐。同样，宣王以囿为乐，孟子也期望他能够"推乐"而与民同乐。

　　齐宣王问道："听说文王的园林方圆七十里，有没有这回事？"

　　孟子答道："史书上是有这样的记载。"

　　宣王说："如此是不是太大了一些呢？"

　　孟子说："百姓还认为太小了一点呢。"

　　宣王说："寡人的园林方圆才四十里，可百姓还是认为太大了，这又是为什么呢？"

　　文王之囿，方圆七十里，百姓觉得小；自身之囿，方圆才四十里，百姓却觉得大。这令宣王很不解。宣王真是个痴人，所谓"一叶障目，不见泰山"，说的正是他这般人。障在他眼前的那片叶子，便是囿的大小。其实囿的大小，无关乎问题的本质。问题的本质在于囿的功能。就像上章论乐一般，问题的本质不在于宣王喜欢的是古乐，还是今乐，而在于乐能否给百姓也带来快乐。无疑，设囿也是为了享乐。所以，能够给百姓带来快乐，百姓自然也就希望囿越大越好；反之，如果不能够给百姓带来快乐，甚至还会给百姓带来痛苦，百姓自然也就希望囿越小越好了。孟子下面的话，正指明了这一点：

　　"文王的园林方圆七十里，割草打柴的都可以自由前往，捕鸟打猎的也都可以自由前往，文王是与百姓共同享用的。所以，百姓认为太小了一点，不也是很适宜吗？"

　　百姓之所以认为文王之囿小，乃是因为文王"与民同之"。既然"与民同之"，则各取其乐，文王之乐，在于游玩、田猎；百姓之乐，则在于刍荛、雉兔。

　　孟子接着又说：

"而我刚到齐国边境之时，先是询问了齐国的重要禁令，然后才敢进入齐国境地。我听说在城郊外关门内有一个园林，方圆四十里，在其中杀死麋鹿的罪罚如同杀人一般，如此一来，这个方圆四十里的园林便相当于是在国内设置了一个陷阱，所以，百姓认为太大了一些，不也是很适宜吗？"

百姓之所以认为宣王之囿太大，是因为宣王不曾"与民共之"，不但不能共之，还将之视为私有财产，百姓不得在其中获得刍荛、雉兔，若是在其中杀死麋鹿，所受到的罪罚竟然如同杀人一般。这就完全违背了设囿的初衷，设囿本是为了享乐，如今却成了导致百姓痛苦的场所，成了陷阱，"民以为大，不亦宜乎？"

孟子之意很显然：希望宣王能够与民同乐，不但与民"乐乐"，也与民"囿乐"。

第三章

齐宣王问曰："交邻国有道乎？"

孟子对曰："有。惟仁者为能以大事小，是故汤事葛、文王事昆夷；惟智者为能以小事大，故大王事獯鬻[①]、勾践事吴[②]。以大事小者，乐天者也；以小事大者，畏天者也。乐天者保天下，畏天者保其国。《诗》云：'畏天之威，于时保之。'"

【今注】

①大王事獯鬻（xūn yù），大王，太王，即古公亶父。此事即本篇第十五章"昔者大王居邠，狄人侵之"事。②勾践事吴，周敬王二十六年，吴越争战，越师败绩，越王勾践屈膝求和，愿意事奉吴王夫差，并曾亲身为吴王当马前卒。后来得以返归越国，卧薪尝胆，最终于周元王三年灭吴。

【浅释】

齐宣王问道："与邻国打交道有什么原则吗？"

　　在弱肉强食的战国时期，邻国通常是率先被谋取的对象。齐国，时为东方强国，宣王也时常想着兼并别国，扩张领土。所以，才会有此一问。其后，他自称"好勇"，也有此意。孟子"知言"，一听便知他的所思所想，故而，答以仁者、智者，以断绝他的贪图之心。

　　孟子回答说："有。惟有仁者才能够以大国事奉小国，所以，**商汤能够事奉葛伯、文王能够事奉昆夷**；惟有智者才能够以小国事奉大国，所以，太王能够事奉獯鬻、勾践能够事奉吴王夫差。以大国事奉小国，乃是喜乐天道；以小国事奉大国，乃是敬畏天道。喜乐天道的人能够保护普天之下的百姓，敬畏天道的人能够保护自己的国家。《诗经·周颂·我将》篇中说：'敬畏于天道的威德，所以，能够保护百姓。'"

　　天道乃是好生的，仁者体证得天地间的生生之仁，所以"乐天"。"乐天"，自然就会好生。好生的人，又如何会动辄好勇斗狠妄行杀戮呢？所以，虽然位居大国，也能够体恤小国而事奉小国，商汤、文王，都是如此。智者或许未曾体证得生生之仁，然而，也能够认识到天道的好生，明了顺天者存、逆天者亡的道理，所以，兢兢业业，小心谨慎，不敢有违于天道。这就是"畏天"。畏天的人，自然处处护生，往往委曲求全，太王、勾践都是如此。

　　齐国，天下九分而居其一，不可谓不大，自然应当学习商汤、文王，乐天行仁，"以大事小"。奈何宣王自甘不仁，不愿如此。

　　王曰："大哉言矣！寡人有疾，寡人好勇。"

　　对曰："王请无好小勇。夫抚剑疾视，曰：'彼恶敢当我哉！'此匹夫之勇，敌一人者也。王请大之！《诗》云：'王赫斯①怒，爰②整其旅，以遏徂莒（旅）③，以笃周祜④，以对于天下。'此文王之勇也。文王一怒而安天下之民。《书》曰：'天降下民，作之君，作之师，惟曰其助上帝宠之，四方有罪无罪惟我在，天下曷敢有越厥志？'一人衡行⑤于天下，武王耻之。此武王之勇也。而武王亦一怒而安天下之民。今王亦一怒而安天下之民，民惟恐王之不好勇也！"

【今注】

①赫，赫然，震怒的样子。斯，语助词，无实义。②爰，于是。③遏，遏止；徂（cú），往；莒，《诗》作"旅"，朱子注："徂旅，谓密人侵阮徂共之众也。"④祜，福。⑤衡行，即横行。

【浅释】

宣王说："先生的话真是太好了！可是寡人有一个毛病，寡人喜好勇猛。"

宣王的意思很明显：先生您让我乐天行仁，"以大事小"，可是我生性好勇，做不到。"好勇"二字，将宣王兼并邻国的意图展现得一览无余。

我们读《孟子》，纵观孟子之教，针对不同的人，不同的情形，时而激发，时而勉励，时而诱导，真可谓是随需应变，因材施教。单就宣王而言，听说他不忍衅钟之牛觳觫的样子，便激发他"推恩"；听说他"好乐"，便勉励他"推乐"。如今，听说他"好勇"，便又诱导他好大勇，好义理之勇。

孟子说："那么，请大王您不要喜好小勇。那些手握着腰间的剑，怒目而视，说：'他居然胆敢阻挡我！'这只不过是匹夫之勇，只能抵挡住一个人罢了。请大王能够喜好大勇。《诗经·大雅·皇矣》中说：'文王勃然大怒，于是整顿军队，阻止前去侵犯阮国共地的密人。以此巩固周国的福祉，并以此来报答天下百姓的仰望之情。'这就是文王的大勇。文王一发怒便安定了天下的百姓。《尚书·大誓》中说：'上天降生了百姓，作为他们的君王，作为他们的师长，惟当帮助上帝来爱护四方的百姓。因此，天下的百姓，无论是有罪还是无罪，全都是我的责任，普天之下，还有谁敢超越他的本分呢？'当时有一个人（指纣王）横行霸道于天下，武王以此为自己的耻辱。这便是武王的大勇。武王也是一发怒便安定了天下的百姓。如今，大王若是也能够一发怒便安定天下的百姓，那么，百姓惟恐大王您不喜好勇猛呢！"

由孟子之言，可知勇有大小之分。小勇即匹夫之勇，匹夫之勇一任血气，所以又称作为血气之勇；大勇则为义理之勇。所谓义理之勇，即是但依义理而无所畏惧。如曾子"自反而缩，虽千万人，吾往矣"（《公孙丑章句上》），便是义理之勇；又如"富贵不能淫，贫贱不能移，威武不能屈"的"大丈夫"之勇，也是义理之勇。文王、武王"一怒而安天下之民"，他们的怒乃是顺应义理而怒的，是不得不怒的，所以，也是大勇。很显然，宣王所好的勇，乃是小勇，乃是血气之勇，正因为此，孟子才会诱导他好大勇，好义理之勇。宣王"好勇"，若是能够好大勇，也像文王、武王一般，以安民为本，则"民惟恐王之不好勇也"。这可绝不是什么迂腐之言。当年商汤伐桀正是如此，"东面而征，西夷怨；南面而征，北狄怨，曰：'奚为后我？'"（本卷第十一章）

关乎勇，张栻有着一番论说，颇为精彩，且抄录于此：

> 勇有大小。血气之勇，勇之小也；义理之勇，勇之大也。以血气为勇，则其勇不出于血气之内，势力可胜，利害可绌也；义理之勇，不以血气，势力无所加，利害无所绌也。（《孟子说》）

本章虽短，却也可以分为两个部分，上部分讲述了仁者、智者，仁者乐天，智者畏天。下部分则讲述了勇者，勇者顺天，顺应义理，即为顺天，所以能够"一怒而安天下之民"。仁、智、勇，乃是儒家三达德（《中庸》），究其根本，则本于一，一者为何？答曰："天。"乐天者，仁；畏天者，智；顺天者，勇。

第四章

齐宣王见孟子于雪宫①，王曰："贤者亦有此乐乎？"

【今注】

①雪宫，齐宣王的离宫。

【浅释】

齐宣王在雪宫里接见孟子，说："贤者也有这样的快乐吗？"

梁惠王曾立于沼上，顾鸿雁麋鹿，而问孟子："贤者亦乐此乎？"孟子答以"贤者而后乐此，不贤者虽有此不乐也"，旨在指引梁惠王与民偕乐。而今，宣王见孟子于雪宫，亦作了类似之问，孟子又将如何作答呢？

　　孟子对曰："有。人不得，则非其上矣。不得而非其上者，非也；为民上而不与民同乐者，亦非也。乐民之乐者，民亦乐其乐；忧民之忧者，民亦忧其忧。乐以天下，忧以天下，然而不王者，未之有也。"

【浅释】

　　孟子答道："有。常人得不到这种快乐，就会埋怨他们的君王了。得不到快乐而埋怨自己的君王，是不对的。可是，作为百姓的君王而不能够与百姓同享快乐，也是不对的。以百姓的快乐为自己的快乐，百姓也会以他的快乐为快乐；以百姓的忧愁为自己的忧愁，百姓也会以他的忧愁为忧愁。以天下百姓的快乐为快乐，以天下百姓的忧愁为忧愁，做到这样，还不能够成为天下归心的王者，是从未曾有过的。"

　　对于宣王的问题，孟子的回答尤其干脆："有。"贤者也是人，常人所有的快乐，贤者自然也都有。只不过贤者乐天知命，而不会像常人一般，得不到快乐，就会埋怨别人。大概齐宣王与梁惠王一般，全都认为贤者不当有世俗之乐。一个"有"字，打破了宣王对贤者的错误认知。紧接着，孟子便开始诱导宣王"乐以天下，忧以天下"。"乐以天下，忧以天下"，其实便是与天下百姓保持一体化，以天下百姓之乐为乐，以天下百姓之忧为忧，真能如此，"民归之，由水之就下，沛然谁能御之？"到此地步，"然而不王者，未之有也"。可是，根本在于先做到"与民同乐"，惟有"与民同乐"，方才有可能做到"乐民之乐""忧民之忧"。而要做到"与民同乐"，则需要克制私欲，否则，就只会沉湎于一己的享乐之中，而不能够"与民同乐"。所以，接下来，孟子通过晏子劝诫齐景公的事件讲述了这一点。

　　"昔者，齐景公问于晏子曰：'吾欲观于转附、朝儛①，遵海而南，放于琅邪②，吾何修而可以比于先王观也？'"

【今注】

①转附，即之罘山，在今山东福山东北；朝儛（cháo wǔ），即成山，在今山东荣成东北海滨。②琅邪，在今山东诸城东南海滨。

【浅释】

"过去，齐景公曾问晏子：'我想去游玩一下转附、朝儛两座山，然后循着海岸线向南行，一直到达琅邪山，我应该如何修身才可以与过去贤王的游玩相比呢？'"

齐景公，名杵曰，春秋时齐国君主，与孔子同时，《论语》中略有记载，如齐景公问政于孔子，孔子对曰："君君、臣臣、父父、子子。"（《论语·颜渊第十二》）又如齐景公待孔子，曰："若季氏，则吾不能；以季孟之间待之。"曰："吾老矣，不能用也。"孔子行。（《论语·微子第十八》）似乎尚算是一位有见识的君主。晏子，名婴，字平仲，齐景公时为相。其人虽不能算是纯儒，然德行、才能尚属一流，孔子曾赞誉他说："晏平仲善与人交，久而敬之。"（《论语·公冶长第五》）孟子讲述景公与晏子的事件，并不是说景公已经成就王道，或者说晏子的所作所为便是合乎于王道的，而是择取其中的要点——"畜君"而言的。

很显然，齐景公的"观"，所追求的乃是世俗享乐。况且他也误会了先王之观，以为先王之观也只是一番游乐。其实，先王之观，重点不在游乐，而在仁民。

"晏子对曰：'善哉问也！天子适诸侯曰巡狩。巡狩者，巡所守也；诸侯朝天子曰述职。述职者，述所职也。无非事也。春省耕而补不足，秋省敛而助不给。夏谚曰："吾王不游，吾何以休？吾王不豫，吾何以助？一游一豫，为诸侯度。"今也不然，师行而粮食，饥者弗食，劳者弗息。睊睊胥谗①，民乃作慝②。方命虐民，饮食若流。流连荒亡，为诸侯忧。从流下而忘反（返），谓之流；从流上而忘反（返），谓之连；从兽无厌，谓之荒；乐酒无厌，谓之亡。先王无流连之乐、荒亡之行。惟君所行也。'"

【今注】

①睊睊（juàn juàn）胥谗，睊睊，愤怒而侧目相视的样子。胥，皆。谗，谤。②慝（tè），恶。

【浅释】

晏子也算是一个"知言"之人，一听便知景公的问题所在，于是婉言相劝：

"问得好啊！天子到诸侯国去，叫作巡狩。所谓巡狩，就是巡视各国诸侯所守的疆土；诸侯去朝见天子，叫作述职。所谓述职，即是陈述自己的职责。这其中没有不合乎道理的事。春天巡视百姓的耕种情况，对田地不足的农户加以补助；秋天巡视百姓的收获情况，对粮食不足的农户加以补助。夏朝的谚语说：'我们的君王不出来游玩，我们又怎么能够得到休息呢？我们的君王不出来享乐，我们又怎么能够得到补助呢？君王的游玩和享乐，足以作为诸侯的法度。'如今却不是这样了，君王出巡，劳师动众，四处征收粮食。饥饿的人得不到饮食，劳苦的人得不到休息，人人咬牙切齿，侧目而视，怨声载道，百姓就要为非作歹了。这样的巡视乃是违背天命虐待百姓的，四处饮食玩乐而流连忘返。如此流连忘返，荒亡无止，足以使得诸侯们为之担忧。怎样叫作流连荒亡呢？从上游游玩到下游，快乐得忘记返归，就叫作流；从下游游玩到上游，快乐得忘记返归，就叫作连；无有厌倦的游猎，就叫作荒；不知节制的饮酒作乐，就叫作亡。过去的贤王从没有如此流连不返、享乐荒亡的行为。"

晏子的这番话分为两个部分，其一，讲述了先王之观；其二，讲述了今王之观。概而言之，先王之观，重在仁民；今王之观，则重在享乐。一个本于仁心，一个出于私欲；一个一心为百姓着想，一个则一意满足私欲，不顾百姓死活。晏子用了四个字对今王之观做了总结，极其形象，那就是"流连荒亡"。

最后，晏子对景公说："关于先王之观与今王之观，我已经讲得很清楚了，剩下来就看大王您自己选择了。"虽然晏子未曾明说景公之观同于今王之观，然而，意思却也已经十分明显：大王您所谓的观，其实也只不过是在追求私欲的满足，乃是一己的享乐。

　　"景公说（悦），大戒于国，出舍于郊。于是始兴发，补不足。召大师曰：'为我作君臣相说（悦）之乐。'盖《徵招（韶）》《角招（韶）》是也。其诗曰：'畜①君何尤！'畜君者，好君也！"

【今注】

　　①畜，止，养。

【浅释】

　　"景公听了晏子的话之后，非常高兴，首先通告全国，然后，住在郊外的行舍之中，以示反省。并就此开始打开粮仓，补助那些穷困的百姓。又把制乐的太师召过来，说：'为我创作一首君臣相悦的音乐。'大概就是《徵韶》和《角韶》吧。歌词中说：'制止君王的欲望又有什么过错！'制止君王欲望的人，乃是敬爱君王的人啊！"

　　景公也是个聪明人，知道晏子这是在变相的谏言，不但没有生气，而是非常高兴，"大戒于国，出舍于郊"，以示反省。并且，就此"始兴发"而"补不足"。其后，又召太师制作《徵韶》《角韶》二乐，以示"君臣相悦之乐"。由此可见，在春秋时期，景公还真算得上是一位不错的诸侯。

　　关于景公与晏子的事件，已经讲述完毕。孟子所要表述的核心，自然在于歌词中的四个字："畜君何尤！"畜，有止、养的意思。所谓畜君，既是止君之欲，又是养君之德。其实，止君之欲，便是养君之德。"好君"则又是对"畜君者"的界定。很显然，孟子的意思有两层：一、劝阻君王放纵欲望，乃是"好君"的表现；晏子如此，我也是如此。二、期望宣王能够效仿景公，虚心纳谏，从此"与民同乐"，乃至于"乐以天下，忧以天下"。诚能如此，则王道可成。

第五章

齐宣王问曰："人皆谓我毁明堂，毁诸？已乎？"

孟子对曰："夫明堂者，王者之堂也。王欲行王政，则勿毁之矣。"

【浅释】

齐宣王问道："别人都建议我把明堂拆掉，先生您说是拆掉它呢？还是留着它呢？"

孟子答道："明堂，乃是王者的殿堂。大王如果要施行仁政推行王道，那就不要拆掉它。"

明堂，设在泰山，是周天子东巡时接见诸侯的场所，也是仁政王道的象征。到了战国时期，周王室的权威名存实亡，周天子也不再巡狩，所以，泰山明堂宛若空设。于是，有人便建议宣王把明堂拆掉。这其中或许有两层意思：一、周天子不再巡狩，诸侯又不适宜居之，所以，应当拆除明堂；二、明堂是周王室权威的象征，尽管到了战国时期，周王室的权威已经名存实亡，然而，只要明堂还存在着一天，那就意味着周王室的权威也存着一天。而一旦拆除，便可以彻底摆脱周王室权威的阴影。若是后一层意思，那就意味着建议者居心不良，鼓动宣王僭越称王。而宣王之所以会以此来问孟子，或许也隐含着这样的一层意思。

孟子对于是否拆掉明堂不做正面回答，只是说明明堂乃是"王者之堂"，如果"欲行王政，则勿毁之"。有人以为孟子此答也是在鼓动宣王僭越称王，也是大逆不道。甚至有人连孔子也一并算上，认为孔子周游列国，寻找施行仁政的机会，也是违背道义之举。这种见解无疑是不妥的，只看到了孔孟二圣的表象，而没有看到圣人的用心。其实，孔孟二圣周游列国，寻求施行仁政推行王道的机遇，并非是为一家一国所思量的，而是心怀天下，是为天下苍生所思量的。从这一点上来看，孔孟二圣都可以说得上是有革命情怀的人。

也正因为如此，他们才不会刻意曲从于任何一个诸侯，一旦发现他们不足以施行仁政推行王道，便会毫不犹豫地选择离去。

王曰："王政可得闻与（欤）？"

对曰："昔者文王之治岐也。耕者九一，仕者世禄，关市讥①而不征，泽梁无禁，罪人不孥②。老而无妻曰鳏，老而无夫曰寡，老而无子曰独，幼而无父曰孤。此四者，天下之穷民而无告者。文王发政施仁，必先斯四者。《诗》云：'哿③矣富人，哀此茕④独。'"

王曰："善哉言乎！"

曰："王如善之，则何为不行？"

【今注】

①讥，察。②孥（nú），妻子与孩子。③哿（gě），可。④茕（qióng），同惸，无有兄弟曰茕。

【浅释】

孟子谈及"王政"，故而，宣王询问王政："先生您能不能够将王道仁政讲给我听听呢？"

孟子答道："过去文王治理岐山的时候，对于耕种之人的税收是九分取一，对于做官的人是世代提供俸禄，关口和市场只稽查而不收税，到湖中捕鱼不加禁止，对犯罪的人采取刑罚不会牵连到妻子和儿女。年老而没有妻子的人称作为鳏，年老而没有丈夫的人称作为寡，年老而没有孩子的人称作为独，年幼而没有父母的孩子称作为孤。这四种人，是天底下无依无靠的穷苦之民，文王发布政策施行仁政，必定会首先考虑这四种人。《诗经·小雅·正月》中说：'富人们是可以过得去的，请哀悯这些孤单而无依无靠的人吧。'"

宣王询问王政，孟子便为他讲了文王之政。文王乃是圣王，文王之政，即是王政。文王之政，与上篇第七章所说的"发政施仁"全然相合："耕者九一"，则"耕者皆欲耕于王之野"；"仕者世禄"，则"天下仕者皆欲立于王之朝"；"关市讥而不征"，则"商贾皆欲藏于王之市，行旅皆欲出于王之涂"……孟子还特意强调了文王"发政施仁"，必定会率先考虑鳏、寡、孤、独四种"无告"之穷民。文王之所以如此，乃是出于一体之仁。后世儒者以张载最能体味其中的大义：

> 乾称父，坤称母。予兹藐焉，乃混然中处。故天地之塞，吾其体；天地之帅，吾其性。民吾同胞，物吾与也。大君者，吾父母宗子；其大臣，宗子之家相也。尊高年，所以长其长；慈孤弱，所以幼其幼。圣其合德，贤其秀也。凡天下疲癃残疾、惸独鳏寡，皆吾兄弟之颠连而无告者也。(《西铭》)

听了孟子的话之后，宣王赞叹道："先生您说得太好了！"

孟子便乘势劝导他施行仁政推行王道："大王您如果认为我说得好，那为什么不实行呢？"

王曰："寡人有疾，寡人好货。"

对曰："昔者公刘好货，《诗》云：'乃积乃仓，乃裹糇粮①，于橐②于囊，思戢③用光。弓矢斯张，干戈戚扬④，爰方启行。'故居者有积仓，行者有裹囊也，然后可以'爰方启行'。王如好货，与百姓同之，于王何有？"

【今注】

①糇（hóu）粮，即干粮。②橐（tuó），无底的盛粮食的器具。③戢（jí），安集。④戚，斧；扬，钺，大斧。

【浅释】

孟子勉励宣王施行仁政推行王道，宣王却自甘不仁，故伎重演："寡人有个毛病，寡人喜好囤积货物。"

第三章中，宣王自称"寡人有疾，寡人好勇"，如今却又来了一个"寡人好货"，不得已，孟子便再次就其所好，做出诱导：

"过去公刘喜好囤积货物，《诗经·大雅·公刘》中说：'积满了囤，积满了仓，还包裹着干粮，装满了橐，装满了囊。人们安然聚集，国威发扬光大，弓张开，箭上弦，种种兵器全都携带上，如此浩浩荡荡朝着前方行走。'因为留居的人有囤积的粮仓，前行的人包裹着干粮，然后才可以'爰方启行'。大王如果喜好囤积货物，若是与百姓一道，对于大王而言，又有什么毛病呢？"

宣王所谓"好货"，自然是贪求一己私欲的满足，孟子则因势利导，为他讲了公刘的事迹，期望他能够"与百姓同""好货"，果真如此，则又"于王何有？"可惜宣王顽劣难化，孟子如此尽心诱导，他竟然无动于衷。

王曰："寡人有疾，寡人好色。"

对曰："昔者大（太）王好色，爱厥妃。《诗》云：'古公亶父，来朝走马，率西水浒①，至于岐下，爰及姜女，聿来胥宇②。'当是时也，内无怨③女，外无旷夫。王如好色，与百姓同之，于王何有？"

【今注】

①率，循；浒，水之涯。②聿，同；胥，相；宇，居。③怨，蕴积。

【浅释】

宣王接着说："寡人还有个毛病，寡人喜好美色。"

一会儿"好勇"，一会儿"好货"，一会儿"好色"，这宣王的毛病还真不少！每次读到此处，便深感教化之难。圣若孟子，为了教化一个宣王，几番周章，最终却仍然劳而无功，略带感伤地离开了齐国。

宣王既然又自称"好色"，孟子便只能再次就其所好，做出诱导：

"过去太王喜好美色，非常疼爱他的妃子。《诗经·大雅·绵》中说：'古公亶父一大早便骑着马，沿着邠地西边的漆水河岸，来到了岐山之下。他还带着妻子姜氏之女，一起来这里视察居住之处。'在那个时候，在家没有嫁不出去的女子，在外没有娶不到妻子的男子。大王如果喜好美色，若是与百姓一道，对于大王而言，又有什么毛病呢？"

同样，宣王所谓"好色"，也是贪求一己私欲的满足。孟子讲述太王的事迹，依旧是期望他能够"与百姓同""好色"。

本卷至此，无非是在讲述王政，而王政之行，不外乎一个"同"字。大概人的所好，并无太大差异。如好乐、好货、好色，乃是普天之下人人之所共有的。为政者若是能够与民同好，"乐以天下，忧以天下，然而不王者，未之有也"。

第六章

孟子谓齐宣王曰："王之臣有讬其妻子于其友而之楚游者，比其反（返）也，则冻馁其妻子，则如之何？"

王曰："弃之。"

【浅释】

孟子对齐宣王说："大王的臣子当中，有人把自己的妻子和孩子托付给他的朋友，而后出游到了楚国，等到他回来的时候，却发现自己的妻子和孩子正在受冻挨饿，对待这样的朋友，应该怎样处置？"

朋友以信，既然接受委托，答应要照顾好友人的妻子和孩子，自然应当尽心尽力，不辜负友人之托，又如何能够让友人的妻子和孩子受冻挨饿呢？这样的朋友，实在还不如没有。所以，宣王很干脆地答道："与他绝交。"

曰："士师①不能治士，则如之何？"

王曰："已之。"

【今注】

①士师，古代的司法官。

【浅释】

　　孟子又问道："如果一位司法官不能够治理他手下的士子，对待这样的司法官，应该怎样处置？"

　　身为上司，却没有能力治理下属，这样的上司无疑是渎职的，自然应当罢免他。所以，宣王同样很干脆地答道："免他的职。"

　　曰："四境之内不治，则如之何？"

　　王顾左右而言他。

【浅释】

　　孟子又问道："如果有一位君王，对于国境之内不能够妥善治理，对于这样的君王，又应该怎样处置？"

　　辜负友人之托，是朋友的失职；不能治士，是士师的失职；四境之内不治，则是君王的失职。朋友失职，"弃之"；士师失职，"已之"；那么，君王失职，又该如何处置呢？更要紧的是：宣王自身正是这样的一位君王。于是，宣王不再回答，而是左右张望，把话题扯开。

　　本章颇为有趣，孟子的智慧与诙谐从中表现得淋漓尽致。对于失职的朋友、士师，孟子自然知道应该如何处置，他如此逐次而问，只不过是为了问第三个问题："四境之内不治，则如之何？"而他之所以要问这一个问题，并不在于宣王如何作答。实在于促使宣王反省，进而认识到自身的问题所在，就此奋发施行仁政推行王道。可惜，宣王自暴自弃，难与有为，所以，"顾左右而言他"。

第七章

　　孟子见齐宣王，曰："所谓故国①者，非谓有乔木之谓也，有世臣②之谓也。王无亲臣③矣，昔者所进，今日不知其亡也。"

　　王曰："吾何以识其不才而舍之？"

【今注】

①故国，传世久远的国家。②世臣，累代都立于朝堂的大臣。③亲臣，君王所亲信的大臣。

【浅释】

孟子去见齐宣王，说："所谓故国，不是说国家内有高大树木的意思，而是说有累代大臣的意思。大王您现在没有值得亲信的大臣啊，过去所举用的大臣，如今全都不知道散落到哪里去了。"

大约人们说到故国，都以是否有乔木为依据，因为乔木意味着国家持续的时间长久。孟子却为故国重新作了定义："非谓有乔木之谓也，有世臣之谓也。"如此一来，故国之所以为故国，不单单取决于持续的时间长久，还要有世臣，若无世臣，也不可以称作为故国。所谓世臣，即累代都立于朝堂之上的大臣。之于宣王，别说世臣，就连亲臣也没有。所谓亲臣，即君主所亲信的大臣。世臣往往都是由亲臣发展而来的，如今连亲臣也没有，看来齐国绝对称不上是故国。然而，不但如此，宣王之世，连能够留任的大臣都没有，"昔者所进，今日不知其亡也"，所说正是这个意思。

孟子的这番话，显然是为齐国而忧，为宣王而忧。不料宣王不但没有体会到孟子的意思，还自作聪明地说："我应该怎样去识别那些缺乏才干的人而免去他们呢？"

他的意思很明显：那些"昔者所进，今日不知其亡"的人，乃是"不才"之人。所以，不能怪罪于我。即使要怪，也只能怪我当初不识其不才而误用了他们。

曰："国君进贤，如不得已，将使卑逾尊，疏逾戚，可不慎与（欤）？左右皆曰贤，未可也；诸大夫皆曰贤，未可也；国人皆曰贤，然后察之；见贤焉，然后用之。左右皆曰不可，勿听；诸大夫皆曰不可，勿听；国人皆曰不可；然后察之；见不可焉，然后去之。左右皆曰可杀，勿听；诸大夫皆曰可杀，勿听；国人皆曰可杀，然后察之；见可杀焉，然后杀之，故曰国人杀之也。如此，然后可以为民父母。"

【浅释】

既然宣王转移话题，询问"何以识其不才而舍之"，孟子便顺势讲了如何识别贤者与不才：

"国君举用贤者，如果逼不得已，要把低贱的人提拔到尊贵的人之上，把关系疏远的人提拔到亲戚之上，一不小心便会引起尊贵的人和亲戚的反对，所以，对于这种事情，又怎么可以不慎重呢？左右亲近的人全都说某个人贤能，不可以进用；诸位大夫全都说某个人贤能，也不可以进用；全国的人全都说某个人贤能，然后对这个人进行考察，见到他真的贤能，然后再任用他。这样就不会引起尊贵的人和亲戚的反对了。左右亲近的人全都说某个人不行，不要听从；诸位大夫全都说某个人不行，也不要听从；全国的人全都说某个人不行，然后对这个人进行考察，见到他真的不行，然后再免去他的职。左右亲近的人全都说某个人该杀，不要听从；诸位大夫全都说某个人该杀，也不要听从；全国的人都说某个人该杀，然后对这个人进行考察，见到他真的该杀，然后再杀了他，所以说这是全国人杀的他。如果能够做到这样，然后就可以成为百姓的父母了。"

孟子先是讲述了选贤与能是"使卑逾尊，疏逾近"，搞不好会引起一大群人的反对而难以收场，所以，不可不慎。而后，讲述了用贤之法。概而言之，用不用一个人，并不取决于君王的个人偏好，而是取决于国人的认知。同样，免不免去一个人、杀不杀一个人，也是取决于国人的认知。如此一来，君王与国人保持着共同的认知与决策。这与今日所谓的民主制颇为相似。其实，这是儒家的传统，如《尚书·泰誓》中说："天视自我民视，天听自我民听。"又如《大学》中说："民之所好好之，民之所恶恶之，此之谓民之父母。"全都与孟子之言如出一辙。

然而，要做到这一点，其要在于君王能否放下自我，随顺国人。这也是实现民主政治的最大障碍。儒家始终强调为政者应当修身立德，意义正在于此。

第八章

　　齐宣王问曰："汤放桀、武王伐纣，有诸？"

　　孟子对曰："于传有之。"

　　曰："臣弑其君，可乎？"

　　曰："贼仁者谓之贼，贼义者谓之残，残贼之人谓之一夫①。闻诛一夫纣矣，未闻弑君也。"

【今注】

　　①一夫，众叛亲离的孤独之人。

【浅释】

　　齐宣王问道："商汤流放夏桀、武王讨伐商纣，有这样的事吗？"

　　汤武革命，那是古时轰轰烈烈的大事，彪炳史册，所以，孟子答道："史书上有这样的记载。"

　　宣王又问："身为臣子，杀掉他们的君王，这样做可以吗？"

　　桀、纣为天子，汤、武王为诸侯。于桀而言，汤为臣；于纣而言，武王为臣。"汤放桀、武王伐纣"，自然便是"臣弑其君"了。宣王此问当有深意：以汤武革命为自己犯上作乱做好铺垫。战国时期，周王室如同虚设，就此导致略微强势一点的诸侯国君，都会有取周天子而代之的念想。然而，宣王却没有看到"汤放桀、武王伐纣"的本质，"汤伐桀、武王伐纣"的本质不在于取桀、纣而代之，而在于解救天下百姓。所谓"以至仁伐至不仁"者是也。

　　孟子并没有与宣王分析汤武革命的本质，而是直截了当地指出桀、纣乃是"贼仁""贼义"的"一夫"：

　　"伤害仁的人称作为贼，伤害义的人称作为残，残贼之人称作为独夫。我只听说武王诛杀了独夫纣，未曾听说过武王弑君。"

关于本段，朱子之注甚为完备：

> 贼，害也。残，伤也。害仁者，凶暴淫虐，灭绝天理，故谓之贼；害义者，颠倒错乱，伤败彝伦，故谓之残。一夫，言众叛亲离，不复以为君也，《书》曰"独夫纣"。盖四海归之，则为天子；天下叛之，则为独夫。所以深警齐王，垂戒后世也。（《四书章句集注》）

然而，对于"一夫"，尚须略做补充：

"一"，有独立、分离的意思。"一夫"，便是独夫。所以，《尚书》中称纣为独夫。"众叛亲离""天下叛之"的人，固然是独夫，然而，夏桀、商纣之所以沦为独夫，又在于他们的"一"——将自身独立于众人之外，就此凌驾于众人之上。他们之所以"贼仁""贼义"，也正缘于此。从这一个角度来看，"一"又正是他们沦为独夫的原因。至于仁者，则"以天地万物为一体"，又如何会将自身独立于众人之外？所以，古时圣王制度，天子并非凌驾于众人之上的，它只是政治制度中的一个环节："天子一位，公一位，侯一位，伯一位，子、男同一位，凡五等也。"（《万章章句下》）

这其中，有一个重要的问题需要讨论：诸多学者悉皆以儒家学说是为封建张本的，是维护君权的。不得不承认，历代封建帝王确实有这样的意图，所以，纷纷以儒家学说来装点门面。然而，骨子里的自私自利，又令他们无法达到儒家所要求的状态。于是，他们便刻意模糊、混淆儒家学说，又有一群曲学阿世之徒，一意逢迎，儒家学说就此被玷污了。当然，说得好听一点，便是被降格了。然而，当我们真的理解儒家学说之后，便会发现儒家不但不维护君权，而且是极度反对封建、反对一君独大的。概言之，在儒家学说下，绝不存在什么特殊的阶层、特殊的个人，普天之下，众生一体，人人平等。所以，当夏桀、商纣凌驾于众人之上时，便会沦为独夫，而对于独夫，就理当革他们的命。

宣王的头脑却是封建的头脑，在他的认识中，天子就是天子，诸侯就是诸侯，君就是君，臣就是臣，其中的关系乃是绝对化的，所以，他才会认为"汤放桀、武王伐纣"为"臣弑其君"。

第九章

孟子见齐宣王，曰："为巨室，则必使工师^①求大木。工师得大木，则王喜，以为能胜其任也。匠人斫而小之，则王怒，以为不胜其任矣。夫人幼而学之，壮而欲行之，王曰'姑舍女（汝）所学而从我'，则何如？今有璞玉^②于此，虽万镒，必使玉人雕琢之。至于治国家，则曰'姑舍女（汝）所学而从我'，则何以异于教玉人雕琢玉哉？"

【今注】

①工师，各类工匠的主管。②璞玉，未曾雕琢的玉石。

【浅释】

孟子去见齐宣王，说："建造巨大的屋子，那就一定会派工师去寻找高大的木材。工师如果找到了高大的木材，大王就一定会很高兴，认为工师能够胜任他的职责。如果工匠把那木材砍断，成了小木材，大王必定就会很愤怒，认为那匠人是不能够胜任他的职责的。那人从小就开始学习一门技艺，等到壮年之后，希望能够一展才艺，大王却对他说'暂且放弃你的所学而听从我的指示'，这又会怎么样呢？如今这里有一块璞玉，虽然价值很高，也必定会让玉匠对之进行雕琢。可是，对于治理国家，大王却说'暂且放弃你的所学而听从我的指示'，这与指导玉匠雕琢璞玉又有什么两样呢？"

孟子说出这番话来，自然是有缘由的。势必是在劝导宣王施行仁政推行王道的过程中，宣王不但不听从，还曾提出让他放弃王道而顺从自己的霸术。不得已，孟子便运用譬喻来劝诫宣王。

良好的政治，应当各司其职，人尽其才。建造巨室，乃是工师的职责；雕琢璞玉，乃是玉匠的职责；治理国家，则是贤者的职责。如今，宣王有璞玉，会找来玉匠进行雕琢，治理国家，却要贤者"姑舍女所学而从我"，真可谓是糊涂至极，所以，朱子称他"是爱国家不如爱玉也"。当然，这其中还有更深的意味，诚如范氏所说："古之贤者，常患人君不能行其所学，而世之庸君，亦常患贤者不能从其所好。是以君臣相遇，自古以为难。孔孟终身而不遇，盖以此耳。"（皆引自《四书章句集注》）贤者与庸君，所取实在不同，贤者希望人君能够让他们"行其所学"，目的在于安民；庸君希望贤者"从其所好"，则是为了放纵私欲。两者一公一私，所以，常常难以相合。

第十章

齐人伐燕，胜之。

【浅释】

朱子注："按《史记》，燕王哙让国于其相子之，而国大乱，齐因伐之，燕士卒不战，城门不闭，遂大胜燕。"（《四书章句集注》）由此可知，齐人伐燕，之所以能够取胜，并不在于齐国的军力有多强大，也不在于齐国以仁伐不仁，而在于燕国内乱，军心涣散，根本无意抵抗。概言之，齐国得胜，完全是一场意外。然而，这场意外却引发了宣王的非分之想。

宣王问曰："或谓寡人勿取，或谓寡人取之。以万乘之国伐万乘之国，五旬而举之，人力不至于此，不取，必有天殃。取之，何如？"

【浅释】

宣王问道："有人建议寡人不要吞并燕国，有人建议寡人吞并燕国。以拥有万乘军力的国家去攻打另一个拥有万乘军力的国家，不过五旬便获得了成功，单凭人力是不能够达到这一地步的，如果寡人不吞并燕国，必定会遭受上天的惩罚。如果吞并燕国，先生您看怎么办呢？"

意外的取胜，竟使得宣王一心想着吞并燕国。然而，他却还要遮遮掩掩，说什么"或谓寡人勿取，或谓寡人取之"。可是，其后的话却又将他吞并燕国的用心暴露得一览无余："以万乘之国伐万乘之国，五旬而举之，人力不至于此，不取，必有天殃。"他居然完全意识不到齐国取胜只是出于一时的侥幸，还大言不惭，仿佛自己代表了天意，当真是厚颜无耻！

孟子对曰："取之而燕民悦，则取之，古之人有行之者，武王是也；取之而燕民不悦，则勿取，古之人有行之者，文王是也。以万乘之国伐万乘之国，箪食壶浆以迎王师，岂有他哉？避水火也。如水益深，如火益热，亦运①而已矣。"

【今注】

①运，转。

【浅释】

孟子答道："如果吞并燕国，燕国的百姓很高兴，那就吞并它，古时的人当中有这样做的，那就是武王；如果吞并燕国，燕国的百姓不高兴，那就不要吞并它，古时的人当中也有这样做的，那就是文王。以拥有万乘军力的国家去攻打另一个拥有万乘军力的国家，百姓用筐盛着饭、用壶盛着酒浆来迎接大王的军队，难道还有别的原因吗？只不过是为了躲避水深火热的灾难啊。如果水更加深了，火更加热了，他们自然也就会转而期盼他人了。"

关于孟子的这番答复，争议颇多。有人说孟子这是在鼓励宣王去吞并燕国，有人说孟子这是在反对宣王去吞并燕国，甚至还有人说孟子含糊其词，不做正面答复，乃是狡黠。如此种种，皆是臆测。其实，孟子的答复非常理性，切合中道，无过无不及。究其根本，则仍在于强调与民同之，燕民悦则取之，燕民不悦则不取，正是这个意思。武王之时，商纣荒淫无道，导致众叛亲离，民不聊生，所以，武王一怒而安天下之民。这就是取之而民悦则取之。文王之时，商纣虽也荒淫无道，可是，尚未抵达众叛亲离，民不堪其苦的地步，所以，文王"三分天下有其二，以服事殷（商）"（《论语·泰伯第八》）。这就是取之而民不悦则不取。

当然，这里还有着一个前提：无论是文王，还是武王，两者全都是仁者，武王伐纣，乃是"以至仁伐至不仁"。而齐国伐燕，乃是以不仁伐不仁。外在条件可以说得上是充足了，也就是说燕民已经苦不堪言，处身于水深火热之中，所以，才会"箪食壶浆以迎王师"。然而，内在条件却远远不够，那就是宣王不仁，他的所思所想，只在于扩充疆土，满足私欲，而不在于解救燕民。从这一点上来看，我们也可以说孟子是反对宣王吞并燕国的。当然，倘若宣王能够就此反省，而施行仁政推行王道，救燕民于水深火热之中，取之又有何妨呢？

可惜，宣王处于得意之时，根本听不进任何劝诫，于是，齐国决定吞并燕国，所行的依旧是不仁之政，而燕民则"水益深，火益热"了。

第十一章

齐人伐燕，取之。诸侯将谋救燕。宣王说："诸侯多谋伐寡人者，何以待之？"

【浅释】

齐国伐燕，取得胜利之后吞并了燕国。诸侯纷纷开始谋划搭救燕国。宣王说："如今诸侯全都谋划着前来讨伐寡人了，应该如何对待呢？"

很显然，本章乃是顺承上章而来。宣王自负天意，不顾孟子劝诫，一心吞并燕国，然而，他的所作所为，无非不仁，"杀其父兄，系累其子弟，毁其宗庙，迁其重器"（见下文），以至于燕民"水益深，火益热"，不得已，燕人转而求救于别国。至于别国，本来就畏惧于齐国的强大，倘若齐国再就此吞并燕国，扩充疆土，增强国力，岂不是更加可怕？于是纷纷谋划搭救燕国。宣王一见情势如此，却又立时恐慌了起来。不仁之人，总是如此。

孟子对曰："臣闻七十里为政于天下者，汤是也。未闻以千里畏人者也。《书》曰：'汤一征，自葛始。'天下信之，东面而征，西夷怨；南面而征，北狄怨。曰：'奚为后我？'民望之，若大旱之望云霓也。归市者不止，耕者不变，诛其君而吊①其民，若时雨降，民大悦。《书》曰：'徯我后②，后来其苏③。'"

【今注】

①吊，体恤。②徯（xī），等待；后，王。③苏，复活。

【浅释】

齐国，时为东方大国，宣王却一有风吹草动，便慌张如此，可谓鄙陋之甚！不得已，孟子便为其讲述了商汤的事迹：

"我听说过方圆七十里便可以施行仁政于天下的人，那就是商汤。却没有听说过拥有方圆千里的疆土而害怕他人的人。《尚书·仲虺之诰》中说：'商汤的第一次征伐，是从葛国开始的。'天下的百姓全都很相信他，所以，商汤在东面征讨，西面边疆的百姓便会埋怨；商汤在南面征讨，北面边疆的百姓便会埋怨。他们说：'为什么把我们放在后面解救呢？'天下的百姓盼望商汤，就像在大旱之时盼望天上的乌云和虹霓一般。商汤的征伐，绝不扰乱百姓，商贩们不会停止买卖，耕种的人照常耕作，商汤只是诛杀该杀的暴君而慰问该国的百姓，就像降落的及时雨一般，所以，百姓非常高兴。《尚书·仲虺之诰》中又说：'等待我们的王，王来了之后，我们便得到了复活。'"

"未闻千里畏人者"，可以说是直接打宣王的脸。孟子讲述商汤的事迹，与上章讲述武王、文王之事，意义是相同的，仍是为了强调仁政，强调救民而安民。孟子的主张乃是一贯的。商汤七十里而王天下，以其一片仁心安民；宣王"千里畏人"，以其不仁而行无道。倘若宣王当日听从孟子的劝诫，克制私欲，施行仁政，令燕民安居乐业，如此一来，诸侯们又能如何呢？可是，这又如何是宣王所能够做到的呢？

"今燕虐其民，王往而征之，民以为将拯己于水火之中也，箪食壶浆以迎王师。若杀其父兄，系累其子弟，毁其宗庙，迁其重器，如之何其可也？天下固畏齐之强也，今又倍地而不行仁政，是动天下之兵也。王速出令，反

（返）其旄倪①，止其重器，谋于燕众，置君而后去之，则犹可及止也。"

【今注】

　　①旄（mào）倪（ní），旄，同"耄"，老人，倪，同"儿"，小儿；即老人小儿。

【浅释】

　　孟子接着说：

　　"而今，燕国虐待百姓，大王您前去征伐，燕国的百姓以为您是为了把他们从水深火热之中拯救出来，因此用筐盛着饭、壶盛着酒浆来迎接大王的军队，可是您却杀掉他们的父兄，掳掠他们的子弟，毁坏他们的宗庙，搬走他们国家的珍宝，这样做又怎么可以呢？天下各国本来就已经畏惧齐国的强大了，如今土地又增多了一倍却不能够施行仁政，这就是在惹动全天下的兵力前来讨伐齐国了。如今，大王您迅速发出命令，遣回掳掠来的燕国老少，停止搬运燕国的珍宝，再与燕国人士协商，为燕国择立一位国君，然后撤回军队，如此一来，还是可以来得及阻止诸侯前来讨伐齐国的。"

　　这番话对齐国伐燕得以取胜，以及"诸侯将谋救燕"的原因全都作了交代：

　　齐国伐燕之所以会取胜，是因为燕民认为齐国是去解救他们的，而不是因为齐国的军力强大，更不是因为什么天意。然而，宣王在取胜之后，不但没有解救燕民，反而更加残害燕民，"杀其父兄，系累其子弟，毁其宗庙，迁其重器"，这样做自然是不可以的。由此也可见宣王实在是不仁，不但不仁，而且不智！倘若他略微有些头脑，也不至于干出如此无道的事来。

　　至于诸侯谋划救燕，固然是因为畏惧齐国的愈发强大，当然，更是因为宣王不仁。仁者能够以大事小，不仁者则只会以大欺小、恃强凌弱，齐国"倍地而不行仁政"，诸侯们必然寝食难安，所以说"是动天下之兵也"。

　　归根结底，问题不是出在别处，就出在宣王不仁。然而，问题既已发生，诸侯们已经开始谋划讨伐齐国，不得已，孟子也为宣王指明了挽救的措施，那就是："速出令，反其旄倪，止其重器，谋于燕众，置君而后去之。"惟有如此，尚能保全齐国一时的平安。

第十二章

邹与鲁阅①（hòng）。穆公问曰："吾有司死者三十三人，而民莫之死也。诛之，则不可胜诛；不诛，则疾视其长上之死而不救。如之何，则可也？"

【今注】
　①阅（hòng），争斗。

【浅释】
　邹国与鲁国发生了冲突。邹穆公问孟子："我的官吏们在冲突中死了三十三位，而百姓却一个也没有死。如果诛杀他们，人多得杀不尽；如果不诛杀他们，他们眼睁睁地看着官长被杀死而不去营救，实在是可恨。先生您说应该怎么办才可以呢？"

　邹国与鲁国交界，边界上起一点小冲突，本来很正常。可是，这一次情况却较为严重，邹国的官吏竟然在冲突中死了三十多位，当然，更令穆公无法忍受的是，百姓竟然见死不救，眼睁睁地看着邹国的官吏们被鲁国人杀死。所以，他很恼火，甚至想诛杀那些袖手旁观的百姓。然而，他却并没有想过事情的根由，那就是为什么百姓会袖手旁观而见死不救？自然是因为百姓已然对那些官吏们深恶痛绝，恨不得他们早早去死！由此可见，邹国的政治也是不仁之甚！

　孟子对曰："凶年饥岁，君之民老弱转乎沟壑，壮者散而之四方者，几①千人矣。而君之仓廪实，府库充，有司莫以告，是上慢而残下也。曾子②曰：'戒之戒之！出乎尔者，反（返）乎尔者也。'夫民今而后得反（返）之也，君无尤③焉。君行仁政，斯民亲其上、死其长矣。"

【今注】

　　①几，近。②曾子，孔子弟子曾参。撰有《大学》《孝经》。③尤，责备，怪罪。

【浅释】

　　孟子答道："在收成不好的饥荒之年，您的百姓，年老体弱的人抛尸于山沟荒野之中，年轻力壮的人四处逃散，像这样的有接近千人之多。而您的粮仓是充实的，您的府库也是充实的，官吏们却没有一个人向您汇报，这就是在上位的人怠慢而残害百姓啊。曾子说：'保持警戒啊！保持警戒啊！你怎么对待他人，他人就会用同样的方式反过来对待你的。'如今，百姓们只不过是得到了用同样的方式反过来对待官吏们的机会罢了。请您就不要怪罪他们了，如果您能够施行仁政，百姓自然便会爱戴他们的官长，而愿意为官长们舍身冒死了。"

　　孟子指出了问题的本由：凶年饥岁，那些官吏们根本就不顾百姓的死活。所以，冲突发生时，也就无怪乎百姓也不顾他们的死活了！这就是"出乎尔者，反乎尔者"。百姓们袖手旁观而见死不救，固然不对；然而，身为官长，在凶年饥岁，不顾百姓死活，更是不当。单纯就这件事本身而言，两者可以扯平。然而，要阻止类似的情况再次发生，首先应当改变的是在上位者，在上位者不能够施行仁政关爱百姓，又如何指望百姓为他们舍身冒死呢？倘若在上位者真的能够施行仁政爱民如子，则"斯民亲其上，死其长"，又有何难呢？

第十三章

　　滕文公问曰："滕，小国也，间于齐、楚，事齐乎？事楚乎？"

　　孟子对曰："是谋非吾所能及也。无已，则有一焉。凿斯池也，筑斯城也，与民守之，效死而民弗去，则是可为也。"

【浅释】

　　滕文公问道："滕国，是一个小国，夹在齐国和楚国之间，是应该事奉齐国呢？还是应该事奉楚国呢？"

　　文公所问，当为诸多小国诸侯所共同关心的问题。处于天下混乱弱肉强食的战国时期，小国尤其被动，只能在夹缝中求生存。而为了苟延残喘，诸多小国常常会选择依附于某一个强国。可是，滕国的问题更加复杂，因为它处于齐、楚两个强国之间，如果依附于齐国，楚国就会发怒；而依附于楚国，齐国又会发怒。稍有不慎，或许就会面临亡国之难。文公一时不知所措，所以，求问于孟子。

　　其实，文公的思维仍旧是以利为本，只是为了求得一时的自保，这与君子之道可以说是背道而驰。君子之道，乃是"素其位而行，不愿乎其外"的，乃是"素富贵，行乎富贵；素贫贱，行乎贫贱；素夷狄，行乎夷狄；素患难，行乎患难"的，是"居易以俟命"而绝不会"行险以徼幸"的。之于文公，则无论是选择事齐，还是选择事楚，全都是"行险以徼幸"。所以，对于文公的问题，孟子不做答复，而是为他指明了君子在这种情况下所当采取的行为：

　　"这种谋划不是我所能够做得到的。如果一定要我说的话，也是有一个办法的，那就是把护城河凿深凿宽一些，把城墙建得坚固一些，然后与滕国的百姓一起守卫，百姓宁肯战死也不会离去，这样则是可以做得到的。"

　　这就是君子之所为，既然身处小国，那就素小国而行乎小国，凿池、筑城，与民同生共死，守卫国土，这就是小国的国君所当为的。当然，除此之外，尚有另外一条路可走，那就是率领滕国百姓避开齐、楚，另觅家园。这便是下章中孟子对滕文公的建议。

第十四章

　　滕文公问曰："齐人将筑薛，吾甚恐，如之何，则可？"

【浅释】

滕文公问道："齐国人将在薛地构筑城池，我感到很恐慌，先生您说应该怎么办才可以呢？"

齐国在位于齐、滕边境的薛地构筑城池，滕文公得知后，心中极为惶恐，担心齐国即将对滕国发动战事，所以，求问于孟子。

孟子对曰："昔者大（太）王居邠，狄人侵之，去之岐山之下居焉。非择而取之，不得已也。苟为善，后世子孙必有王者矣，君子创业垂统，为可继也。若夫成功，则天也。君如彼何哉？强为善而已矣。"

【浅释】

孟子答道："从前，太王居住在邠地，狄人前来侵犯，他便离开邠地到岐山之下居住，这不是太王主动的选择，实在是因为逼不得已啊。一个人假如能够施行仁政，他的后世子孙之中就一定会有成为王者的。有仁德的君子开创事业、传下典范，是为了可以继承下去。若是能够获得成功，那便是天命。您打算如何对待齐国呢？只有努力施行仁政罢了。"

孟子对于战国时期恃强凌弱的状况自然深有了解，而以弱小的滕国抵抗齐国，无疑是不可能的，这就是现实。所以，摆在文公面前的问题，不在于眼下如何应对齐国，而在于如何为后世而计。眼下是无从考虑的，后世却并非绝无可能。

为了增强文公的信心，孟子以太王的事迹为例。太王之所以离开邠地，并非出于自愿，而是因为被逼无奈。当然，太王也可以与狄人效死一战，可是，如此一来，便不会再有后世的周王朝了。由此可见，太王迁居岐山，实在于为后世而计，这便是智者之所为。

有人会说："太王并不能够预知后世武王会取得天下成为天子啊？"这正是太王的智慧之处，若是带着后世定然有人会成就王者的念想而为，那就仍是功利主义。太王虽然为后世而计，却并不刻意为之，只是"强为善而已"，至于成不成功，则交由天命来定。这便是"君子创业垂统，为可继也。若夫成功，则天也"。同样，之于文公，除却"强为善而已"，也别无他路。

第十五章

滕文公问曰："滕，小国也，竭力以事大国，则不得免焉。如之何，则可？"

【浅释】

滕文公问道："滕国，是一个小国，竭尽全力去事奉大国，也不能够得以避免被吞并的结局。应该怎么办才可以呢？"

一连三章，文公所问，皆为自保，从中可见战国时期小国生存的艰难。"竭力以事大国"而"不得免"，乃是正常，因为大国所求的不单单是小国的财富，更是小国的疆土，所以，无论如何，小国最终也难以逃脱被吞并的结局。这在战国后期，尤为明显。

孟子对曰："昔者大（太）王居邠，狄人侵之。事之以皮币，不得免焉；事之以犬马，不得免焉；事之以珠玉，不得免焉。乃属（嘱）其耆老而告之曰：'狄人之所欲者，吾土地也。吾闻之也："君子不以其所以养人者害人。"二三子何患乎无君？我将去之。'去邠，逾梁山，邑于岐山之下居焉。邠人曰：'仁人也，不可失也。'从之者如归市。或曰：'世守也，非身之所能为也，效死勿去！'君请择于斯二者。"

【浅释】

孟子答道："过去太王居住在邠地，狄人前来侵犯。太王先以裘帛去献给狄人，不能够避免侵犯；又以犬马去献给狄人，也不能够避免侵犯；又以珠玉去献给狄人，仍然不能够避免侵犯。于是，太王召集邠地的长老们，向他们宣布：'狄人所要得到的，是我的土地。我听说过这样一句话："有仁德的君子不应该因为他用来供养人民的东西（指土地）来伤害人民（指让人民受到侵犯）。"你们又何必担心没有君王呢？我将要离开这里了，免得你们受到伤害。'于是，太王离开邠地，翻过梁山，在岐山之下建设城邑，居住下来。邠地的百姓说：'太王是个有仁德的人啊，我们不可以失去他。'于是，随从太王而去的人就像赶集市一般，蜂拥而至。也有人是这么说的：'这是世代留守的基业，不是我自身所能够做得了主的（指放弃土地而离开），宁肯因为捍卫而死也不能够随意离去。'请您在这两者当中选一个吧。"

其实，关于文公的问题，孟子在上两章中已经回答得极为清晰：一者，效死勿去；所谓"凿斯池也，筑斯城也，与民守之，效死而民弗去"是也。一者，"去之"而"强为善而已"。本章所答，仍不外乎这两者。其实，较之太王，文公的处境更为艰难。太王之世，尚且能够去而避之。到了文公之世，天下纷扰，已经无有可以迁居之处了。所以，摆在文公面前的，其实只有一条路可以走，那就是"效死勿去"。然而，要做到"效死而民弗去"，除却施行仁政，绝无可能。据后文所记，其后，文公应当是听从了孟子的指导，开始施行仁政了。

第十六章

鲁平公①将出，嬖人②臧仓者请曰："他日君出，则必命有司所之，今乘舆已驾矣，有司未知所之，敢请？"

公曰："将见孟子。"

曰："何哉？君所为轻身以先于匹夫者，以为贤乎？礼义由贤者出，而孟子之后丧逾前丧③，君无见焉。"

公曰："诺。"

【今注】

①鲁平公，鲁景公之子。②嬖人，被宠信的小臣。③后丧逾前丧，孟子父亲早逝，母亲寿长，去世得迟，前丧即指孟子处理父亲的丧事，后丧则指孟子处理母亲的丧事。逾，超过。

【浅释】

　　本篇以"不遇鲁侯"为终，大概是为了交代孟子周游列国的次序：先游魏，次游齐，后返邹、居滕，最后游鲁，"不遇鲁侯"而后返归故乡（邹国）。此后，孟子不再出游，一面从事教学活动，一面著书立说，在故乡安度晚年。

　　孟子出游鲁国，应当与弟子乐正克受用于鲁国有关（事见《告子章句下》）。孟子到了鲁国之后，乐正克便请求鲁平公去见他，然而，因为受到嬖人臧仓的阻挠，最终平公未能成行。这便是孟子之"不遇鲁侯"。本章所载，正是这一事件。

　　鲁平公准备外出，他所宠幸的小臣臧仓请示道："往日您外出，一定会将您要去的地方通知管事的人，今天已经准备好乘坐的马车，管事的人却还不知道您所要去的地方，斗胆请问您这是要去哪里？"

　　平公说："我将要去拜见孟子。"

　　臧仓说："这是为什么呢？您之所以放下自己的身份而先去拜见一个匹夫，是认为他有贤德吗？小人听说礼义是贤者的行为准则，而孟子办理母亲的丧事超过了父亲的丧事，请您不要去见他了。"

　　鲁平公说："好吧。"

　　因为乐正克的劝说，鲁平公决定前去拜见孟子，然而，他并不是真心诚意地想要去见孟子，甚至还觉得让自己去拜见孟子，脸上很是无光。所以，"乘舆已驾"，却还没有通知有司自己将要去的地方。在这种情况下，自然是只要有人劝阻，便会改变主意而选择放弃的，而臧仓正好便是这个劝阻的人。

　　臧仓劝阻平公的理由倒也冠冕堂皇：孟子"后丧逾前丧"，所以，不能算作为贤者，您又何必"轻身以先于匹夫"呢？

　　孟子父亲早逝，当时家境贫寒，棺椁、衣衾较为简陋；母亲长寿，去世时孟子已经出仕于齐，家境大为改观，所以葬物也就超过了父亲。这就是臧仓所谓的"后丧逾前丧"。不但臧仓，即便是弟子充虞，也曾有过类似的误解：

　　孟子自齐葬于鲁，反于齐，止于嬴。充虞请曰："前日不知虞之不肖，使虞敦匠事。严，虞不敢请。今愿窃有请也：木若以美然？"（《公孙丑章句下》）

之于其中的道理，孟子在回答充虞时，作了充分的阐述：

　　古者棺椁无度。中古，棺七寸，椁称之。自天子达于庶人，非直为观美也，然后尽于人心。不得，不可以为悦；无财，不可以为悦。得之为有财，古之人皆用之，吾何为独不然？且比化者，无使土亲肤，于人心独无恔乎？吾闻之；君子不以天下俭其亲。"（同上）

　　这就将"后丧逾前丧"的原因交代得极其清晰：举办丧事，或许会受到家境的限制，而有前丧、后丧的不同，但是，根本则在于是否尽心。孟子葬父与葬母，虽然葬物有所差异，然而，那份孝心却并无差异。从这一点上来看，不能说孟子违背了礼义。
　　当然，平公所需要的仅仅是一个让自己可以不去拜见孟子的托词，至于这个托词是否立得住脚并不重要。所以，当臧仓做出劝阻时，他也就顺水推舟地答道："诺。"

　　乐正子①入见，曰："君奚为不见孟轲也？"
　　曰："或告寡人曰：'孟子之后丧逾前丧。'是以不往见也。"
　　曰："何哉？君所谓逾者，前以士，后以大夫？前以三鼎，而后以五鼎与（欤）？"
　　曰："否。谓棺椁衣衾之美也。"
　　曰："非所谓逾也，贫富不同也。"

【今注】
　　①乐正子，名克，孟子的弟子。

【浅释】

平公本来已经答应乐正克去拜见孟子，如今却又突然不去拜见了，于是，乐正克急了，前去晋见平公，问道："您为什么不去拜见孟轲了呢？"

平公回答道："有人告诉寡人：'孟子办理母亲的丧事超过了父亲的丧事。'所以我就不前去拜见他了。"平公已经许诺要见孟子，如今因为别人的一句话便放弃了，言而无信如此，也是不足以与有为的人。

乐正克问道："什么意思呢？您所说的办理母亲的丧事超过了父亲的丧事，是因为孟子办理父亲的丧事，用士人之礼，而办理母亲的丧事，用大夫之礼吗？还是因为孟子祭祀父亲时，用三个鼎摆放祭品，而祭祀母亲时，用五个鼎摆放祭品呢？"

三鼎是士祭的标准，五鼎是大夫祭的标准。《中庸》有云："父为大夫，子为士，葬以大夫，祭以士；父为士，子为大夫，葬以士，祭以大夫。"孟子的父亲为士，去世时，孟子也为士，所以，葬以士，祭也以士。孟子的母亲去世时，孟子已经出仕为大夫，所以祭以大夫。从这一点上来看，孟子的所为，正合于礼义。可是，臧仓所谓"后丧逾前丧"却并非如此。

平公说："都不是。我说的是棺椁和装殓的衣被的华美程度。"原来臧仓所谓"后丧逾前丧"，特指葬物的不同。

乐正克说："那不能称作为后丧逾前丧啊，只不过是因为前后的贫富不同罢了。"

乐正克倒也算是个明礼的人，"贫富不同"四个字，一下子便抓住了问题的根本。然而，到了这一步，无论有理没理，平公是不会再去拜见孟子了。

乐正子见孟子，曰："克告于君，君为来见也。嬖人有臧仓者沮君，君是以不果来也。"

曰："行，或使之；止，或尼①之；行止，非人所能也。吾之不遇鲁侯，天也。臧氏之子，焉能使予不遇哉？"

【今注】

①尼（nì），阻止。

【浅释】

无奈之下，乐正子去见孟子，说："我同鲁君讲了，鲁君已经准备前来拜见您了，可是，有一个叫作臧仓的宠幸小臣阻止了他，所以，鲁君没有能够遵照约定前来拜见您。"

直到此时，乐正克还没有意识到问题的根本：纵然是没有臧仓，平公也会找到其他借口不来拜见孟子。即使退一步来讲，平公勉强前来拜见了孟子，也必定无法遵从孟子的指引而去施行仁政推行王道。而孟子却早已经将这一切看得很透彻，所以，他说：

"王政得以施行，必定会有一种力量在促使着；王政不能够得以施行，也必定会有一种力量在阻止着。无论是能够施行，还是不能够施行，全都不是人力所能够影响的。我之所以不能够与鲁君相遇，乃是天意。那个臧氏人家的小子，又怎么能够使得我不遇见鲁君呢？"

由于臧仓的阻挠，导致平公不见孟子，只是事情的表象，本质则在于"夫天未欲平治天下"（《公孙丑章句下》），在这样的前提下，孟子遇不遇鲁侯，分别其实不大。即便是遇了，至多也就是多出一个梁惠王、齐宣王一般的角色，更何况鲁之于魏、齐，平公之于惠王、宣王，也还是差距甚远呢。

由本章可见孟子乐天知命，素位而行，与孔子可以说是同出一辙：

> 公伯寮愬子路于季孙。子服景伯以告，曰："夫子固有惑志于公伯寮，吾力犹能肆诸市朝。"子曰："道之将行也与，命也；道之将废也与，命也。公伯寮其如命何？"（《论语·宪问第十四》）

关于"天"，尚需略加阐述。"天"，即天命。许多人认为儒家是命运论，在应事时，往往会听天由命，乃是消极的、悲观的。其实不然。儒家所讲的命，并非世俗所谓的命运，而是天命，两者有着天壤之别。命运论者，往往一切都会听从命运的安排，不做奋争，不思改变，可谓消极、悲观。儒者则不然，他们修身立德，履道而为，之于得失成败则交由天命。此即所谓"修身以俟命"。而天命其实即是道的时命——道在某个时空下的盛衰与兴亡。圣贤的所作所为，无非是道，所以道能兴盛于世，圣贤便能大用于世；道不能兴盛于世，圣贤也就得不到任用。故而，朱子评曰：

> 此章言圣贤之出处，关时运之盛衰，乃天命之所为，非人力之可及。

（《四书章句集注》）

由此可知，孔孟二圣在所在的时空得不到尊重，正表明了道得不到尊重，那是时空的悲哀，而非圣人的悲哀。关于这一点，颜子看得最为清楚。在前往楚国之时，孔子师生曾经困厄于陈、蔡之间，绝粮七日，当时，孔子的三个重要弟子——子路、子贡和颜子，都在老师身边，并分别与老师有过一番对话。子路鲁莽，直接怀疑老师"未仁""未智"；子贡则劝老师"少贬"其道；惟有颜子说：

> 夫子之道至大，天下莫能容。虽然，夫子推而行之，世不我用，有国者之丑也。夫子何病焉！不容然后见君子。（《孔子家语》）

在天下无道——道的时命不济之时，所"不容"的正是载道的君子。孔孟二圣的遭遇，正好印证了"不容然后见君子"。关于命运、天命，笔者于《生命之生与生命之命》（刊于《原学》第三辑）一文中有翔实陈述，有兴趣者可自行参阅。

｜圆桌会谈｜

孟子学的历史意义

刘舰、刘培桂、邓秉元、祝安顺、毛朝晖、
潘英杰、许允龙、孙大鹏、张旭辉、邵逝夫等

2023 年 5 月 13～14 二日，邹城市文物保护中心、邹城博物馆、邹城市邹鲁文化发展有限公司等共同举办"孟子学的历史意义"学术交流会。13 日上午，开幕式后，主题活动"孟子学的历史意义"圆桌会谈在孟府后学顺利进行，会谈由王归仁先生主持，刘舰先生代表主办方作了致辞，刘培桂、邓秉元、祝安顺、毛朝晖、潘英杰、许允龙等学者逐次作了精彩分享。因时间限制，邵逝夫未及分享，孙大鹏、张旭辉则一因事务繁忙，一因远隔重洋未能亲身与会，但三位学者皆对这一主题做了深入的思考，提交了相关文字，现将诸学者发言及提交文字刊发于此。

王归仁：

各位老师好！由我来主持这次圆桌会谈，跟各位老师做近距离的交流、学习，既感到非常荣幸，也是非常忐忑紧张。我来自苏州博众精工，从事企业文化和学习培训方面的工作。这几年，在邵老师指导下，一路走来，内心

发生极大的变化，有了根本性的成长。借此机会，首先要感谢一下我的老板——吕绍林先生，他找到一个好老师，带着我们跟他一起学习。当然最重要的还是要感谢邵老师，经常来我们企业传道授业，谆谆教诲，耳提面命，才有了我们的成长与变化。吕总在 2010 年提出公司使命——让我们的智慧在外太空为人类服务。这个使命确实与孟子学非常契合。那时，吕总对孔孟之学并没有什么接触，更谈不上深刻理解，但是孔孟之学的精神已经深入到我们的基因里来了，深入到每一个中国人的内心精神世界里来了，影响着一代又一代人。也正是因为这样笃定的精神，在企业发展过程中，支撑着我们能够去战胜困难，克服诱惑。从这个方面说，孟子学对于企业来讲，也有真实的作用。孟子学无论是落实在企业文化、机制的建设上，还是管理干部的培养上，都一定会带来非常积极的影响。这也是我们今天开展孟子学活动的重要意义之一。今天，诸位专家学者在孟子故里深入研究探讨孟子学，必定会给我们很多启发和教导。孟子学活动能够如期举办，首先要感谢邹城市文物保护中心的刘舰先生。他对此次活动的顺利举办提供了大力支持，给了我们极大的鼓励。我从他身上看到了对孟子的敬仰和热爱，对孟子精神的传承与弘扬。首先有请刘舰先生为这次圆桌会谈做一个开篇讲话。

刘舰："《孟子学》辑刊就是要传承孟子精神，就是要弘扬孟子精神"

最早接触孟子思想，是在我们那时的初中课本中，有一篇吴晗先生写的《谈骨气》，其中引用了孟子的一句话："富贵不能淫，贫贱不能移，威武不能屈，此之谓大丈夫。"看了这句话，知道这是孟子说过的话。孟子是谁呀？才想来小时候听说过家乡邹城好像有这么一个名人。所以，很惭愧，我虽是邹城人，却也是直到初中才第一次来拜谒孟府、孟庙。孟子思想，特别是这句话，加上浩然正气，对中国传统士大夫阶层或者说文人阶层的影响非常大。最著名的就是文天祥，被俘数年之后，仍然遵从自己心中的道义，留下了衣带赞："孔曰成仁，孟曰取义，惟其义尽，所以仁至。读圣贤书，所学何事，而今而后，庶几无愧！"从这里面，能够看到儒家思想，特别是孟子所说的浩然正气、大丈夫气概。历史上这样的文人很多，包括明朝的时候，也有很多这样舍生取义的知识分子。孟子思想对我们这方面产生的影响非常大。邵老师今天在开幕式上也说到了，我们现在不一定说大家都去做儒家的学者，我们就是要做一个儒者。在日常生活当中，我们都可以做一个儒者。不管是像我在政府部门，还是各位老师在大学里教书，在企业里工作，都可以做一个儒者。我们都认识到了孟子思想的这种重要性，并且愿意投身于此，这正说明孟子思想强大的引领力和巨大的影响力。为了把孟子精神传承下来，并且发扬出去，这才有了我们今天的这个聚会。邵老师当初的这个构想，在今天变成了现实，今后我们《孟子学》辑刊就是要传承孟子精神，就是要弘扬孟子精神。这也是我们今天举办这个圆桌会议的初衷。我先在这里抛砖引玉。

刘培桂：“孟子站得非常高，他站在天下的制高点上”

很荣幸在这里跟各位专家学者、企业家一起讨论孟子，这也是我多年的梦想。从 1998 年开始研究孟子，最初就是学习，学习过程中确实有很多收获，孟子学养人，养事，利于做人，利于做事。孟子，他不是一个招牌，他确实对人对事有好处。昨天我还和邵老师说，如果不是孟子，我活不到现在。对家人、对孩子，我也是这样讲，对其他能见到的人，我都这样说。这就是我的亲身体会和感受。

先说邹国，这是个小地方，司马迁《史记》里没有细谈邹这个地方，只是随便一提。但实际上并不是这样，他没有做过细致的考查。在《春秋》三传里面，提及邹多达数百次，许多大事，邹国都参加了。比如齐桓公称霸，首先就是邹国参加。邹国是土著国，鲁国总是欺负它，它就一直与鲁国对抗，直到秦始皇统一中国之前，邹国还在，生存时间从西周分封开始，一直到它灭亡，不比其他任何一个诸侯国持续的时间短。它为什么能持续这么长时间？因为这里有文化，有它存在的根源。在《孟子》里面，充分体现了它能存活下来的原因。所以，读《孟子》，不了解邹国不行，不了解鲁国也不行。这是个好地方，不仅产生了孟子，孔子的出生地——尼山，历史上也是属于邹国的，你看那些石刻，都是历代邹县县令立的。从渊源上来讲，孔子的母亲——颜徵在，颜氏是邹国的国姓。严格地说，孔子父系是宋国的，母系是邹国的。他是住在鲁国，活动在鲁国。子思、颜回这些圣人，都是在这么一块地方，邹国、鲁国距离非常近。这是一块宝地，留下了非常丰富的文化遗产。这个文化遗产，追溯一下，应该说比较久远。考古发现，这是一个规模很大的新石器时代遗址，仅次于大汶口文化。这个遗址出土的文物非常丰富，说明在原始社会时，这个地方就已经有非常发达的文明了。一直延续到后来，经过夏、商、周这一系列文化叠压，它都是延续的，没有间断。没有间断有什么好处呢？就是这种文化从文明创始以后，一直到后来的发展壮大，它都延续了下来，越来越丰富，越来越有生命力。这些都是经考古证明的，不是凭空之说。孟子出生在邹国，但《孟子》一书没有显示出他与邹国有多密切的关系，就只有一篇孟子教训邹穆公，孟子的心比较大，他的心里装着天下，言必称天下。他周游列国去的地方，在当时都是强大的国家，魏国在战国初期称霸一百多年，到梁惠王的时候魏国衰弱了，他直接与梁惠王对话，教训梁惠王，梁惠王愿安承教，规规矩矩地听他讲。孟子又到齐国，齐国和秦国是两大巨头，一个在东边称帝，一个在西边称王。孟子到齐国做卿，卿是一个很高的位置，虽然没有实权，但有话语权，他的俸禄是十个大夫的俸禄，算一下，相当于一个县邑的收入。孟子不趋炎附势，你对了，可以；不对了，我批评你；批评你不听，我就走人。齐国入侵燕国，他劝了，不听；让他撤兵，让他不抢东西，不要破坏规矩，不听；不听就不干了，辞掉齐卿之位，十万之俸也不要了，一走了之。这就是孟子的品质，他是身体力行的，他不是空谈理论的，他怎么说，就怎么做。

孟子站得非常高，他不是站在邹国看待问题，他是站在天下的制高点上。言必称天下，乐于天下，忧于天下。他根本看不起张仪、公孙衍这些纵横家，根本不把他们放在眼里。因为他们只是为了一己之私，只是为了自己做官、自己成名，为了所在的国家称霸，他们心里没有天下，所以，孟子跟他们完全不在一个层次。孟子思想的产生不是偶然的，而是必然的，在那个时代，在百家争鸣的过程当中，产生了这么伟大的思想。当时，影响力最大的是杨、墨，天下之言不归杨则归墨，孔子学说已经没有多少人信服了，于是孟子出来批杨、墨太过极端。杨朱为我，不错，可以为我，没关系，但都为我了还怎么办？大家都为我，就无君了，就没有社会结构了。批墨子兼爱，爱人之国犹爱我之国，爱人之家犹爱我之家，爱人之父犹爱我之父，你全都爱，你爱得过来吗？就不如老吾老以及人之老，先把自己的老人孝敬好，然后把这种孝亲之情推及社会，这个是人人能够做得到的。孟子批评了这两个极端，然后强调要走中道，要恰如其分，任何事情都要遵循客观规律。

孟子的思想保存得很好，秦始皇焚书坑儒时也没有把它毁掉，《孟子》是保存最完好的先秦典籍。孟子生活在战国，活着的时候，《孟子》就已经成书了。如果不是孟子亲自动笔，就不会这么精彩，你看《孟子》里边没有一篇不好的文章，三万多字，超过了《论语》《大学》《中庸》的总数，却没有一个废字，没有一句废话，字字珠玑。到了宋代，孟子思想又开始复兴。孟子的位置，并不是哪一个帝王强加的，也不是哪一个学者捧起来的，而是因为他本身有这种强大的生命力。

孟子学的复兴，最早是韩愈呼唤得比较多，他在唐代就开始抵御佛学，你们都去修佛学，都进寺庙，这个社会怎么办？到了宋朝，王安石起了很大作用，王安石变法，背后靠的就是孟子，"何妨举世嫌迂阔，幸有斯人慰寂寥"，他在给神宗皇帝的上书里边，就是长篇累牍地引用《孟子》。《孟子》被列为科举考试的科目，就是王安石定的。再后来，孟子又被封了邹国公，他的地位就基本确定了，元明清则继续发扬。在历史上，孟子的地位是经过争论的，是经过碰撞的，是经过 2000 多年的历史检验的。他不是偶然被社会所接受而当上亚圣的，而是历史的选择。一直到了封建社会灭亡，孙中山先生还在讲，他的三民主义首先就是源于孟子，孟子是三民主义的鼻祖。孟子讲民，口口声声不离以民为本，三民主义离得开孟子吗？就是在当今社会，孟子的思想仍然具有强大的生命力，相对于种种新的思潮，孟子的论述丝毫不逊色。"人人有贵于己者""人皆可以为尧舜""舜，何人也？予，何人也？有为者亦若是"，孟子没有排斥任何一个人，人人都是平等的，都可以把自己扩充、发扬到生命的最高境界，没有什么高低贵贱之分。这里面，有权利，有自由，有平等。"无罪而杀士，则大夫可以去"，大家都是自由的。"民为贵，社稷次之，君为轻""君之视臣如土芥，则臣视君如寇雠"，大家都是平等的。总之，孟子方方面面的论述都是非常透彻、非常领先的，直到现在，依旧可以运用。

办《孟子学》是我多年的期盼，从我开始从事这方面的学习时，就盼望着，今天终于有了，我特别高兴！这要非常感谢邵老师。邵老师很不简单，我们认识好几年了。儒学是不分地界的，大家从上海、江苏、河南千里迢迢而来，是有觉悟的。非常感谢各位专家学者，这个设想很好，我们如何把它办好，这个很重要，现在办刊物的很多，但办好不容易，要好好地琢磨怎么才能办好。我想还是要把孟子推到最宽广的层面上去，不限于专家学者这个圈子，而是深入到普通百姓那里去，到社会中去，到农村中去，让天下百姓都要懂，"思天下之民，匹夫匹妇有不被尧、舜之泽者，若己推而内之沟中"，要有这种担当，如果我们没有做好，就等于我们对不起老百姓。这是我的一个期待。我相信有大家的共同努力，一定能够达到这个目标。

邓秉元："去孟则无真孔子"

我们这次座谈的主题是讨论孟子学的历史意义，我记得上一次是在这里谈孟子学的当代意义。现在追本溯源，同样非常重要，让我们能够为当下提供更多的参考。和许多人一样，我最早接触《孟子》，也是在中学文言文课本里边所选的一些片段。"鱼与熊掌不可得兼""舍生取义""生于忧患，死于安乐"，大概是我对孟子的最初印象。后来则是因为一些其他机缘。我大学学的是理工科，如毛朝晖兄刚才讲过的，无论是对生命的一种关切也好，焦虑也好，每个人可能多多少少都曾遇到。我于是就自己找诸子百家的著作来看，当时接触较多的就是朱子注的"四书"，当然还有一些杂七杂八的著作。但是那个时候还无法深入。

总的来说，学术跟人的生命状态有关系。比如说学术界，其实也很复杂，很多人为了知识而知识，这个当然是正当的；有些人则是以研究知识的名义别有所求，这也是个人的自由。但是知识不应该只停留在这样的层次，是不是可以把知识跟我们的生命连接起来？我想这至少是人文学术的应有之义。

当然生命有很多维度，我不认为一谈生命，就只是谈个体道德。个体道德固然重要，但也只是生命的一个维度。何况道德主要应该用来检讨自己，切忌以此要求别人。而道德的客观化便是伦理，譬如政治，既是群体生命的体现，也与个体生命能否畅达密切相关，同样是伦理的一部分。这就是儒学讲的礼。儒家讲究内圣外王，孟子作为战国时代内圣外王的典型代表，我们谈孟子就不能不谈外王的问题。

但也正是因此，几乎所有人都知道，孟子尽管在宋以后被供入孔庙，但却并不受那些专制统治者待见。孟子所说"君之视臣如土芥，则臣视君如寇雠"，我们现代人听着都很刺耳。古代人想必更是如此。明太祖朱元璋当年听到这句话便不禁暴怒，甚至因此想要把孟子从孔庙配享里赶出去。但是很多大臣就上书反对，所以实际上并没有作为。最后还是靠着老天，为什么这样说呢？因为古人跟现代人还不一样，朱元璋虽然残暴，但做过和尚，相信鬼神，到底还有点儿敬畏。孟子被赶出孔庙之后，忽然有一天雷震谨身殿，把大殿劈掉一角。这个时候朱元璋显然是害怕了，但是又不甘心，怎么办啊？孟子讲的"民贵君轻""汤武革命""诛一夫纣"，哪个专制君主受得了这些！既然不甘心，那怎么办？于是就下令编选《孟子节文》，把《孟子》中的八十多条给删掉。所以明朝初年的人，他们读的书里实际上是少这八十多条的，等于把《孟子》这本书给阉割了。

我们知道明朝的君主专制其实很厉害。明朝继承了很多元朝的政治遗产，譬如士大夫在朝堂上可以被打棍子，那是对士人很大的羞辱。后来王阳明就被廷杖四十，"既绝复更生"，已经没气了，然后又缓过来。我今天刚刚拿到逝夫这本《致良知》。其实无论学阳明，还是学孟子，我们首先要知道，不能只是随便说说的。所以《明儒学案》的作者，也是明朝学术集大成者的黄宗羲便说，真正的儒学乃是刀锯鼎镬之学，当铡刀在侧，油锅在前，你还在坚持这件事，这才是真正的儒学。假如把这样的学问讲成心灵鸡汤，那就是对不起前人。

我当年研究历史，有一个心愿，希望重访失落的士大夫精神，因为我们在现实中几乎完全看不到了。所以我后来写了一篇博士论文，主要讨论晚明时代士大夫的师道精神。这个师道不是我们日常一直讲的师道尊严，而是针对君权而言的。孟子跟齐宣王、梁惠王、梁襄王这些人讨论，其实也都是以君师的视角，他是以师道自任的。真正的儒学，虽然强调君臣之道，但却不像普通人所说的只是强调君尊臣卑。相反，儒学的目标是安顿人群中的每一个人。就像一个导演去拍戏一样，真正的儒学家做的是导演的工作，也许他突然心血来潮也到戏里边做一个角色，但没关系，他的真实身份仍是导演。儒者的目的就是要安定天下，具体的角色反而不那么重要，重要的是给天下人立一个合理的秩序。这个秩序不是像秦始皇那样，通过权力来安顿，你安顿好了，别人都无法说话了。所以丞相李斯跟他说，"天下无异意，则安宁之术也"，谁都不敢说话，那就是天下太平了。但问题是天下真的安宁了吗？所以秦朝很快便二世而亡。治理天下是不可以闹着玩儿的。

在以仁义安顿天下这一点上，孔孟没有什么不同，但是孔子的时代礼乐虽然崩坏，却仍然存在，整个社会基本还在礼乐的框架里面，所以孔子的发言主要是指点式的。到了孟子的时代，已经是战国中期，这时整个天下的格局发生了巨大变化。就是孟子后来所总结的，三代"以德行仁"，仁政是一种内在的诉求；春秋时代齐桓、晋文虽然依靠武力，但还知道尊王攘夷，所谓"以力假仁"；到了战国晚期，则完全靠的是武力。正如韩非子所谓"上古竞于道德，中世逐于智谋，当今争于气力"。孟子生活的时代，正是从"以力假仁"向"争于气力"过渡的时代。少数大国之君如齐魏，至少在观念上还想以齐桓、晋文为楷模。在此应该补充一点，所谓"以力假仁"其实仍然是一种不太坏的政治，因为称之为霸政，现代人常常有一种误解，好像齐桓、晋文很糟糕，其实齐桓、晋文仍然是行仁政的，只不过主要是出于现实政治的形势，而不是源于内在的诉求。在孔子和孟子之间，时代已经大不相同，孟子讲学的方式也只能发生变化。

简言之，孔子时代社会还讲基本的信义，韩非的时代完全是靠拳头说话，而孟子的时代则处在夹缝之中。孟子明确讲过，当时很多诸侯为了减少礼乐规则对自己的束缚，"而皆去其籍"，就是从成例中去除。没有了这些束缚，还要用仁义自文，那就有点相当于韩非子所说的"逐于智谋"，此时的天下，变成诸子百家竞逐争强的战场。孟子说"予岂好辩哉，予不得已也"，说的就是当时的现状。过去很多人认为周礼是束缚被统治者的，这个观念很有问题。孔子讲"克己复礼"，并非只是束缚下位者的，而是对无论在上、在下所有层次的人都要有一个安顿，所以叫"君君、臣臣、父父、子子"。也就是说，做君的要像君的样子，然后做臣的才像臣的样子；做父亲也一样，父父子子，并非像俗儒所说的，"天下无不是之父母"，这样讲是不对的。以前我还不敢说，等到我也做了父母，才敢说这个话，不要迷信"天下无不是之父母"，父母做错的事儿太多了。我们做父母的要勇于承认这一点。当然我不是说孩子不必尊敬父母，我只希望天下做父母的人能够首先反思自己，不要像有些古人一样，把"忤逆"挂在嘴上，用亲情绑架子女，要求子女绝对顺从。当然今天做父母比以前更加不容易，就是因为整个社会缺少了基本的伦序，大家都不知道应该怎么做。战国虽然没有到我们今天这个地步，但是在缺少礼乐约束这一点上，已经很相似了。所以孟子要出来与人论辩，把这些问题讲透。当学生问他说，到底你的境界是什么？他就讲了，一个是"我知言"，另外一个就是"我善养吾浩然之气"。知言其实就是明白天下各派学术的基本逻辑。在和诸子进行辩难的过程中，原来的那套大家能够感同身受的礼乐尽管已经不在了，但是还可以从观念上理解，还可以通过修养予以践行。在这个意义上，孟子是一个活脱脱的现代人。今天一些人强调践行，反对单纯追求知识，固然有其合理性，但也要知道，与天下学术辩论，借以捍卫儒学的基本立场，本身便是孟子学的应有之义。

　　所以今天重新讨论孟子，有一个观念我一直想表达，尽管公开表达可能很多人未必会喜欢。但是我觉得还是要讲，去孟则无真孔子。战国时代韩非子讲"儒分为八，墨离为三"。孔子被天下人理解为仁义的代表人物。仁义是个好词儿，好东西大家都会喜欢。古代大家都要讲仁义，不能说我就是反对仁义，那不行的，秦始皇就是因为不讲仁义，最终二世而亡。所以汉代罢黜百家、表彰六经，其实就是在观念上回归孔子，以仁义为共识。有了这个共识，即使他本身是假的，但别人至少可以用这个来约束他。但还有一个悲剧其实无法避免，既然以孔子为尊，那么诸子百家无论是什么样的背景，都开始打着孔子旗号出现。因此也就出现一个问题，究竟哪一路才真正契合孔子的真精神？汉儒最初是讲学统，讲了七八百年，这个背景比较复杂，我们暂不展开讨论。中唐以后韩愈讨论道统，才重新把孟子找回来。我们看宋代学者对孟子的定位，我觉得说得最透彻的就是陆象山。在他看来，孔子代表了圆融的大道，孟子则是十字打开。只有通过这个十字打开，才有一条真正的路让我们进去，才能领略到孔子的真实境界。

当然有人会提《论语》，《论语》文字看起来好像更好读，许多格言，譬如"三人行必有我师"，早就已经化在我们的日常言行当中了。但从学术上来说，《论语》其实更难读。有点儿像"老虎吃天，不知道从哪儿下口"，因为孔子讲学大多是指点式的。直到孟子，才把儒学的大道掰开向我们呈现出来。

最后当然还是要回到内圣外王。内圣，就是直接通过心性践履契悟到孔子的生命境界。而外王并非单指具体的政治举措，更主要地体现为精神，也就是前面提到的师道精神。中唐以后为什么孟子会被提出来？因为社会结构变了。在此之前是门阀士族体制，隋唐国家统一以后，政治上其实重新变成一个实际上以君主权力为主导的体制。尽管唐朝门阀体制还没有完全消解，李唐所代表的关陇士族本身也是门阀。门阀时代君主受到士族的约束，所以说"王与马共天下"。君主政治回炉之后怎么办？同样需要一个具体的约束。在经学里，这个具体约束来自于礼。什么是礼？礼就是要制衡所有这些不同的层次，约束到各个环节。大到一个国家，小到一个公司，都是一样的。如果在一个公司里面，一个人说话，无论说什么，大家都是"不违如愚"，这家公司实际上是很危险的。所以很多大公司，常常要专门设立一个风控部门，就是有一批人专门跟你唱反调，跟你说这里可能有问题，那里可能有问题。要不留情面地给你提出可能出现的各种问题。也许这些问题不会发生，但是你提前考虑到，和你没考虑过，对于掌握公司的方向是完全不同的。

国家也是一样，近代许多人总觉得古代君主制好像都一样，所谓"百代皆行秦政法"，这是把问题简单化了。君主制与专制不是必然的联系。我们看唐朝，与后世其实并不一样。唐朝设置了很多谏官，不仅专门给大臣挑错，也给皇帝挑错。所以历史常常很复杂，不能大而化之，动不动就"归根结底""一言以蔽之"。讨论问题的时候，这是非常轻率的态度。

到了唐朝的时候，随着君权的提升，朝野的士大夫需要让这个国家内部保持一个平衡。所以，那个时代无论儒家、道教还是佛门，都是以道自任的居多。反过来的情况当然每个时代也有，但是总的来说，那个时代人的精神气象确实不一样。所谓汉唐盛世是相对于当时并立于世的不同国族而言的，汉唐盛世不是由哪个皇帝建立的，而是由当时包括对皇帝制衡在内的机制实现的。近代人一谈到古代社会，就只知道秦皇汉武、唐宗宋祖，这是最没有知识的体现。所以我们看韩愈，竟然宣称"世无孔子，不当在弟子之列"；武则天以帝王之尊，甚至还要跪迎高僧神秀。相对于中古时代"沙门不敬王者"，唐代的君主权力其实已经上升，但与后世君师合一时代那种冒充神圣的地位还是不可同日而语。

正是在这种背景之下，唐代士大夫重新理解了孟子的精神诉求。为什么孟子会被找回来，跟当时士大夫的精神状况有关系。所以有时候不是简单地说我们要把谁找过来，而是我们本身就已经具备这种精神。难道所谓"传心之法"真是隔空传物吗？不是这样的。我曾经做过一个比喻，我说"道统是一个无法亲传的接力棒，必须由后人弯腰拾取"。不是古人传给我们，是我们有了，再把先行者请回来立为本源。

明代人把汉唐宋称为"后三代"，就是因为这三个朝代还保留了礼乐文明的一些意味。但其实唐不如汉，宋不如唐。元以后更是发生了秦政的复归。所以明朝士大夫的理想，实际上是回到宋朝。元明清以后，君师合一体制复归，礼乐文明只存在于纸面，少数学者心里还存在精神上的认同，社会上也还保留着些许风俗，但在政治的层面上已经基本消亡了，文化可说一代不如一代。近代以后，当然又发生新的变化，随着经学的废除，甚至连纸面上的礼乐文明也不存在了。我们当然很难在短时间内把这个问题讨论清楚，但是今天既然要回顾孟子学的历史，不妨对此做一点反思。无论是否能够接上孟子本身的精神诉求，至少能够对当下的现状有所触动。

归根到底，我还是那句话，学孟子并不容易。这次逝夫和几位仁兄一起做《孟子学》的辑刊，我觉得是一件好事。尤其刚才逝夫特别提倡，要在这个时代重新做一名儒者，我对此完全同意。但还是孔子那句话，要争取做有独立精神的君子儒，而不是为虎作伥或妾妇乡愿之类的小人儒。在这方面，我们应该以此共勉。当然，以我对逝夫的了解，我是不担心的。同时也要意识到，孟子学的真正弘扬是非常不容易的。未来应该会有很多的艰难、很多的波折要去经历。并不是说我们呼喊一声问题就解决了，相反这可能仅仅是一个开始。就我个人的期待来说，我希望这本刊物能够办得越来越好，能够真正实现我们心中的期待，以不辜负孟子这样一位人类历史上伟大的圣贤。我就讲这么多。谢谢大家！

祝安顺："孟子给了我们一个整体的道"

刚才秉元老师说谈孟子离不开政治，那我换一个角度说，谈孟子离不开教育。我觉得孟子学的历史意义非常重要，刚才刘老师把孟子学的历史、传承以及定位做了一个很好的一个梳理。我重点谈孟子学的未来意义，未来才更需要有教育。所以我说孟子学具有重要的未来意义。

孟子学的未来意义在教育里。孟子确实是一个好老师，为什么呢？因为他好辩。首先你得会辩，辩得有结果。其次辩得让人家能够有收获。他说他好辩，但是他本不想辩，他是不得已的，是他的历史使命让他不得已要辩论。

我现在想跟大家讲更重要的问题，就是孟子为什么问不倒？在《孟子集注》里面，第一章就谈治国有什么良策，梁惠王一来就问利，然后问外交，问君王的好恶，问军事，问经济，问政治。《孟子集注》里的问题，可以说是百科全书式的，都在问孟子。孟子不可能什么都懂。但是他好像都能够给别人以启发，这是第一个需要我们注意的地方。我不懂的，我也能给你一个答案。现在人很简单，对不起，我不是这方面的专家，我没发言权，我就不说了。咱们孟老夫子不是，不管你问什么，他都能给你回答，而且这个答案是很清晰的。没有哪一个问题把他问倒了。

但是他问别人，一定把别人问倒。《孟子集注》里有几章，不多，但假如孟子首先发话，问梁惠王、齐宣王，他一问就把对方问倒了，最后"王顾左右"。答案已经不言自明了，被问的人不敢说了。这很厉害，我觉得孟子的思维很厉害。我不懂的，我也能说；我要问你，一定把你问得顾左右而言他。

　　上述两点说明孟子是一个好老师，是一位好的思想者。像杨振宁先生学经典先是从《孟子》切入，而不是从《大学》《论语》或者《中庸》，先读《孟子》。因为《孟子》有对话，有情景，有答案，读下来，相对比较好理解。

　　孟子问不倒，我觉得最大的缘由是孟子心中始终有道。他不管跟谁说，始终把道放在第一位。讲军备也好，讲外交也好，讲国际政治也好，讲家庭教育也好，讲怎么过好自己的生活也好，不管你讲什么，反正有道就支持，就是对的，无道那就是不对的。有道就是让天下苍生都安宁，让老百姓有吃有穿，只要做到这一条，就不批评你；做不到，那你就不对。所以我觉得孟子的思维是整体性的，是一以贯之的。

　　孟子所处的战国时期，天天打仗，而且打仗打得很厉害。孟子的弟子很聪明，说你前天不收人家的钱，昨天收了人家的钱，今天又收了人家的钱。这两种处理方式，肯定有一个对有一个错：要是前天对，昨天跟今天就错；要是今天跟昨天做得对，那前天就错了，二者必居其一。面对质疑，孟子一一给他化解了。"此一时，彼一时"，反正我是对的，是什么原因呢？因为他有用，我就收；他没有用，我就不收。仅仅是为了增加我自己的财富，无论多少钱，那不能要。但是，如果要搞个《孟子学》公益辑刊，有人给100万，那我也收，因为这不是为我一己的需要。孟子他怎么问都问不倒。孟子心中有道，合道了，就有答案，这就是孟子给我们的启发。

　　我觉得现在知识学术日益细分，支离破碎。当下教育已经搞得不少家长焦虑无比，孩子心里也压力很大。孟子给我们未来的教育意义，是让大家心中有道，让大家不分裂，让大家身心平衡，让大家能自我调整，让大家能够不约而同有一个共识——我们是一个有道的民族。在道面前，人人平等，不管你是管理者，还是老百姓，都要讲道理。老百姓也不能不讲道理，老百姓不讲道理，那也是暴民；君王更不能不讲道理，因为你是先知先觉者。随着教育普及，知识全民化，已经出现了一种提法，叫"去学校化"，学校桎梏了人们多方面素质的发展，所以要"去学校化"。但我觉得孟子可能还去不了，因为他给了我们一个整体的道。

毛朝晖："今天提倡孟子学，就是要重建中国人灵魂最深处的那个根"

我觉得今天特别荣幸。一方面，看到了好多心仪已久的朋友，虽然神交已久，但一直没有机会见面。在座的刘舰主任、逝夫兄，还有许多各界的朋友，我们都是第一次见面。另一方面，这是我第一次来到邹城，来到孟府，非常感慨，有一种特别强烈的幸福感。今年，我除了参与逝夫兄《孟子学》辑刊的创办，还参加了华侨大学哲学与社会发展学院跟当地的孟子书院合作推动筹建孟子文化传播研究中心的工作。我感觉南北仿佛有一种默契，尽管大家并没有事先聚在一起商议过，但都在自发地弘扬孟子学。

我今天没有提前做任何准备，刚刚听刘培桂老师讲孟子学术的来龙去脉，过去与现在；邓秉元老师刚刚也讲到这个问题，特别强调了孟子学里面的师道精神，以及在现代社会我们对孟子学的实践应持有怎样的一个心态。孟子学的意义在于把儒学的面貌真正呈现了出来，儒学到孟子那里才被全幅地展开，所以孟子在儒学史上的地位非常重要。刚刚祝安顺老师谈到孟子学的教育意义，他说我们这个时代的教育生病了，那么需要一种什么样的教育？孟子的教育有"道"，有整体性，针对当代教育的病态可以发挥关键性的作用。我觉得讲得非常到位，抓住了要害。我想谈的是这么一个问题：我们为什么要弘扬孟子学？

我是湖南衡阳人，很早就去海外留学了，在外面飘了一二十年才回来。多年来，我长期处于一种焦虑的状态之中，有生存的焦虑，有生命的焦虑，也有文化的焦虑。我感觉自己至今还没走出来，一直还在焦虑。就在我参加本次活动的时候，我心中也有焦虑。这个焦虑是什么？我感到孟子学的处境不像大家想的那么乐观。为什么这样说呢？第一，孟子讲仁义，这个时代很多人不讲仁义，讲利益。第二，孟子讲人性善，这个时代很多人不讲人性善，反而在宣扬人性恶。一言以蔽之。儒门惨淡，孟子尤其惨淡。这个时代，还有人出来表彰孟子，这简直是空谷足音，真是非常稀罕的事情。现如今，在座的我们这些提倡孟子学的人真的跟熊猫一样稀罕。我的焦虑可以这样表述：既然如此，我们究竟为什么还要弘扬孟子学？孟子学到底是一种什么样的学问？

　　这个问题的核心在实质上就落到追问儒学究竟是什么？我们到底还要不要儒学？因此，在弘扬孟子学之前，我们必须回答儒学到底是什么样的学问，以及为什么我们现在还需要儒学。

　　儒学究竟是什么？儒家教导的不外两件事，一个是做人，一个是做事。《大学》"八条目"，"修身"以上侧重教我们做人，《修身》以下侧重教我们做事。社会上有的人做人做得很糟糕，但做事有能力；有的人做事不大行，但做人还过得去。总的来说，人活一辈子，其实不外乎就是这两桩事。用儒家的老话来说，一个叫作"道"，一个叫作"学"。通俗地说，就是道德与学术，道德涉及的是修养问题，学术涉及的是如何去做事的知识和技术问题。

　　现在，回到孟子学的主题。孟子学对当代中国人来说究竟有什么样的意义呢？孟子学就是把从孔子以来提倡的做人之道予以明晰化、系统化。孔子开篇就讲"学而时习之"，最后落脚在做人。"人不知而不愠，不亦君子乎"，就是说做人的目标是要成为君子。怎么成为君子？孔子在一开篇就提出要通过自身的学习，同时也谈到朋友之间的切磋。到了孟子这里，才进一步揭示出做人的本质。做人在本质上究竟是什么呢？其实就是心性之学，即孟子提出的"本心"问题。做人，无非就是要求其放心，发明本心。各行各业，做到最后都需要回归到自己的本心。

　　阐明儒家对心性问题的根本觉悟是孟子的绝大贡献，夯实了儒学的根本，在中国文化史上具有崇高的地位。对于崇尚西方科学的人来说，他们看不到孟子的心性学构成一种安身立命的学问，而偏要将它说成是一种儒家的宗教迷信。不过，这些人也不得不承认儒学在历史上毕竟没有演变成像基督教那样的制度性宗教，如果硬要说它是宗教，那也只能说它是一种道德的宗教，或良心教。良心教就是告诉我们人之所以不同于禽兽，就在于我们拥有良心，这是人的情感、尊严和价值的根源。良心虽然无法获得科学意义上的实证，但它并非虚无，而是任何一个活生生的人，只要他用心体会，就能在日常生活的方方面面、时时处处感到人与人之间的温情与善意。孟子学的一个绝大贡献就是在心性问题上给中国人予以终极的安顿，在历史上发挥了类似宗教的某些功能。如果把孟子推倒了，就等于把中国人的信仰连根拔起。我们今天提倡孟子学，就是要重建中国人灵魂最深处的那个根，也就是要重建中国人对于心性的觉悟或信仰。我们认为这是非常关键的。

弘扬孟子学的第二个重要的意义在于彰显实践精神或者行动力。儒家都富有实践精神，也强调行动能力，这在孔子时代就有了，但孔子没有把行动力特别凸显出来。到了孟子，就特别注重唤醒人的感受力和行动力。孔子说人都有仁爱之心，但为什么在现实中却常常会麻木不仁呢？这就涉及行动力问题。人要有行动力，首先得有感受力。行动力源于感受力，这是显而易见的。假如一个人在生活中很冷感、很麻木，你认为他还会有行动力吗？肯定不会有。比如说，你看到老母亲腿脚已经行走不便了，却无动于衷，等到哪一天她跌倒、骨折甚至中风了，你才追悔莫及。又比如，你忽然发现母亲的双手已经布满老茧，全是皱纹，但那正是在你小时候一把屎一把尿怀抱你的双手，你知道它是什么时候爬满老茧的吗？你知道自己已经多久没去碰过那双手了吗？我们必须承认，现代人由于教育和社会原因，往往变得我行我素、自私自利，感受力已经严重衰弱。丧失感受力，就会麻木不仁。一个麻木不仁的人，还能指望他拥有什么行动力呢？在一个企业里面，如果都是麻木不仁的员工，你说这个企业会好吗？不可能的。这些人不但不会理睬企业的死活，还只会给企业使坏添乱，跟其他同事搞内耗、挖墙脚。

为了唤醒人的感受力，孟子特别提出"四端"。"四端"就是恻隐、羞恶、辞让、是非之心，都是人类良知中最柔软的情感。孟子强调"四端"，就是想方设法去把我们内心中最柔软的那个感受力给它唤醒。面对人生的顺境或逆境乃至种种两难的处境时，这颗最柔软的心都会唤起我们的感受力，激发出行动的动力和智慧，从而转化为行动力。孟子强调"仁"的发用需要经过唤醒感受力并转化为行动力的工夫过程。我个人认为，这是孟子对孔子"仁"学的一个重要发展。刚才邓秉元老师说孟子把儒学的真精神给完全呈现出来了，我非常赞同这一点。到了孟子那里，儒学的精神面貌才变得非常清晰，而在孔子那里，主要还是方向性的、随机点拨的。

更进一步，孟子还特别强调"义"的概念。"义"就是要行得恰当。"义"这个概念就在于告诉我们人之所以为人，固然要存有仁心；但光有仁心那还不够。孟子提出"义利之辨",还给我们指点了一些"义利之辨"的具体情境,如孺子入井、归墦掩亲、鱼与熊掌等各种情境,无非就是要用生活中的例子为我们指点如何去行动。孟子告诉我们,行动力的本质就是"行义",行动力的疲弱就在于义与利的纠葛。因此,孟子的"义利之辨"不仅彰显了行动力,也揭示了行动力的本质与障碍。

弘扬孟子学的第三个重要的意义在于维护一种理想主义的精神。不错,在历史上有很多人批评孟子的学说太过理想主义了,包括司马迁在内,都说孟子太不切实际。其他学派个个讲霸道,孟子偏偏要讲什么王道;社会上个个都讲酒色财气,孟子偏偏要讲什么"义利之辨"。所以,有很多人批评孟子不切实际。其实,孟子不是不知道人有动物性的一面,但人毕竟不同于动物,生活在社会人群中的个人,管你喜欢也好,不喜欢也罢,你都必须承认社会人群总需要有某种底线。这种底线是看不见摸不着的,是形而上的价值标准或理想信念。这就可见再追求物质的人,也无法摆脱理想信念而在社会人群中立足。

孟子的理想主义弥足珍贵,可以帮助现代人超越日益平面化的世俗生活。什么是"平面化"的世俗生活呢?我这里借用的是霍韬晦先生的一个概念,是指现代人丧失了道德意义上的理想主义,人人都趋附于现实的功利目标,在校读书的时候趋附于分数,上班打工时趋附于金钱,掌权做官时则趋附于权力,总之,除了物质层面的占有,已经无所谓道德的底线。这样一来,人生的价值目标就变得非常狭隘、单一和危险。现代人活得非常"卷","卷"当然有很多的成因,但重要的一个根源,就在于人丧失了价值目标的多样性,所有人都在一个平面、一个目标上烈性竞争。现代人生活过于复杂,但价值目标却过于简单:高中生就是为了考大学而存在,大学老师就是为了申课题、发论文而存在,企业就是为了利润而存在……简单吗?很简单。卷吗?很卷。简单,所以卷;卷,所以也简单。但是,人可以一直这样活下去吗?

孟子告诉我们,人生不只有物质占有的数量差异,还有精神境界的质性差异。孟子提醒我们,生活存在质性的差异,这取决于生命本身素质的修养与提升。孟子指出:"可欲之谓善,有诸己之谓信,充实之谓美,充实而有光辉之谓大，大而化之之谓圣，圣而不可知之之谓神。"有人以为儒家只讲道德，其实不然，世俗所谓的"道德"或"善"，在孟子那里只是生命提升的初级阶段，在它后面还有信、美、大等多种境界，而那些境界并不能用世俗所谓的"道德"来进行涵盖。如果说这些地方也体现了孟子的理想主义精神，那么，这种理想主义精神只不过是为我们呈现了这样一种朴素的人生理想：人可以涵养出不同的生命素质，可以活出不同的生命境界，可以追求更高质量的生活状态。什么是更高质量的生活状态呢？那就是圣贤的生活状态。在历史上，孟子第一个提出人人都可以做圣贤，而且做圣贤不过就是提升生命本身的素质，活出真正高质量的生活状态。可以说，孟子的这些话为整个中华文化或儒家文化展开了一个光辉的理想图景。这个理想激发了历史上无数的忠臣孝子、仁人志士，为了家庭去牺牲，为了国家去战斗，为了文化去奔赴。如果没有了这种理想，谁去牺牲？谁去战斗？谁去奔赴？没有了这种理想，现代人一定会质疑"人生自古谁无死，留取丹心照汗青"，既然人都死了，那"照汗青"还有何意义呢？照现代人的狭隘见解，人就是要趁活着的时候尽可能去占有，尽可能去享乐，人与人相争，国与国相夺，结果只能是孟子告诫我们的，"上下交征利而国危矣"。孟子的理想主义并非是一个不切实际的乌托邦，而是鉴于乱世的教训，基于人生的实践，你可以说它高远，但不应诋毁它迂腐。你可以无视自身生命的危机，却无法阻挡危机四伏的社会呼唤孟子学的复兴。

以上，我分享了自己对儒学的实质内涵以及孟子学的当代意义的一些粗浅的看法，主要谈了三点。先讲这么多，谢谢大家。

潘英杰："'学'与'道'的相融：潘子《求仁录》对孟子学的继承"

孟子在历史上为何会不断受到重视，而产生所谓"升格"的现象？就像刘培桂老师前面所说，根本是因为他有内在的生命力。今天，我们为何又要来探讨孟子学的历史意义？我很赞同逝夫兄的观点："先返本，然后才能开新。"返本，我以为，既是要回到孟子那里，也要回到历史诸多儒者对孟子的继承那里。当下这个时代所面对的问题，虽然有其特殊性，但也有其共通性。

当了解了前人是如何借助孟子学而妥善应对他所处的时代，对于我们解决当下时代的问题必将会有所启发。这其中，明末清初的儒者潘子（潘平格），在其《求仁录》中所展现出来的对孟子学的继承就能给予我们不少启发。今天，我们说要成为圣人，很多人就会当作笑话，潘子当时同样如此，哪怕《孟子》是科举必考内容之一，可是一旦跟利益结合，很多人关注的必然是利益，而非其内在的那个道。潘子有一点很是与众不同，他年少便立志要成为孔孟一般的人物，常自言："我其不能为孔孟乎！"潘子能有此志，这跟孟子关系极大，正如邓秉元老师所说："没有孟子，就没有真孔子。"因为孟子说了很重要的一句话："人皆可以为尧舜。"加上孟子对心性的十字打开，让人看到，原来尧舜是可以企及的，孔孟也是可以企及的。潘子读了之后，便想成为孔孟。但他一说出这样的话，便被人耻笑："孔孟都是天生的，你怎么可能成就？"潘子则立即在墙上写下几行字："我自为之，何必是天所特生？我能为之，何必非天所特生？"他并没有受到打击，反而更加坚定。正是在这样孤立无援的情况下，潘子不断努力，遍研儒、释、道之学，二十多年后，在他三十八岁时，又回到孔孟这里，他问自己到底想要寻求怎样的道？经过四十天竭力参求、惭痛交迫，终于亲证了孔孟之道，从此一生确乎其不可拔。

据考据，潘子的著述有《求仁录》《著道录》《四书发明》《孝经发明》《辨二氏之学》《契圣录》等，但只有《求仁录》一书流传了下来。目前为止，真正关注潘子的人并不多，但他却是一个不应该被忽视的人物。就我对《求仁录》的研读，窃感潘子学的底色，正是孟子学。我将从五个角度来分享这一点：

一、文章。对《孟子》文本的熟练运用。在《求仁录》中，随处可见潘子对《孟子》文本的熟练运用，很多都已经化成他自己的话说出来。除了《求仁录》之外，我只有在象山先生的文字中看到过这一气象。其中，潘子引用更多的，便是孟子关于心性方面的论述。如果细细地品味，就会感受到这些内容不仅跟潘子的学问，也跟潘子的生命深深地融在了一起。一部《求仁录》，如《孟子》一般，绝不是"写出来"那么简单，更多是从他们的心性里"流出来"的，所以，我们在读时，会发现文字里有着一股厚重的生命力扑面而来，每读一遍，都能给人带来新的触动与启发。

二、学问。如对《大学》"格物致知"的理解。辨明"格物致知"的真实内涵，在《求仁录》中占据了比较大的篇幅。潘子不认同朱子、阳明对《大学》的解读，尤其是在对"格物致知"的解说上。而他对"格物致知"的解读，自然不是另创一套，而是回归到孟子学来进行诠释。他明确地说："致知格物之旨，孟子发之无余蕴。孟子言扩充四端，岂非致知？四端非悬空扩充，必有所在。如达之于其所忍、达之于其所为，岂非在格物？"就《大学》的解读而言，这正是潘子返回到孟子之"本"后所开出来的"新"。

三、工夫。潘子所提出的修身工夫，其中有一个核心，即是"强恕反求，格通人我"。"强恕反求"，本于孟子所说的"强恕而行，求仁莫近焉""行有不得者，皆反求诸己"两语。对这八个字再加以提炼，则集中在"笃志力行"四个字上。"笃志"自能"力行"，即知即行，知行不相分离。关于笃志，潘子又提出了"思量""责志"的进路，"思量""责志"，也就是在心上下功夫，不断让自己这颗心发出作用。用孟子的话来说，便是"尽心"。修身之道，自然有各种方法，但根本必须从"心"上进入，无论何时，悉皆如此。

四、体证。浑然一体中条理。潘子多次直言他的体证："吾性浑然天地万物一体。"可以看出潘子由"尽心"而上达"知性""知天"。"浑然天地万物一体"，也就是仁。潘子还说："浑然一体中条理。"条理，即秩然天地万物条理，则为义。仁中有义，仁义不分。孟子开篇便讲："王何必曰利？亦有仁义而已矣。"仁义并举而诠释之，《孟子》中有多处。潘子则对孟子心性之学再次作了十字打开，以他全部的生命去投入，去亲证孟子内在的那个道，并因时代之变而清楚地讲述出来。

五、为人。潘子极有豪杰之气，当他终于立根于孔孟之学，以道自任，又忧又乐：乐于畅明孔孟大道，浩浩荡荡，因为自觉到了生命里的"良贵"；忧于找不到传人来传这个道，而津津跃跃地不断讲学。在《求仁录》的最后一章，他说："《孟子》一书，畅发圣人之微旨。后世之学，惟不尊信孟子，故或入于老，或入于佛，无当于吾圣人之道。其能发明圣人之道者，必于吾孟子而独有契也。孟子亦若预知之，故曰：'然而无有乎尔！则亦无有乎尔！'

呜呼！孟子之言，岂徒然哉！”对孟子之叹戚戚于心！今天读来，潘子此言对我的启发也是很深的。

基于这五点，所以我说："潘子学的底色，正是孟子学。"还有一个很值得留意的地方，也就是我接下来要分享的重点："学"与"道"相融。"道"指的是对修身工夫久久亲践后所体证到的那个"道"，"学"则是类似我们现在所理解的某一学问。回到潘子身上来看，就是孟子之道与孟子之学，于他而言，乃是相融的。再进一层，则是孟子之学落实到潘子身上，而成为他生命里的"道"，"学"与"道"也是相融的。孟子之学，哪怕是其中关乎心性与修身工夫方面的内容，也都可以成为一种客观性的学问而讲得很清晰、很精彩。然而，如果是亲身进去，用自家的生命去印证这心性与修身工夫，同样可以讲出来，成为类似于客观性的学问，而且更加清晰、更见精彩。前者是"学"与"道"分离，后者则是"学"与"道"相融。而相融与否，往往决定着清晰与精彩的程度。潘子的清晰与精彩，无疑属于相融后的呈现，同样，宋明诸大儒也是相融后的呈现。"学"与"道"的相融，是一直到潘子这里，都还没有丧失的传统。究其实，就学问的品质而言，对于孟子心性与修身工夫方面的论述，也必须要将"学"与"道"相融，才可以讲到痛痒之处。简单地说，就是不要站在门外，只是分析、综合从门内传出来的信息，而是要走进门去，用不断深入的脚去理解。潘子对孟子学的继承，既有"耳"的理解，根本上，则是"脚"的理解。往上溯，孟子对子思、曾子、孔子学问的继承，尤其是心性之学，也是用"脚"去继承的。因为有"脚"的印证，所以我读《孟子》及《求仁录》，总会感受到文字里充满了力量，让人感动，让人吟味不尽。而当自己也迈开脚走进门去，走得越深，就越有契应感，也会发现自己更懂他们了。

今天我们再来弘扬孟子学，能否接上"学"与"道"相融的传统并将之发扬光大，很是重要。"学"与"道"相融，本是孟子学极明显的特色。《史记》中说孟子"道既通，游事齐宣王"，这里的"道"，便含有"学"的层面，从孟子与齐宣王最长的那段对话中就能感受到，正因为孟子对心性洞察已经很深，才能这般地指点齐宣王。潘子在日常生活中，同样也能够熟练地当机指点他人去体证自己的四端之心，足见他对孟子学的深得。潘子指点了很多学生，而他的文字，也指点到了数百年之后的我，每次读《求仁录》，我都会有源自内心的感动。最后，分享我由此而写下的两首诗：

> 仁本天流入我心，光明自在此身寻；
> 生机不尽浑无外，一体皆存贯古今。（《读〈潘子求仁录〉》）
> 再逢潘子愧中生，字字敲心起欲行。
> 舍命求仁归此道，前贤厚望正堪惊！（《再读〈潘子求仁录〉》）

融合"学"与"道"，弘扬孟子学。当今之世，正待其人。愿我们能共勉于斯！

许允龙："《孟子学》辑刊要在这个新时代的大框架下去设想"

首先感谢邵老师信任支持，把《孟子学》辑刊出版的这个光荣任务交由齐鲁书社负责来做，才有这个机缘过来参加会议，跟大家认识。今天参加圆桌会谈的都是学者，对孟子及其学说有专门的研究，我作为一名出版社编辑，对此谈不上什么研究，所以主要就《孟子学》辑刊创刊以后的学术意义或者说美好前景随便谈一谈，请大家批评指正。

在具体发言之前，我想先围绕一个大的时代背景谈谈自己的认识，那就是自从十八大之后，有一个大的前提，即咱们国家的建设和发展进入了一个新时代。对于新时代，我认为可以从两个方面来理解，一方面是指国家的政治经济文化发展进入了一个新的阶段，国家对中华优秀传统文化的重视力度前所未有。大家都知道 2013 年 11 月 26 日习总书记到曲阜考察，对于优秀传统文化的继承和发展发表了重要讲话。今年是习总书记到曲阜考察的十周年，山东省相关部门在文化出版方面会有不少举措。总的来说，就是从好多事情上都能感受到国家上上下下对优秀传统文化的重视力度是前所未有的。当然，国家也提出了一些要求，比如说优秀传统文化的创造性转化、创新性发展，这个怎么去做、如何落实，需要大家集思广益，共同发力。我觉得这是一个大的前提。另外新时代还有另一个方面的界定，我个人理解则是随着社会尤其是科技的发展，文化研究传播的途径、介质发生了前所未有的变化。比如读者的阅读习惯就变化非常大，现在有一个词叫"阅读转场"，之前大家主要的阅读方式是看书，现在则不一定是看纸质的出版物了，短视频、电子书等新媒体占比越来越高。所以，在这儿讨论《孟子学》辑刊以后怎么去办、怎么发展，要在这个新时代的大框架下去设想。

然后我就往下随便谈几点。第一点，我觉得辑刊创办以后其实是一个非常好的学术平台，对于促进孟子学研究及出版意义重大。我所任职的齐鲁书社是做古籍学术整理出版的，就这一块儿而言，我觉得大有可为。我们社曾经出版过不少孟子学方面的大型影印丛书，比如说 2015 年我们做了《孟府档案全编》，把"孟档"的所有资料都出版了。山东人民出版社还出过《孟子文献集成》，则是把历代不同版本的《孟子》，大概有一千八百多种全部搜集齐了。山东大学出版社 2005 年和 2006 年分别出版了《山东文献集成》第一辑和第二辑。另外，山东省 2022 年又启动了《齐鲁文库》项目，预计要做十年，是一个规模很庞大的项目，基本上把山东的文献全部覆盖了。现在 2020~2035 年国家新的古籍规划也提出来了，古籍整理方面，大家如果再做的话，就要做深度整理，如果仅仅是简单的影印、点校，可能无法获得国家层面的支持。以上相当于给大家提供一些信息，因为在座的都是孟子学研究方面的专家学者，如果大家在孟子学古籍整理方面有设想，我们可以一块儿去努力。因为这是基础性的工作，做出来以后非常有传承价值。

第二点，这个平台建立以后，可以围绕着孟子文化的普及方面做一些工作。这一块儿我可以举一个例子，现在国家有一个影响比较大的图书奖项叫"中国好书"，是从 2013 年开始评的，到今年正好十年，由中国图书评论学会来主办。每年的 4 月 23 号世界读书日的时候会公布中国好书获奖名单，大概有三四十种。在中央电视台有一个很大的颁奖晚会，现在基本上成了我们出版行业的一个风向标。就是说国家认为什么样的书是好书，符合国家提倡的方向，在这个入选的名单里面都有体现。我把这十年的获奖名单梳理了一下，其中有不少是有关于圣贤的。比如说 2015 年，有一位徐梵澄先生，他的一本书《孔学古微》，就是讲孔子的。2016 年，北京大学郑开老师，他的著作《庄子哲学讲记》也入选了。当然还有关于王阳明的，是南京师范大学的郦波老师写的，唯独缺孟子的。所以咱们这个学术平台成立以后，有这么好的作者资源，其实可以围绕着孟子做一些普及方面的尝试，这对整个孟子学的推广非常有帮助。

第三点，我要谈的是孟子学的普及推广离不开青少年和教育，这一块儿可能是下一步需要考虑的重点。优秀传统文化的传承发展必须要从青少年抓起。目前我们社在做的一套丛书，也给大家汇报一下。大家都知道，山东的圣贤很多，比如孔子、孟子、诸葛亮、孙武、墨子等，对于他们的作品以及他们在思想史上的地位，大家认识都很清楚。但是对于他们的少年成长经历，其实好多人不知道，当然也是因为历史上的文献记载比较少。但这里面还是有值得研究或者探讨的价值和空间的。比如说孔子和孟子，他们的成长经历很相似，在幼年的成长过程中，父亲几乎没有出现过，都是跟着母亲长大的，而且小时候的成长环境也不是很好。孔子居住在曲阜阙里，而且还是后期搬过去的，孟子则是通过孟母三迁才得到比较好的成长环境。但是，在这样的艰难困苦之下，这两位圣人心性一点不偏激，很温润，很良善，对知识又孜孜以求，这不能不给人以思考和启发。我认为把他们的少年成长经历写出来，对现代青少年的成长应该是有借鉴价值的。所以我们现在做了一套书，叫"少年圣贤系列"。第一本《少年孔子》已经在做了，接下来是不是可以做《少年孟子》《少年诸葛亮》？希望得到大家的支持。

另外，现在青少年的研学是国家非常提倡的，也是学习体认优秀传统文化一个比较好的途径。邹城市在这方面有丰厚的资源，像孟子博物馆、孟府、孟庙，以及众多的孟子学研究学者。我认为是不是可以成立一个孟子国学研学营，围绕着孟子提倡的君子品格做一些培训，包括像刚才安顺兄讲到的孟子很善辩，咱们可不可以策划一个"浩然杯"或者"亚圣杯"的辩论比赛。通过一些类似的活动，对推广整个孟子学还是有一定意义的。

最后，也借这个机会表个态，《孟子学》辑刊的出版工作交由齐鲁书社来做，我们一定高度重视，从内容的编校到装帧设计、印刷等，尽我们的最大努力，以不辜负大家的期望。另外也感谢各位老师一直以来对齐鲁书社工作的支持，诚邀大家有机会到齐鲁书社做客指导工作。谢谢大家！

孙大鹏："从孟荀人性观差异略论'性善论'的时代意义"

粗略了解一点中国思想的人，都听说过孟子主张人性善，而荀子主张人性恶。这里姑且不去分辨他们二位所说之性的内涵是否一致，只从这两种主张的出现及其影响谈起。

孟子和荀子对人性的看法，其实都是他们思想的基础，其他的种种为政理念、礼乐制度等都离不开他们的人性论，也都是人性观念的展开和铺陈。然而，正由于二者对于人性的基本判断的差异，不仅使二人的思想面貌大相径庭，也深刻影响到后来中国人的思考和生活，甚至于对国家、民族状况的认知，对前途和命运的选择与信心。

肯定人性本善，首先是因为天地的生生之德。天地生养万物，唯愿万物都能够各正性命，自然生长，不为他力所损害。其次，人秉承天地而生，作为万物的灵长，自然应该率先体会天地的精神，确认这就是自己的本性，爱人惜物。如孟子说："尽其心者，知其性也；知其性，则知天矣。"再次，这样的本性，不仅是圣人体认，普通人也分毫不减。因为不具有这种本性者，非人也。

孟子对人性本善的揭示，体现了儒家正统对于人的信心。人有绝对的信心相信自己，并由此相信他人，相信家国天下，相信天地万物，因为所有存在物都秉持了同样的德行。大化流行，无出其外。这种本善，不被任何事物所阻断，也不随时代流转而变迁。敢于承认人性本善，人才能在面对所有的利害、成败的时候屹立不倒，才可能在面对汹涌来去的世事无常的时候守住自身，不至于被泥沙裹挟而迷失方向，不至于与禽兽为伍而不自知。最可贵的是，人性本善，这一点不因为见人作恶而丝毫受损。自古以来，人类社会从未与罪恶隔绝，黄帝的时候有蚩尤，帝舜的时候有四凶；翻开史书，恶人恶行可谓罄竹难书。但这些完全无法动摇孟子的判断。这些显现出来的罪恶，恰好证明了不依本性而行，即便是善也可能被遮蔽、被遗忘，善需要人自身的努力去发扬，去扩充存养，不然虽有亦不自知。但性善论的重点在于：无论怎么样的恶都无损于本善的光辉。明珠可以蒙尘，但表面的尘泥之下光华仍在。

较孟子更晚的荀子，其生活的时代正是战国中晚期。也许是见惯了太多"争夺生而辞让亡""残贼生而忠信亡"的事例，荀子开始反对人性本善的主张："孟子曰：'今之学者，其性善。'曰：'是不然。是不及知人之性，而不察乎人之性、伪之分者也。'"荀子从自以为公允的经验观察出发，得出了"人之性恶"的主张。进一步以"木受绳则直，金就砺则利"为例，说明人性本来为恶，全赖后来的师法和礼仪教化而改恶为善。这种貌似客观的描述背后，反映了当时的人已经无法再相信和坚持人性本善，转而服从于所谓的"现实"。须知，现实从来都不是固有的和给定的。恰好相反，所谓的现实都不过是某种人心与观念的外化与投射。当从其小体的人数渐多，立其大者日益隐没，现实就呈现为荀子所看到的那般模样。若从这样的现实出发反推人性，能够得出什么样的结论，可想而知。但当时的人被眼前的景象所蒙蔽，失去了看清人性真相的能力和勇气。这种貌似实证的学说，看起来很有说服力，也能找到不计其数的例证支持其合理性。然而，真正能够衡量一切的是天理良心，而不是所谓的现实。可是，在某些时代，人们却有意无意地遗忘了这些。

荀子的思想，实则表现为儒家的旁支。这不是说儒家主干上必然会长出这样的旁支，而是当我们背离孔孟一脉所揭示的"天命之谓性"的道路之后，将会走入的歧途。正因为是旁支，所以其生命力是衰微的。在这个意义上，似乎不难理解为何荀子的学生中，会出现韩非和李斯这样的法家人物。当人性失去了本善的源头活水之后，人自己感召的恶的一面就会出现在眼前。人心惟危，不外如此。

时至今日，我们已经鲜少听到有人主张"人性本善"的观点了，即便有，也不过是招来讥讽和白眼，视为迂阔陈腐之论。相反，"人都是自私的""他人即地狱"等言论登堂入室，大行其道。人类所有的政治、经济和法律等活动的背后，都由人性的恶作为支撑。正因为人性都是自私的，所以人类的相互伤害实属天经地义。但为了避免人类彼此伤害过甚，以至于同归于尽，人类不得已制定规则、共同约束，形成道德、规约和法律，是为"契约"之由来。故契约乃是人性恶的明证。在这样形成的社会之中，人类相互竞争，相互提防，将利用规则损人利己视为当然。明明是人类，却对于"丛林法则"（现今有人称为"黑暗森林法则"）顶礼膜拜。人心背离高尚纯良已经太久了，反认他乡是故乡。不亦悲乎！

也正因为如此，在今天实有必要重新学习孟子，承认"人性本善"。一则因为我们在相反的道路上奔波得太久，人心因此感受的艰难苦恨也实在太多了；二则唯有回到"人性本善"，才有可能理解并解决当下所面临的诸多问题。所有外在的、以利害得失为计较的手段都不过在舍本逐末。不然，孟子所说的"行有不得者，皆反求诸己，其身正而天下归之"就始终是一句空话，离开了大行不加、穷居不损的君子所性，我们将要返回何处呢？我们又怎么会不透过于人呢？人类社会争执不休、纷乱不已的局面又如何会止息呢？

如何回到孟子，回到儒家所认清的人性本善，对今日而言，尤为困难与陌生。人心向外驰逐已久，极不习惯反观自省，也很容易把一切正确的和美好的事情外在化、标签化和口号化。一旦如此，学习孟子的事情也将重新沦为装了旧酒的新瓶，成为新的摆设。一方面，既要讲说，也要力求践行；另一方面，需要以恰当的方式耐心教化，使有心者得入其门，自己体认得自己身上的天道所化之善。百年树人，所树的当是这样的人，待到人性本善成为社会共识，民族文化的复兴不求自得。

张旭辉："井田制：孟子学'外王'之一维"

首次提出"内圣外王"的，是和孟子差不多同时期的庄子，此说显然是对百年前曾子《大学》正心诚意（内圣）、修齐治平（外王）这八条目的精辟总结，因此很早便有人说庄子之学源自孔门，不无道理。但斗转星移，百年来时代大环境发生了巨大转变，庄子慨叹道："是故内圣外王之道，暗而不明，郁而不发，天下之人，各为其所欲焉，以自为方。"他这么说，实在是不知和他同时期尚有孟子之学的缘故。迷恋庄子的人，高推他无所不知，说庄必知孟，而孟必不知庄，其实未必。孟子之学内外通透，上下一致，是孔颜曾思之血胤。这尤其需要学习者从身心上细细体悟，方能有切实感受。

孟子学之内圣，学者说之多矣，而外王之业，《孟子·滕文公上》"圣人有忧之，使契为司徒，教以人伦：父子有亲，君臣有义，夫妇有别，长幼有叙，朋友有信"一言尽之，连孟子的朋友齐国大夫景丑氏都知晓"内则父子，外则君臣，人之大伦也"之义。但今人于此大义却相当陌生且轻忽。若不懂此理，便无法理解儒门学问的外王精神。需要说明的是，今人希冀证明内圣如何外王，并感于所谓三千年未有之变局，以为古典儒学无法完全应对当今局势，非要以中西会通、融会古今为名，对外王层面提出诸多调适和变通，实则于孔颜曾思孟诸圣的一贯之学尚未通晓，遑论其他！阳明先生答聂文蔚书中有一段批评，正描述了此辈的真实面目和心思：

> 近时有谓集义之功必须兼搭个致良知而后备者，则是集义之功尚未了彻也，集义之功尚未了彻，适足以为致良知之累而已矣。谓致良知之功必须兼搭一个勿忘勿助而后明者，则是致良知之功尚未了彻也，致良知之功尚未了彻，适足以为勿忘勿助之累而已矣。若此者，皆是就文义上解释牵附，以求混融凑泊，而不曾就自己实工夫上体验，是以论之愈精，而去之愈远。

而此次想谈的，是孟子外王之业的一维，即井田制，孟子称之为"仁政"。这一大业尤罕为今人所注意，更不为今人所理解认可。井田制本当与封建制并谈，因篇幅所限，不能兼备。关于井田制，见于《孟子·滕文公上》：

> 夫仁政，必自经界始。经界不正，井地不钧，谷禄不平，是故暴君污吏必慢其经界。经界既正，分田制禄，可坐而定也。……请野九一而助，国中什一使自赋。卿以下必有圭田，圭田五十亩，余夫二十五亩。死徙无出乡，乡田同井，出入相友，守望相助，疾病相扶持，则百姓亲睦。方里而井，井九百亩，其中为公田。八家皆私百亩，同养公田。公

事毕，然后敢治私事，所以别野人也。此其大略也。若夫润泽之，则在君与子矣。

朱子在《答张仁叔》中谈及此问题时说："此等亦难卒晓，须以《周礼》为本，而参取孟子、班固、何休诸说订之，庶几可见仿佛。然恐终亦不能有定论也，但不可不尽其异同耳。"他指出考察井田制详情的路径，并综合前人研究，尽力对具体过程做了详尽说明。今人尽可扩大范围参考金文、甲骨文等出土资料，当能坐实一些细节。近代以来胡适、郭沫若、胡厚宣、唐兰、范文澜、李学勤等学者都参与讨论过这些问题。

"井田"一词，最早见于《春秋穀梁传·宣公十五年》："古者三百步为里，名曰井田""井田者，九百亩，公田居一"。用今天的话简言之，井田制是一种土地公有制的经济形态。井田就是方块田，把耕地划分为一定面积的方田，周围有经界，中间有水沟，阡陌纵横，像一个"井"字，一井分为九个方块，周围的八块田由八户耕种，谓之私田，私田收成全部归耕户所有；中间是公田，由八户共耕，收入归公。井田制的赋税制度，至少有助法和贡法两种，"助法处有公田，而行贡法处无公田也"。公有经济用助法，以劳役为赋税，如《诗法·小雅·大田》"雨我公田，遂及我私"；私有经济用贡法，以实物为赋税。

儒家学问条理一贯，太极生阴阳，阴阳一太极，天理映出万事万物，万事万物蕴涵天理。封建制和井田制实际上相互贯通，是王道中"天下为公"精神落实到政治制度、经济制度、文化制度的统一体。历代真儒都极力主张恢复封建制和井田制，言论不胜枚举。横渠先生对此格外措意，有很多议论，尝言："以此知井田行，至安荣之道。"他在长安、扶风做了不少实践。朱子和张南轩的老师胡五峰亦断言："井田、封建，施仁恩之大纲也。"

井田制之详情仍待发覆，而其精神尤当斟酌领会。朱子说：

愚按：丧礼经界两章，见孟子之学，识其大者，是以虽当礼法废坏之后，制度节文不可复考，而能因略以致详，推旧而为新；不屑屑于既往之迹，而能合乎先王之意，真可谓命世亚圣之才矣。

此言极好，兼顾历史和现实、制度和精神、王道和通变。显然，对于孟子之学，能否"识其大者"正在此，而今世一众汲汲旁求者，岂不正是子贡所说的"不贤者识其小者"？

但以乾嘉考据学为学术基础的《四库提要》认为："论治道以井田、封建为必不可废，亦泥古而流于迂谬。"此言流衍贻害二百多年，至于今人则更不以为然。史家们最多只能从政治制度史、土地制度史、经济史等角度去看，视之为已往之"史"，以为历史陈迹而已，而不察那其实是"圣人与天地万物为一体"的王者之"事"，自有不可更移的大义所在。此辈史家的历史叙事实为无源之水、为人之学，而天理之学的历史叙事是源头活水、为己之学。

今天重新议论这些，不啻挖掘古物，貌似幽邈，于当下有何意义？人若视历史与我为二，则繁复陈迹于人于己毫无意义；若体悟得历史兴衰为祖先于天理之践履，为我心于天理知行之过往，更为今世之龟鉴，则数千年史事皆为源头活水。先儒们所提出的问题，即便在具体策略上，因素养、角度、位置等各有不同，但大体为彼时有识之士的共识，何故朝廷总无法实施？这恐怕也是后世很多读者的疑惑，其根本缘由或见仁见智，而各自的历史和现实的叙事体系不同，尤需注意。譬如诸葛亮千古名篇《出师表》中说："亲贤臣，远小人，此先汉所以兴隆也；亲小人，远贤臣，此后汉所以倾颓也。先帝在时，每与臣论此事，未尝不叹息痛恨于桓、灵也。"汉桓帝、汉灵帝有桓灵的现实和历史叙事，而叹息痛恨者有叹息痛恨者的现实和历史叙事，可惜这一点往往不被今之学者所省察，更没有照应当下的觉察力和胸襟。

岁月长河流淌至于今日，沧海桑田，农业社会（第一产业）转变为工业社会（第二产业）和商业金融社会（第三产业），在各种制度方面当然有根本性差异，但封建制所反映的中央政府和地方政府权利和义务的相互关系，井田制所反映的公有制经济和私有制经济的相互关系，进一步可概括为个人之私和社会之公之间的关系，实为国家制度设计、经济及文化制度设计荦荦之大者。这在古往今来都是极为重要的现实根本课题。朱子曾批评说："其他人皆谓得于己者不可施于人，学于古者不可行于今，所以浅陋。"并由此赞扬前辈大儒胡文定"得于己者可以施于人，学于古者可以行于今"的信念。往事固然不可追，但其义却能亘古不变。孟子云："学则三代共之，皆所以明人伦也，人伦明于上，小民亲于下。"这是"天不变道亦不变"的根本所在，礼、乐、刑、政皆由此出发而存在，而政之属封建制和井田制亦然。"出入相友，守望相助，疾病相扶持，则百姓亲睦"，天下缉熙，民众安居乐业，人心稳定向善，这是人类社会存在的基本条件，更是共同信念。

学力所限，聊谈数语如上，然井田制之于王道之意义，孟子以来诸儒言之凿凿，今之学者欲识孟子学之大者，便不能不于此有所研求。抛砖引玉，是所冀望。

邵逝夫："从'人皆可以为尧舜'到'圣可学而至'"

谈孟子，谈孟子学，大家都喜欢用陆象山的说法，八个字，"十字打开，更无隐遁"。至于孟子到底"打开"了什么，则往往是仁者见仁，智者见智。今天，我们讨论孟子学的历史意义，也许应当重新探究一下孟子到底"打开"了什么，而孟子学的历史意义或许正在其中。

以我之浅见，孟子所"打开"的乃是生命的学问。孟子不但指示了生命的真相，还为我们指出了通向生命真相的方法和路径。生命的真相，一言以蔽之，便是性本善，才亦本善。人但能"践形"，便是圣人。也就是说，圣人是每一个人生命的本然，我们生来皆圣。之所以没有活出圣人的境地，乃是因为我们被私欲遮蔽了本性，沦为外物的奴隶。用《乐记》中的话来讲，便是"物至而人化物"。要从"人化物"的状态之中走出来，活出生命的本然，那就需要克除欲望。关于如何克除欲望，孟子有着诸多教导，有"寡欲"之教，也有"察端扩充"之教，更有"尽心知性""存心养性""修身俟命"之教。正因为孟子对于克除欲望而返归生命的本然有着诸多的思考和教诲，故而，他确切指出"人皆可以为尧舜"，也就是人皆可以成圣。

我以为这就是孟子的"十字打开"。有人以为这与孟子的气质有些关系，孟子所传达给人们的，常常是浩然博大的气象，常常是舍我其谁的精神，明道先生（程颢）便称其为"泰山岩岩之气象也"。故而，在一些人看来，孟子是狂者，是以天下为己任者，所以才会有如此乐观的看法。其实不然！"人皆可以为尧舜"，在和风庆云般的颜子身上便已有体现，他曾说："舜，何人也？予，何人也？有为者亦若是。"可见，颜子也是以成为舜一般的人而自期的。"人皆可以为尧舜"，人皆可成圣，乃是先秦儒者的共识，如孔子虽然曾说"若圣与仁，则吾岂敢"，然而也会自信地说："仁远乎哉？我欲仁，斯仁至矣！"又曾说："天何言哉？四时行焉，百物生焉。天何言哉？"欲仁而仁至，岂非仁人？与四时同，岂非圣人？孟子之所以被象山誉为"十字打开，更无隐遁"，在于他对成圣之学做了系统而严密的思考和阐述。可惜的是，自孟子而后，儒家的这一精神便中断了。汉唐儒者在训诂、考据方面固然有其重要的贡献，然而，与儒家成圣之学终究是隔了一层，在他们看来，圣人要么是天生的，要么是高不可攀的，总而言之，圣人是不可以学而成的，更别提"人皆可以为尧舜"了。孟子所谓"打开"的生命学问，就此沉寂了千余年之久。

幸运的是，到了北宋，在五子身上，这一精神逐渐复活了。其中，周濂溪（敦颐）算得上是一个承上启下的人物。他在《通书》中明确指出"圣可学而至"：

> "圣可学乎？"曰："可。""有要乎？"曰："有。""请闻焉？"曰："一为要。一者，无欲也，无欲则静虚动直。静虚则明，明则通；动直则公，公则溥。明通公溥，庶矣哉！"

圣人是可以通过学习而成就的，学成圣人的关键则在于"一"，也就是"无欲"。"无欲"正是本于孟子"寡欲"之教延伸而来的：

> 孟子曰："养心莫善于寡欲。其为人也寡欲，虽有不存焉者，寡矣；其为人也多欲，虽有存焉者，寡矣。"予谓养心不止于寡焉而存耳。盖寡焉以至于无，无则诚立明通。诚立，贤也；明通，圣也。是圣贤非性生，必养心而至之。养心之善，有大焉如此，存乎其人而已。（《养心听说》）

"圣贤非性生，必养心而至之"，这句话乃是针对"圣人天生，非可学而至"而言的，汉唐诸儒认为圣人是天生的，而常人是不可以成圣的。周子则指出：人皆可成圣，因为人的本然状态即是圣。然而，虽然人的本然状态是圣，可只要活在人世间，就难免会有私欲生发，要真正成圣，则必须经由"养心"，也就是"学"。周子还指出了要学成圣人，应当先找到生命的榜样，立志、求学，"志伊尹之所志，学颜子之所学。过则圣及则贤，不及则亦不失令名"。

"圣可学而至"，到了后世诸大儒如朱子（熹）、南轩（张栻）、象山、白沙（陈献章）、阳明（王守仁）、蕺山（刘宗周）、船山（王夫之）等那里，乃是无可置辩的共识。然而，孟子逝后，"人皆可以为尧舜"早已成为绝响。在千余年的成说之下，周子坚决地指出"圣可学而至"，真可谓平地一声惊雷，振聋发聩。因为周子笃定"圣可学而至"，故而，明道、伊川（程颐）二兄弟从学周子，"从十四五岁时，便锐然欲学圣人"。自此而后，伊川、横渠（张载）等人纷纷提倡圣人是可以学而至的。如伊川在《颜子所好何学论》中，先是指出颜子所好之学乃为"学以至圣人之道"，其后自问自答道："圣人可学而至欤？"曰："然。"随即指示了学为圣人之道。而其教人，则"以圣为志"：

> 莫说道将第一等让与别人，且做第二等。才如此说，便是自弃。虽与不能居仁由义者差等不同，其自小一也。言学便以道为志，言人便以圣为志。（《河南程氏遗书》卷十八）

这段话当年对我产生了巨大的触动，使得我决然放弃世间的功名利禄，走上了身心之学，去探究生命的真义。横渠也是如此，他说："儒者则因明致诚，因诚致明，故天人合一，致学而可以成圣，得天而未始遗人，《易》所谓'不遗''不流''不过'者也。"又说："圣人设教，便是人人可以至此，'人皆可以为尧舜'，若是言且要设教，在人有所不可到，则圣人之语虚设耳。"同样，横渠教人也必以成圣相期，"学者有问，多告以知礼成性、变化气质之道，学必如圣人而后已"，并"以为知人而不知天，求为贤人而不求为圣人，此秦汉以来学者大蔽也"。

自周子指出"圣可学而至"，随后在伊川、横渠诸人的发扬下，儒家成圣之学逐渐得以恢复。尽管后世诸大儒所上溯的成圣之学的源头不一，然而，以上承孟子而重续道统的看法却是一贯的。并且后世诸大儒动辄称自己学承孟子，如象山、阳明等，而白沙则为时人誉为"活孟子"。宋明诸大儒之所以悉皆跨过汉唐而直接孟子，正是因为孟子"十字打开"，使得生命之学"更无遁隐"。我以为这就是孟子学的历史意义。当然，历史意义便是时代意义。经过清朝所谓考据派诸人的"努力"，孟子学的价值与意义已然消解，而今人多数不明儒家成圣之学，西方物质与消费文明又大行其道，孟子学的真精神或许从不曾像今天这般黯淡。幸好近年来诸多学者如秉元兄等孜孜以求，不懈努力，孟子学渐渐有了起色。而今我们相聚一堂，探究孟子学的历史意义，也是为了在当下重新发扬孟子的真精神。愿与诸位共勉之！

｜经典研究｜

《四书章句集注》成书编年

祝安顺

　　朱自清先生在《经典常谈》起始就说："'四书五经'到现在还是我们口头上一句熟语。"又说："从前私塾里，学生入学，是从'四书'读起的。这是那些时代的小学教科书，而且是统一的标准的小学教科书，因为没有不用的。"概说元明清 600 余年文化、教育事实；刘梦溪先生说："实际上，谈中国人文，谈中国的文史之学，谈中国的学问，如果不懂得'六经'，不懂得'四书'，应该难以置喙。"概说 1905 年以来的近百二十年学术实情；2008 年郭齐勇先生在《光明日报》刊文《"四书"应该进中学课堂》，呼吁在中学阶段开展"四书"教学，是着眼民族未来而对当下"应为"的呐喊，由此可见《四书》乃中华文化承前启后的核心经典文本，前人绕不过去，今人也不能绕过去。

　　上文中的《四书》（"四书"用书名号还是双引号，甚至不用标点符号，不同的作者用法不同；本文引用原文时不做改动，但笔者所用，皆用书名号）又名《四子》《四子书》《四书集注》《四书章句集注》，本文以中华书局 1983 年点校整理的出版书名为准。其成书分为积累、酝酿、成书和完善四个阶段（陈逢源先生分为启蒙涵养、汇聚体会、形成体系、反复锻炼四个时期，许家星先生分为启蒙期、准备期、形成期、成熟期和完善期五个时期），依据

《朱熹年谱长编》《朱子大传（增订版)》《朱熹与四书章句集注》等基本文献，结合陈荣捷、陈来、陈逢源、顾宏义、束景南等先生的研究成果，展现朱熹一生投入心血渐进编著《四书章句集注》的成书历程，该书分阶段隐性、显性成果编年情况如下：

第一阶段，积累阶段

▲绍兴四年（1134），朱熹5岁（虚岁，后同），生活于福建尤溪等地，在父亲朱松指导下开始诵习《论语》，踏上学习"四书"（此时尚无《四书》专名，而是指学习《学》《庸》《论》《孟》白文及历代注解，注解尤其以张载、二程及其门人为主）的历程。年少时亲见程门高弟尹焞，并手抄尹焞的《论语解》，令其振奋不已。此一阶段学习，朱熹回忆说："某向卯角读《论》《孟》，自后欲一本文字高似《论》《孟》者，竟无之。""某自卯读'四书'，甚辛苦。诸公今读时，又较易做工夫了。""某十数岁时，读《孟子》至'圣人与我同类者'，喜不可言，以为圣人亦易做，而今方觉得难。"（《朱子语类》卷一〇四）

▲绍兴十六年（1146），朱熹17岁，三年前，其父离世，遂投奔父亲生前好友刘子羽，举家迁至福建崇安五夫里，在胡宪、刘勉之、刘子翚三先生教导下研读《四书》，尤其苦读《中庸》《大学》。"熹自年十四五时，即尝有志于此，中间非不用力。"（《答陈正己》）"格物之说，程子论之详矣……盖自十五六时知读是书（即《大学》），而不晓格物之义，往来于心，余三十年。"（《文集》卷四十四《答江功》书二）"某年十五六时，读《中庸》'人一己百，人十己千'一章，因见吕与叔（大临）解得此段痛快，读之未尝不悚然警厉奋发。"（《朱子语类》卷四）

▲绍兴二十四年（1154），朱熹25岁，作为福建同安县主簿，为改变当地读书人只为科举、不知经书的现状，亲自为同安县学诸生讲《论语》二十篇，作《论语课会说》。后结集"四大编"，已尝试汇编诸家论语讲解，或即《文集》中的《论语说》。朱熹19岁中进士后，虽泛滥佛、老，但仍以研读四书为主。谢良佐的《论语解》对朱子四书学思想产生了重要影响。"熹自少时妄意为学，即赖先生（上蔡）之言，以发其趣。"（《应城县上蔡谢先生祠记》）

▲绍兴二十六年（1156）秋，朱熹 27 岁，于泉州客邸读《孟子》。"后官满，在郡中等批书，已遣行李，无文字看，于馆人处借得《孟子》一册熟读，方晓得'养气'一章语脉。当时亦不暇写出，只逐段以纸签签之，云此是如此说。签了便看得更分明。后来其间虽有修改，不过是转换处，大意不出当时所见。"（《朱子语类》卷一〇四）

▲绍兴二十七年（1157），朱熹 28 岁，该年三月返回同安等待继任者到位，从四月到十月在畏垒庵研读《论语》《孟子》。"朱熹七个月穷研儒经'精义'，主要是精读了《论语》和《孟子》二书，从《论语》的'一贯'说和《孟子》的'夜气'说与'养气'说两条线上确立和展开了他早期的理学思想，这畏垒庵的七个月也就成了他生平经学理学著述的真正怀胎期。"[《朱子大传（增订版）》，148 页]

第二阶段：酝酿阶段

▲绍兴二十八年（1158），朱熹 29 岁，在从学于胡宪期间编成《论语集解》。"此书应作于绍兴二十八年，绍兴二十七年朱熹于同安候代十月，得暇无事，精研《论语》，盖即作此注《论语》之书也。是书何名不详，然此书与《孟子集解》约作于同时，且与《孟子集解》体例相类，乃在辑集古今诸儒之说，故可定名为《论语集解》。"（束景南《朱熹前〈四书集注〉考》）但陈荣捷先生认为朱熹确有汇编众家《论语》讲解的实践，但命名为《论语集解》似没必要。此书今不传。

▲绍兴三十年（1160），朱熹 31 岁，在福建崇安五夫里完成《孟子集解》初稿的编撰。朱熹在李侗的教导下，开始弃文崇道，并以是年为自己一生"穷理知道"的开始，"作为这种'穷理知道'标志的，就是他在与李侗相见归后以'养气'章为纲完成了一部《孟子集解》。"[《朱子大传（增订版）》，159 页]"'集诸公《孟子》说为一书'，因感到'尚多所疑'，特别是对论'养气'、论'性'二章'义尤难明'，他没有轻出示人（《文集》卷四十一《答程允夫》书一）。"（同上，254 页）此书今不传。

▲隆兴元年（1163），朱熹 34 岁，居家，《论语要义》《论语训蒙口义》成稿。"熹年十三四时受（二程）《论语说》于先君。……于是遍求古今诸儒

之说，合而编之。……尽删余说，独取二（程）先生及其门人朋友数家之说，补辑订正，以为一书，目之曰《论语要义》。""予既叙次《论语要义》以备览观，又以其训诂略而义理详，殆非启蒙之要。因为删录以成此编（即《论语训蒙口义》）。"（《文集》卷七五）其实《论语要义》是部分为了落实其师李侗穷理洒然和应事洒然的思想而作。此两书今皆不传。

▲乾道二年（1166），朱熹37岁，与张栻、何镐、魏掞之、柯翰、范念德、林用中、许升、陈齐仲、徐元聘一起商订讨论，集思广益，选采众人之说，全面修订《孟子集解》。"近日读之，句句是病，不堪拈出"（《文集》卷四十《答何叔京》书二）；同年在武阳刊刻《论语要义》。

修订旧说，完成《大学集解》的初稿。"《大学》之说，近日多所更定。旧说极陋处不少。"（《文集》卷三十九《答许顺之》书十三）此书今不传。

▲乾道六年（1170），朱熹41岁，继续修订《孟子集解》；在完成从"中和旧说"到"中和新说"的转变之后，朱熹以敬知双修的思想主旨修订完成《中庸集解》。此书今不传。

▲乾道七年（1171），朱熹42岁，撰成《大学章句》初稿。"在乾道五年以后，随同敬知双修学问大旨的确立，他把小学工夫与大学工夫统一成了一个体系，以洒扫应对进退为用敬，以格物穷理为致知，这种大学思想的新认识促使他在《大学集解》的基础上写出一本阐发要旨、别出己意的新书，在乾道七年他去取诸家之说定为《大学章句》第一稿。"（《朱子大传·增订本》，258页）再次全面修订《论语集解》和《孟子集解》。

▲乾道八年（1172），朱熹43岁，将《孟子集解》和《论语要义》合编为《论孟精义》，在建阳正式刊刻行世。在该书序言中说："间尝搜辑条流，以附本章之次。既又取夫学之有同于先生者，若横渠、张公、范氏、二吕氏、谢氏、游氏、杨氏、侯氏、尹氏凡九家之说，以附益之。""汉魏诸儒正音读，通训诂，考制度，辨名物，其功博矣，学者苟不先涉其说，则亦何以用力于此。"《论孟精义》在朱熹《四书章句集注》的成书过程中具有承先启后的作用。此书今存三十四卷。

《中庸章句》初稿完成。"近看《中庸》，于章句文义之间，窥见圣贤述作传授之意，极有条理，如绳贯棋局之不可乱。因出己意，去取诸家，定为一书，与向来《大学章句》相似。"（《别集》卷六《答林择之》书十三）

▲淳熙元年（1174），朱熹 45 岁，修订《大学》《中庸》新本。分经传，重定章次，并寄给吕祖谦和张栻，与旧本相比，改动很大，在与张栻的交流中，促使朱熹解经路径向"疏通简易"上走。

第三阶段，成书阶段

▲淳熙二年（1175），朱熹 46 岁，在鹅湖书院与陆九渊辩论回来之后，痛感"支离破碎"之弊，着手修改《大学章句》《中庸章句》《论孟精义》；年底，朱熹完善了《大学章句》和《中庸章句》，从《论孟精义》选取精华，改作《论语集注》。"汉儒可谓善说经者，不过只说训诂，使人以此训诂玩索经文，训诂、经文不相离异，只做一道看了，直是意味深长也。《中庸大学章句》缘此略修一过……《论语》亦如此草定一本，未暇脱稿。《孟子》则方欲为之而日力未及也。"（《文集》卷三十一《答张敬夫》书十八）

▲淳熙三年（1176），朱熹 47 岁，撰成《孟子集注》。

▲淳熙四年（1177），朱熹 48 岁，序定《大学章句》《中庸章句》以及《大学或问》《中庸或问》，完成了《论语孟子集注或问》。《文集续集》卷二《答蔡季通》："某数日整顿得《四书》颇就绪，皆《集注》，其余议论，为《或问》一篇，诸家说已见《精义》者，皆删去。但《中庸》更作《集略》一篇，以其《集解》太繁故耳。"王懋竑《朱子年谱》在"四年丁酉，四十八岁，夏六月，《论孟集注》《或问》成"下注解到："先生既编次《论孟集义》，又作《训蒙口义》，既而约其精粹妙得本旨者为《集注》，又疏其所以去取之意为《或问》。然恐学者转而趋薄，故《或问》之书未尝出以示人，时书肆有窃刊行者，亟请于县官，追索其板，故惟学者私传录之。""不管他在丁酉年（即淳熙四年）以后还如何至死不停地呕心沥血修改《四书集注》，也不管他以后又继续不断写出大量新的经学著作，《四书集注》的经学思想体却在丁酉年宣告正式诞生了。"［《朱子大传（增订版）》，318 页］今存《四书或问》三十九卷，《四书章句集注》十九卷，后世传承中，增减分合，著目、卷数有别，但保存《学》《庸》《论》《孟》各自独立完整性，则自始至终不变；所以"四书"乃类似今

日的丛书名、书系名，但自宋嘉定后逐渐成为专名，指称朱熹编著的《大学章句》《论语集注》《孟子集注》《中庸章句》（此处采用朱熹的读《四书》前后顺序排列，但在实际的出版过程中，因《大学章句》《中庸章句》字数少而合编，于是成了《大学章句》《中庸章句》《论语集注》《孟子集注》的顺序了）。

▲淳熙九年（1182），朱熹 53 岁，在浙江提举任上，首次把四书合为一集刊刻于婺州（许家星认为朱熹一生未合刊过"四书"，但本文暂以束景南先生研究成果为主说），但此本并非生前最流行之本，更不是晚年修订的定本。"淳熙九年（1182）在浙东提举任上首次刊印《四书集注》"，"这个宝婺刻本，是朱熹首次把《大学章句》《中庸章句》《论语集注》与《孟子集注》集为一编合刻，经学史上与'五经'相对的'四书'之名第一次出现，标志着《大学》《中庸》《论语》《孟子》四经在五经学之外作为独立的四书学体系在经学文化史上的出现与确立。"[《朱子大传（增订版）》，611 页]

第四阶段，完善阶段

▲淳熙十六年（1189），朱熹 60 岁，正式序定《大学章句》《中庸章句》。从淳熙二年到淳熙十六年，朱熹开展了四次大的修改。"承需《论语或问》，此书久无功夫修得，只《集注》屡改不定，却与《或问》前后不相应矣。……今年诸书都修得一过，《大学》所改尤多，比旧已极详密。"（《文集》卷五十《答潘端叔》书二）

▲绍熙三年（1192），朱熹 63 岁，南康本刊刻，为朱熹生前最流行之版本，今不得见；简编成《孟子要略》，今不传。

▲庆元五年（1199），朱熹 70 岁，晚年定本成，刊刻于建阳。今不得见。

▲庆元六年（1200），朱熹 71 岁，"三月辛酉，改《大学》诚意章"，三天后（甲子）即去世。

虽然朱熹生前惨遭庆元党祸，《四书》也被禁毁，但自南宋理宗朝开始，加上其第一二代弟子的积极讲学、递修出版传播，《四书章句集注》已经成为南宋末年的核心经典读本。1315 年，元朝延祐二年科举中成为应试必备书，一部继往开来、塑造国民文化心理和文化常识的核心经典《四书》诞生了，这不能不说是中国文化史、思想史、出版史、教育史上的伟大奇迹。

| 儒典讲义 |

《论语·里仁第四》讲义

张旭辉

4.1 子曰："里仁为美。择不处仁，焉得知？"

"里"是当时最小的居民组织，五家为邻，五邻为里。在这章中，"里"是动词，居住之义。美者，善也。"里仁"，仁者居住的地方，民风质朴醇厚，自然善美。孔子说，一个人如果不选择住这样的地方，怎能称得上有智慧呢？历来常以西汉刘向《列女传》中孟母三迁的故事讲此章。"里仁为美"有两种可能，一是此地风气本来就好，一是因有仁者居住，民风渐受熏染。刘禹锡《陋室铭》云："山不在高，有仙则名；水不在深，有龙则灵。"一地民风如何，关键看此地是否有仁者居住，亦非一朝一夕就能改变，需要长期熏陶。学习亦然，不能一曝十寒。相反，若"择不处仁"，则有两种原因，一是此人天资昏昧；二是当地习俗浮薄，因此移风易俗很不容易。人若自以为是，不愿意选择仁者贤者去共学，是谓自暴；明知有仁义，却没有体认，找各种借口不学，是谓自弃。自暴和自弃，当戒慎恐惧。

孟子引用过"里仁为美"一章："矢人岂不仁于函人哉？"造弓箭的人难

道会比造盾牌人不仁吗？"矢人唯恐不伤人，函人唯恐伤人。"弓箭是杀人利器，可造弓箭的人希望自己的弓箭越锋利越好。盾牌是抵挡弓箭的，造盾牌的人自然就会在护人上用心。职业不同，导致两人起心动念不同。"巫匠亦然"，巫师是为人祈福的，做棺材的匠人则希望生意兴隆。"故术不可不慎也"，所以一个人选择所从事的职业不能不谨慎。人的本性相同，却因为从事的职业不同，导致心念完全相反，这是非常让人畏惧的。"孔子曰：'里仁为美。择不处仁，焉得智？'夫仁，天之尊爵也，人之安宅也。"仁是上天赐予的尊贵爵位，是人能安心居住的宅子。

4.2 子曰："不仁者不可以久处约，不可以长处乐。仁者安仁，知者利仁。"

本章关键字是"约"。《说文》："约，缠束也。"用丝绳缠起来，如《诗经·小雅·斯干》："约之阁阁，椓之橐橐。"《礼记·曲礼下》："约信曰誓，莅牲曰盟。"约誓，是对人信用的约束，今天叫合约。《礼记·坊记》："君子约言，小人先言。"君子说话有控制，是对言辞的约束。《庄子·逍遥游》："绰约若处子。"绰约是看上去柔柔弱弱的样子。这些都是"约"的引申义。约，和"温良恭俭让"的"俭"同义，身心简约，遇事简易。相反，多疑是今人常见的思维习惯，映射出内心的烦乱。

这章先讲不仁者不能长久处于简约、有约束的境况，也不能长期处于顺境。《礼记·坊记》："子云：小人贫斯约，富斯骄。"贫是没钱，约是困境，有些人在金钱上遇到危机，在心里简直是无法逾越的困境。而顺风顺水，"人生得意须尽欢，莫使金樽空对月"，对不仁者而言也是祸事。孔子讲："君子固穷，小人穷斯滥矣。"君子在困境中，哪怕山穷水尽，仍能稳固身心，小人则相反，身心常处于泛滥不可控制的状况。"坊记"的"坊"，即是防备之义，讲君子当时时以礼自守。礼是根据人情制订出来的，可以对人的言行进行节制，从而节制内心，成为人的堤防和护栏。人若约束以礼，富贵时不会骄傲自满，贫穷时不至于言行泛滥。人有本心本性、七情六欲。仁义为本心固有，可是人在世上摸爬滚打，光明本心慢慢被各种欲望和私心所遮蔽，本心一失，就不能处理顺境和困境。智者以仁自利，或出于物质利益，或为满足精神需求。《礼记·表记》又讲"畏罪者强仁"，勉强行仁，这两者都可以是行仁的途径。而仁者能安于仁，仁就像呼吸，吃喝拉撒、行住坐卧，一刻不能无。孟子讲"由仁义行"，是内心有仁义，发而为言行。

"久处约""长处乐"的"约"和"乐"，指的是人生境况；能不能"长处"在那里面，取决于人心。这是心和境的关系。于仁者而言，心和境是合一的，而不仁者是断裂的。遇到同样的世事和环境，不同的人因不同的身心状态，其判断和感受是很不一样的。"君子坦荡荡，小人长戚戚"，便是表现。

"君子素位而行，不愿乎其外"，身心有主宰，不外逸，故而能安于本位，"在上位不陵下，在下位不援上，正己而不求于人"，因此能不怨天，不尤人。还有一种人，善于矜持，遇到困境或顺境，一开始能控制自己，宠辱不惊，但时间一长，终究委顿。所以，这章孔子特意用了"长""久"二字，正所谓路遥知马力，日久见人心。

4.3 子曰："唯仁者能好人，能恶人。"

孔子说：唯有仁者，才能真正喜好一个人，才能真正憎恶一个人。

很多人对儒家精神有严重误解，以为儒者修身养性，受到别人的冒犯，也应该一团和气；也有人认为儒者应该对世事云淡风轻，内心不该有过多牵挂，如果有喜怒哀乐，说明修养还不够。须知七情六欲是人性所固有，是人之所以为人的生机所在。关键在于七情六欲是否发自本性。孟子讲"可欲之谓善"，七情六欲发自天理，为善；出于私意，为不善。喜好人，憎恶人，是人之情欲，需看其来历。仁者内外如一，身心有仁，外发的七情六欲中正无私，喜怒有度。若遇到善人，自然会喜欢他；遇到恶人，自然会憎恶他。而不仁的人被各种私念俗情所控制，对善恶失去公正的判断力，发出来的情欲便难免邪枉。

学者日常的学习和内省，正需从自己的情绪方面着手，慢慢提高省察力。强烈的情绪出来后，不要放过，努力去觉察它们从何而来，去往何处。这是很重要的日常工夫和身心功课。学习既要有宗旨，也要有具体的工夫，即如何去达到那个宗旨。人常说在心上用功，其实就是在情绪上用功，要时常省察各种情绪是否从本心发出。孔子说："观过，斯知仁矣。"省察负面情绪所在，回溯仁义之处，以天理良知来纠正自己，才能不断进步，身心状态才能逐渐提升。

仁者爱人，但不是没有原则的溺爱，"自立立人，自达达人"，《大学》讲的"在明明德，在亲民"，这才是仁者之爱人。对别人的缺点和过错，进行适宜的批评甚至惩罚，仍然是仁者之爱人。仁者之爱人，还需要知人、知言，能判别是非，这是仁者之智。辨别了是非，喜好他还是憎恶他，有时候要公开表达，甚至做出行动，不苟且，这是仁者之勇。勇并非鲁莽，也不是愤世嫉俗，更不是以攻击嘲讽为能事。

人若有私心，就会有沉重的肉身，并不轻松。人若没有私心，好恶不在自己身上，而是在外界的人和事上，喜怒哀乐也不会在心上停留，反而清清爽爽、亭亭当当，轻松自在。

王船山说，仁者对于所喜好的人，有时候在情感层面虽很难亲近，但依旧可以相处得很好，"君子易事而难悦"，跟正直有公心的人相处，不用费心机，坦坦荡荡。若不得不与不仁者或小人相处，凡事处以公心，庄敬莅之，最为妥当。

4.4 "子曰：苟志于仁矣，无恶也。"

真正立志于成为仁者的人，是不会为非作歹的。立志不易，唯有顺境或逆境都不会动摇的志向，才是真有得于身心。朝三暮四，见异思迁，这山望着那山高，都不是真正的立志。人有志于仁，虽然不会作恶，但于行仁义，并不熟练，难免会犯错，孔子说"五十以学《易》，可以无大过矣"，即便是圣人没有大过，也会有各种小过。蕺山先生说学问之道，无非"迁善改过"，此四字，这是通透上下的修身方法，学习者当于此有深刻的认识和体会。

4.5 子曰："富与贵，是人之所欲也，不以其道得之，不处也；贫与贱，是人之所恶也，不以其道得之，不去也。君子去仁，恶乎成名？君子无终食之间违仁，造次必于是，颠沛必于是。"

富是财多，贵是位高；贫是乏财，贱是位低。贫富是从钱财讲，贵贱是从社会地位讲。富和贵是每个人都想得到的，若不用正直之道得到，便不应当处于其上；贫和贱是每个人所厌恶的，若不以正直之道摆脱掉，便不该轻易弃去。人如果离开仁，怎么能称为君子？君子并不是很难完成的道德标准，而是知道并践履仁义的正常人。君子连吃完一顿饭这么短的时间都不能离开仁，匆忙急遽时，颠沛流离时，身心仍在仁上。

贫贱、富贵是人生的大关口，如何取舍至关重要。一个人到底是什么样的人，可以看他如何处理自己所处的贫贱和富贵。能否安于现状，让志向和理想成为身心的主宰，而不是被贫贱、富贵那些念头控制人生，是君子和小人的区别。古往今来有很多人，有理想，有能力，能奋斗，所处时代也不错，却一直贫贱。其实这关系到时运和天运，非一己之因素。人只要在正道上努力便是，富贵、贫贱这些无须太计较。

《大学》讲："德者，本也；财者，末也。外本内末，争民施夺。是故财聚则民散，财散则民聚。是故言悖而出者，亦悖而入；货悖而入者，亦悖而出。"德行是人的立身之本，财富是末，智者不该舍本求末，否则身边的人会相互争夺，没有宁日。把财富聚敛起来，民众会散去；反过来，把富贵散去，不吝啬，用到适宜的地方，民众会聚拢过来。人的言辞若悖逆天理，也会有悖逆之言返回来。财富若是悖逆天理所得，终究也会失去。天地之间正是这样一感一应。"生财有大道，生之者众，食之者寡，为之者疾，用之者舒，则财恒足矣。"很多人一起努力工作，不铺张浪费，按经济规律行事，量入为出，财富会充足，这是生财之大道。"仁者以财发身，不仁者以身发财。"这句话很重要，君子以财富养育身心之德，而小人全身心追求财富。这是本末问题。君子并不排斥富贵，张横渠说："富贵福泽，将厚吾之生也；贫贱忧戚，庸玉汝于成也。"富贵福泽是用来敦厚我们的生命的，而贫贱忧戚可以成就我们的品德。

世人总认为富贵是人人该求取的天道，而贫贱是人人当憎恶的非道。但在君子眼中，富贵未必是天道，还有比富贵更重要的东西；贫贱未必是非道，还有比贫贱更可恶、更令人恐惧的事情。世人只看见非道的贫贱，故而怨天尤人，无所不至。而真正有智慧的人，懂得德财本末的择取和心性的存养，以此滋养生命。

4.6 子曰："我未见好仁者，恶不仁者。好仁者，无以尚之；恶不仁者，其为仁矣，不使不仁者加乎其身。有能一日用其力于仁矣乎？我未见力不足者。盖有之矣，我未之见也。"

孔子说：我没有见过在任何情况下都不改变对仁义的喜好、对不仁的憎恶的人。"好仁者，无以尚之"，有两种解释，可以并通：一种是说没有比好仁者更难得的人了，一种是说没有比"仁"更令好仁者崇尚的东西了。憎恶不仁的人，唯恐有不仁之事到自己身心上来。用《大学》里的话说，好仁者如"好好色"，看到美善，第一念头是喜欢；憎恶不仁者，如"恶恶臭"，看到丑恶，第一反应是唯恐避之不及。有没有人哪怕只一日把力量用在求仁上呢？如果有，我没见过他的力量不够的，或许有吧，可我没有见过。冉求对老师说：不是我不喜欢您的道，而是我的力量不够。孔子告诉他：说自己力量不够，你就会半途而废，不是你的力量不足，而是你自己画地为牢，不肯前进。每个人、每个行业都有自己的光荣与梦想，一旦树立，就要全神贯注，砥砺前行，顺境和困境并不会造成大的影响，所以不可能力量不足。《诗经·大雅·蒸民》云："德辅如毛。"至善的德性轻如鸿毛，任何人都可以拾起，不存在力量不足的情况。一个人如果能用光明至善来管理自己的起心动念、七情六欲，一点一滴做起，逐渐熟练，便能有自足的人生。

仁与不仁，没有中间地带，不入于仁便入于不仁。学习者应当在起心动念处用功，检查自己的四端（恻隐之心、是非之心、羞恶之心、辞让之心）。"惟自暴者拒之以不信，自弃者绝之以不为"，自暴者不相信人性本有的光明，而自弃者找各种借口不去做，哪怕是圣人对他也没有办法，这是自绝于善。

4.7 子曰："人之过也，各于其党。观过，斯知仁矣。"

党，《说文》解为不鲜明、昏暗之义。人有什么样的气质和性格，就会有对应的偏颇，甚至昏暗，从而犯相应的错误。今天的人把"气质"二字当作独特的优点，其实那往往是一个人的积习。学习的目的，便是改变气质。一群人出于某种共同的利益聚在一起，便容易结党营私、党同伐异。

"观过，斯知仁矣"的"仁"字，《后汉书》引作"人"。仁者，人也，这两个字可以等同。人唯有求仁、成仁，才能成为真正的人。儒家特重"知人""知言"，亦重视成人、成仁。我们中国人很重视知人善任，知人论世。知道自己，便能知人。论世是知道自己所处的时代大环境，智慧更高一层。如何判断一个人或一个时代呢？标准就是仁义。看一个人犯了什么类型的错，就能知道他是什么类型的人，由此亦能深入理解何谓"仁"。

刘备告诫诸葛亮，说马谡"言过其实，不可大用"，后来他犯轻敌的大错，正可见他志大才疏的性格。《三国演义》里刘备说"吾弟义气深重"，后来关羽在华容道放走曹操，恰恰缘于他"义气"且自以为是的个性。这种"义气"，看似热血沸腾，其实格局不大，枉顾是非，完全是从私情出发。又如《晋书》说司马懿有"狼顾相"，《三国演义》里华歆回忆曹操说司马懿"鹰视狼顾"，身体站着不动，扭头像狼一般回顾，由此可见他性情阴险，心狠手辣，后来将曹爽灭族，十分残忍。

君子的过错往往出于仁厚之心，是真心流露，但容易成为老好人，和稀泥，不辨是非，或好心做坏事。小人之过错往往出于残忍、刻薄、冷漠，不考虑他人的身家性命。人的心应该如赤子之心一般柔软，小人的心并非不柔软，他也会痛苦哭泣，但他哭非所哭，痛非所痛，往往是出自一己私利。小人和君子都会犯错，但不能等量齐观，要看过错是从哪里来的，从什么样的心念发出的。君子犯错，但无恶意，他内心的天理没有损坏，没有害仁；小人的过错，出于刻薄，发自忍心，心上一把刀，戕害了仁义。

《汉书·外戚传·孝昭上官皇后》讲："子路丧姊，期而不除，孔子非之。子路曰：'由不幸寡兄弟，不忍除之。'故曰'观过知仁'。"姐姐去世，按照礼法，要服丧一年。可子路一年后没有除掉丧服。孔子批评他，子路说：我从小没有兄弟，姐姐对我不错，故我不忍心除丧。子路逾越礼法的过错，是出于不忍之心。《后汉书·吴祐传》记：吴祐在胶东做相，一个负责税务的小吏孙性，私下多收取了一些税款，买衣服送给父亲，父亲很生气，说你怎么能欺君呢？这是贪污啊，敦促他回去服罪。孙性恐惧，听从了父亲的话去自首。吴祐很细心，把周围的工作人员屏退，私下问他为什么这么做，孙性详细禀告了父亲的话。吴祐说，你因为孝亲，而受了污秽之名，这就是孔子讲的"观过，斯知仁矣"。于是赦免了他的错，让他回去，把衣服送给父亲。

心不善，行为也不善，这是过恶，容易辨别；心存仁厚，但由于辨别力还不够，在实践仁义上还不够熟练，难免会有过失。君子犯错，而小人有时候会想尽一切办法让自己不犯错，自欺欺人；小人犯错，君子极力自律而不犯错。君子之过和小人之过是有区别的。君子有公过，无私过，而小人之过都出于私意。

但人也不能总盯着自己的过错。有些人犯错后，自怨自艾，反而被过错牵制住了。学习需要祛阴，祛除身心中负面的东西，还要培阳，涵养自己的浩然之气，这两种方法需相辅相成。

4.8 子曰："朝闻道，夕死可矣。"

这句话童叟皆知。孔子说：早晨听闻了真正的大道，晚上死去都是可以的。

人在十分向往的事情前面，容易说出这样急切的话。秦始皇出游会稽，项羽与叔叔在人群中观看，脱口而出："彼可取而代也！"汉高祖年轻时在首都咸阳也见过秦始皇出游，亦情不自禁地说："大丈夫当如此也！"都有一种若能得遂愿望"夕死可矣"的希冀之心和紧迫感。

这句话里的"道"为关键词。张横渠曾说，有些人喜欢宣称安贫乐道，其实是给自己不经世事找借口。一个人需要先找到自己的"道"。其实每个人都生活在"道"里。仁、义、礼、智、信，温、良、恭、俭、让，仁是道的本体，其他是道的作用。中国人骨子里都有这样的优良传统，但需要通过学习更加明确。"尧舜之道，孝弟而已矣。"孝养父母，切于人身；孟子说："徐行后长者谓之弟，疾行先长者谓之不弟。"遇到长者，慢慢走在后面。在日常生活中，每个人都能做到这些，这便是"孝悌"之道。所以孟子说："道若大路然，岂难知哉！人病不求耳。"道就像我们天天行走的大路一样，不难知，亦不难行，问题出在人不愿意去求而已，正如程子所讲："自暴者拒之以不信，自弃者绝之以不为。"

朱子早年的老师李延平说："读书者，知其所言，莫非吾事，而即吾身以求之，则凡圣贤所至而吾所未至者，皆可勉而进矣。若直以文字求之，悦其词义，以资诵说，其不为玩物丧志者几希！"我们读的圣贤书，并非空言，或高不可攀的东西，字字句句都是关系身心性命之事。"不使不仁者加乎其身""观过知仁""朝闻道夕死可矣"，哪一件事不是惊心动魄？学习者应当用心去求，而不是作为谈资而不践行，那便是玩物丧志了。

《汉书·夏侯胜传》讲汉宣帝即位后，想表彰曾祖父汉武帝的功勋，下诏说武帝功勋盛大，让群臣讨论武帝的庙号，大臣们都说应该遵从诏书之言，这时一位尚书学专家夏侯胜，却说武帝功劳虽大，但是杀人多，令天下虚耗，百姓流离失所，蝗灾造成赤地千里，甚至于人民相食，至今没有恢复，对人民没有德泽，不该为其立美号。面对大臣们的责难，夏侯胜说："人臣之谊，宜直言正论，非苟阿意顺指。议已出口，虽死不悔！"最后被下狱，而丞相长史黄霸也被指偏袒夏侯胜，同下狱中，被关很久。黄霸提出要跟着夏侯胜学习《尚书》，夏侯胜推辞说都不知道活到哪天，黄霸说："朝闻道，夕死可矣。"夏侯胜为此非常欣赏他，于是传授《尚书》，二人在狱中讲论不倦，毫无懈怠。

"朝闻道，夕死可矣"的精神，世代不绝，实际上是我们每个人内心深处的一种道德需求。首先要明白何谓道，其次应当从敬畏开始，从日常行为做起，慢慢提高"信"的层次，逐渐复苏自己的觉察力和判断力，天地大道自然就到自己身上，最终拥有日渐完善的生命。

4.9 子曰："士志于道，而耻恶衣恶食者，未足与议也！"

汉朝把人分成士、农、工、商四种，《汉书》对"士"的定义是：学以居位。通过对儒家经典的学习，学成以后，便可以居官摄位，称为"士"。《论语》开篇就讲"学"，学的是仁义，习是实践仁义。《说文》又讲："士，事也。"士就是做事的人，是世间事的践履者。不管在哪个领域，哪种行业，勇于做事，能把责任承担起来，进而以身任道，那便是士。而"通古今，辩然不（否）"便非常重要，既然要做事，需精通古今事变，能辨别是非，做出取舍。《说文》又引用孔子的话："推十合一为士。"我们看"士"字上面是"十"，这是最大的数字，譬喻万事万物，下面是"一"，合起来讲，把千变万化的事情予以综合，归结到一个规律，要有很高的概括力，也就是由博返约，这便是士。现在很多人热衷追求各种知识，自称爱智慧，求博学，却往往"博而寡要"，博学而没有根基，不能由博返约，这种学问仍然是鄙陋的。

"朝闻道，夕死可矣"，一个人追求大道如此热切，他的志向一定是立起来了。而有志于大道的人，找到了自己的事业，这不仅仅是一份职业，所以他一定会全力以赴，不看重名利，不患得患失，但是如果他还对恶衣恶食感到羞耻，也就没什么可说的了。那说明他所立的志、追求的道，一定是有问题的。

"志于道"的"道"，其实是我们在现实生活中时常遇到的实际道理，并不是高高在上、虚无缥缈的东西。这些实际道理，跟我们每个人都息息相关，比如五伦，家国、父子、妻子、兄弟、朋友，正是我们人生的常态，需要全副精神应对，决不能逃避或糊弄。

人的见识很重要，能有超出世间繁琐纷扰的见识，同时又能埋头在世间认真做事，这样的见识和器量才是最高明的。如果一个人对于恶衣恶食还有羞耻感，那说明他的格局、心量还没有打开。真正志于道，心胸是打开的，与天地同游，俯身来做具体的事情，而不被各种物质层面的东西所控制。如果连恶衣恶食都心有芥蒂，更不用说贫贱富贵这样的大关口了。

不以恶衣恶食为耻，实际上是把自己的各种浮躁之气去掉了，回归身心本有的安静，回归人性的本真。《中庸》引用过《诗经》的一句话，"衣锦尚絅"，是说穿了华美的衣服，"恶其文之著也"，厌恶太过显眼，于是在外面再罩一层普通的单袍子。"君子之道，淡而不厌。"《史记·项羽本纪》里讲项羽打下咸阳以后，有人就劝他以咸阳为首都称霸，可项羽无心久留，想回到家乡去，他说："富贵不归故乡，如衣绣夜行，谁知之者！"一个人富贵了，不回到自己的家乡，就好像穿了华美的衣服在夜里行走，谁也看不见，谁会知道呢？这个"力拔山兮气盖世"的西楚霸王，实际上的格局、见识、器量都不大。

志于道，便是《大学》里说的"知止"，"知止而后有定"，你的身心自然能安定。无论面临狂风暴雨，电闪雷鸣，困境或顺境，有一个定海神针在，身心终究能安定下来。

当然也不是说一个人故意要去恶衣恶食，去轻视物质层面的东西。儒家的全副精神在世间，每一件事情都要认真对待，包括衣服和饮食。我们看古人的传记，他们的衣服简朴，却整洁、干净、有条理，其实是身心有秩序的一个表现。有时候根据需要，在不同的场合，践行不同的礼仪，对衣服饮食还要有不同的要求。

但必须强调一下，我们需要深刻认识到，七情六欲是一个人生命力的表现，学习和修身的目的并非消除七情六欲，那是做不到的，就像压制浮在水面上的皮球，你压得越用力，它浮起来的力道就会越大。七情六欲，恰恰是我们日常下功夫的切入点，要慢慢疏通，使得七情六欲中邪枉的成分逐渐回归于正直。这才是修身的正确方法。把七情六欲控制在符合天理的适度范围内，一方面用"存天理"的途径来培护自己的阳气和正能量，一方面用"遏人欲"的工夫来祛除自己的阴气和负能量，疏通各种私情杂念，让它回到正道上来。唯有两者兼顾并行，才是不断进步的正确方法。

4.10 子曰："君子之于天下也，无适也，无莫也，义之与比。"

这章的"适"，不应当简化，《说文》解为"之也"，到哪里去。"比"和

"义"则是关键字。

"比"字需要和"从"字结合起来讲。从古字形上看，"从"字是两个人同往左边走，反"从"为"比"，"比"字反过来，是两个人同往右边走。老子讲："君子居则贵左，用兵则贵右。吉事尚左，凶事尚右。"左边是阳位，右边是阴位。两人同向左走是跟从，同向右走则有出于私意的亲密之意，故《说文》云："比，密也。""小人比而不周"的"比"，亦是此义。"比"发展下去甚至变为混淆差别的"同"。孟子曾批评墨者许行说：世上万物皆不相同，其价值有五倍、十倍、百倍、千倍之别，"子比而同之，是乱天下也"。

"义者，宜也。"到底是何意？《说文》解"义"为"己之威仪也"，上为"羊"，下为"我"。古时羊者，祥也，美善之意。我在面对世间事时，表现出来美善的身心状态，于事情各得其宜，这便是"义"。仁者人也，义者我也，仁必定及他人，而"义"由我自己来裁断，以至于美善。《周易》讲："利者，义之和也。"现实生活中处理各种事情，依照天理良知，照顾到各方利益，是义，"利物足以和义"。利益既有物质层面的，亦有精神层面的。对良善的奖赏固然是义，对过错乃至罪恶的惩罚，亦是义。

君子心胸开阔，与天地同游，处理天下万事，没有说一定要往哪个方向去，也没有说一定不去哪里，无可无不可。孔子举过史上许多位先贤的处世原则，最后说："我则异于是，无可无不可。"便是"无適也，无莫也"。这种情况下，"义"是唯一的裁断原则，即程子讲的"唯义是亲"。

《传习录》曾讲过一对父子到官府诉讼，阳明先生跟他们说，舜是世间大不孝的子，瞽瞍是世间大慈的父。其实我们都知道，瞽叟和后妻以及他们的儿子象，对舜很不好，几次要加害舜，但舜仍对他们孝悌如故。阳明说，舜常自以为大不孝，所以能孝。瞽瞍常自以为大慈，所以不能慈。瞽瞍只记得舜是我抚养长大，今何不曾豫悦我，不知自心已为后妻所移了，尚谓自家能慈，所以愈不能慈。舜只思父亲在我孩提时如何爱我，今日不爱，只是我不能尽孝，日思所以不能尽孝处，所以愈能孝。那对父子听罢，相抱痛哭而去。不管在哪个社会角色中，我们一旦认为自己已经做得足够好，心便有所偏颇；若总认为自己是不足的，就一定会往上走。天理在五伦上各有道理，在父子关系上便是父慈子孝、父子相亲，阳明通过这样的方式疏通父子之间的关系，便是在此事上的义。

《周易》特别强调"时义"，是在义上加了时间维度，依时变通，这是很重要的一个层面。

4.11 子曰："君子怀德，小人怀土；君子怀刑，小人怀惠。"

怀，怀想，念念不忘。君子念念不忘的是道德，小人念念不忘的是自己脚下的一亩三分地；此外，君子重视以刑罚维持秩序，而小人则特别在意出于私情的恩惠。君子小人的区别，在于公私之不同。怀德可防患于未然，怀刑是惩前以毖后，通过强制手段加以规范。《礼记·乐记》讲："礼、乐、刑、政，四达而不悖，则王道备矣。"礼乐属于德，政是制度设计，而刑罚则惩恶扬善，四者缺一不可，唯有并行兼顾，才是完善的王道治理。这个理念对于管理者来说，格外重要。很多人对儒家重视刑罚有误解，其实刑罚也是义，一如四季中的秋杀冬藏，是为了来年的春生夏长，从而世间事得以生生不息。而小人则不然，出于私利，只管眼前的利益和恩惠，格局褊狭。

深入了解君子与小人的这个区别，既有助于我们的修身，也有助于管理者充分了解人之不同习性，知晓俗情俗念虽是常人所不免，却需要被尊重，才能进一步往上走。

《论语》里经常把君子和小人对举，在大多数情况下，并不像后世是从道德层面来讲的，往往是从社会地位、社会阶层的角度来说。君子一般指士大夫这个阶层，前面我们细讲过何谓"士"，尤其是在今天的语境下，而小人则指普通民众。所以"君子怀德，小人怀土；君子怀刑，小人怀惠""君子坦荡荡，小人长戚戚""君子喻于义，小人喻于利"等，都应当这样去看。

"士志于道"，对自己有更高的要求，在世间能把事情担当起来。君子有足够的觉察力，不甘于做一个庸庸碌碌、行尸走肉的人，对自己的身心、对他人、对社会都有足够的同情心。这个定义适用于任何时代，包括今天。当然，从道德层面、精神层面或人生趣味等角度去区分君子小人，也非常重要。

　　本章讲的"小人怀土，小人怀惠"，是说普通人总满足于自己的家业、产业和稳定的职业，看重老婆孩子热炕头，也特别注重人与人之间的私恩私惠。孟子讲的"有恒产者有恒心"，恒产就是这里"怀土"的"土"。至于君子的怀德和怀刑，是再往上走。小人怀土、怀惠并不是完全不好，这是普通民众的一般性格或追求，对于管理者来说，应该充分考虑到民众的意愿以及民众看问题的角度，应当体察普通人没有恒产就没有恒心，需要知道他们的理想不过是赡养父母，安顿家庭，好的年景衣食无忧、平平安安，不好的岁月不至于衣食无着、流离失所甚至死于非命，这时候想让民众向善、行礼、遵守法律和规章制度，有家国之念，甚至以单位为家，就比较容易。《史记·管晏列传》里有一句名言"仓廪实而知礼节，衣食足而知荣辱"，正是这个道理。

　　君子既然有更高的自我期许和自我要求，就要承担起更多的社会责任，才能往上走，而这是所有人都可以做到的。一般人对"德"只有笼统模糊的印象，看成做好事、行善等。做好事、行善当然很好，但需要更进一步弄清楚到底什么是德。德者，得也，身心有得于天理良知，这是德。我们内心的生生之仁，利人利他的这个心，是仁；你由此做出来每件事情都适宜，"义之与比"，在面对事情时出于公心，把各方利益都考虑到，是义。生生之仁发出生生之义，这才是真正的德。以仁义自我约束，使得自己的身心有秩序感，然后推己及人，这是礼。管理者由此自修，并扩展到周围，那便是以德治理，是"君子怀德"。

　　很多人对修身有偏颇的认识，认为修身养性就是要处处表现出一团和气，凡事皆好，受到侵犯，也不计较。一旦有激烈情绪，就会被认为是修为还不够。其实这是误解。"唯仁者能好人能恶人"，仁者对仁义有真正的喜好，一定对不仁不义有真正的愤怒和憎恶。

　　此外，儒家非常注重刑罚。《汉书》讲"象天道而作刑"，世间的刑罚是依据天道而设计的。我们都知道春生夏长是天地之仁，可秋冬肃杀虽然严厉，却是收拾秩序，为了下一次的春生夏长，仍然是天地之仁。古人执行死刑叫秋后处决，便是顺应天地之道。

　　"小人怀惠"的"惠"指的是出于私意的恩惠。既然君子怀德、怀刑，就应当引导民众往上走，朝这个方向努力。《史记》讲"四维不张，国乃灭亡"，四维是礼义廉耻，大到国家，小到单位和个人，若失掉礼义廉耻，是最有危害的。对于德行和刑罚的追求和教育，必须要在恒产、恒心的基础上，才能做到。这是对自己有更高要求的人或管理者所应当思考的一个层面。

4.12 子曰："放于利而行，多怨。"

四书五经里的很多道理都可以贯通起来讲，这是其丰富性所在，活到老学到老，常读常新。为什么读《论语》这样的经典会对人的身心性命有极大的推进作用？道理就在这里。有人说：这个内容我已经掌握了。其实他说的只是字面意思。经典里的每句话都和自己的身心性命密切相关，需要反复学习，日趋熟练。但我们在讲解的过程中，不可能无限制发挥，语言也有其局限性，只能从一个层面切入，关键在于个人的日日浸润，逐层体悟，别无二法。

放，放纵、追逐、依据的意思。一个人若凡事逐利，不仅会招致他人的怨恨，自己内心也容易产生各种怨尤。《韩非子》讲管仲被绑送至齐国途中，又饥又渴，向绮乌封人乞讨食物，绮乌封人跪而食之，对他非常尊敬，并悄悄问管仲：你到了齐国若被重用，将如何回报我？管仲回复道：若如你所言我被重用，我只会任用贤者、能者和付出辛劳者。然后"封人怨之"。这件事正是"放于利而行，多怨"的具体事例。有目的性的付出，结果必定如此。

这章的关键字是"利"，《说文》解为"铦也"，这是田地里干活最常用的工具铁锹。铦利，引申为利害之利，往往有"私利"之意，和"义"相对。孟子最严于讲明义利之辨，其实是君子小人之别。《周易》讲："利者，义之和也。"其实仔细想一想，我们在处理每一件事情时，只要稍有私心，有所偏向，就不可能把所有方面的利益都照顾到，一定会有怨言。只有出于公心，摒弃私心，按照事情本来的是非曲直去做，不偏不倚，各方面的利益才能真正地照顾到，最大限度减少各方的怨尤。这是义。《庄子》讲"小人以身殉利"，跟《大学》讲的"君子以财发身，小人以身发财"意思相近。私利，往往都跟钱财、富贵、名利有关。君子并非不讲利益、富贵这些东西，却以此养护身心，小人则相反，以牺牲身心的和谐来追寻各种私利，最终一定会招致各种怨恨，自己的身心也得不到真正的平静。我们在现实生活中会见到无数这样的事例，不管是给予，或是拿来，一点一滴，一草一木，都精打细算，放在利益的天平上称量。有些人即便是施舍，做慈善，也从利益出发，甚至是交换，这样他心里便患得患失，纷纷扰扰，不得安宁，不知不觉戕害了自己的身心性命。

人的格局有三种：志于道德者，功名不足以累其心；志于功名者，富贵不足以累其心；志于富贵者，无所不至。而志于富贵者，孔子称之为"鄙夫"，器局很小。所以，君子要把自己的心摆正，看待外面的事情才是正的，这是减少怨尤的根本方法。只有这样，才能找回自己身心的和气，也会逐渐让周围人、家庭、单位乃至国家和谐，有积极向上的精神面貌。

《国语》里讲周厉王很喜欢一位诸侯荣夷公，大臣芮良夫劝谏："王室其将卑乎！夫荣公好专利而不知大难。"世间的利益，是从万事万物衍生出来的，由天地承载，天下共有，如果据为专有，而不知仗义疏财，害处很多。所谓上有好焉，下必效焉，天子喜欢这样的人，一定有人效仿，为天下国家开了坏的风气。他引用《诗经·大雅》"陈锡载周"，是说周文王布财施利于天下，令周朝兴盛至今。芮良夫最后说："匹夫专利，犹谓之盗，王而行之，其归鲜矣。荣公若用，周必败。"一个人聚敛财利，专为己有，犹如盗贼，愿意来归属的人会越来越少，周朝必因此而衰败。结果荣公仍被任命为卿士，诸侯不再来献贡，厉王也被流放至彘（在今山西霍县东北）。

《国语·楚语》里又有一个故事，楚成王每次给大臣子文俸禄时，子文都逃掉，有人就问他：人生来求富，你却逃掉，为何？子文说："夫从政者，以庇民也。民多旷者，而我取富焉，是勤民以自封也，死无日矣。我逃死，非逃富也。"在上的管理者是庇护民众的，民众的日子没过好，而我却达于富贵，是让别人劳动来满足我自己，乃致死之道。

这几则故事是"放于利而行，多怨"这章的旁证，也讲了正确对待利益的态度。

4.13 子曰："能以礼让为国乎？何有？不能以礼让为国，如礼何？"

为，是治理的意思。这章讲的是管理学。如果以礼让来治理国家，有什么困难呢？如果不以礼让来治理国家，那要礼有什么用？关键词是"礼让"。

礼乐，是孔子之学乃至儒学的核心。《史记·礼书》讲："礼由人起。人生有欲，欲而不得则不能无忿，忿而无度量则争，争则乱。先王恶其乱，故制礼义以养人之欲，给人之求，使欲不穷于物，物不屈于欲，二者相待而长，是礼之所起也。"人有欲望，没得到满足就容易心生愤怒，如果没控制在适量范围内则会争夺，进而出现混乱。圣王忧虑担心这类混乱，因此制订礼义来养护人的欲求，使人不至于被物质控制。"礼者，养也。"其实礼是养护身心的，处理世间欲望与物质之间的彼此消长。五谷杂粮养我们的口舌，香草养我们的鼻子，钟乐管弦养我们的耳朵，精巧的器物和文章养我们的眼睛。

老子说"绝圣弃智，绝仁弃义，绝巧弃利"，人想养生，要断掉圣德、智慧、仁义、智巧、利益等。儒家则不然，七情六欲是人的生命力所在，需正视它们并归之于正。孟子讲，人人皆有四端，恻隐之心、是非之心、辞让之心、羞恶之心，这是学习者用功的地方。《孟子》另一处以"恭敬之心"代替"辞让之心"，可见恭敬之心与辞让之心是画等号的，人有恭敬之心，就能做出辞让之举。辞让的反面是争夺，互相争夺，则永无宁日。蕺山先生说："天下之乱，皆起于争，人情相争则不足，相让则有余。"君子并非不争，而是揖让之争，小人争权（位）夺利（财），终致祸乱。

"礼让"合讲，可见礼的核心是让，《左传》讲让是德之基、礼之主。君臣之义、父子之亲、兄弟之友、夫妇之敬、朋友之信，这五种人伦关系，是人世间最重要的社会关系，其核心便是让。"先人后己"四字特别能概括"礼让"的本质。让是一种规则，比如交通规则，有礼让才有秩序。行有不得反求诸己，从自己身上找原因，这也是先人后己。心中有别人，行事有礼让，胸量才能打开，五伦才能成立。礼让，使大家共同往前走，效率高，走得快。相互争夺，反而是最慢的前进方式，甚至让人倒退。遇到地位低、穷困的人不骄慢，勤勤恳恳对待工作，严于律己、宽以待人，这都是先人后己的礼让。但礼让并非无我，只是把别人放在前面，处理好自己与社会的关系，使得自己和周围有秩序。当然，人处世也需要不让，那就是《卫灵公篇》讲的"当仁不让"，在仁义面前不可让。让与不让的关系，需要我们辨析清楚。

《老子》讲："我有三宝，持而宝之：一曰慈，二曰俭，三曰不敢为天下先。夫慈，故能勇；俭，故能广；不敢为天下先，故能成器长。今舍慈且勇；舍俭且广；舍后且先；死矣。"他说的"不敢为天下先"，与孔子讲的"礼让"有何区别？尽管孟子说过"道如大路然"，可儒佛道三家对"道"的认识和理解有很大不同。"三宝"是用来修身养性的，"故能成器长"，意思是因此能成为万物之灵。唐玄宗说："先则人怨，聚怨于人，是必死之道。"这么说"不敢为天下先"是为了避"必死"之祸。孔子讲"礼让"是强调天地万物包括人之身心的秩序，礼本来就当谦让、先人后己，没有"敢"或"不敢"。

4.14 子曰："不患无位，患所以立；不患莫己知，求为可知也。"

孔子说，人不当担心自己是否有地位，而该担心如何将自己立起来；不担心能否被别人了解，而是追求自己有什么可以被别人所知。后一句"不患莫己知，求为可知也"，在《论语》中有相似章节，如"人不知而不愠，不亦君子乎""不患人之不己知，患其不能也"等。

这章关键字为"位"与"立"。学习抓住关键字词，宛如拿到钥匙，由此打开大门。最早"立"与"位"二字等同。《春秋》桓公二年"公即位"，在汉《石经》中便写作"公即立"。《说文》"立"解为"从大立一之上"，隋唐经学家刘炫说："大，人也；一，地也。""大"就是"人"，一个人站在天地之间，就是"立"。这也是《大学》讲的大人之学，一个大写的人，鼎立于世间。

孔子这两句话，谈的是安身立命的问题，进一步理解是人在世上的定位，应当将自己的身心放在何处。周朝建立的宗法制度，至宋朝普及民间，着重强调人在天地间的定位。陆象山十三岁时就说过"吾心即是宇宙"，实际上他那时意识到的便是生命的定位问题。

《老子》："有物混成，先天地生。寂兮寥兮，独立而不改，周行而不殆，可以为天地母。吾不知其名，字之曰道，强为之名曰大。大曰逝，逝曰远，远曰反。故曰：道大，天大，地大，人亦大。域中有四大，而人居其一焉。人法地，地法天，天法道，道法自然。"他说"道"是先于天地就有（儒家讲道与天地同生，没有先后），看不见摸不着，独立存在且永久不变，往复运行而不停歇，可感知世间万物，是生出天地之母。我不知道它的名字，给它取名为"道"，又勉强称之为"大"。"大"运行不息，无远弗届，又能复归本根。因此道、天、地、人，合称为四大，而人是其中之一（这跟佛家讲的"四大"不同）。老子这段话，言辞高远，讲的就是人在天地间以道而立，特别谈论其大。儒家讲的是天、地、人三位一体。《周易·说卦》云："立天之道，曰阴与阳；立地之道，曰柔与刚；立人之道，曰仁与义。"天地之道贯彻到人这里，是靠仁义立起来的。仁义不是空泛的概念，离我们也并不远，只要你想做，当下一念之间就能做到。修身也不是修一个缥缈的东西，在当下去行仁义、致良知，当下就是致于仁义和良知。尤其重要的是，人活一世的地位、富贵，都是从这里来的。

《尚书》中伊尹说："立爱惟亲，立敬惟长，始于家邦，终于四海。"王者抚有天下，靠的是爱、敬二字。管理单位和家庭也是如此，从自己的亲人开始立爱，从长辈开始立敬，由近及远，最终往外扩展。

古人追求生前功业，也追求死而不朽，生死一贯。《左传》襄公二十四年，鲁国大夫叔孙豹见晋国正卿范宣子，范宣子问死而不朽，叔孙豹告诉他："太上有立德，其次有立功，其次有立言。"立德、立功、立言，是华夏文明所特别看重的三不朽。近代以来国人只重生前，不在意死后，去掉这个维度，是断绝了天人之路。

君子在世间安身立命，追求的不是外在的物质层面，而是在身心层面探寻，提高自己的身心状态，然后扩展到家庭、单位乃至家国天下，这是为己之学。为人之学，是凡事做给别人看，而且这种心理有时候非常隐微，甚至自己常常意识不到。

《荀子·非十二子》中说："君子能为可贵，不能使人必贵己；能为可信，不能使人必信己；能为可用，不能使人必用己。"君子以提高能力为可贵，而不能使他人必定尊贵自己；有能力提高自己的可信度，但未必能使人相信自己；有能力使自己成为有用之才，但未必能被他人所用。"故君子耻不修，不耻见污；耻不信，不耻不见信；耻不能，不耻不见用。"君子当以不修身为耻，不以受人侮辱为耻；耻于天理良知不能得于身心，不耻不被别人信任；以没有能力为耻，而不耻于别人不用自己。"是以不诱于誉，不恐于诽，率道而行，端然正己，不为物倾侧。夫是之谓诚君子。"因此不会被他人的赞誉所诱惑，也不用担心他人的诽谤和误解，依据仁义之道行事，端正身心，不被外物所倾倒，这才是诚实君子。荀子这段话仍然是从自身做起，从提高自己这个角度去努力。《周易·乾卦》讲了龙德的六种时位，其初爻便是"潜龙勿用"，讲君子不被所用，如何潜伏于世，是一个人最为深沉的安身立命，一如诸葛亮二十七岁前隐居在隆中的状态。

但有些人，经历了很长时间的学习，却无所得，原因就在于这章讲的"患"。人有过分的忧患，身心便不宁，无法很好自处，就不能把人世间的富贵、名利、困境、顺境这些东西处理好，于是正邪之分，为人为己之别，就会显露出来。一个人有才能而获得地位，当然很好，但更需要战战兢兢、如履薄冰来面对。富贵、地位是用来养护我们的身心，并不是作威作福或奢侈享乐。如果一个人有才能，却没有一定的地位，你去担心去忧患也没有用。应该怎么办呢？应该努力做到"俯仰无愧怍"，上不愧天，下不愧地，中间不愧父母亲友，这样才能安顿身心，生命才能深沉下来。

我们在人世间生存，要做各种各样琐碎的事，有时候很难跳脱出来。既然我们要修身，学孔孟之道，学仁义，学习"存天理，遏人欲"，第一步就要尽量从这样繁琐的世事中跳出来，不被缠绕。当然，这不是说我们应该脱离世事，而是该有一颗超拔的心。《周易》的乾卦讲的是"龙德"，六爻是具有龙德的人不同的时空境遇。最下面那一爻初九"潜龙勿用"，是讲龙德潜伏，无所用于世。很多人在这个时候会觉得怀才不遇，要么愤世嫉俗，要么玩世不恭。看似有个性，其实格局很小。孔子讲"龙德而隐者也"，潜龙虽具龙德，却隐藏于世，不被世间所改变，也不追求名利。当然每个人都离不开时代环境，要在世间做事，需要全副精神投入，同时应该有超拔精神，即"君子不器"。陆象山曾反复激励学习者："要当轩昂奋发，莫恁地沉埋在卑陋凡下处。""激厉奋迅，决破罗网，焚烧荆棘，荡夷污泽。"孔子讲乾卦的这一句非常重要："遁世无闷，不见是而无闷。"你隐藏在世间，不被认可，也没有什么苦闷的。这正是《中庸》讲的"君子之道，淡而不厌"的状态，正常的人生其实是很平淡的，但你不厌倦。"乐则行之，忧则违之"，称心如意的事就去做，忧虑担心的事就不做。"确乎其不可拔"，内心确然不动，有坚守，有志向，不随波逐流，这才是"潜龙"。

谚语"举头三尺有神明"，是讲对天理良知的敬畏。一个人在孤独的时候，会很想要被人知道，有个知音，"求为可知也"。《后汉书》记杨震到东莱做太守，路过昌邑，当年他曾举荐过的故人王密正好作昌邑令。王密夜里悄悄地去见杨震，怀里揣了十斤金子馈赠杨震。杨震当时跟他说："故人知君，君不知故人，何也？"我懂你，你却不懂我，为何？王密说：夜里没有人知道。杨震说了一句话，后人经常引用："天知，神知，我知，子知，何谓无知！"一个人在天地间行事，不用担心不被人知道，终究有天理良知在。不管有没有人知道，我们仍然以仁义而行事，确然不拔，不被世间的逆境困住。人生是一场长跑运动，不是短跑，不考验爆发力，更重要的是耐力，无论快一点慢一点，都没关系，关键是要保持生命力，生生不息。"天行健，君子以自强不息"，可以作为每一个人的座右铭。

4.15 子曰："参乎！吾道一以贯之。"曾子曰："唯。"子出，门人问曰："何谓也？"曾子曰："夫子之道，忠恕而已矣！"

这章是孔子和门人之间的一次对话，因曾子明晰而简要地概括了孔子之道，彻上彻下，堪称《论语》整部书的核心。

孔子平时很少直接谈"道"，也罕言"仁"的实际涵义，如今曾子以

"忠恕"二字，概括夫子之道，使得后人既能找到通往孔子学问的路径，亦能看出曾子的学问。

曾子小孔子46岁，鲁国人，16岁拜孔子为师，老师73岁去世时他27岁。历史上许多了不起的圣贤，最能得其真传的，往往是年龄相差三四十岁的门弟子。这个现象很有意思，既有时光的因素，亦有某种不可思议的因缘在。曾子身上最重要的特点，一是"参也鲁"，生性较为鲁钝；二是至孝，儒家十三经里的《孝经》便是曾子和孔子的对话。孝是为仁之本，鲁钝的另一面是淳厚，曾子踏实用功，以勤补拙，终究以"鲁"得孔子之道。世界永远不缺聪明人，自作聪明却被聪明误而不自知的人到处都是，唯有那种被世人嘲以鲁钝其实坚韧不拔、持之以恒、更能先立乎其大的淳厚之人，才是最可贵的。

儒家道统最重要的十六位圣贤，尧舜禹汤、文武周公、孔颜曾孟、程朱陆王，传继的是中华文明最精华最核心的学问和精神。其中"孔颜曾孟"这个阶段，百年间，四代人，依次对应《论语》《大学》《中庸》《孟子》这四书，是儒学史的重大转折期，上承"德位一体"的诸位圣王，下启"学在万民"的宏阔江河。其中，"孔"含孔子与子思。子思名孔伋，是孔子之孙，孔鲤之子，也是曾子的门人。孟子没有直接向子思学习，他自称是"私淑"诸人，也就是私下学习他们的道。道统的继承，未必要面对面传授，精神的传承非常重要，禅宗称之为"法嗣"，后人把血缘关系的继承称为哲嗣或胤嗣。曾参的父亲曾点，是孔门第一期学生，不比孔子小多少。曾子的至孝，在元朝人编写的《二十四孝》里有个故事，"啮指痛心"。曾子有一次去山中砍柴，家里来了不速之客，他的母亲手足无措，一时不知怎么应对，于是就啮自己的手指，而曾参在山里突然觉得心痛，赶紧背着薪柴回家，跪问其母，母曰："有急客至，吾啮指以悟汝耳。"这种感应，现在的人大概会不以为然，其实在至亲之间或者精神关系非常亲密的人之间可能存在。儒家讲一感一应，是天地之间气息的交换，常常可以突破时间和空间的束缚。"精诚所至，金石为开。"这种感应的故事，从古到今数不胜数。当然，理智的学习者也不该沉迷于此，平常心视之即可。《中庸》里有四个字"至诚如神"，一个人的

"诚"到了最纯粹的地步，会非常神奇。不过，《中庸》也讲"不诚无物"，如果没有诚意，世界对他便没有意义。

曾子 50 岁时，齐国有意聘他为相，楚国想让他做令尹，晋国也请他做上卿，他都拒绝了。60 岁时与同门子夏、段干木等设教于西河（黄河在陕西和山西拐弯那一带）。生性淳朴的人，往往少浮气，曾子性情沉静，不屈从、不苟合。《论语》中曾子曰："上失其道，民散久矣。如得其情，则哀矜而勿喜。"这句话非常好，唯有淳朴、忠信的人，才能有这样深沉的思考。他说世道不好，民众的心已经涣散许久，而能在世间做事的君子，应当哀悯，而不是因自己能洞察世事而沾沾自喜。曾子还讲"斯民也，三代之所以直道而行也"，今天的民众跟尧舜禹三代时直道而行的民众没有什么区别。信息爆炸时代，我们平时听闻各种各样的所谓高明言论，却很难看到其中有"哀矜而勿喜"这样的情怀。相反，常见有人抱怨世风，很有"举世皆浊我独清"，一副洞察世事的聪明样。然而，到底是不是道德沦丧，是不是世风日下，如何看待世事和世风，却是内心的映射。比如人们会辩论，世间到底存在不存在坚韧不拔、不被世风改变的人。有人会举出很多反例，证明没有这样的人。其实是对自己没有信心。而你坚信有那样的人，是对自己有信心。你看待世事，是从正面看，还是从反面看，和你的生命状态有关。有些人看我们的历史，看到的是潜规则、厚黑学，这可能正是他内心的投射。很多聪明人安身立命于自己所处的时代，其实跟民众是分开的，他在意的是自己的洞察力，看重的是自己要跳出来俯视，看似忧国忧民，其实内心为此窃喜。这种人全无仁智勇，格局极小，是真正的"下愚"而不自知。

孔子先告诉曾子：我的道一以贯之。曾子并未追问夫子之道究竟是什么，如何一以贯之，而是立刻应承："唯。"可见他深知老师的学问，和老师心意相通。"一"指的是本体，曾子以"忠恕"概括，是本体和工夫兼说，这既是修身的起点，也是终点，学习宗旨和学习方法，都蕴涵在内，堪称身心性命之学的核心。阳明先生讲："譬之驱车，既已由于康庄大道之中，或时横斜迂曲者，乃马性未调，衔勒不齐之故，然已只在康庄大道中，决不赚入傍蹊曲径矣。"以"忠恕"修身，就似在康庄大道上行车，即便不熟，终究没有偏斜。否则就走入"傍蹊曲径"，不知驶向何方。

一般人对"忠"有很大的误解。《说文》讲得比较笼统，说忠就是敬，恕就是仁。但敬和仁，本身也是关键字，仍需要进一步论证。朱子说"尽己之谓忠，推己之谓恕"，讲得最为言简意赅。忠，中心也，为人处世，把自己的心摆正，然后尽己，凡事竭尽全力。有些人处世和为人，总是有所保留，自以为从容、有余地，其实那便是不忠。《左传》讲无私是忠。一个人能竭尽全副精神，当然没有私心。《后汉书》讲"私臣不忠，忠臣不私"。私和无私，是辨别忠与不忠的分界线。由己及物，把自己的诚敬推到别人身上去，那是忠。无论是内则父子（家庭关系），还是外则君臣（各种社会关系），都是如此。

恕，如心也，推己之谓恕，把自己的心推到别人身上去，《离骚》王逸注"以心揆心为恕"，即俗语所谓将心比心，以自己的心去衡量别人。别人做错了事，或者做事有私心，你能想到说不定自己也是如此，就会对他有恕心。所以，尽心之忠是要求自己，揆心之恕是对待别人。对己，尽忠；对人，推恕。

《中庸》"忠恕，违道不远"，和这章"夫子之道，忠恕而已矣"是有区别的，需要简单辨析一下。曾子讲的"忠恕"，体用兼备，圣人的生命状态，浑身内外皆是忠恕；子思《中庸》讲"忠恕"指的是工夫，是学者日常学习，需以忠恕入手，这样离大道就不远了。

既然"尽己之谓忠"，对待人和物，对待事业，竭尽全力，那一定蕴涵"有犯无隐"这个层面，不然忠便不完整。只是一味做事，见到错误或过恶而不去竭力纠正，谈不上忠。人在世上无非两件事情：内则父子，外则君臣。在内是家庭及家族，在外是和这个社会的关系。以前讲君臣之义是有犯而无隐，宁愿冒犯也不隐瞒，这是一个人的处世之忠；父子之亲是有隐而无犯，家庭以和睦为主，家和万事兴，是非放在第二位，这是处家之忠。

世上向来不乏聪明人，却总是缺少真正的忠诚者。在我们的民间，诸葛亮几乎是智慧的化身，用鲁迅的话是"多智而近妖"，岂不知他身上最宝贵的是忠诚，对事业的忠诚，矢志不渝。《出师表》里讲"先帝三顾臣于草庐之中，谘臣以当世之事，由是感激"，他被刘备的诚意所感动并激发，"遂许先帝以驱驰，尔来二十有七年矣"。刘备对他完全信任，他感于恢复汉室的大业，从此把毕生的精力、心血和聪明才智全部奉献给这个事业。一个人只有聪明才智，却没有对自己事业的忠诚，那只是小聪明而已，格局仍然很小。

忠，是你出于道义，竭尽全力，包括批评、冒犯，都是为了这个事业。恕，是推己及物，把自己的心推到别人身上去，将心比心，别人有什么样的问题，自己可能也会有，或者潜伏在身心里，暂时没有发作出来，这是圣人以天地万物为一体之心。如果触犯了法律，有刑罚在，但仍然对人性有恕心和怜悯。

《大学》里有一段话，讲絜矩之道，是对"忠恕"二字最好的疏解："所谓平天下在治其国者，上老老而民兴孝，上长长而民兴弟，上恤孤而民不倍，是以君子有絜矩之道也。所恶于上，毋以使下；所恶于下，毋以事上；所恶于前，毋以先后；所恶于后，毋以从前；所恶于右，毋以交于左；所恶于左，毋以交于右；此之谓絜矩之道。"前半段讲忠，后半段讲恕。管理者自身尊老、敬长、体恤孤弱，能以身作则，下面的人自然就能兴起孝悌，且不悖逆，这是管理者的竭尽忠义。修身分成两个层面，一个是培护自己的阳气，积累正能量，你想实现自己的人生价值，也去帮助别人实现人生价值，所谓自立立人，自达达人。后半段"所恶于上，毋以使下，所恶于下，毋以事上"以下，是说你讨厌的东西，不要用到别人身上去，这便是己所不欲，勿施于人，是讲恕。这是修身的另外一面，祛除身心中的阴气，消掉负能量，负能量去掉一分，正能量就增加一分。絜矩之道，指言行有规矩法度，正是忠恕之道，是我们为人处世的根本之道，也是我们修身的根本路径。一个人如果遵循忠恕之道或者絜矩之道，就可以跟周围的人相处而安，进而影响别人，修齐治平才能成立，才是完美的管理。

曾子讲学习者需"一日三省吾身：为人谋而不忠乎？与朋友交而不信乎？传而不习乎？"传习是学习古圣先贤和老师的话，前面两句的"忠信"，正是曾子从孔子那里学到的"忠恕"。孟子讲"有诸己之谓信"，自己身心上有了，才能取信于别人，信也是推己及人之恕。忠信便是忠恕。

尤其需要注意的是，恕并不是放纵，或者迁就。没有是非的包容，不是恕。恕心在我们今天这个时代，曾子说"哀矜而勿喜"，既是对家国和民众之忠，也是对家国和民众之恕。

最后讲一句"一以贯之"和"以一贯之"的区别："一以贯之"的主语是"一"，人和"一"没有间隔，忠恕本为天理，贯彻于世间万事，这里没有人的私心；"以一贯之"的主语是人，人和"一"隔离为二，你拿"一"去贯彻世事，难免认私情私欲为忠恕或天理，夹杂不清。归根结底，做事去除私心，秉持公心，循理而行，就能心无挂碍，坦坦荡荡。

4.16 子曰："君子喻于义，小人喻于利。"

喻，即明白、懂得的意思，如"家喻户晓""不言而喻"的"喻"。君子的精神在"义"上，故深晓"义"；小人的心思在"利"上，故凡事喻于"利"。所谓"喻"，往往是人在遇事时的第一念头，因为通晓"义"或"利"，故立刻便知义利之别。《淮南子》云："君子惧失义，小人惧失利。"正因为君子循理重义，故而凡事一眼见义，又如履薄冰，唯恐失义；小人相反，凡事一眼见利，蝇营狗苟，唯恐失去自己的私利。在电影《爱德华大夫》中，那位心理分析老教授一见面便能看出冒牌爱德华大夫精神方面的问题，他所注意到的蛛丝马迹，其他人是无法捕捉到的，正是因为老教授深"喻"于此。《周易》讲"利"为义之和，实为最广泛的利益。但在这章"利"指个人私利，包括私名。

君子怀德、怀刑，是君子喻于义，在天地间俯仰无愧怍，所以坦荡荡；小人怀土、怀惠，是小人喻于利，为人处世患得患失，所以长戚戚。

君子凡事以义而行，而世间事最重要的是君臣之义、父子之亲、夫妇之敬、兄弟之友和朋友之信这五伦，而"义、亲、敬、友、信"便是每一伦上的"义"。一个人身心有天理良知，不能凭空存在，必须在五伦中体现出来。

喻于义，出于公心；喻于利，出于私心。有人想兼顾"义"与"利"，甚至洋洋得意于自己似乎做到了，实为自欺欺人。孔子曾批评微生高不直率，有人来向他讨醋，正直的做法，有则有，无则无，而微生高悄悄向邻居家讨要了醋，然后再转手赠给来人。朱子称其为"掠美市恩"，掠取他人之美，贩卖成自己的恩惠。貌似有正直之义，实则计较的是个人的名利，陷入"喻于利"之虚伪境地。朱子好友张南轩说："无所为而为之为义，有所为而为之为利。"无所为而为，是没有个人目的，似无可为，胸中无事，唯循理而行；有所为而为，全是个人目的，胸中计较之心热切，唯趋利而行。

讲一件中国哲学史上的著名事件，在宋孝宗淳熙八年（1181）春二月十日，到庐山拜访朱子的象山先生，受邀在白鹿洞书院讲了一次课，讲的便是"君子喻于义，小人喻于利"这章。是年朱子52岁，象山43岁。陆象山的《白鹿洞书院讲义》保存至今，其要点为："此章以义、利判君子小人，辞旨晓白，然读之者苟不切己观省，亦恐未能有益也。九渊平日读此，不无所感，窃谓学者于此当辨其志。人之所喻由其所习，所习由其所志。志乎义则所习者必在于义，所习在义斯喻于义矣；志乎利则所习者必在于利，所习在利斯喻于利矣。故学者之志不可不辨也。"

读书一定要切己，从自己身心上观察反省，否则无益。学者最重要的是辨别志向，一个人所熟悉知晓的，来自他日常所从事学习的，而所习又来自他的平生志向。志乎义、志乎利，其间的大利害，学习者需要辨别清楚，不能误入歧途。"专志乎义而日勉焉，博学、审问、慎思、明辨而笃行之……由是而仕，必皆供其职，勤其事，心乎国，心乎民，而不为身计，其得不谓之君子乎！"一个人专心志乎义，日日勤勉，由此在世间做事，必定勤劳于他的职事，心系家国和人民，而不计较个人利益得失，怎么能不称之为君子呢？这次课象山讲得诚恳痛快，以至于当场有听众感发流涕，朱子也深受触动，虽天气微冷，而汗出挥扇。

义利之辨，实为每个人的人生大关口。无论富贵贫贱，尤其是已经积累了一定财富，更不必再随波逐流，不妨让自己的人生转个向，以"喻于义"为追求，也许能成就另一番事业。只要有志于"喻于义"，随时随地可以做起来。当年唐太宗"喻于利"，夺位不正，即位后，有志"喻于义"，虚怀若谷，励精图治，最终成就"贞观之治"千秋功业。

时代潮流，浩浩荡荡，有时或世事难言，有时或前景不明，但我们为人处世仍然要给"仁义"留出空间。二十世纪九十年代有企业立志"以产业报国，以民族昌盛为己任"，此为"君子喻于义"的志向，无论如何值得赞赏。人生若以仁义为第一位，利益为第二位，利益会随着仁义的实践而来，天地有扇门就此打开，能有意想不到的成就，实现真正的人生价值。反之，若舍本逐末，则"义"一定不会跟着"利"而来。

4.17　子曰："见贤思齐焉，见不贤而内自省也。"

见贤思齐，做起来不容易；见不贤而内省，做起来更难。学习者不妨平心静气体察一下，人在何种情形下，能消除浮躁之气，心能不偏不倚。《大学》引用《尚书》的话："人之有技，若己有之；人之彦圣，其心好之。"看到他人有技能，好像自己有了；看到他人有德行，则喜好之。如此便是见贤思齐。心摆正了，看到他人的善言善行，不仅仅是羡慕，自己也想做到那样；反之，"见不善如探汤"，看到他人的恶言恶行，则要反省自己是否也有相似的起心动念。比如微生高"乞醯"，这样掠美市恩的行为，事情似乎不大，却能见微知著，这样不诚的心念，我们是否常有？这是很值得反省的地方。

见贤与见不贤，都归到自己身心上来，而非事不关己高高挂起，这是为己之学。凡事保持距离感，只关心与自己有关的，这样的人并无热心肠。人的生命本来如源头活水，充沛而丰富，偶尔风雨交加，而生命的底色终究是美好的。我们只要与天地同体，全身心拥抱人生，就对世间事不会袖手旁观，自然见贤思齐、见不贤而内自省。而只有拥有足够的觉察力，才能认识到别人的贤，察觉别人的不贤。

明万历初年首辅张居正说："见贤思齐则日进于高明，见不贤而自省则不流于污下。"我们平时读古书，研习古圣先贤的话，要善于看他们的心，然后返回到自己身心上来，这也是见贤思齐，见不贤而内自省。其实古代离我们并不远，古时事亦是当今事，此心同，此理同，学习者不可自我局限。学习圣贤并非为了增加谈资，而是力求做到与古人同心同德，正所谓"尚友古人"，往上与古人做朋友。

　　人的觉察力并非一下子就能提高，需要长期自觉的训练。有些人天生多愁善感，也擅长反省，但这个敏感度的走向很重要，起心动念到底是往哪个方向？有些人的反省反而会让他变得更自私。天地如此之大，我们的觉醒是打开心量，与天地同游，而不是变得越来越小，愈发固执。有人见贤并不思齐，第一念头反而是相轻，有句话"同行是冤家"，相同或相似领域里的人尤其如此。归根结底是他的傲心除不去，不甘人下，无论是具体的技能，还是德行，不愿意承认自己不如人。有一种风气，是宁愿作真小人，不愿做伪君子，把真小人那种不管不顾的肆意言行，当作真性情。伪君子固然可耻，可把真小人的肆无忌惮当作有个性，同样错误。没把自己的身心和情感投在世事上，只是为了私情私欲，难免如此颠倒是非。

　　"见贤思齐，见不贤而内自省"，是一种自家精神提起来的身心状态，而不是悠悠度日。提起精神，一开始需要自律。任何法门的学习，说到底皆是自律。自律看似辛苦，其实最有力量，最终也是最轻松的，正如孔子的"从心所欲不逾矩"。人的生命力表现在身心和言行的秩序上，生命有秩序，内心坦荡，虚怀若谷，才能做到见贤思齐，见不贤而内自省。

　　有人批评前辈或时人的短处，程子告诫说："贤且学他是处，未须论他不是处。"多看对方好的方面，不要只盯着他不好的一面。内心良善和光明与否，在看待世事方面差别很大。一个人的眼睛所看到的，常常并非所谓的客观实相，恰恰是自己心念的映现。人需要具备这样细微的觉察力。鲁迅先生曾说："我的确时时解剖别人，然而更多的是更无情面地解剖我自己。"（《写在〈坟〉后面》，1926年11月作于厦门）这种不留余地的自我觉察，需要极大的勇气。

　　阳明先生有一篇短文《书正宪扇》，讲到了人的傲心，本是他写在儿子的扇上以时时起到警醒作用的，作于嘉靖四年乙酉，那年阳明五十四岁，家居会稽，是他生命的最后阶段。

　　"今人病痛，大段只是傲。千罪百恶，皆从傲上来。傲则自高自是，不肯屈下人。故为子而傲，必不能孝；为弟而傲，必不能弟；为臣而傲，必不能忠。象之不仁，丹朱之不肖，皆只是一‘傲’字，便结果了一生，做个极恶大罪的人，更无解救得处。汝曹为学，先要除此病根，方才有地步可进。‘傲’之反为‘谦’。‘谦’字便是对症之药。非但是外貌卑逊，须是中心恭敬，撙节退让，常见自己不是，真能虚己受人。故为子而谦，斯能孝；为弟而谦，斯能弟；为臣而谦，斯能忠。尧舜之圣，只是谦到至诚处，便是允恭克让，温恭允塞也。汝曹勉之敬之，其毋若伯鲁之简哉！"

阳明劈头就说"今人病痛，大段只是傲"，此处"病痛"并非身体器官之病，而是"破山中贼易，破心中贼难"中的"心中贼"。傲心，往细处想，其实就是我心太重，时时处处都是一个"我"。不信也是傲，这一点是很多人没有想到的。我们经常见到有些人，凡事很难升起"相信"二字，总是抱着怀疑，甚是相反的看法，不信别人，也不信自己，空空荡荡，不知归向何处。我们应经常提起程子的话："自暴者拒之以不信，自弃者绝之以不为。"无论别人说得有理还是无理，他内心深处总之就是一个"不信"，其实是把自己脱离于世事之外，是从外面看待身边的人和事，并没有把自己的身心和感情放进去。"信"是所有的学习中，第一重要的法门。信有多重层次，第一步至少先要有敬畏，没有敬畏心，自然便是傲心。为人子而有傲心，看到的则是父母的不足，必不会孝；为弟、为臣，任何的社会角色，皆如此。人有傲心，没有信心，一定不会忠于他所从事的事业。管理者如果有傲心，只靠硬权力管理，一定不能管理好团队，而软权力是管理者的德行，进一步扩展企业文化，更有说服力，管理更有效。一个"傲"字，能结果人的一生，以至于无可救药。修身，一定要除掉这个病根，才会有所进步。傲的反面是谦，把自己的心怀虚下来，能容人，能容物，便是"谦"，"谦"是"傲"的对症之药。"谦"并不仅仅是外貌展现的恭逊，更是内心的诚敬。礼的本质就是让。常见自己的不足，能虚己待人，接受他人的建议及批评，这是对他人的敬，对他人的礼。"故为子而谦，斯能孝；为弟而谦，斯能弟；为臣而谦，斯能忠。"谦怀所至之处，常有意想不到的效应。但谦怀是人本该有的德行，而不是为了什么目的而故意做出来的样子。刻意做出来的"谦怀"，仍是作伪。阳明举例尧舜之所以为圣人，正是因为谦怀到了至诚的地步。《书正宪扇》这样的短文，一二百字，值得我们反复诵读。诵读是很高明的学习方法，能对学习起到很大的促进作用。

《韩诗外传》卷七中有一个故事："南假子过程本子，本为之烹鲡鱼。南假子曰：'闻君子不食鲡鱼。'本子曰：'此乃君子不食也，我何与焉？'假子曰：'夫高比所以广德也，下比所以狭行也。比于善者，自进之阶；比于恶者，自退之原也。且《诗》不云："高山仰止，景行行止。"吾岂自比君子哉？志慕之而已矣。'"南假子拜访程本子，本子为他烹饪鲡鱼，南假子说我听闻君子有恻隐之心，不吃鲡鱼。本子说那是君子不吃，与我们有何关系！假子说了这样一句话：你往上比，你的德行就能广阔起来；你往下比，你的格局就越来越小，行为越狭隘；你跟善者比，是往上进的阶梯；你跟不贤的人比，是自我退步的源头。况且《诗经》说："高山仰止，景行行止。"这是对贤者的仰慕。在《说苑》里南假子还引用了孔子这句话"见贤思齐焉，见不贤而内自省"，见贤思齐让人往上走，见不贤而不自省则是往下走。

不过，提高对贤与不贤的辨别力，也需要学习。人有傲心，或"喻于利"，或内心有偏见，都会影响判断力。《三国演义》中刘备一开始以貌取人，并没有认识到凤雏庞统之才德；魏徵常常对唐太宗犯颜直谏，一次从朝堂回来，太宗怒气冲冲地说："会须杀此田舍翁！"我终究要杀了这个乡巴佬。长孙皇后赶紧劝谏，才免除了祸事。这是以贤为不贤。还有以不贤为贤，比如宋高宗看秦桧，明世宗看严嵩，都只看到了才能，而没有看清其德行。一个人要提高自己的辨别力并不容易，常常是当局者迷旁观者清。所以学习、读书、群体切磋讨论、在事上磨练，都至关重要。最重要的是去掉浮躁之气，将心怀虚下来，不要塞满，看待别人自然公正一些。而圣贤的言行，如同灯塔一般，是指引我们往上走的源泉和力量。

4.18 子曰："事父母，幾（几）谏，见志不从，又敬不违，劳而不怨。"

谏是劝告，幾是细微。"幾"是很重要的一个字，儒家特重"知幾"，是说对事物发展的细微处有足够的体察力和判断力。"幾"现在简化成"几"，指几案，是完全不同的两个字。"幾"，分成两个部分，上面是"丝（yōu）"，由两个"丝"组成，表示极细微；下面是"戍"，意为戍卫。上下放在一起，涵义就很丰富：一个人对自己内心细微的变化有警醒和危机感，然后去保卫它，始终保持战战兢兢的精神张力。这是一个动态的表述。《说文》把"幾"解释为"微也，殆也"，既细微又危殆。一个汉字蕴涵了一种变动不居的活力。又如"冲"字，意思是流水往下倾泻到水池里，激起水雾蒸腾，老子讲"大盈若冲"，永远是不盈满、处于腾冲的态势，绝无静止的时刻。

对父母的劝告，应该从细微的地方婉转切入，不可鲁莽行事，这是需要我们保持警醒的，一不留神，就会出现伤害。如果你的志愿没有被父母听从，仍然要保持敬意，而不违背他们。在这个过程中，你付出了身体的劳动，还有心理的劳乏，但不可有怨言。

孝道，最重要的是敬。子游问孝，子曰："今之孝者，是谓能养。至于犬马，皆能有养，不敬，何以别乎？"有人觉得父母有吃有喝，什么东西都给弄好了，这就是孝。其实那只是"能养"，如果没有敬，跟养犬马有什么区别？赡养、劝告，都须以敬为中心。

《弟子规》讲"亲有过，谏使更。怡吾色，柔吾声"，父母有过错，对他们进行劝告，脸色要和悦，声音要柔和。"谏不入，悦复谏"，劝告没有被听进去，等父母心情好的时候，继续劝告。"号泣随，挞无怨"，哪怕是哭泣，甚至被揍一顿，都没有怨言。当然在现实里这很难拿捏，尤其是今天的人，经常不看场合，跟父母辨别是非，疾言厉色，不顾父母的接受程度，完全没有"幾谏"的心念，而且还理直气壮，以为理所当然。幾谏的根本是爱敬，真正的爱一定会伴随着敬，对父母有足够的爱和敬，自然就不忍心声色俱厉。子夏问孝，子曰："色难。"是说在对待父母时保持和悦的脸色是很难的，而这恰恰是孝顺父母最重要的地方，"怡吾色，柔吾声"背后正是对父母的爱敬。

一个"敬"字，是圣人之学。人对待天地家国，对待家庭，对待事业，对待朋友，从头到尾都只是一个"敬"字。"主一无适之谓敬"，竭尽全力，一切以天理为标准去做，没有三心二意，没有私情私欲，便是敬。即便时代大环境发生了迁改，人和人之间相处的方式出现了变化，但"君子敬而无失"，唯有靠"敬"，才不会有身心的过失。

本章以下连续四章都讲孝事父母。父母是我们每个人心中最深广、最激切、最真挚的情感所在。有个成语"跪乳反哺"，在《增广贤文》里具体讲成"羊有跪乳之恩，鸦有反哺之义"，小羊跪下来吃奶，是对母亲恩情的敬；乌鸦刚出生，父母哺食它六十天，等它长大以后也会反哺父母六十天。动物尚且如此，更何况人呢？《诗经》里有不少咏叹父母的诗句，如《凯风》讲："有子七人，母氏劳苦。有子七人，莫慰母心。"在孝顺父母这件事情上永远都觉得自己做得不够，是孝子之心。如果觉得自己做得很好，已经是个孝子，从起心动念上，便有所欠缺了。"大孝终身慕父母"（《孟子·万章章句上》），大孝会像孺子一样终身爱慕自己的父母。我们观察婴幼儿看父母时的眼神，流露出来的那种依赖、爱慕是非常感人的。父母看自己孩子的眼神，流露出来的慈爱也非常感人。父母和孩子之间的感情，没有任何条件，是人类世界中最真挚的感情。以前有句话"天下无不是的父母"，很多人不理解，会说父母怎么会没有错呢？当然，父母肯定会犯错。只是随着年龄的增长，我们经常忘了在孩提时对父母的那种孺慕之情。在孩子眼里，他可以不解，或者惶恐，但不会觉得父母有过错。其实这句话是从孺子的视角去看，讲的是孺慕之心。

4.19 子曰："父母在，不远游，游必有方。"

人在长大的过程中，世界的大门逐渐向他打开，他要自己到天地里四处游历。以前交通不便，仕宦、做生意，路途遥远，很长时间都不能回到父母身边。现如今的交通固然可以一日千里，可子女在外地工作，不能在父母膝下奉养的情况，也很常见。父母健在，子女不当远游，若迫不得已长期外出，一定要有具体的方向，让父母知道自己在哪里，就像风筝一样，不管飞多高多远，总有一根线牵在父母手里，他们的思念有具体的指向，心里就会宽慰一些。担心父母对自己的思念没有着落，这仍然是从起心动念上下功夫，是发自对父母的爱慕之心，以父母之心为心。

《礼记·曲礼上》："夫为人子者，出必告，反必面。所游必有常，所习必有业。恒言不称老。年长以倍则父事之；十年以长则兄事之；五年以长则肩随之；群居五人，则长者必异席。"这里"出必告，反必面"，后来被用到《弟子规》里，是说出门时告诉父母要去哪里，回来时再去面见父母，察言观色，对父母体贴入微。游历有个常处，而不是茫无目的四下游荡；有正经的职业，而不是游手好闲。在父母前不说自己年老，现在民间仍有这样的习惯。遇到比自己年龄大一倍的人，就以父辈之礼待之；比自己大十岁左右，兄事之；大五岁，年龄差不多，可以肩并肩一起进出。对待需要"父事之""兄事之"的人，应当如孟子说的"徐行后长者"，慢慢走在他后面。如果有五个人在一起谈话、论学或吃饭，年长的人一定要单独坐一张桌子。这段话讲的是待人接物的礼，正是出于对父母的爱敬，然后把此心往外推。在我们今天的日常交往中，仍然适用，可见礼乐文明已经深入到中国人的血液里，是中华文明独有的特征。

4.20 子曰："三年无改于父之道，可谓孝矣。"

这一章重出。《论语·学而》篇也曾提到，子曰："父在，观其志；父没，观其行；三年无改于父之道，可谓孝矣。"父亲在世时，观察子女的志向若何；父亲去世了，观察子女的行为怎样；如果三年不改变父亲的道，可以称得上孝。需要特别说明，这里的"父之道"，唯指符合仁义至善、天理良知之道。

对于每个人而言，父母永远是内心深处最柔软的部分，对父母的孺慕之情，始终在心底。父母生前，尽最大努力孝顺他们；父母去世了，想起他们，内心深处只会更加柔软，怎么会忍心去改变父亲的道呢？父亲难免会做错事，儿女不会立刻去改变，至少会暂时放在那里，徐待他日。孝子成父之美，不成父之恶。

古时合族而居，长辈一般不过问家里琐碎的事情，由子弟轮流管理，对于儿孙辈修习"执事敬"是很好的锻炼。当今社会，虽然子女外出工作，不常与父母同住，"三年无改于父之道，可谓孝矣"这句话仍然有意义。父母离得远，自己的言行是对父母善道的继承与发扬，此为家训家风。人从小受父母熏陶，长大后有了自己的家庭与孩子，也当常常想起父母的教育、善良、处世之道等，将这些传承给自己的孩子。年轻时也许会觉得那是束缚，年龄增长后会意识到父母的善道实为家庭及自己身心稳定的保障，就会自觉传承下去。子女有传承家训家风的责任，并将其呵护好，这就是孝。扩大开来，乃至于对本地民风乡俗的维护，对民族国家精神的传承，是个体对家国、对天地的责任。

　　古时"忠""孝"是放一起的，只有真孝子才会忠于家国。林则徐有副对联，上联便是："一等人，忠臣孝子。"世人常常对"忠"有误解，其实忠未必是忠于某个人，而是忠于自己毕生追求的事业。《孝经》是曾子和老师孔子的对话，是儒家十三经中非常重要的一部，孔子曾说："吾志在《春秋》，行在《孝经》。"把《孝经》提到和《春秋》同等重要的地位，且尤其注重"行"。《孝经》中有一段，曾子问："若夫慈爱恭敬、安亲扬名，则闻命矣。敢问子从父之令，可谓孝乎？"他说对父母慈爱恭敬，令父母安心，让自己扬名于后世，荣耀父母，这个道理我已经明白了，而子女对父母言听计从，这叫孝吗？孔子批评道："是何言与，是何言与！昔者天子有争臣七人，虽无道，不失其天下；诸侯有争臣五人，虽无道，不失其国；大夫有争臣三人，虽无道，不失其家；士有争友，则身不离于令名；父有争子，则身不陷于不义。故当不义，则子不可以不争于父，臣不可以不争于君。故当不义，则争之，从父之令，又焉得为孝乎？"他说，这是什么话！古时天子、诸侯、士大夫都有诤臣诤友，哪怕自己做出无道之事，因为诤臣诤友的力谏和纠正，也不至于失天下、失国、失家、失身，而父亲有诤子的劝告，不至陷于不义，所以说对父亲言听计从，怎么能称得上为孝！一个勇于在世间做事的人，如果身边能有诤友对自己进行批评，那是幸运的事，值得珍惜。当然，与父母争论，要"怡吾色，柔吾声"，注意方法，婉转劝告，勇于将过错自己承担，逐渐去感悟父母之心。而忠于事业的人，一定会像呵护眼睛一般，战战兢兢对待自己的事业，如果出现不正之事，会据理力争，尽力正己，进而正人。

《礼记·坊记》讲："君子弛其亲之过，而敬其美。"君子抛掉父母的过错，敬畏父母的善道且传承下去。商高宗为父亲守孝三年不说话，三年后他开口说话，天下都欢喜不已。孔子说："从命不忿，微谏不倦，劳而不怨，可谓孝矣。"孝顺父母，内心没有忿忿不平，对父母进行婉转劝告也不会有倦怠，为父母做事劳苦也无怨无悔。《诗经》讲"孝子不匮"，真正的孝子没有匮乏之时，不管是身心层面还是物质层面。小康之家父慈子孝，家庭和睦，一定不会有什么匮乏。"睦于父母之党，可谓孝矣。"善于体贴父母之心，与父母的亲友和睦相处，这也是孝。"小人皆能养其亲，君子不敬，何以辨？"小人也能赡养双亲，如果君子不敬事父母，那与小人有什么区别呢？"父母在不称老，言孝不言慈，闺门之内，戏而不叹。"父母在时不自称老，不要想父母慈不慈，只讲自己孝不孝，从自己做起，责于己而不责于人，家里只有欢笑而没有唉声叹气。

4.21　子曰："父母之年，不可不知也。一则以喜，一则以惧。"

孔子说：父母的年龄不能不知道，一方面为他们的康健感到喜悦，一方面又恐惧他们的日渐衰老。这种真挚且隐微的情感，不用多讲，每个子女都会有。喜悦与恐惧，都是从良知中来。在父母年强力壮时是喜多而惧少，到了父母暮年则是惧多而喜少，但人终究抵不过岁月，喜之念也终究抵不过惧之念，所以就会付诸行动，尽力孝顺父母。

《韩诗外传》卷九有个故事，孔子外出，在路上听到有哭声，甚为悲凉，便与学生说，赶紧去看看，前面一定有贤者。过去一看是皋鱼，穿着粗布衣服，抱着镰刀在路边哭，孔子下车问：你家里没有丧事，为什么哭得如此悲伤？皋鱼说我有三失："少而学，游诸侯，以后吾亲，失之一也；高尚吾志，间吾事君，失之二也；与友厚而小绝之，失之三矣。"人在年轻时心念都是向外走的，到处游历，常常不顾及父母，来不及尽孝而父母去世，这是一失；自以为志向很高，目无下尘，不愿与平庸的人共事，老大无成，这是二失；本来与朋友关系很好，不懂得珍惜，以至于断绝，这是三失。学习与修身，都是从细微处做起，"道不远人"，真正的道就在我们身边，若不从身边做起、不从日常做起，好高骛远，最终徒增马齿而已。皋鱼接着说："树欲静而风不止，子欲养而亲不待也，往而不可追者，年也，去而不可得见者，亲也。吾请从此辞矣。"然后立槁而死。这几句浅显易懂，世人经常引用。世间纵有万般不平等，但在一件事上永远都是公平的，那就是光阴流逝谁都逃不过，在岁月面前一律平等。"立槁而死"可以看作是一个譬喻，彰显皋鱼内心极度的悔恨。

孝事父母，既要有对父母的敬，又要有跟父母之间真挚的感情。前面几章如"父母之年不可不知""父母在，不远游"，多是从情感层面来讲。父母和子女之间的相处，是世界上最真挚的情感之一，再亲密的亲子关系，都应该以"敬"为中心。"敬"发自内心，以此与父母相处，才是真正的"孝"，没有过失的"孝"。"敬"是孝事父母的根本原则。

"行有余力，则以学文"，一个人若抛弃日常实践，一心只钻在书册中，这不是学习，而是要先做好自己该做的事，尤其需要在五伦上用心和用功，君臣之义，父子之亲，夫妇之礼，长幼之序，朋友之信，尽到自己在世间应尽的责任，学习和保持在人世间的秩序感，自律律人，非常重要。

《中庸》讲："故君子不可以不修身，思修身，不可以不事亲；思事亲，不可以不知人。"《大学》讲："自天子以至于庶人，壹是皆以修身为本。"用现在的话来说，就是对自我有更高的要求，提高自己身心的层次，唯有修身，方谓之君子。修身由近及远，一定要从孝事父母开始。真正的孝子，必定尊礼敬贤，既然要敬礼贤者，就不能不知人。古人讲有孝子必有忠臣，心中有爱敬，就能向外推及至家国天下，也一定能忠于自己的事业，内外一致。反之亦然，不孝，一定也不能忠。所以判断一个人到底是什么样的人，就看他是否真孝。《论语·为政》篇记载，或谓孔子曰："子奚不为政？"子曰："《书》云：'孝乎惟孝，友于兄弟。'施于有政，是亦为政，奚其为为政？"在家里孝事父母，对兄弟友爱，往外扩展，这就是"为政"。政者正也，正己然后正人，这是政治的根本要道。知人、知言，是儒家非常重要的德行和能力。只有先对自己有充分的了解，才能进一步洞彻人的本性和七情六欲，知己方能知人，智慧才会达到很高的阶段。《中庸》又讲："顺乎亲有道，反诸身不诚，不顺乎亲矣。"孝顺双亲有大道，便是反身而诚，首先要从诚其意开始，凡事检查自己的心念是否出于诚，否则不可能孝顺双亲。什么是"诚"呢？"真实无妄之谓诚"，不自欺，不欺人，不欺天，敬天、乐天。"不愧屋漏"，是很细微的反省能力，半夜三更，扪心自问，是否愧对天地，愧对世间的事业、亲友，这是"诚"。儒家不讲听天由命，而讲乐天知命，顺应天地之道，穷尽天地赋予的光明本性，便能达至自己的天命，所谓尽性致命，是往上面走。

4.22 子曰："古者言之不出，耻躬之不逮也。"

这章和《论语·宪问》中"君子耻其言而过其行"义理相近，可以参看。

"言之不出"，并不是不说话，而是不轻易说话。"耻躬之不逮也"，身体的行为跟不上言语，所谓言过其行，人应当以此为耻。有些人说话很容易，但行动起来很难。历来有人说"知易行难"或"知难行易"，都是从某个角度去说，言和行需要结合起来。《五灯会元》里鸟窠和尚告诉白居易："诸恶莫作，众善奉行！"白居易说这话三岁小孩都知道，和尚就说："三岁小儿说得，八十老翁行不得！"人常说"言语的巨人，行动的矮子"，那些懒于行动、没有行动力的人，特别喜欢大言不惭，这其实很可耻。我们现在人经常以耻为不耻，以不耻为耻，颠倒过来，本末倒置。行动力强的人，并不轻易说话。

《礼记·杂记》讲君子有五耻："居其位，无其言，君子耻之；有其言，无其行，君子耻之；既得之又失之，君子耻之；地有余而民不足，君子耻之，众寡均而倍焉，君子耻之。"在某个位置上做事，应该有适合那个位置的言语。反过来，有什么样的言语，便应该有相应的行动。为何有时候会"既得之，又失之"？是因为你没有在那件事情上集中注意力，"君子敬而无失"，如果你对那个事情有足够的敬意，就不会失去。敬是全力以赴的意思。"地有余而民不足"，只知道占地，抢夺势力范围，却没有人跟随，光杆司令，有位无德，"君子耻之"；"众寡均而倍焉"，跟别人相比，你的资源差不多是均衡的，但人家做的事情却比你多，说明人家付出了足够的诚敬，"君子耻之"。以上是君子的五种耻辱。"子路有闻，未之能行，唯恐有闻"，子路听到什么话，在没有付诸行动之前，就不敢再听了，可见他的实践之勇。

4.23 子曰："以约失之者鲜矣！"

此章关键词是"约"。前面我们学习"不仁者不可久处约"时详细解释过"约"字。《说文》："约，缠束也。"引申为约束、俭约之义。"温良恭俭让"的"俭"和"约"意思相近，是收敛不放肆的意思，既是从言行上讲，也是从心念上讲，它的要求更细微，是觉察力的高级阶段，尤其需要我们时时警醒。《左传》庄公二十四年："俭，德之共也。"俭约为所有道德品质的最大公约数。俭约的反面是奢侈，常常表现为感官享受方面。有的人看上去对物质没有欲求，但心思烦乱，仍不能称为俭约。王熙凤在物质和权力方面都有很大的欲望，固然不是俭约，而黛玉看似清心寡欲，其实心思过分细腻，思虑过多，也称不上俭约。

粗略来讲，人的精神由三部分构成，类似于三个同心圆，最里面的核心部分是光明至善的本性，往外第二层是我们的心，"出入无时，莫知其向"，心在时间维度和方向维度上都不可控制，但"操则存，舍则亡"，如能以本性去控制，则心存；若不能以本性去控制，则心亡，流荡无所归。最外面一层是我们的意念、七情六欲。心理学的研究一般只停留在最外一层，最多能稍稍触及"心"的层面。《大学》讲"小人闲居为不善，无所不至"，即指凡夫独处时心念纷飞，尽管他没有付诸实践，但各种不善的念头都会冒出来，无所不至。我们的修身，第一步便是"收放心"，正是要从看不见摸不着的意念层面着手，心念层面一般都在我们的意识中，程子讲把心收回腔子里，指的就是把纷飞不定、放逸的心念收回到心里面去，具体方法是从诚意开始做起，凡事提起精神，拿出诚意。俭约，是对心念控制的过程，也是控制住心念的结果。圣人的状态，无非就是三个同心圆合为一个圆，心、性、念合一，凡事符合天理良知，他也会犯错，却能迅速察觉，及时纠正。

　　鲜，意思是少见。人能控制自己的心念，至于俭约状态，他就很少会出现过失，既指言行上的过失，更指失德。这就是我们常说的自律。任何法门的修身都是从自律开始的。孔子告诉颜回的"克己"，说的便是克制自己的各种行为及心念，自律以至于俭约的状态，那便是复礼，恢复到天理。一个严于自律的人，很少会有言行或者身心的过失。我们常说的极简主义，不仅是物质层面的收敛，更指心不受物质所控制，心是俭约的。

　　程子自小体弱多病，需要保生，不免在物质方面有一些讲究，但他不受物质控制。学生问先生也要保生吗？程子默然曰："吾以忘生徇欲为深耻。"忘却生命的本质，而去顺徇欲望，此为深耻。心念纯粹，清清爽爽，想来则来，想走就走，物质方面不在意念之中，这才是极简主义。

　　人生当以俭为贵。张居正说，凡人立身行己，若心里放肆，则其所行必有过差；如果能收敛俭约，凡事按照规矩来，小到自己的养生，大到单位、家国之事，岂会有差错呢？

　　"《诗》三百，一言以蔽之，曰：'思无邪'。"思虑没有邪僻，哀而不伤，乐而不淫，这是对自己心念的约束，真正的学习当由此入手。孟子曰："五谷者，种之美者也。苟为不熟，不如荑稗。夫仁，亦在乎熟之而已矣。"种子生长成熟，能成为养育人的五谷，如果不能成熟，还不如杂草。因此对于学习者而言，学习仁义就在于熟与不熟之间，从不熟到熟，孜孜不倦，达到成熟阶段，便是仁义。若半途而废，或自暴自弃，恐怕还不如小人。真正的学习，绝不是想当然的顿悟之类。

　　4.24　子曰："君子欲讷于言而敏于行。"

　　这章讲慎言贵行，和上章"古者言之不出，耻躬之不逮也"，以及《论语·学而》"君子食无求饱，居无求安，敏于事而慎于言，就有道而正焉，可谓好学也已"，可以相互参看。

　　何为好学？并不是有艰深宏大的研究目标，钻到书册里去。"行有余力，则以学文"，首先要去做事，去行动。无论何时，世界如何，我们安身立命，为人处世，要做一些实事，做一些有意义、有价值的事情。如果要言谈，尽量以仁义为中心。那种"饱食终日，言不及义"的享乐或浑浑噩噩，君子耻之。"食无求饱，居无求安"，在物质层面差不多就可以了，不追求过分享受，俭约一些，养护身体的目的是为了在世间承担应有的责任。话少一点，行动敏捷一些。时常跟有道德的人在一起，有一个共学的群体，正己从而正人。这样才是好学。

《说文》解"讷"为"言难也"，另一本字书《玉篇》解为"迟钝也"，即"言之不出"之义，不轻易说话。道家的关尹子说："穷天下之辩者，不在辩而在讷。"真正的穷辩，不在多言，而在于讷。老子的名言"大辩若讷"差不多也是这个意思。孔子更是说"巧言令色，鲜矣仁"。为人深沉一些，蕴藉一些，没有那么多浮华，回归生命的本源。

在《论语·乡党》篇里，记录了孔子的很多言谈举止，让后人能看到圣人气象，这对于我们中国人几千年的精神面貌产生了根本性影响。孔子与乡党在一起时，"恂恂如也，似不能言者"，信实笃定，且谦卑逊顺，好像不太能说话的样子；他在宗庙朝廷时，"便便言，唯谨尔"，说话有条理，博学明辨，但谨慎节制而不放肆；在朝堂"与下大夫言，侃侃如也"，与官职低的人说话，侃侃而谈，谨慎而刚直；"与上大夫言，訚訚如也"，与官职高的人说话，面貌和悦，谨慎而辩争。我们一面学习孔子的言辞，一面细细体察孔子的日常行为，相互印证，体察于自己的身心，慢慢就会有所得。

君子若遇到是非问题，则一定要辨别分明，辩论清楚，如孟子所说："予岂好辩哉？予不得已也。"有人遇到是非问题，事不关己，高高挂起，那是并没有把自身生命放到这个世界，看似在做事，其实与天地是疏离的，只有真正把自己放进去了，对世界有感情了，才会辨别世间是非，活得明明白白。

"欲"是力求的意思，力求做到"讷于言而敏于行"，这便是学习，是克己自律的工夫。世间做实事有时候不容易，需要行动敏捷一些，不拖泥带水。说话艰难或许是好事，因为在精神层面可能更丰富。有一种人，看似木讷，行动力强，实则做事效率不高，拖延严重，不能给人以稳定感，这类人尤其需要在"敏于行"上磨练。

"讷于言而敏于行"，是中华文化的特色，和西方文化有很大区别。在治理层面，中华文化特重老成谋事，反对耸人听闻的言论，尤其不以"求异"为高，更崇尚求同存异，和而不同，勇于任事，以行动为重。

4.25 子曰："德不孤，必有邻。"

此章勉励人修身以德。邻，就是亲。一个人修德，不会孤独，一定会有人来亲近，找到志同道合的朋友。一个人有了富贵，那便达到了孟子说的"人爵"，应当再往上走一步，寻求"天爵"。仁义忠信，乐善不倦，便是天爵，也是人之所以为人的责任。修天爵，人爵会跟着来；若只修人爵，天爵不会跟着来；如果修天爵的目的是为了得到人爵，甚至修得人爵后便抛弃了天爵，这样本末倒置，修得的人爵，也会既得之，必失之。

一个人修习天理良知，到自己身心上来，所得多为大德，所得少为小德，同气相求，同声相应，一定会有同类应声而来，"有朋自远方来"亦是此意。这也是管理学。企业文化是软权力，能做到一呼百应；靠硬权力虽能解决问题，但跟以德服人有根本不同。

《周易·系辞》："方以类聚，物以群分，吉凶生矣。""方"是"道"的意思，同道以类聚，万物以群分，有同有异，有聚有分，顺其所同则吉，乖其所趋则凶；志同道合则吉，道不同却以私利相处则凶，世间的吉凶就在此。《周易·坤卦·文言》曰："君子敬以直内，义以方外，敬义立而德不孤。"君子主敬以正直内心，立义以方正言行，敬和义树立起来，身心有德行，便不会孤独。"诚""敬"二字，是学习的根本方法，既是学习的起点，也是终点。圣人熟于诚敬，一般学习者凡事需要检查自己的诚敬是否足够，处世之前尽力将诚敬提起来，从起心动念上贯彻诚敬，这是古人讲的工夫，今天称为具体学习方法。很多人学习不注重工夫，只是读书，那是远远不够的。工夫如渡海行舟，又如风浪中的把柄，可以随时拿起来用。若无工夫，断难有成。

儒家讲感应，有感有应，我以诚敬触感他人，他人以诚敬应我，世事吉凶也蕴含在此。

在修德的过程中，不被人知道，甚至被别人批评、讽刺等情况并不少见。

乾卦初九爻讲"潜龙勿用",是说一个人有德,尚未用于世,暂时潜伏,此时应当"遁世无闷",隐遁世间,内心却不烦闷。《中庸》说:"君子依乎中庸,遁世不见知而不悔。"以中庸之道行事,凡事不偏不倚,刚好行在中间,用最适宜的方法去做,即使不被他人所知,也没什么可后悔的。但是,即便是在"遁世无闷""潜龙勿用""莫患人之莫己知"这种情况下,也不能独学而无友,仍然要亲师求友,有师友切磋,以友辅仁,在善德善行方面相互鼓励,共同进步;有过错时,相互规劝以改正,正是茫茫人世中的守望相助。阳明讲人之大病在于傲,如果在亲师求友时没有善下之心,德行就很难有进步。人也不可特立独行,总认为真理掌握在自己手里,这样也会离德越来越远。

4.26 子游曰:"事君数,斯辱矣;朋友数,斯疏矣"。

言偃,字子游,常熟人,小孔子45岁,是孔门十哲之一,属于四科中的文学科,精通礼乐,在《礼记》中有他很多言论,传孔子之道的曾子在礼乐方面也受到过子游的批评。子游曾经做过鲁国的武城宰,以礼乐教化民众,境内到处有弦歌之声。子游学成后回到南方传道,被称为南方夫子。《论语》里子游和老师讨论的都是生命学问的核心问题。

这章的"数",读 shuò,意思是烦数,次数过多以至于引起他人的厌烦。成语"数见不鲜","数"即屡次之意,也可说成"屡见不鲜"。为君主(今天可泛化为上级)效劳,若劝谏他的次数太多,引起对方的厌烦,是自取其辱;对朋友责善,劝告过多,也会引起对方的厌烦,导致关系疏远。劝谏别人,本意是希望起到应有的助益作用,但诚意不够,或方法不得当,言语过多便没有分量,反而引起相反的效果。

对领导需要有犯而无隐,对朋友需要有责善之信,这是大义所在,但需要检查自己的诚意,把握好相处的尺度。子贡问友,子曰:"忠告而善道之,不可则止,毋自辱焉。"朋友是用来辅仁的,对方有过错,一定要尽心尽力去帮他纠正,不要隐瞒,而任凭朋友的过错发展下去,并不是对朋友的忠信。但劝谏的方法不对,不能因势利导,也不行。劝谏他人的过失,需要诚心诚意,心平气和，不厌其烦，委曲开导。我们与亲人的相处需要陪伴，付出时间，若没有耐心，哪来的爱敬？跟朋友相处亦然。处朋友之道，并非靠名利这些东西，而是靠同声相应、同气相求，共进于善，也要付出耐心、感情、诚恳。今人常得意于说话直来直去，认为那是正直，其实不是，这并非交朋友的好方法。要想自己的话在对方身上起作用，就需要注意合适的时机和语气，还要用对方能接受的方式。自己需要尽心，但听不听却在对方。如果对方执迷不悟，听不进去，那就不要反复劝谏以至于引起厌烦，从而导致疏远。这便是朋友之信。

子夏曰："君子信而后劳其民；未信，则以为厉己也。信而后谏；未信，则以为谤己也。"除了前面讲的"适可而止"的原则，子夏又讲了君臣之义、朋友之信的另一个重要原则：取得他人信任才可去劝谏，否则对方会以为是在诽谤他。这种情况很常见。有诸己之谓信，意思是先检查自己有没有取信于别人的东西，比如起心动念，是为了表现自己洞察世事的高明，还是真心站在他的立场去考虑，能不能察言观色选择时机？孟子讲"志壹动气"，自己有了志义和忠信，情感方面包括气息、脸色这些自然就能跟上，诚意也会随之而出。

子游这句话，本是对劝告者而言，但善学者也应当从被劝者的角度去体察。我们应当反过来思考，作为被劝者，如何看待他人的劝谏，须知良药苦口、忠言逆耳，遇到他人的诚意劝谏，应当虚怀逊志，控制不以为然或厌烦等情绪，想一想对方的话是否有可取之处，进而切磋琢磨。

不妨进一步省察，劝谏别人，如果没有起到很好的效果，乃至引起厌烦和疏远，往往是由于劝谏者的诚意不够。"事有不行，反诸己"，凡事检查自己的"诚敬"，并由此二字反省自己的方法。细微而有效的反省其实不容易，人意念的力量非常大，强烈的意念会动摇本心和志向，这是孟子讲的"气壹则动志"。学习的方法，是将七情六欲和本心、志向结合起来，以情欲往志意上靠，以志意匡正和约束情欲。这样我们的省察力才会得以提高，身心也会渐渐有得于天理良知。

（本讲稿是在樊丽萍女士的整理稿上修订而成，谨致谢忱）

| 邹博讲儒 |

孟子 "尽心" 工夫浅谈

邓秉元

各位朋友、各位同道：

很荣幸再次来到孟子故里——邹城，并与在座的朋友一起学习《孟子》。记得上次到访是在五年前，同样是春末夏初，流苏花开得正盛，我不仅瞻仰了孟庙，还见到了不少旧雨新知，真是人生乐事。三月份在苏州，我曾经就孟子的养气、养性之学做过两次讨论，意犹未尽。因为传统心性之学本来是心性结合的，心不离性，性不离心。所以我今天报告的题目，就叫作"孟子'尽心'工夫浅谈"。

我们今天大概讨论三个话题，当然这些话题都是与尽心相关的。首先我们来回顾一下孟子时代的基本背景，其次探讨一下孟子心性论的基本框架，最后则是孟子尽心之学的方法和意义。

一、与梁惠王论尽心：孟子时代的基本背景

说起尽心，在孟子学说中可以说具有非常核心的位置。《孟子》七篇，最后一篇便是《尽心篇》，尽心、知性、事天、立命，这是孟子学术的最后归

宿。下面就是那段有名的话：

> 尽其心者，知其性也。知其性，则知天矣。存其心，养其性，所以事天也。夭寿不贰，修身以俟之，所以立命也。

其实问题还不止于此，《孟子》第一篇《梁惠王上》，首先便是梁惠王以尽心自许，他的原话是：

> 梁惠王曰："寡人之于国也，尽心焉耳矣。河内凶，则移其民于河东，移其粟于河。河东凶亦然。察邻国之政，无如寡人之用心者。邻国之民不加少，寡人之民不加多，何也？"

梁惠王所谓尽心，其实也就是今天很多人常说的用心或费心。但孟子却给他做了一个比喻。他说，假如战场上军队打起仗来，同样是逃跑，有的是跑了五十步停下来，有的是跑了一百步停下来，那么是不是可以五十步笑百步呢？这个道理是显然的，无论五十步还是一百步，其实本质并没有差别，都是兵败而逃。于是孟子和他说：假如你能从制度上用力，让老百姓不违农时，先富后教，无论捕鱼还是砍伐山林都能有度，那么百姓怎么可能有饥寒呢？假如不知道尽心于大政，而只是在事后补救，那么即便尽心，与不知补救者也只是五十步与百步之别。

说到这里，许多人可能不服气，一个统治者知道给民众救济，已经算很好了。特别是在有些时代，经过残暴的统治，许多人甚至患了"斯德哥尔摩综合征"，常常会满足于小恩小惠。但在一个自由环境里，民众的正常反应其实不应该是这样的。天下者，天下人之天下，统治者尽管作为权力的掌握者，但权力在根本上来源于上天，而"天视自我民视，天听自我民听"，其实也就是来自民众。你作为统治者，本来可以做得更好。既然说到尽心，那么也就是要做到更好，假如还有更好的情况，那就是没有尽心。儒家主张对普通人讲究恕道，"律己以严，责人以宽"；但对政治人物其实恰恰相反，这也就是孟子所说的"责难于君谓之恭，陈善闭邪谓之敬，吾君不能谓之贼。"所以，如果一个社会普通人对权力者十分宽容，而相互之间又是极端的刁难，那么一定是这个族群出了问题。

　　说到这里，我想补充讨论一下孟子生活的时代。孟子大约出生在公元前372年，当时战国开始了大约一百年。战国从什么时候开始，尽管有不同的说法，但比较标志性的事件，主要就是两个。一个是韩赵魏三家分晋，一个是田氏代齐。两件事都不是一蹴而就，而是有着上百年的过程，但基本在孟子出生前就已经完成。从政治的角度来看，战国与春秋的关键差别就在于春秋时期周天子的地位尽管日渐衰落，但由于周礼尚在，因此王室仍然具有巨大的影响力。无论齐桓还是晋文，尽管实力强大，但仍然谋求"尊王攘夷"，以获得王室的认可。这种情形也就是孔子后来所说，"天下有道，则礼乐征伐自天子出；天下无道，则礼乐征伐自诸侯出"。但周礼的运行本来是在上下之间的对等制衡中实现的，这种制衡一旦被打破，便越来越不可收拾。诸侯的典范是齐桓、晋文，二者之后，大国虽然依旧存在，却基本失去了尊王的志向。这个时候，先是一部分士大夫希望振作，于是有了春秋晚期短暂的和平，这就是"礼乐征伐自大夫出"。但有些大夫之家把持国政以后，却试图染指政权，这就是后来三家分晋与田氏代齐的根源。这种趋势很快演变成"陪臣执国命"，譬如鲁国本来是季孙氏、孟孙氏、叔孙氏三家当政，季孙氏最强，但季孙氏的家臣阳虎却可以控制家主，最后兵败逃到赵国。

　　总结下来，春秋与战国时代的差别主要有以下几个方面。首先是周天子的权威已经持续衰落，春秋时期还是一个关键的存在，代表政治合法性的来源。这就是当时人所说的名分。但在战国以后，周天子其实已经可有可无，大概只是一个"摆设"，而且很快就被一脚踢开。其次则是表现在文化上，礼乐逐渐衰败，春秋时期还只是礼坏乐崩，但到了战国，按照孟子的说法，诸侯害怕这套礼乐制度限制自己为所欲为，所以把许多记载都删去了。礼乐从一种约束君主与士大夫的制度，在上则是大量简化，以利于君主专制；在下则逐渐蜕化成礼俗。第三点是春秋与战国两个时代社会运作的精神原则发生了质变。春秋时代尽管礼坏乐崩，但其实还有原则，也就是孟子所说的"以力假仁"，虽然与儒家所推许的"以德行仁"仍有些许区别，但和战国时代的"争于气力"（韩非子语）却是有着本质区别。

孟子一生去过不少地方，但除了邹、鲁、滕、薛、宋等小国外，最主要的活动发生在齐魏两个大国。而这两个大国正好是战国初年政治变动最剧烈的国家。其中魏国本身便是三家分晋之后的老大，甚至可以说是战国初期的第一强国。但有意思的是，齐魏虽然都是大夫篡夺了君位，但可能为了对外标榜自身在政治上的合法性，却不约而同地强调自己与齐桓、晋文的联系。一方面固然是因为齐桓、晋文的强大，另一方面也是在以霸政体制自我标榜。此处应该指出的一点是，传统所谓霸政体制与今天的霸权主义未必是一回事。霸权主义意味着以武力把持天下，基本上是个贬义。但霸政体制却是"礼乐征伐自诸侯出"，这里的"礼乐征伐"都是指合乎道义的礼乐征伐。霸政与王政在实践上并没有太大的差别，只是不像王政一样出自内在的精神原则。

回到本文的讨论，在文化上齐魏两国其实也各有作为。魏国自魏文侯开始，便表彰儒学，因为孔子所传的诗书礼乐之学，已经在文化上成为周代礼乐的代言人。魏文侯甚至以子夏、田子方、段干木等人为师，据说子夏至魏，文侯要去国都五十里外的郊关相迎。而齐国在宣王时期也表彰学术，修建稷下学宫，提供极好的待遇，吸引各派有名的学者谈论学术。孟子之所以能够得到齐、魏两国君主的重视，与这个背景很有关系。相比其他国君，梁惠王其实极有抱负，但国家此时已经由盛转衰，所以念兹在兹地希望孟子能够对自己的治国提供建议。但孟子并没有像一般士人那样急于得到君主的赏识，而是批评他并没有真正尽心。

二、孟子的心性论概观

这就需要我们首先讨论一下在孟子那里心、性等概念的含义。说起心性之学，现代人其实并不陌生。平时评价一个人心性好不好，往往指人的性情或性格。这个含义虽然与心性论并不一致，却仍然是相关的。譬如《三字经》就说，"人之初，性本善，性相近，习相远"，这里的性，或者说人性，表面看来是心性论的性，但其实与性情的含义更接近。譬如说"性本善"但是"习相远"，那显然不是指人的本性，而是指性情。本性是不会变的，譬如一头牛的本性是牛，其实是没法变成一匹马的。能变的是人的性情或性格，譬如有人性格坚强，后来变得懦弱；有的性格良善，后来变得残暴。

在日常语境中，人性往往是指人的自然本性。譬如马之性、牛之性，自然人性也就是表现为人的味觉、嗅觉、视觉、听觉、触觉等基本欲望。但在孟子这里，人性却显然不是自然人性：

> 孟子曰："口之于味也，目之于色也，耳之于声也，鼻之于臭也，四肢之于安佚也，性也。有命焉，君子不谓性也。仁之于父子也，义之于君臣也，礼之于宾主也，知之于贤者也，圣人之于天道也，命也。有性焉，君子不谓命也。"

与此相对，孟子的人性指的是仁义礼智圣，所以才是性善。荀子后来主张人性恶，并因此批评孟子的人性论，就是因为荀子对孟子发生了误读。荀子的人性论是自然人性，所以才可以说"人性恶，其善者伪也"。在这里，恶不是凶恶的意思，而是有局限，所以需要人为修饰，这也就是礼。

应该指出，孟子以仁义礼智圣为性，这里的仁义礼智圣其实也就是子思所说的五行，《中庸》对此也有讨论。此处的五行也就是儒学的五常，是生命本身具有的五种德性。也正是因此，程朱理学才会以"性即理"称之。宋儒的理类似康德的范畴，天地万物皆是通过这一范畴来实现自身。这就是"理一分殊"。宋儒的这一观点在某种程度上与禅宗月印万川的比喻相通，南宋禅僧雷庵正受所谓"千江有水千江月，万里无云万里天"。与"性即理"或者说"义理之性"相对的，则是张载所说的"气质之性"，这种判分应该是受到孟子所说的两种性的启发。

关于宋儒的性论，我不打算在此讨论。为了方便对孟子的理解，我们不妨引入几个基本观念。首先是周代礼乐文明中的备物观念。孟子曾说："万物皆备于我矣，反身而诚，乐莫大焉。"孟子的这一观念过去曾被称作主观唯心主义，这其实是不对的，因为这里并非从认识论的角度讨论心物关系。对于个体自我而言，人与万物的差别历历分明，所以叫外；但人却可以通过反身，如实地体会到与万物的一体性联系，这就是备物。在孟子这里，备物不是观察而来的，而是来自体验。

其次是在这一过程中隐含的感通观念，《周易》所谓"感而遂通天下之故""圣人感人心而天下平"。感通在知性思维下很难理解，譬如孟子说的"恻隐之心人皆有之"，在西方哲学看来便很难理解，现代一些学者把恻隐之心视为"移情"，其实也是和冯友兰把良知看成假设一样的逻辑。其实移情不过是一种想当然的说法，用一个概念去解释另一个概念，这是哲学上的障眼法，所以是戏论。譬如人到一个故居或宗庙去凭吊而发生感动，与其说是因为先产生了感动的情愫然后移情给环境，还不如说是和环境的氛围发生了感通才产生这样的情愫。这就是陆象山所说的"墟墓兴哀宗庙钦，斯人千古不磨心"。同样，我们看陈子昂的《登幽州台歌》，"前不见古人，后不见来者，念天地之悠悠，独怆然而涕下"。假如不是登上一个孤绝的高台，也可能产生类似的感动，但情感或许大不一样。简言之，移情是一种主客对待式的思维，人把主观感受投射给没有生命的客体；但感通则是我们与事物之间发生的水乳交融式的交感。

感通的存在可以作为人和宇宙万物具备一体性的证明。假如没有感通的能力，人其实是无法真正产生感同身受那种恻隐之心的。从外在的角度来看，恻隐发生在人我之间，这也就是汉儒所说的"相人偶"，偶就是耦合，即人己之间的一体性联系。这种联系本来万物都是相通的，但有时因为过于微弱，反而像没有一样。这种意义上的没有并非真的不存在，而是难以被身体体验。所以宋儒程子曾经说过，医生常说的"麻木不仁"可以用来形容仁的境界。人的血脉本来是通的，而一旦躯体麻木，好像就不通了。但并不是真的不通，只是麻木而已。

人和宇宙之间的这种实体性联系，古人便称之为气。气是什么？近代唯物论喜欢称之为物质。假如从纯粹物质角度来说或许也不错，但此处要避免陷入物质第一性、第二性的纠缠。性与气本来是不可分离的。程子便说："论性不论气，不备；论气不论性，不明。"程子的性似乎还是精神性的，这一点可以再讨论；但他所说的性气合一却是不刊之论。所谓气其实也不是气体的意思，而是在缺少描述纯粹质料的术语的情况下，借用的一个形象的比喻。老子说，"强而名之，则字之曰道"，我们也可以说，"强而象之，则名之曰气。"因为只有气体的聚散、氤氲、变化，才可以描摹这样的境界。举一个现代人容易理解的例子，譬如牛顿发现万有引力，这是在宇宙尺度内有效的，那么这种引力到底是怎样产生的？是不是只是两个物体之间基于超距作用形成的相吸或相斥？爱因斯坦后来在麦克斯韦的场论基础上提出了引力场理论，应该说从宏观的意义上确立了两种物体之间的一体性联系。事物之间无论距离多远，其实都有一种隐秘的一体性联系作为依托。这种东西无法被我们的肉眼看见，却可以利用工具来感知。在这个意义上，气或许可以像一些学者所说的那样，理解为一种能量态。类似现象在微观世界也得到证实，譬如在量子力学所发现的量子纠缠现象中，两个具有纠缠关系的量子无论距离多远，都会发生鬼魅般的超距作用。其实并非真的超距，而是本来便是在一个耦合体中的两端发生了扭曲。这在经学上便可以理解为阴阳或两仪。两仪就是一个耦合体的两端，二者本来是一体的。

当然，对于气的理解本身可以是多维度的。自然科学更注重能量的具体量度，而儒学则关注万物的生成。所以儒家理解的宇宙是一个生命宇宙。宇宙既然存在生命，便意味着生机便是宇宙本身所蕴含的，否则根本就不会有生命出现。这种生机也并不因为具体生命的死亡而消逝。宇宙的这种基于生机的一体性联系便是生生之仁。"维天之命，於穆不已"，这种於穆不已的仁，在变化中会自然具有边界，这就是义；能够自然合乎条理，这就是礼；自然会因时变化，这就是知；变易中不失其守，这就是信。仁义礼智信都是从人的角度观象的结果，都是有所得，所以也叫五德、五性或者五常。这种意义上的性，遍宇宙无处无之，乃人与天地万物之一体性，故可名通性；乃一切万物生生之本，故可名本性；乃一切万物所得于一体性者，故可名德性。

相对而言，宇宙虽然一体，但是具体的生命毕竟又有所不同。形而上谓之道，形而下谓之器。具体的生命都是存在于器世间。器世间的万物因为凝聚了太多的形质，所以本身具有下坠的趋势，"清轻者上为天，重浊者下为地"。顺着这一趋势，万物就会逐渐与宇宙的一体性发生隔绝。

也正是在这里，我们看到，众生都有自己的习气，尽管人人都具有通性，却随着外物的牵绊，逐渐形成每个生命自身的特殊性。这种特殊性有些是先天地分有于上天的，这就是事物的自性；有些则是因为自身活动而逐渐与别人相异的，这就是习性。此处的自性，孟子称之为才。才者，裁也，万物所分有于宇宙的那个具体的差异性，其实便是才性，也就是事物的自性。从知性的角度来说，也就是事物的类属性。这个才性，其实是无所谓善恶的，所以告子才主张"性无善无不善"，扬雄则认为"性善恶混"。至于孟子主张的性善，显然是指事物的通性而言。

问题是，假如可以从这个角度理解人性，那么心到底是什么？所谓"心之官则思"，心的功能首先是思，孟子的思其实是包括思虑和抉择的，所以是知性、欲望与意志的混合体。如果说人类与万物相通的地方在性，那么人类与万物差异之处便在于心。人类之所以自居于灵长类动物之首，便是因为智虑的发达。但智虑本身是一把双刃剑，假如智虑只是为了顺遂自性的发展，也就是求一己之所利，那么便会加速自身的下坠趋势；反之，假如智虑被用来反思，则可以促进精神与天道的联结。不仅如此，由于智虑本身是人的机能，所以同时也被性所统摄。在这个意义上，性统知能，知是从心的层面说，能则是从身的角度而言，但二者在根本上其实是一体的。也正是因此，由于受佛教刺激，宋儒的性体观有把性体超越化的倾向，这与早期儒学的观念其实有着一间之别。

但孟子的心论显然并未止步于此，而是明确揭示了本心的存在。本心到底是不是孟子先提出的？现代学者研究古人首先从文献入手，那么本心的观念似乎确实始于孟子，至少从目前的文献而言。但此前的文献中未见，不等于未曾使用；其次，即便本心一词是孟子首先使用，其类似的表述此前无疑已经存在了。孔子说，"我欲仁，斯仁至矣""一日克己复礼，则天下归仁焉"，都与本心的观念相通。而子思甚至明确说过"心之精神是谓圣"，有的记载说这是孔子所言，但文献较为晚出，我们暂不采信。至于揭示本心的存在，则主要通过无法证伪来反推。譬如那个人人尽知的例子，假如看到孺子入井，难道不是所有人都会不假思索地去拉一把吗？这就是良知发现，也就是仁之端倪。而且这个起点几乎所有人都不会反对。即便有人说，也会有恶人对孺子入井坐视不理。那也可以追问：假如是自己的孩子，还会不救吗？假如会营救，那就还是恻隐之心。所谓本心的存在，不在当下的个体是否是一个完全丧尽天良的人，而要看他是否终生都没有发过恻隐之心，这样的例子显然是找不到的。所以当年熊十力与冯友兰曾经为此发生过争执。冯友兰认为良知只是一个假设，但熊十力却明确把良知称作呈现。对于孟子来说，所谓恻隐、羞恶、辞让、是非之心，便是"心之所同然"，只不过圣人能够守此不失，而普通人却旋得旋丧。

当然，历史上也有一种把孟子心学化的倾向存在。传统的陆王心学与熊十力、牟宗三一系的现代新儒学，都存在这一倾向。事实上，无论是程朱理学的性体观还是陆王心学的心体观，都主要依托孟子建构其自身学术，但在孟子这里，其实是心性合一。所以孟子才说"尽其心者，知其性也。知其性，则知天矣。"本心其实便是本性在精神上的显现。所以如果以《中庸》和《孟子》的诚明二义相判分，那么本性是本心的诚体，本心则是本性之明体。二者本来是不一不异的。所以孟子才说，"恻隐之心，仁之端也；羞恶之心，义之端也；辞让之心，礼之端也；是非之心，智之端也。"本心是由性体所发。

应该指出的是，孟子尽管强调本心，却并非只是简单的固守本心。无论是孔子还是孟子，都同样重视知性。如前所述，性统知能，所谓知既包括德性之良知，也包括纯粹的知性，或者说闻见之知。只不过孔孟所希望的，是在德性统摄下的知性。关于这一问题，我在此不过多展开，只是引用孔子和孟子的言论便可见一斑：

> 子谓颜渊曰："用之则行，舍之则藏，唯我与尔有是夫？"子路曰："子行三军则谁与？"子曰："暴虎冯河，死而无悔者，吾不与也。必也，临事而惧，好谋而成者也。"

　　　　孟子曰："人之所以异于禽兽者几希，庶民去之，君子存之。舜明于庶物，察于人伦。由仁义行，非行仁义也。"

　　所谓"临事而惧，好谋而成"，所谓"明于庶物，察于人伦"，显然都需要知性思维的运用。在这方面，孟子与宋明理学中强调德性之知而贬抑闻见之知的流派，特别是王学中的一些流派，其实是根本有别的。

三、尽心的基本工夫

　　孟子的心、性关系既然如此，那么尽心之学的意义到底何在？从工夫论的角度来说，心与性交相作养，二者本来便是相互支撑的。

　　《中庸》所谓"自诚明，谓之性；自明诚，谓之教。诚则明矣，明则诚矣"。这段话初读起来，未免有点儿玄，但只要进入具体的情境其实也不难理解。《大学》所谓"富润屋，德润身，心广体胖"，便是强调精神对身体的影响。另如《尽心上》前半部分讲天、命、性、心的本体，后半部分则是讲存心、养性、立命的具体工夫。简言之，凡是说到性，都是身体性的。譬如孔子说"君子不忧不惧"，但即便一个人对天命之理已经理解得很通透，却可能仍然做不到"不忧不惧"，为什么？就是因为无法把这种对天命的理解和认同体现在自己的身体上。所以孟子提出养气、养勇，根本上都是养性。真正养到"夭寿不贰，修身以俟"，才可以说知命。《论语》末章明言，"不知命，无以为君子也"，不忧不惧是成为君子的前提。养性之后，仁义礼智圣这些本心呈露的境界才能真正落实，做到居仁由义，才可能有杀身成仁、舍生取义，否则大都只能是空话。

　　那么心对性的影响又如何呢？一方面，就本体而言，"尽其心者，知其性也"，这里的心许多人理解为本心，当然也没有太大问题。但训诂上还是以习心为妥。因为本心已经是尽心的结果，穷尽了习心，到了最根本的地方，便是本心呈露，而这个呈露的本心便是前面所说的性之明体，是发源于人与天地万物为一体的那个通性的。明白心与性的这种关系，也就知道，为什么王阳明讲"心即理"之后，必须要提出"知行合一"。所谓"知行合一"，其实用孟子的话说，应该是"知能合一"。这个能也就是良能，只有能在身体上体现出来的良知才是真正的良知。

另一方面，就工夫来说，"存其心，养其性，所以事天也"。既然本心已经呈露，那么存心便是养性不可或缺的一环。在此我们不妨对孟子的存心工夫稍做探讨。

首先，存心之初有两个基本要点，一是知耻，二是理解圣人与我同类，当然二者本身也是相关的。譬如，我们不妨试想一下，即便每个人都有本心，对于个体来说，假如这个本心正是痛苦的根源，那么为什么还要回复本心呢？像古今许多人那样，一心一意追求感官的享乐与肉体的闲适，又有什么不好呢？

当然，我们都知道，这种欲望的泛滥固然会带来肉体和精神的一时满足，但最大的问题便是难以做到心安。诉诸欲望的满足以求得快感，在根本上便是饮鸩止渴，不仅放纵、无节制会带来身体的透支，欲望的难以实现本身也会带来痛苦。老子所谓"我所以有大患者，为吾有身"，又说，"五色令人目盲，五音令人耳聋，五味令人口爽，驰骋畋猎令人心发狂"。佛家因此以"怨憎会，爱别离，求不得，五阴炽盛"为八苦。在这个意义上，无论儒道佛还是基督教，乃至人类一切宗教，在根本上都是教人离苦得乐，只不过工夫与归宿有所不同而已。对于儒家来说，"反身而诚，乐莫大焉"，可以从小人的长戚戚之中超拔而出，成为坦荡荡的君子，又何乐而不为呢？

但正是在初入手处，体现出儒学与其他学术的不同。佛教的根本在于解脱束缚、破除执着，基督教在绝望中希求拯救，儒家则强调知耻，希望人能明白自己作为万物灵长的地位，首先能够与禽兽（动物）有别。不仅如此，虽然得免于禽兽，也还有更高的要求，应知"舜人也，我亦人也；舜为法于天下，可传于后世，我由未免为乡人也，是则可忧也""是不为也，非不能也"，圣人并非遥不可及，本来"与我同类"。因此，从消极的意义上说，知耻是为了自别于禽兽；从积极的意义上说，则是耻于未能臻于圆满。在"天行健，君子以自强不息"的背后，其实是一种"知耻近乎勇"的精神。早期儒家所推许的正是那种刚健、正大的精神。

也正是因此，孟子慨叹于"今有无名之指，屈而不信，非疾痛害事也。如有能信之者，则不远秦楚之路，为指之不若人也。指不若人，则知恶之；心不若人，则不知恶。此之谓不知类也"。类似现象的出现，皆是因为不知耻，不知道生命中还有更高贵的东西。现在许多人说，中国文化是乐感文化，日本文化是耻感文化，其实这句话只说对一半。早期的中国文化恰恰是不折不扣的耻感文化。耻感的缺失，其实是中国文化后来出问题的结果。最典型的例证就是阿Q的普遍化。在阿Q的精神胜利法中，我们是看不到耻感的存在的。有些人喜欢说，"天塌下来有高个儿顶着"，这句话作为日常调侃也无可厚非，但假如作为精英人士真的这样想，那是很可耻的。古代的圣王，讲的是"万方有罪，罪在朕躬"，身为统治者，天下没有治理好，便是自己的羞耻，而不是像秦始皇以后的封建君主那样，好事归己，坏事推给别人。宋代理学家，尽管本身不在其位，但看到天下没有太平，便常怀歉意，其实也就是把天下之事看成自己分内之事。今天许多人谈弘扬传统，首先要意识到哪些才是好的传统。我们看生活中有许多不好的传统，即便不去弘扬，也还挥之不去。好的东西其实并不需要弘扬，而是要能够接续。有了源头活水，自己就能够弘扬，否则不过是自欺欺人的空话。知道自己在说空话、门面话，这也是知耻。

既然已经知耻，那就意味着趋向逐渐确定，这就是佛家的发心，或者宋明儒士所说的立志。孟子则称之为"尚志"。这个志并非普通的志向，而是"志于仁"的志。人的生命中本来有某种高贵的东西，不能轻易丢掉。当然志于仁并不容易，现在普通人能够知耻已经难得，但既然是讨论尽心，还是要做一些具体论证。下面不妨举几个简单的例子。

首先是求其放心。放心与时下的一般含义不同，放是指放纵或放逸，这是精神的散漫状态。孟子说："舍其路而弗由，放其心而不知求，哀哉！人有鸡犬放，则知求之；有放心，而不知求。学问之道无他，求其放心而已矣。"求放心类似今天我们所说的收心。

其次是在收心的基础上不断自省。儒家讲究反求诸己，但也不是把所有责任背到自己身上，而是讲究直道。孟子说：

君子所以异于人者，以其存心也。君子以仁存心，以礼存心。仁者爱人，有礼者敬人。爱人者，人恒爱之；敬人者，人恒敬之。有人于此，其待我以横逆，则君子必自反也：我必不仁也，必无礼也；此物奚宜至哉？其自反而仁矣，自反而有礼矣，其横逆由是也，君子必自反也：我必不忠。自反而忠矣，其横逆由是也，君子曰："此亦妄人也已矣。如此则与禽兽奚择哉？于禽兽又何难焉？"

其次是努力做到有恒。孟子说："无恒产而有恒心者，惟士为能。"有恒表现在心上，其实也就是专心致志。

孟子曰："无或乎王之不智也。虽有天下易生之物也，一日暴之，十日寒之，未有能生者也。吾见亦罕矣，吾退而寒之者至矣，吾如有萌焉何哉！今夫弈之为数，小数也；不专心致志，则不得也。弈秋，通国之善弈者也。使弈秋诲二人弈：其一人专心致志，惟弈秋之为听；一人虽听之，一心以为有鸿鹄将至，思援弓缴而射之。虽与之学，俱弗若之矣。为是其智弗若与？曰：非然也。"

有恒其实是一种能力，恒者，定也，有恒也是勇的一种表现。勇是养性的结果。而养性也可以通过存心来实现。譬如孟子便提出"存夜气"：每个人白天营营役役，都在消耗自己的生机，而这种生机在夜晚随着人的休息，逐渐得到补充，这就是夜气。但假如消耗得太多，夜气便不能存。只不过这里的休息，并非只是睡觉，而是一种积极的休息。《周易·乾卦》所谓"君子终日乾乾，夕惕若，厉无咎"。庄子有句话叫"尸居而龙见"，其实与《周易·随卦》是可以相通的："泽中有雷，随；君子以向晦入宴息。"曾子所谓"吾日三省吾身：为人谋而不忠乎？与人交而不信乎？传不习乎？"曾子的三省，才是真正的存夜气。

人能有恒固然好，但也常常会带来弊端，这就是执一无权。同样在《尽心上》：

孟子曰："杨子取'为我'，拔一毛而利天下，不为也。墨子'兼爱'，摩顶放踵利天下，为之。子莫'执中'，执中为近之。执中无权，犹执一也。所恶执一者，为其贼道也，举一而废百也。"

有的人可能会说，既然如此，是不是可以像孔子那样"无可无不可"，或者像孟子所说的"言不必信，行不必果"？这当然主要看境界。孔子的仕、止、久、速，"无可无不可"，背后都有严密的义理，并非功利性的算计。孟子所谓大人"言不必信，行不必果"，也是因为"惟义所在"。所以孟子接下来强调"柳下惠不以三公易其介"。柳下惠虽然"坐怀不乱"，却并非没有操守，恰恰相反，柳下惠"进不隐贤，必以其道"，即便以三公高位诱惑他，也不改他的耿介。

尽心体现在对人、对事许多方面。从对人的角度而言，尽心应该体现为虚中应物，直心为德。譬如与人相交，要"不逆诈，不亿不信"，待人要心存恕道。甚至如杨、墨两家，都是孟子极力批评的对象，但也并非拒之门外，"归，斯受之而已"。关于与人交往时的交际存心，孟子用了《万章下》整整一篇来加以讨论，精义迭出。

至于对事，孟子则区分了为善还是求利，求利是在做事中求取私利，为善则是把事情一件一件做好，宋儒常说的"物各付物"，但其实利也在其中。这与孔子所说的"君子谋道不谋食"恰好可以相应。所以孟子说：

鸡鸣而起，孳孳为善者，舜之徒也；鸡鸣而起，孳孳为利者，跖之徒也。欲知舜与跖之分，无他，利与善之间也。

不仅如此，为利主要运用知性思维，为了利益可以无所不为；但为善则除了知性思维之外，还需要德性思维，不能不择手段。所以孟子主张："行一不义，杀一不辜，而得天下，皆不为也"。由此反观梁惠王的所作所为，尽管也是一种尽心，但还没有真正做到尽其本心。类似的情形也可以在孟子对子产的评价中看出。郑国执政子产为人有爱心，在寒冷的天气看到许多人蹚水过河，于心不忍，于是用自己的车子载他们过河。但孟子却批评他"惠而不知为政"。子产假如是个富家翁，有此善举，当然值得赞誉；但作为执政，却不知借用政治的杠杆来惠民，那就仍然是没有尽心。

应该指出，孟子所说的尽心，并不是只在一般所认为的道德理性层面，而是同时包括德性与知性两种思维的一种精神结构。不妨举一个例子：

> 孟子曰："有布缕之征，粟米之征，力役之征。君子用其一，缓其二。用其二而民有殍；用其三而父子离。"

同样是征收赋税，春夏养蚕织布，秋收粟米，冬闲时即便出徭役也不伤农时，假如征税时不考虑这些因素就可能扰民、伤民。而明白这个道理，是知性思维的结果。可见尽心，不仅要能尽本心，而且也要善于运用知性。如同一个孝子，想要给父母治病，应该尽力去找最好的医生，而不是只知道衣不解带、戏彩娱亲。

孟子的尽心观念表现在很多层面，此处不及细谈，有兴趣的朋友可以参考《尽心篇》的相关论述。但应知尽心是一种精神上的磨练，所以很多时候也不拒绝种种方便。譬如"养心莫善于寡欲"，表面看起来并不像后世某些王学家所说的那样，但其实却正符合具体的修养实践。寡欲则精神不致向外驰求，近似老子所说的"为道日损"，其实正是养性的关键。另如"说大人则藐之"，一些宋代学者甚至批评孟子不当"以己之长，方人之短"，似乎境界不够；却不知有此病才有此药，就像佛家教人不要执着美色，所谓"做骷髅想""做清欲想"，等等，都是一种调心之法。

除此之外，尽心还有两个层次应当注意，一是《中庸》所谓"道不远人"，道应该体现在具体的情境；一是为人处世应当"尽其道"，《大学》所谓"君子无所不用其极"。由于前者，孟子反对墨家的泛言兼爱；由于后者，孟子强调为学当精进不已，"流水之为物也，不盈科不行；君子之志于道也，不成章不达。"当然，这种精进并非追求无谓的修饰，而是以"成章"为限。

孟子的这一思想，与孔门礼学那种精益求精、无过不及的精神其实是一致的。关于这一问题，我们暂时打住。

（本文为 2023 年 5 月 13 日在邹城博物馆所作演讲讲义）

《四书》读法

祝安顺

朱子的《大学章句》《论语集注》《孟子集注》《中庸章句》之所以能作为一部整体著作来看待，首先是由于当今印刷技术的突飞猛进，更重要的则是因为朱子编著后的《四书》具有内在的统一性，不仅传承了从孔子到孟子的儒家经典，还汇聚了从汉到唐诸大儒的研究成果，更是将从北宋初年新儒学兴起以来的理论成果集大成。经过朱子以及后续多代学者的努力，连《大学》《论语》《孟子》《中庸》的白文也可以合为一册，而《大学》《中庸》本属于《礼记》中的两篇文章，《论语》《孟子》亦为相互独立的两部著作，本不可以合为一体来看待。将不可能变成可能，将相对独立的文本组合为有机文本，让相隔千年的文本上下贯通，其影响不仅作用于作者所处的时代，还能延续七八百年而不绝，这样奇妙的事，不能不说是创造，不能不成为经典，不能不值得关注。

关于《四书》读法，古今不少先哲都有论述。在这里，结合朱子《四书》的自身特性，从当代人的文化需要出发，分五个方面来展开：一、《四书》是什么性质的书？二、《四书》为什么被称为《四子》或《四子书》？三、《四书》如何论述人性与人情？四、《四书》为什么可以作为人生指南书？五、《四书》原创者有何独特魅力？

首先，《四书》是什么性质的书？

在我眼里，《四书》从诞生之始，无论是从编撰者的心理预设，还是后来在历史中发挥的功能，它都是朱子穷尽其大半生沉浸式编撰的一部民间准教材。所谓沉浸式，是被用来多维增强或是改变人们对现实世界的感知，而不是为了在某个特定时期内为完成特定任务而编撰的，是活到老编到老，不到生命最后一刻都不停止，拼着命去编撰。一说《四书》，现代人都认为它是儒家的经书，其实从 1315 年到 1905 年之间，除了极少数的时间，它都是士人参加科举考试的指定用书，也就是必修教材。但这套教材非常厉害，在没有被官方指定为科举用书之前，朱子在无意之中已经按照现代编教材的方式把它编出来。我们从小上课用的数学、物理、化学等学科都有一个国家课程指导标准，按照常规，一个标准可以编定多套教材，每个教材的具体内容可以不一样，但是标准只有一个。难道朱子编撰《四书》也有课标吗？朱老夫子厉害，八百多年前，他还真的有一个课标，而且这个课标写得极简练，就是浮在《四书》正文前的四篇序（说）。教材不可或缺的主体内容就是教材的正文，也就是朱子用章句、集注方式编著的《四书》书稿文本。现在中小学生的教材都有很多的辅导用书，朱子在那么多年前也有类似的辅导用书。一套由课标、课文加辅导用书组成的《四书》教材，其实已经与当代的教材编写范式不相上下了。

《四书》的前面都有序：《大学章句序》《论语序说》《孟子序说》和《中庸章句序》。（现在市面上，好多现代简体横排的《四书》普及读本把这四个《序》给删掉了，这是把精华的东西或者说课标给删掉了，特别可惜）这四篇序就已经告诉我们：这个书的定性是什么，功能是什么，历史发展是怎么样的，作者是什么人，读了这个书要达到什么样的目标，等等。把它们当作课标来读，一点问题没有！《四书》正文，大家应该都没有疑问，就是选自《礼记》的两篇文章——《大学》和《中庸》，加上《论语》和《孟子》。但朱子对读这两篇文章和两部书有着先后次序安排，先读《大学》，后读《论语》，再读《孟子》，最后读《中庸》，并对每本书要实现的教学目标，曾在多处反复有清晰的阐述：

> 学问须以《大学》为先，次《论语》，次《孟子》，次《中庸》。

> 某要人先读《大学》，以定其规模；次读《论语》，以立其根本；次读《孟子》，以观其发越；次读《中庸》，以求古人之微妙处。《大学》一篇有等级次第，总作一处，易晓，宜先看。《论语》却实，但言语散见，初看亦难。《孟子》有感激兴发人心处。《中庸》亦难读，看三书后，方宜读之。

当然，他并没有像现在的语文教材一般，规定一个学期多少个单元，每个单元多少篇文章那么清晰，因为传统教育没有严格的课时观念，但是《四书》已经就此具备了明确的结构：除了学习顺序的结构之外，每部书内文的篇章前面，多处都有一段话以介绍本篇章的内容定位，其实就相当于今天教材的单元导读。朱熹生前汇编了《四书或问》，则类似于今天的教学辅助用书。《四书或问》就是教师与学生之间的答疑集。有些是同一个问题不同的人问，朱子的回答也不一样，弟子们都回忆了出来，按照主题汇编到一起。《大学或问》和《中庸或问》，朱子是认可的。但《论语或问》和《孟子或问》，朱子没有认真审定，很多人觉得可读可不读。明朝编《四书大全》，就把《序》、正文、《或问》合到一起来，这样合在一起，其实就是承认《或问》也是教材构成的一个必要部分。

朱子在私下编《四书》时，并没有想到成为政府指定的科举教材，但他把编撰《四书》作为一生中非常重要的事，肯定是希望为天下学子提供一个系统的、简便的儒家公共读物，这是毫无疑问的。朱子把董子、韩子、北宋四子的主要言论，还有二程弟子们的典型言论，加上自己的释读和按语，通过章句、集注形式汇编到一起，就把中国传统文化作为一个整体贯通下来，形成了一个简明的读本，作为阶梯，让大家更方便地去读《五经》。按照字数划分，《五经》有大经，有中经，有小经，大经有十几万字，真读起来，一个人一辈子读一部大经就够了。在隋唐时，好多读书人已经不可能把《五经》都读通，而是偏重于读某一部经，其他的经也只是稍稍了解。朱子用《四书》来实现价值知识普及化，那就是量少而内涵不减，并且要实现与群经同等的成人成物的教育目标，所以朱子才不断修订，精心打造这套教材。

在朱子人生的末期，其编著的《四书》遭到朝廷封禁，要求毁版，理学成了邪学，朱子弟子都成了过街的老鼠，但是朱子临死前还在修改《大学·诚意章》，说明他对编撰《四书》是极其用心的，也是不畏压迫极其自信的。因为《四书》就是一部创新之作。作为编撰者的朱子，压根就不是为了迎合当时的统治者而编的，他远远超越了那个时代，眼光放得很长。果然，到了元朝，虽然是异族入主中原，但1313年元政府决定开科举，最终选定朱子编撰的《四书》作为指定教材。1315年，《四书》就成了科举第一场考试的出题用书。从此，《四书》成为科举考试的指定教材，一下子用了近600年，一直到1905年废除科举。当然，朱子所处的时代也提供了一定的便利，南宋印刷业特别发达，工商业发展迅速，市民阶层随之兴起，社会出现知识下沉的需求，对知识进行精简后，就可以借助印刷技术以实现更大范围的传播。所谓精简，就是减少数量但不减质量，不减质量就是把前面的文化整体有效地继承下来，并且不能割裂，我觉得朱子是有这样的意识的。朱子好不容易编了这个《四书》，每个部分都不可或缺。现在真的要把它当教材读，《序》要读，正文要读，《或问》也要读。《四书》不仅是元明清近600年的科举指定教材，近代史上也曾有过努力接续这一传统的实践。

当代人要把《四书》作为一个整体来读是有难度的，四篇《序》、四部正文，还有《或问》四部，十二部分的内容加起来，文字量相当大，未来我们有无可能把它精简，精简之后还能保持它的完整性，再重新凝聚成一本书。这也是再创造。我觉得朱子对文化传承完全不保守，主要体现在他用理学观念通过注释把《四书》白文贯通，其次是对《大学章句》文本的创造性改造：一、把《大学》分成了"经"（1章）和"传"（共10章）两部分；二、改经中的"亲民"为"新民"；三、调整了《大学》的前后篇章次序；古本《大学》第12段，调为传的第1章，解释"明德"；古本《大学》第13段，调为传的第 2 章，解释"亲民"；古本《大学》第 10、11、14 段，调到传的第 3 章，解释"止于至善"。四、将古本中的"此谓知本，此谓知之至也"下移，独立为传的第 5 章，并作"格物致知补传"，增补 124 字。五、认为传的第 5 章的"此谓知本"为衍文，可以删去。读传承千年之久的经典文本而进行增删调改，一般人是不敢的，朱子就敢。因为他想通了，有了整体的想法之后，就可以根据时代的需要，依据学术的发展，对经典进行再创造。我们现在也想把这十二个部分压缩，把它删减，根据现在的需求，对它进行精简。总之，《四书》确确实实是中国历史上以一个人的力量或者说一个小团体的力量编撰出来的一部优秀教材。

在历史中，《四书》与其他经典如《周易》《尚书》等有着非常大的区别，其他经典也有注释，但是没有像《四书》这么有创造性，这么有系统性。那么，它的独特意味在哪里呢？就是朱子穷尽其大半生时间沉浸式编撰《四书》，将他的全部生命投入到《四书》的编撰事业里来，这大略可以分为三大阶段，即苦读勤思的主体吸收酝酿阶段、乐学勤编的客体编创准备阶段、主客体合一的结集成型阶段。编撰《四书》，虽然源自民间自发，但历史最终选择它作为科举教材，这就是对朱子杰出贡献的最高肯定。在朱自清《经典常识》等提倡经典训练的近现代著作中，《四书》永远绕不过去。因为第一，大家对《四书》有一定的认可；第二，《四书》有吸引力，引导了我们近 600 年，是科举考试首场考试用书，这是什么意思？意思就是，《四书》是重要科目中的首要科目，第一场如果考不好，后面考得再好也等于零。

第二，《四书》为什么被称为《四子》呢？

朱子生前并没有给他沉浸式编撰的四部书一个确定的书名，一般称之为"四子"或者叫"四子书"，这个"四子"是谁呢？在学界早有争论。根据朱子的意见，《大学》是孔子口述、曾子记录的，主体内文是曾子的，《论语》是孔子跟弟子们或时人对话的汇编，《中庸》与子思有关，《孟子》是孟子和弟子们集体创作，而最终由孟子审定，这四子跟《四书》有关，大家没有任何疑问。但朱子根本就没有停留在这"四子"这里，如果朱子就停留在这"四子"，那就把这"四子"的正文汇编到一起也就可以了。还有一个"四子"，可能更需要关注，北宋的"四子"，就是周子、大程子、小程子和张子，最重要的是二程，尤其是程颐，他的很多观点都融进《四书》的注释里了，另外还有二程弟子们的观点。董子、韩子等人的言论也有，但不是很多。其实，朱子做了一个巨大的贡献，他通过编这个看似简单的教材（因为不是每个字都要自己写的），把春秋战国时期的主要思想和北宋时期的理学思想，用"老四子"加"新四子"的文字组合方式，汇聚一炉。这样的传承就是发展，而不是复古。朱子赋予《四书》一贯性，虽然是站在理学立场，但他把整个春秋到北宋的文化打通了，把这"八子"的思想高度地凝聚在一起，这样好像是个组合，但它的内涵却极具丰富性。千年的儒学浓缩到章句集注里面，是在大量继承之后，用自己的思想把它梳理，然后做一些断语按语，或者评论，或者撰述，把整个书盘活了，思想者丰富的思考，通过文本的组合高度凝聚了。

明朝后期到清朝前期，《四子书》又叫成"四大正书"，难道还有"四大邪书"吗？还真有。不叫"邪书"，而叫"奇书"，"四大奇书"就是《三国演义》《金瓶梅》《西游记》《水浒传》，后来《红楼梦》代替《金瓶梅》，组成了"四大名著"，是新文化运动之后的事了。一正一奇，就构成了《四书》。在明朝中后期，"四大正书"突然间与被世俗推动出来的"四大奇书"发生碰撞。如果正奇两条路能够一直走下去，倒也相反相成，但新文化运动时期，猛烈抨击儒家经典，《四书》首当其冲，结果"四大奇书"取代了"四大正书"的位置，成了提倡和推广的大众文本。"四大名著"从"奇"变"正"之后，失去了一个支撑面，就必须接受读者的全面审视，现在关于要不要读"四大名著"尤其是要不要读《水浒传》的议论声极高，每到开学前后，总有家长质疑。对于这个问题，一味地争论是无法解决的，还是应该回归到历史的自然过程。"四大名著"是作为奇书从"四大正书"旁出的，要重新给"四大名著"定位，应适当恢复《四书》在当下教育体系中的分量，大众尤其青年人增加对《四书》的阅读理解后，也就可以更好地理解"四大名著"了。"四大正书"与"四大奇书"一对照，两者之间就有了生克的关系：《西游记》被当作神魔小说，不如说是一部修身之书；《红楼梦》与其说是争取自由的爱情小说，不如说是一部齐家之书；《水浒传》与其说是农民起义小说，不如说是治国之道；《三国演义》与其说是权谋小说，不如说是平天下之书，"四大名著"跟《四书》挺配对。

第三，《四书》是一部讲人性和人情的书。

最鲜明的就是《孟子》，孟子始终是将道德情感与道德理性结合在一起讲的，当别人偏向道德理性的时候，他一定要强调道德情感的基础和前提性；当别人偏向情感的时候，他一定强调道德理性的指引性，不能顺着自己的道德情感用事。从孔子到孟子，二百多年里，对命、性、情、道的关系，有不同的论述，不同的理解。1993年湖北郭店出土了一批竹简，其中有一篇《性自命出》，讲"性自命出，命自天降，道始于情，情生于性"，这跟孟子的思想有关联，但也有区别。

《四书》里的性情说，《大学》讲修身为本，修身的展开，内在隐微的有格物、致知、诚意、正心，外在显著的有齐家、治国、平天下，通常叫"内圣外王"，其实修身的重点和难点就是处理好人性和人情的关系，这是所有人都要遇到的问题。《大学》中说："自天子以至于庶人，壹是皆以修身为本。"这是一个了不起的事，所谓了不起，是如此一来，就让中国人的人生价值突破了血缘、智力、性别、地域、种族等差异，所有人在修身面前一律平等。修身是对人性和人情能否协调管理的巨大考验，修身既要求内在慎独，又要求外在合群，内在未发的好恶自然呈现，外在已发的好恶恰当适宜，这个要求是极高的，修身就是情绪调整，情绪管控，随时随地做到合适。《大学》给如何修身提供了大框架和具体步骤，就是"三纲领""五心法""修身八目"等。从哲学的层面，《大学》涉及心物关系问题，但《大学》没有讲透，而《孟子》《中庸》给了很多回应。《大学章句·经一章》给了中国人调适性情、和谐修身的人生修身实践设计图，用简短的二百余字讲出来，的确了不起。《论语》的性情说主要体现在为仁复礼方面，麻木不仁是仁的反面，以自我为中心难免会无礼，为仁就要爱人，而爱人是人的天性；复礼就要克己，而克己就是要调节自己的情绪尤其是情欲，所以为仁复礼也是关联人性和人情的。用仁作为最高的指导原则，用礼仪作为自己的行为指导，在这样的框架下，通过学的方式进行性情上的修身实践。《孟子》更是性情说的大宗，"尽心、知性、知天"的心性说，性善的四端之情说，等等。这里不消多说了。《中庸》在性情上面是择善固执，遵循天命之性，选择善性，坚定持久地开展修身之教，走中庸之道，其实也是对人的未发、已发性情的考量。

第四，《四书》是人生指南书。

现在《四书》与青少年的应试关系是相对疏离的，但《四书》可以作为我们的人生指南。《大学》可以为我们规划合理的人生指明方向，稀里糊涂过一辈子未尝不可，但人过四十，对人生的合理性就会开始反思，开始调整，开始践行更加合理性的人生规划。如何有序地度过一生，如何安排好人生宝贵的时间，如何做才会不让自己感到后悔，这些问题恰恰可以放到《大学》的框架中去思考。经济社会发展到一定程度，每一个人尤其是成年人总要思考人生每个阶段该怎么做，家庭该如何建设，为什么要把企业治理好，为什么要对国家负责，等等。

《论语》可以指导实现乐学人生。当下高中生厌学时有发生，大学生被动退学也为数不少，学习已经成了学生的负担，为别人学，跟自己的人生没有一点内在关系，学习的热情不能持久，学习是被动的，没有主动性就很难有创造性。但孔子却为我们开出一条乐学的人生路。别人对孔子的赞誉，无论是弟子还是时人，孔子大多是诚恳婉拒，但对于自己的好学、乐学、乐教却是来者不拒，而且自己也说"其为人也，发愤忘食，乐以忘忧，不知老之将至云尔"，又说"知之者不如好之者，好之者不如乐之者"，这个乐是什么？不单单是快乐，更是一种无差别的、主客相融的、自我高度融合到存在中的身心物一体的舒适体验。这种乐学带有信仰般的力量，当一个人能够沉浸式学习，没有任何困难能吓倒他，科学和艺术也可以在此出现创造性成就。真正的艺术创造多数是艺术家全身心持续投入后的成果。乐学人生是《论语》给我们最好的指导之一。孔子临危不惧，面对困难弦歌不辍的态度，正是一个乐观通达的人生才会有的生命状态。一个人有智商、情商，可以很好完成工作，但与人相处，一个人光有智商、情商还不行，还得有乐商。乐商是什么？当一个人认真选择之后就忘我投入，不能前怕狼后怕虎，左右都怕，肯定做不了什么事。选择好了，就一个猛子扎进去，有始有终，完成这个过程，并享受这个过程，这就是高乐商的表现。儒家提倡学做君子，学为圣人，其实圣人不是高高在上的事业成功者，圣人就是一个平凡人。一个人，如果能够有始有终、专一地去做一件事，他也是圣人。过去，农村里面有很多大字不识的父母，可能一辈子就尽心尽力把孩子养大成才，一心一意把孩子培养好，为社会输送合格的人才，不仅对社会做出了正面的贡献，同时为社会节省了诸多教育经费和管理成本，他们不正是圣人吗？一个清洁工，有始有终尽心尽力把一条街道打扫干净，大家在这样的街道经过就会心情愉快，他不正是圣人吗？学为圣人，就是沉浸式尽自己最大努力去把一件事情做得完完整整。乐商很有针对性，因为当下大家都习惯带着批判的眼光去看这个世界，学生看学校，认为校长不行，老师不行，学校排名也不行；老师看学生，觉得学生的基础不好，学习习惯不好，学习态度也不端正，等等。批判是很容易的，但是能不能超越这些批判，作为学生，沉浸式投入，好好学习，让自己有成长；作为教师，沉浸式投入，好好教学，让自己有成就，这才是师生真正要做的事。对于当下而言，乐学人生特别重要，这个时代，我们的大多数人太焦虑了，在碎片化的物欲时代找到整体性、一致性，才有可能治愈这个时代病。乐不是没有差别，"物之不齐，物之情也"，万事万物都有差别，我们只能本着"和而不同，同则不继"的原则生活在这个万物存在差异的世界里，不歧视人，也不同于人，尊重差异而保留共同，世界的发展才会因此得以继续，否则就会因为同质而走向自我同一并最终消亡，体悟到世界存在的大法则并融入人生的实践中去，就能发现乐。一个企业有高层、中层、基层之分，有对外、对内之别，有主业就必定有辅业，虽然有如此客观的身份差异，但是企业必须包容这些差异并生成统一性，否则企业终将消亡。家风校风企风，风是什么？看不见，摸不着，但客观存在，作用于团体的所有人。只有认识到这个无处不在的"风"给每个人带来的责任、尊严，才会生发出一种真正的职业快乐，并在岗位差异中找到自己的职责，如此风盛行，则风气大变，企业有活力，家庭有快乐，学校有激情。乐学人生很重要，大家都应快乐起来，远离焦虑。孔子说自己就是一条丧家狗，但心中怀有一份不可剥夺的大快乐，所以才终生行道，终成先师先圣。

《孟子》讲义勇人生。孟子好辩，他一辩就能把别人辩倒，他要问别人就能把别人问倒，孟子个性鲜明，胸怀天下，义正词严，敢作敢当，说走就走，说不见就不见，义勇人生是孟子一生的真实写照。在那样战乱纷飞的时代，他追求并做到人格独立，为人大气，坚守大道，主张鲜明。在那样的混乱社会里，他见微知著，肯定四端之情的普遍性和重要性，提倡修身"践形"，尚志，养气，知言，不动心，继承着孔子"勇者不惧"的垂训而有大发展。

《中庸》讲忠诚之道，其实就是要把天道、地道的好生之德转换为人道的坚守，也就是将天地人三才之道贯通，人不能仅仅循着一己的情欲做人做事，而需要借助天地之道，反省自己，指导自己，用天地之性统帅人性，率性而为，回归天地，做人做事才能"至诚如神"。

第五，《四书》四位原创老师都很有个性，值得我们学习。

读《论语》，你会追问孔子为什么不生气，直率的子路经常跟孔老夫子抬杠，智慧的子贡总想获得孔老夫子的满分评价却总也得不到，还有一个不爱说话的学生颜回，搞得孔子还很好奇，觉得整天在旁边一句话都不说，对自己也没有什么启发。当然，孔子有时候也会义正词严地教训别人，但大多时候都是温和的、耐心的，因为他自信，不外求，所谓"斯文在兹，其奈我何？"《论语》中说"温而厉，威而不猛，恭而安"，大概是弟子们对孔老师的评价，或者是孔子对自己的期许，孔子成为教师行业的祖师爷，应该跟这三句话的修为有一定的关系。

第二个曾子，孔子评价他"鲁"，也就是不聪明、行动力不敏捷，但他对传承孔子之道起到了至关重要的作用。我们可以追问为什么不聪敏的曾子反而能够对传承儒家大道起到巨大的作用。曾子还有一个大贡献，就是教导了孔子的孙子子思，根据《郭店楚简》里的文献知识，子思讲求师道尊严达到了极致，诸侯如果对他有一点儿不尊重，他便拔腿就走，所以我们可以追问子思为什么永不妥协。

面对各种各样的问题，各种各样的要求，孟子都能够做出指导，还能看到希望。孟子很了不起，"问不倒"的老师角色，对现在专业分科化的老师而言，永远也回不去了，但是人生的问题总是整体的，不可能切割成碎片，真正的精神导师是不能以专业来回避学生的问题的。科学问题、社会问题，可以坚守学科本位，但人文问题很难做到。如果只谈真理而不谈人文，师生间的情感交流就会大大降低，师生间的良性互动也受到影响。今天我们追问孟子为什么问不倒，其实是追问孟子回答不同问题的答案背后究竟是什么。

　　"读其书，而想见其为人"，如此追问四大老师，也不失为一种阅读《四书》的方式。当然我们也可以用这样的方式去追问汉代的董子、唐代的韩子、北宋四子，等等。

　　为了帮助为师者和家长们更好地阅读《四书》，我们现在编了一套《四书教师课》，把朱子章句集注里重要的内容选了出来，并且作了一些优化，采集自《四书章句集注》里的重要内容，在下面画横线或波浪号或三角号，主要是为了突出重点，便于学习；同时加上王天恨先生的翻译，虽然用的是民国初期的白话文，现代人读起来有些许不顺畅，但跟现代人翻译的文字比较，要跟传统文化精神接近很多。这套书，我们还是希望能整体地把传统经典传下去，当然朱子的编撰是不是最佳的，这个可以争论，可以完善，但是，可以借助朱子的理学立场开展系统训练，这个很重要，有了一个整体的了解之后，才好去跟汉代的董仲舒、明代的王阳明，跟外国的哲学去对话。对于中小学老师而言，则无论是提升自身的传统文化素养，还是将来应对传统文化教学的评测，也都会有所帮助。

（本文为 2023 年 5 月 13 日在邹城博物馆所作演讲讲义）

| 三人谈 |

我与孟子学

邵逝夫、毛朝晖、潘英杰

2023 年 5 月 14 日下午，邹城博物馆举办了"我与孟子学"主题三人谈，邵逝夫、毛朝晖、潘英杰三位学者依据自身的治学经历，分享了孟子学对他们生命的影响，并与现场听众进行了互动。现将他们的分享刊发于此。

"绕了一个大圈，我又回到了孟子这里"

邵逝夫

我为学甚晚，年轻时只知道追名逐利，岁过而立，方知为学，加上气禀低劣，习染深重，为学之路可谓坎坷曲折，虽未及古人所说的九死一生，却也数番游走于生死边缘，幸蒙上天好生，未至于丧命，却能略略有所体悟，亦算是侥幸之至。而其中有几番体悟，则与孟子、孟子学息息相关。这些天，为了写这篇文章，我对以往的为学生涯做了一个回顾，竟然发现自己绕了一个大圈，而这个圈的主线条正是孟子学。从当初接受孟子"察端"之教，体认性善，笃实修习身心之学，而后走了很长的路，甚至还走了不少弯路，直到去年岁末，体认到气质之性亦为纯善，从而真正理解了孟子"践形"之教，于是，又走回到孟子这里来。从 2008 年开始，绕这一个圈，我先后花了十多年的时间。

十多年的时间，说短不短，说长也不长，而留存在记忆中且值得一提的事，其实极少。我常常觉得人的一生就是一个持续解决问题的过程，解决的问题越深刻，对生命的体认就会越深刻，人生就会越精彩。所以，对于人生而言，有没有问题很是关键。没有问题，就谈不上解决问题；不解决问题，人生就不会有所进步，更无精彩可言。幸运的是，从小到大，我都不是一个缺乏问题的人，恰恰相反，我的问题特别多。但我有一个毛病：有了问题之后，喜欢自己埋头找答案，而很少去寻求别人的帮助。我特别注重自学，甚至认为真正有效的学习方法就是自学。至于我解决问题的路径，则是读书，曾几何时，"书中自有答案"，乃是我的人生信条。也因为此，我读书从来不设界限，只要我觉得能够解决问题的书，就全都找来看，所以读的书很杂。其实，很多书读了之后，才会发现并没有什么价值。

于我而言，2008 年是一个重要的时间节点，我的生命就是从那时开始觉醒的。当时，我再一次进入了迷惘期，所遭遇的问题倒也与以往一般：人究竟应该如何活着，才能够获得生命的安乐？从小到大，我都对这一个问题抱有极大的兴趣。只不过相比于以往，这一次显得更为急切。因为在那之前，我已经遵照世人所公认的答案，做过诸多尝试。我逐过利，可是发现并不像很多人所说，人有了钱，就会感到心安、踏实，反而我觉得有了钱，增加了更多的烦恼。于是，又开始追名，经过数年的努力，也慢慢地在管理学圈子里有了点小名气，可是内心却产生了更大的恐慌，一面担心追不到更大的名，一面又担心失去刚刚追得的名，整日里惶恐不安，苦苦钻营。后来才知道孔子对这种状态早已有过描述，那就是"患得患失"：

　　子路问于孔子曰："君子亦有忧乎?"子曰："无也。君子之修行也,其未得之，则乐其意；既得之，又乐其治。是以有终身之乐，无一日之忧。小人则不然，其未得也，患弗得之；既得之，又恐失之。是以有终身之忧，无一日之乐也。"（《孔子家语》）

不必隐讳，那时的我就是一个"小人"。而2008年的一个夏日，我突然惊醒：名和利就像是绳索，你越是追逐它们，它们就会把你缠得越死。于是，我对自己说："这不是我要的人生！我需要重新来过。"我就此决定跟过去的自己告别。

那个时候，很流行"向内求"这个说法，追名逐利自然都是外求。那么，"内求"求什么？又应该如何"内求"？当时，我一无所知，既然"书中自有答案"，我便开始四处搜寻讲述"向内求"的书。可以想见，最初所读的大半都是佛家的书，因为佛家最喜欢讲"内求"。净土宗的，禅宗的，我找来读；天台宗的，密宗的，甚至是南传佛教的，我也找来读。印光法师、虚云老和尚、南怀瑾、王骧陆，等等，凡是能找来的，都找来读，有一段时间，特别沉迷于元音老人。后来，又学习身心灵，尤其喜欢克里希那穆提。再后来，还喜欢过肯·威尔伯、杰德·麦肯纳等。其间，我还曾研读王凤仪老人的著述。又有一个阶段，什么都大胆尝试。比如，读了弘一法师的《断食日志》，自己也就模仿着断食。

当然，也读了一些儒家的书。说实话，尽管那时读的大多是佛家的书，可让我产生真切触动的，还是儒家的书。最早因为一位老兄的推荐，读马一浮先生的书，后来又读《论语》《周易》《传习录》等。读《传习录》时，觉得阳明先生的"致良知"之教直截了当，很是相契，可是用不上力，往往将算计作良知，还口口声声地宣扬自己要弘扬"良心"之教。回头想来，着实可笑。又由《传习录》上溯到《孟子》，研究了孟子的"四端"之教，才明白油然而发而不计较任何得失成败的心才是"良心"；读了"所不虑而知者，其良知也"，才知道良知是"不虑而知"的知。自此，开始在"察端"上下功夫。可是，因为旧染太深，我并不相信性本善。毕竟在研究企业经营与管理期间，太多的现象让我相信人性是自私的，当然，那时我并没有意识到自己跟很多人一样，只是在依据表象立论。所以，始终很难觉察到"端"。直到2010年春天，一个傍晚，在马路上看到了一条血肉模糊的狗的尸体，刹那间一股莫名的悲痛涌上了心头，于是，急忙让人停车，下了车，看着那被反复碾压快已不成形的狗的尸体，泪水止不住地哗哗往下淌。最后，在路边的树丛中找了一节树枝，费了好大的劲，挖了一个坑，将那只狗埋了。那天晚上，回到家，我像往日一样，坐在书桌前，准备读书，却什么书也读不进去，脑子里始终有一个疑问，为什么面对那条狗的尸体，我会感到如此悲痛？随即，又有一个疑惑出现了，莫不成我的本性真是善的？而我的旧习染则立即做出否定：不！我是自私的！于是，脑海中似乎有两个声音开始博弈，一个说我本性善！一个说我本自私！两个声音相互交替，速度越来越快，最后就像电光石火一般。突然间，我立身而起，用力拍了一下书桌，大声地说："我本性善！"从此以后，对于人性本善，便再也没有动摇过。有了这份体验，在应事应物之时，我往往会去体贴如何才能够用直觉去应对。那段时间，对梁漱溟先生的书很感兴趣。并开始尝试着讲学，以"察端扩充"立说，因为体验真切，出言笃实，倒也颇能唬人，一时间从学者颇众。缘于在孟子"察端"之教下，有了生平第一次关于心性的体悟，故而，我对"察端"有着莫名的亲切，无论是作文，还是讲学，都会反复强调"察端"的重要性，以至于曾被挚友秉元兄斥为"惟知'察端扩充'"。回头想来，"察端"应当算是我真正入学的起端。

也是在2010年，经采芝斋茶楼刘成大哥引见，我得以拜季海老人为师，研习训诂。老人还指示我从《大学》和《孝经》入手研习儒家经典，对我说："《大学》是四书的纲领，《孝经》是五经的纲领。"从此，我便开始反复研读《大学》和《孝经》，尤其是《大学》，至今已经解读过十数遍，每番解读都会有所体悟。2011年春天，我研读了周子的《太极图说》《通书》，对宇宙万物的由来有了一定的体认。其后，讲学越来越密集，及门弟子日益增多。2012年八月，兴文开办兴文书院，我移居书院，每个周末举行讲学活动。不久之后，书院便因资金短缺而中辍。其后，我搬至东山碧螺村，继续读书讲学。居山期间，对先秦儒学、宋明理学悉皆有所涉猎，也略有体悟，尤其于

《系辞》"天地之大德曰生"感悟颇深。又因与寺庙僧侣接触较多，对佛家的现状颇为不满，便也渐生轻慢，往往执儒斥佛。2013 年春天，我与祉元同修中医，因为我二人完全以传统方法学习，如上山采药，以身试药等，故而，进步颇快，时至当年秋冬，病人便已络绎不绝地登门而来。然而，因为治身不治心，很多患者的病情时有反弹，加之我们为自己确定的核心责任在于治心，如此人来人往，颇不利于自身的修学。于是，为了躲避病患，我二人曾经潜居同里古镇半年之久。潜居同里期间，亦尝应诸友之请，在北苑茶楼（后改名为礼耕堂）定期讲学。

　　2014 年春节期间，我又有了一次较为深刻的体悟。正月初八，一位朋友带我出山，与一群朋友聚餐，聚餐期间，每个人都意气满满地谈论着权、财、色，为自己的欲望得以满足而自得，我冷冷地看着他们，心中充满了无尽的悲哀，回到家后，不禁失声痛哭，心中想：我不能活在这么肮脏的世界，我要去死！这时，祉元下楼来，为我烧了一壶水，正是她的这个举动救了我。我将一切心力都集中在烧水的声音上，几分钟下来，精神有了恍惚感，然而，就在这时，"啪"的一声，水烧开了。我失去了专注点，旋即眼前浮现出两个字："中和。"请祉元帮我拿来朱子《四书章句集注》，翻到《中庸》"致中和，天地位焉，万物育焉"，豁然有悟：自己尚且未能"致中和"，又如何能对这个世界太过苛求？其后，呆坐一会，洗漱了一番，倒头便睡。次日起床，再读《中庸》，诸多以往不明白的地方，竟然全都理解了。依据这些理解，我写了《中庸释义》，其后作了三五次修订，与《大学释义》同时出版。其实，那时候的理解还存在着一定的局限。但是，经历这一番体悟，我才真正进入"内求"的生命境地，从此不再被外在的现状所影响，更加注重内在的修养。这次体悟让我对儒学有了更大的自信。返回同里之后，写了一系列批评佛学的文字，就是在这种情况下，我遇到了林锡泉先生，锡泉先生曾经担任首愚长老所开办的十方禅林的总务长。听闻我对佛学的狂妄批评之后，锡泉先生很不满意，数番示意于我，其意亦颇有理：你既不懂佛法，何以批评佛法？他的话对我触动很大。于是，我便决意下一番功夫，切实搞懂佛法，便又将诸多佛典与禅宗祖师的语录取出来，一一研读。时至 2015 年七月，我决定断绝一切外缘，掩关东山。

　　时至 2016 年七月，我闭关整整一年，自觉无愧于心，便顺利出关。出关后，曾参访诸山。归来后，一日，偶然翻阅《孟子》，怦然心动，于是，开始埋头解析《孟子》，不过月余，《孟子释义》初稿撰成。仲秋，便与祉元北朝孔、孟，当我们跨进孟庙的大门，置身于千年柏树林中时，瞬间便感觉秋日的燥气消失了，人也一下子沉静了下来。那天，游客很少，包括我们在内，总共才两三拨人，足可以让我们在其间徘徊而又徘徊。在大殿前拜谒孟子之后，二人又于其间再三流连，方才依依不舍地出门。其后，又在孟府一番流连。那一次，我们在邹城住了一周的时间，去了孟林，去了孟母三迁祠（移居邹城后，才知道是二迁祠），去了孟母林，爬了铁山、岗山、峄山。总之，邹城的每一个角落，我们都想去走一走。就是在这期间，我们决定搬到邹城居住一段时间，适巧在孟府前的老街（现已拆除）上认识了一位倒腾古玩的老兄——方玉文，便向他打听何处有房出租。更巧的是，他的一个同学适好有一套老房子正准备出租，位于火车站隔壁，是原先林业局的家属院。于是，约了他的同学，一起去看房，一套两上两下的小楼房，有个十来平方米的院子，院子里有一间狭小的厨房和洗手间，条件虽然差了点，但也算是一个闹中取静的地方。而我当时内心有着一种冲动：搬到邹城来，与孟子靠得近一些。所以，二话没说，便交了定金。回到东山后，略微整理了一下，与苏州的朋友们一一作别，约摸两个多月后，请了一辆厢式大货车，将几十箱书与一些老家具搬到了邹城，到的那天夜里，下了小雪，特别的冷。搬书时，多亏了玉文兄借来一辆三轮车，即便如此，也还是忙活了半天。

　　到了邹城，除了曾在昆明待过一段短暂的时日，我们大多数时间都是居家静修、读书写作，偶有兴发，便会到三孟瞻仰、拜祭一番。至今我还记得，有一次，我们从孟林大门处叩拜至孟子墓前，看到那尊挺拔的石碑时，情不自禁，泪流满面，伏在墓前久久不愿起身。而就在那个时候，天空还飘起了细雨。日子就这样一天天地过去，我从没有出来讲学的想法。2017 年夏天，曾由永战兄驱车，前往伊川拜谒了二程夫子林、康节公墓和范文正公墓，并曾参访鸣皋书院、嵩阳书院、观星台等。这也许是我们极少有的远行。那年夏末，我们在邹城遭遇了一次地震，二人半夜在二圣碑（位于邹城火车站广场）前流连许久。后来在返乡期间，我又大病一场，卧床近一周。感念生命无常，我便决定出来讲讲学，于是，便造访了孟府习儒馆，与郑瑞琴馆长相谈甚欢，当即便确定了讲学事宜。从此，一发不可收拾。先是《孟子》四讲，后来是《论语》四讲，其后，围绕着《孟子》又讲了四讲，还讲了《大学》《中庸》等，加上其他一些课程，总共讲了二十多场。前年，在绍林、殿军诸兄的鼓励下，我对《孟子》八讲和《论语》四讲的讲义作了修订，合为一册《论语孟子十二讲》，依旧由旭辉兄推荐，交由北京联合出版公司出版，也算是对我在邹城讲学做了一个总结。

　　从 2016 年底到 2019 年底，我们在邹城居住了三年多，其间，除了讲学之外，我依旧持续不断地研读四书与宋明理学，也曾反复修订《孟子释义》。生活在这个到处都弥漫着孟子气息的小城，加上一次又一次地拜谒三孟，潜移默化之中，我对儒学有了更多的亲切感，甚至觉得自己就是为儒学而生。虽然还是有很多人希望我出来弘扬佛学，但我对佛学的热情却逐渐冷却下来。其间，得以与旭辉兄相识，对我逐渐弃佛返儒也有着一定的促进作用。至今，还有很多朋友替我觉得惋惜，觉得我在佛学上下了那么多的工夫，又有一定的实证，放弃了实在可惜。却不知道我的选择与个人的得失成败毫无关系，而是因为我确切体味到儒佛二者之间的差别，伊川先生（程颐）有曰：

　　　　心通乎道，然后能辨是非。如持权衡以较轻重，孟子所谓"知言"是也。（《河南程氏文集》卷九）

　　而今我自觉已有几分自信，能够辨别其间的是非。佛学固然有其精深之处，佛法也有其微妙之处，然而，在形而上与形而下、在宇宙论与人生论诸方面，终究还是打成两截，未能一贯。儒家则融形而上与形而下为一、道与器不二，可以真正实现宇宙与人生的纯然合一。关于儒家天人一贯（即宇宙与人生一贯）之旨，我在诸多文章里都做了阐述，此则不复赘言。

　　2020 年春末，我与旭辉兄主持策划儒家要典导读丛书，主要刊发宋明理学名著。其后，我便潜心于宋明理学的研习，整理、导读了多部理学名著，如《河南程氏遗书》（程颢、程颐）、《周易程氏传》（程颐）、《观物内外篇》（邵雍）、《正蒙》（张载）、《春秋传》（胡安国）、《论语解》《孟子说》（张栻），等等。除此之外，关于《近思录》、阳明的研究也逐渐得以面世。其间，经由与旭辉、绍林诸兄的反复探究，对儒家生生之旨体味日深，撰成《生命之生与生命之命》一文，可谓我对生命之学体贴、实践的一份总结。又有英杰贤弟，时常相与论学，助益颇多。

去年年底，我们避居在同里复园。其间，所点校、导读的《太极图说　通书述解》面世，收到样书之后，便又做了一番研读，而于周子（敦颐）"五性"（刚、柔、善、恶、中）之说不能无疑。于是，反复体贴，终而确认由生生一贯之旨，则生生之性固然为纯善，气禀之性亦当为纯善。所谓的恶，悉皆源于自私。若无自私，绝无丝毫的恶可言。体究得此意之后，突然想到了孟子论"才"：

> 若夫为不善，非才之罪也。
>
> 富岁，子弟多赖；凶岁，子弟多暴。非天之降才尔殊也，其所以陷溺其心者然也。
>
> 人见其禽兽也，而以为未尝有才焉者，是岂人之情也哉？（《孟子·告子章句上》）

"才"即气质。原来，孟子早已指明气质非恶，气质非恶，气质之性自然非恶。与此同时，对于孟子"践形"之教便一下子洞然明晓了：

> 形色，天性也。惟圣人然后可以践形。（《孟子·尽心章句上》）

"形色"，气质是也，也是本于天生。所谓天生，便是本于宇宙本体而生。关于宇宙本体，我在诸多文章中已有阐述，此亦不复赘言。"践形"，即充分实现形的价值。若是形色有丝毫之恶，践形则不能无恶，又何以为圣人？故知，惟有气质无丝毫之恶，"践形"之教方能成立。

就这样，我又绕回到孟子这里来。年后，因为旧日诸多文字仍以气质之性为恶，故而，一一取出来进行改写，先是《生命之生与生命之命》，后是《中庸》首章释义，接着又写了《周濂溪》一文。旭辉兄、大鹏兄和英杰贤弟读了其中的大部分文字，做出了肯定。我也自觉至此自己对生生之学的体悟才算是较为圆满。

二月廿七、廿八二日（阳历三月十八、十九二日），第二期原学讲会顺利在同里古镇举行，我邀请了邹城市文物保护中心刘舰主任诸友参加。当年我们居住在邹城时，曾蒙刘舰兄长照顾有加。此番相聚，自然欢欣。其间，我们谈到了是否有可能做一个《孟子学》辑刊，经过协商，最终决定由邹城博物馆主办，具体事宜则由我来主持。于是，我们策划了三月廿四、廿五二日（阳历五月十三、十四二日）的"孟子学的历史意义"这一学术交流活动，《孟子学》辑刊的各项工作也将就此正式启动。能够重新回到孟子的荣光之下，我感到非常高兴。希望《孟子学》辑刊能够为孟子学的发扬做出应有的贡献，为儒学的真正复兴起到一定的推动作用。

"文化焦虑在本质上就是与民族文化同忧患共命运"

毛朝晖

自从 2001 年出国留学以来，我时常感到自己处在一种"人生的焦虑"和"文化的焦虑"之中。身处异国他乡，每天都必须面对异族文化的冲击，作为一个中国人，我一次次叩问自己："我还要坚守中国文化吗？"如果还要，那么"中国文化究竟是什么呢？"回过头看，我走上儒学研究的道路与这种"文化焦虑"有很大关系。这可以解释我为什么会成为一名儒家学者。但是，儒家学者未必就是儒者。我之所以成为一名儒者，更多的是源于我的"人生焦虑"。因为，儒家学者只是表明一种学术研究的兴趣，而儒者则表明一种人生的觉悟与认同。儒者，就是立志要做君子，做圣贤。时过多年，我才逐渐意识到思孟学派是我求解这两种"焦虑"的门户与归宿。

　　我走上儒学研究的道路，要从遇到劳悦强先生说起。劳先生是香港人，师从汤定宇、严耕望先生，算是钱穆先生的再传弟子。到美国后，师从著名汉学家孟旦（Donald J. Munro），受过现代西方学术研究的训练。但从整体上看，钱先生一脉的学术对劳先生的影响是决定性的。钱先生这一脉的学术，用余英时先生的话说，就是"一生为故国招魂"。所谓"为故国招魂"，突出地表现为对古代典籍文献的虔敬、强烈的历史文化意识，和立足民族本位的思想史省察。劳先生深受这一学脉的影响，无论在教学还是研究中都致力于弘扬、阐释古代原典，弘扬历史文化意识。从 2003 年开始，我追随先生十余年，前后听先生讲授《中国哲学史》《四书》《庄子》《史记》《论语研究》《佛教宣教文学》等课程。不难看出，先生的用意是引导学生研读中国儒释道、文史哲的根本经典，由此从大本大源上原汁原味地继承和发扬中国文化。我在先生这里获得的教益甚多，最重要的有两点：第一，读书一定要踏踏实实研读原典。只有摆脱对白话翻译和现代研究的依赖，才能培养与原典直接对话的能力；第二，治学一定要立足原典，言必有据。只有根植在对原典的可靠解读之上，才能如实地体会中国文化的思想与情感。

　　从那以后，我系统地研读了四书五经、先秦诸子、《史记》，选读了《两汉书》《新旧唐书》《明史》《资治通鉴》和诗词、古文等大量古典文学作品。与此同时，通过其他课程我也陆续参阅了不少现代西方学术著作、汉学研究和英文文献。我逐渐意识到，所谓"文化焦虑"在本质上就是与民族文化同忧患共命运，不只是要寻求个人生命的解脱，而且要寻求民族文化大生命的解脱。对民族文化的亲切体认与生命认同让我清晰地看到儒家与佛道等宗教的根本区别。那就是：如果民族文化不得解脱，我也不愿独善其身、独自解脱，这应该是儒者应有的立志或发愿。自从鸦片战争以来，面对西方文化的强势挑战，中国文化的解脱之道在于"返本开新"，一方面必须回归原典，重植根本；另一方面，必须兼收并蓄，积极吸收西学的长处，含弘光大。

　　在这种"返本"的意识之下，我选定以经学作为主要的治学方向。在我看来，唐宋以来主导中国人精神生活的是由朱子集其大成的"四书"学。儒门相传《大学》为曾子所作，《中庸》为子思所作，而孟子则集思孟学派之大成。这样说来，"四书"体系的灵魂实质上就是思孟学派所开创的心性之学。唐宋以前，荀子等其他儒家学派也曾发挥重要影响，但思孟学派的影响实尤巨，则是不争的事实。可以这么说，要了解中国人的人生观尤其是唐宋以降中国人的精神生活，就必须研读"四书"；而"四书"体系的骨干便是思孟学派的心性之学，尤以孟子学为其大宗。

　　顺着这一思路，我选择从《大学》也就是思孟学派的源头开始研究。2007年，我比较系统地研读了《朱子全书》中的《大学》类文献，以《从〈大学章句〉〈大学或问〉及〈朱子语类〉对读看朱熹的〈大学〉解》为题完成了荣誉学位论文。在序言中我提出这样的问题："自古读此书者亦不为少矣！独程子乃知其为入德之门户，唯朱子乃知其为圣学之纲领，此又何故耶？"在正文中，我系统考察了朱子修订《大学》注解的过程以及其中所反映的朱子对此书认识的转变。在结论部分，我指出朱子毕生学术从《大学》《中庸》入门，其对《大学》的注解几经修订，以《大学》为中心先后建构了"前四书体系"和"后四书体系"，晚年的修订重在修养工夫。

　　2014年以后，也就是在我读博期间，我主要从事经学史的研究。我认为，经学奠基了中国两千年来的学术与信仰。当代中国文化的复兴一方面有赖于系统检讨过去的"旧经学"，另一方面有待于系统地重建当代的"新经学"。在这个意义上，经学史的系统检讨与经学的系统重建具有同等的意义。相对而言，我认为前者更为基础，是更为优先的事项。经学史研究的价值并非经学的史学化，而是对经学的历史开展。当代的新经学必然要汲取历史的经验与智慧，也必须要回应历史的问题与要求。基于这一认识，我选取唐文治作为研究对象，以《唐文治与学堂经学的改革》为题展开博士论文研究。选取研究对象，在某种意义上就跟拜师取友一样具有严肃性。我选取唐文治作为研究对象，一方面是因为他代表了晚清以来经学主潮的革新方向，另一方面他也代表了儒家坐言起行的士大夫之学的传统。从方法上讲，我认为晚清民国之际是中国文化走向现代的一个十字路口。一旦中国文化迷失方向、歧路彷徨，就必须要回到这个十字路口，重新反思，重觅出路。因此，我认为，回到晚清民国之际具有重要的方法论意义。

四年下来，我主要思考两个问题：第一，中国学术或者儒学有没有一个可以客观化的知识结构？这个问题对于宗教而言并不重要，但对于儒学而言则至关重要。在西方，宗教与学术各有其领地。信仰完全是个人的事，属于宗教自由，学术不得干预。反过来，学术占据了现代教育体系和科研体系，宗教也不得干预。儒学在中国古代不仅是天道与人道的合一，也是宗教与学术的合一。儒学的崩解不仅意味着中国人丧失了基本的人生信仰，而且意味着中国学术丧失了支配教育和科研的合法性。从儒家的观点看，宗教并非人生的全部。人生的意义不仅仅在于对生死的超越或解脱，也在于对文化的创造与建构。人，不只是解脱者，也是建构者。在中国历史上，尽管有禅宗的超脱与道教的逍遥，儒学始终在中国人的现实生活中发挥着主要的指导作用，其故何在？这是因为儒家特别重视历史文化的传承和世俗知识的建构，代表了中国人数千年来累积而成的历史经验和知识水准。无论是何种宗教，都无法轻易抹去中华民族数千年来的文明成就。数千年来，中华民族绵延不断的历史文化主要是以儒学的形态得以延续；易代之际，绝续之交，主要是凭借儒家士大夫以生命作为支柱；中国人关于政治、经济、法律、外交等各种世俗事务的知识和理想主要也是依靠儒学提供支持。然而，当更加系统、精密、实用的现代西方学术涌入中国，相对零散、粗糙、虚浮的中国古典儒学是否还有存在的价值呢？要回答这个问题，必须首先厘清儒学自身的知识结构及其在历史上发挥的真实功能。晚清以来，曾国藩、张之洞的"四科判学"、唐文治的"三门判学"都是对这个问题的系统解答。

第二，经学在现代学术和教育中应该如何定位？我认为，儒学的骨架是经史之学，经典诠释与历史省察构成儒家主要的思维模式。《易传》是孔门的新经学，《春秋》学则是孔门的新史学；古文经学是东汉以降的新史学，理学是宋明时期的新经学。在现代学者中，唐文治、马一浮、熊十力致力于复兴儒家经学，吕思勉、钱穆致力于复兴儒家史学。此皆深心之士，颇存古义。相对而言，经为体，史为用；经之中多涉史事，史之中也多寓经义。从义理的角度讲，儒学的现代定位问题在本质上就是经学的现代定位问题。唐文治的孔教论和经学论都是对这个问题的系统解答。唐文治经学的最大贡献就在于系统解答了经学在现代学术和教育中的定位问题。透过唐文治，我解答了自己对于经学的一些主要疑问。更进一层说，对唐文治经学的研究在很大程度上也帮助我化解了自己长期以来围绕中国文化现代性和现代定位的"文化焦虑"。

我自觉地成为一名儒者在时间上要更晚一些，大致而言经历了两个阶段。第一个阶段是通过劳先生的点拨，意识到儒学并非只是知识之学，而是切己生命之学。我想要写一篇文章详述劳先生对自己这方面的一些具体的指点，由于旧时所写的日记不在手边，很久都没有正式动笔。不过，前年年底我发表了一篇介绍劳先生学术的论文，题为《现代经学的思想史进路——劳悦强教授的经典诠释方法论述评》。这篇论文的主旨是介绍劳先生经典诠释研究的方法论，但也涉及劳先生对儒学的根本认识。劳先生认为"儒学"是后起的名称，其实不妨名为"人学"反而更近实情。所谓"人学"，就是做人之学，"所追求的是人类群体生活理想以及个人的人生情操和德行"（《新马遗沈——漫谈中华文化与教育》）。据孔子所说："性相近也，习相远也。"（《论语·阳货》）那么，这种对个人修养和群体理想的追求就具有人性论的基础，并具有亘古不变的切己性、普遍性和实用性。将儒学视为与生命攸关的切己之学，这在根本上塑造了我对于儒学本质的认识。我后来对于儒学逐渐由学术的关注转变为生命的认同与这个根本认识密切相关。

然而，现代学院中的现实状况并非如此单纯。当代人文学术很多时候既是"没有用"的，又是"没有德"的。没有用，是因为没有心，对于真实的人生和社会问题漠不关心；没有德，是因为没有人，不能或不敢以真实的道德人格支撑自己的学术研究，因此只好将自己的人格隐匿在学术的背后，成就一种无力甚至虚伪的学术。这种学术与我所认识到的切己的儒学是南辕北辙的。在这个时候，我在一个偶然的机缘之下与郭文龙先生结识了。郭先生在民间弘扬儒学，他的作风与学院中的儒家学者迥然不同。他待人非常诚恳，做事非常爽利。在他看来，学问就在每一次待人接物中，就在所做的每一件事情中，就在每一个细节中。他曾多次提点我："一个真正的儒家学者，既要能够成理，也要能够成事。"（《郭文龙先生的儒学事业》）在郭先生身上，让我看到一个当代真儒者的风姿。尽管郭先生是商人出身，也算不上是儒家学者，但他是一位真正的儒者。

与郭先生的交往，让我在现实中验证了劳先生启诱的生命之学。所谓"验证"，主要包含两方面的内容。第一，验证了真儒者的存在。这不是说劳先生或我本人不是儒者或劳先生所讲的切己之学只是空洞的纸上知识，而是说这样一种儒家的生命实践在郭先生那里被具体化、明朗化、显题化了。郭先生敢于明确以当代儒者自居，能基于此种身份认同转化为弘扬儒学的生命动力与具体行动，并在日常生活中公开与人讲论儒家的生命之学。劳先生虽然给了我一些这方面的启迪，但他整体上仍游移在现代知识分子和传统儒家士君子的身份认同之间，若即若离，若隐若现。因此，我才说"在郭先生身上，让我看到一个当代真儒者的风姿"。第二，验证了儒学在民间的生命力。儒学作为学术，比附西学散落在现代学术教育体制中以求一枝之栖，而作为民间文化则几乎已经摧毁殆尽。孔庙、书院、宗祠这些过去寄托民间儒家信仰的制度实体几乎荡尽，儒学在民间早已成为"游魂"。在此种大环境下，郭先生凭一己之力复兴了南洋孔教会，将其由晚清以来的宗教团体转型为立足现代新加坡民间社会的文化团体，让我看到儒学在民间的生命力和民间儒学实践的可能途径。

2011 年，我因为郭文龙先生的介绍得以亲近霍韬晦先生，通过霍先生，我认识到儒学与其他宗教的根本区别就是性情。霍先生生于广东，长于香港，从罗时宪先生修习佛法，同时也是唐君毅先生新儒学的传人。霍先生的志向一方面是探索佛教的现代化，另一方面是试图将唐君毅的性情学转化为性情教育。我从游霍先生的时间很短，但他的性情教育对我却起到了重要的点化作用。去年，我写了一篇关于霍先生的悼念文章。中间回忆道："在环环紧扣的'实验'中，我被迫直面自己的习气，我看到自己身体的僵硬、情感的冷漠、心灵的狭隘，原来在经历二十年的学校教育和人间世故之后，我的身心已是如此的不柔软，我的情感已是如此地干枯；原来我对学术以外的世界已是如此的封闭；原来我的自信只是一副精致的伪装，其实我早已是'乱山无数，不记来时路'，既听不清自己内心的声音，也迷失了真正的方向。"（《回忆与霍韬晦先生交往的几个片段》)应该说，在劳先生那里，我已经领会到儒学与生命的切己关系，但那种领悟是零散的，偏于学术的；在郭先生那里，我对儒家生命之学的领会是具体的，偏于实践的。直到在霍先生那里，我才领会到儒家生命之学的根本在于人的性情，一真一切真，一假一切假。而且，这种领会不是学术的，甚至也不能泛泛地说成是实践的，而是必须在生命的真切贯注之下才能激发，它是身体性的、当下的、超越于言语与思维之上的。在那次领会中，我当下感受到生命内在的光明和力量，能使心灵敞亮，使身体柔软，持续地被觉悟的喜悦所充盈。

霍先生将他的性情教育追溯到孔子的"仁"。霍先生说："你必须对自己进行体认，发现你自己的性情，你就知道这是情不容已，无可逃避。孔子把这个称为'仁'，即以'仁'为文化生起和生命成长的基础，即性情才是根本，满足市场需求只是商业行为。孔子相信，唯有开发人的性情，社会危机才能安然度过。"(《新教育·新文化》)在思孟学派那里，孔子的仁学变得更加系统而明朗。思孟学派不仅深入地建构了孔子仁学的人性论基础，而且还发展出亲切详尽的工夫论。顺着霍先生的指引，我赫然发现自己对于"人生焦虑"的求解是从思孟学派开始，并最终回到思孟学派。

后来，当我带着"文化焦虑"深入研究唐文治，我发现唐文治的经学最终也归宿到孟子学。在博士论文中，我指出"正人心，救民命"是唐先生学术的宗旨，也是他对经学本质的现代开显。基于这一宗旨，唐先生重新注解了大量儒家经典，其中《孟子》是他特别表彰的一部经典。他说："《孟子》言论，最切于今世，而尤切于今世之人心。故余作《大义》，专取其切时者言之，有如孝弟人伦之本，出处取与之经，察识扩充之几，辟邪反经之道，不惮剀切敷陈。而其尤注意者，则在剖析义利，唤醒迷途，于醉生梦死之中，俾其良心之乍露，因其乍露而操存之，此即《孟子》'正人心'之本旨也。"(《十三经提纲》)顺着唐先生的指引，我也将以思孟学派为归宿。

回顾二十年来我走过的路，可以说是在"文化焦虑"和"人生焦虑"的双重驱使之下闯出来的。在我而言，"文化焦虑"的问题是首出的，是最先被凸显的，"人生焦虑"是稍后才被刺激出来的，却是更根本的。所谓"文化焦虑"，是起于对中华民族文化命运的休戚之感；而"人生焦虑"，则是起于对人之所以为人的切肤之痛。正是因为对中华民族文化命运的休戚之感，我成了一名儒家学者；正是因为现代西方学术、佛教和基督教都无法安顿我的文化意识和本真性情，我才成为一名儒者。尽管我也欣赏现代西方学术，赞佩佛教和基督教，但我对于中华民族历史文化的守护之志与对于夫妇、父子亲情的推扩之心都必须在儒者的身份认同中得以安顿。我曾反复思考，反复确认：此情如断，我将不复为人；此志若亡，我将不复为中国人。二十年来曲折虽多，但整体上看，只是一个由儒家学者成长为儒者的觉悟过程。这个觉悟的归宿之处，无论是霍先生的性情教育还是唐文治的经学，最终都殊途同归，共同指向思孟学派。至此，我的两大"焦虑"已有如释重负之感，但忧患无已，工夫未到，则"焦虑"也将终生以之。《易传》有云："作《易》者，其有忧患乎？"孟子有云："君子有终身之忧，无一朝之患。"范文正公有云："居庙堂之高则忧其民，处江湖之远则忧其君。"圣贤先得我心之同然，不其然乎？

最近几年，我还有一些前缘未了，对思孟学派的研究和弘扬尚未展开，但从我的上述心路历程来说，这应是我未来学术的归宿之处与使命所在。这次因为逝夫兄倡议创办《孟子学》的机缘，我得以参与会议，并襄理其事，再三赞叹讲会的殊胜和逝夫兄的宏愿，于是给大家分享这些话，一方面算是对自己儒学道路的一次检讨，另一方面也借此机会与逝夫兄及各位朋友切磋共勉。

"我愿承受世上一切人的苦难"

潘英杰

我出生在福建厦门靠近泉州边界的一个小村庄，村里人以潘氏为多，并有一个潘氏宗祠。家对面，隔着一条国道、一片田地，即是一座雄伟的山，因其形如鸿之渐于陆，名为"鸿渐山"。离村庄不远的地方，迄今还立着清代以来残存的一段关隘遗址，上嵌着一块石匾，书有"同民安 朱熹书"六个字。民风的淳朴、山野的养育、人文的温润，这便给我的童年打了底。只可惜，在读书方面，并没有类似古代私塾的教书先生来指导我。不过我骨子里就很喜欢读书，只是找不到资源。记得最早接触到课外书，是小学时老师有要求，但家里没有，母亲就带我去找四伯父，四伯父便给了我一本黑白的连环画。等后来大了一点，终于学会骑自行车，有时骑将近一个小时的路程，到镇上的书店淘书。那个年代，镇上的书店还是开有数家，也有不少好书。只是我的生命似乎总潜藏着一种荒凉。童年里，会喜欢读书，会去与小伙伴疯耍，也会一个人在家看电视，看到不想看，还是被习气带动着不断转台，最后颓丧地关上。这样对电视开而看、看而转、转而关的经历，反反复复好多次，但自己还是莫名地控制不住，内心感到很痛苦。记得有一天，也是这样的又一轮痛苦，然后独自一人蹲在阳台上无神地望着天，这时候，忽然脑中响起一个异常的声音："我愿承受世上一切人的苦难！"身体不由一悚！声音也随后消失。然而在记忆里，却烙得很深。

带我逐渐走出痛苦的，还是读书。最早到镇上的书店淘书，尚分不清高低，觉得有趣就买回来看，从笑话、歇后语，到通俗故事、精美散文，再到四大名著、白话《史记》之类，品味也逐渐提高了。四大名著最早买到的是今人改编的篇幅较短的版本，后来读到原版，尤其是《红楼梦》，一翻开首卷，就被里面满满的才气给吸引住了。初中时一次很深的读书体验，是偶然在历史教科书上看到船山的一句"六经责我开生面"，当下即受到很深的心灵震撼，然而说不出到底是什么，却保留到现在鲜如其初。高中时，则是在语文教科书上翻到了《逍遥游》这一篇课文，一下就感受到有一股玄古的灵气扑面而来，从此深深喜欢上了庄子，常称之为"吾家庄子"，一直希望能找到一本没有删节的《庄子》。整个中学时代，内心还是会莫名感到荒凉。记得有一次，骑自行车回家的路上，自己仿佛被这样的荒凉给裹挟了，没有看马路就要穿到另一边，却差点被疾驶过来的长途客车给撞倒。当时，客车按了数次喇叭，自己好像听不到，还是昏昏悠悠地过马路，随后就是它一个急转弯，从我跟前大幅度绕过，往前开了一段距离后，车上探出一个人回头看我，大声喝骂，倒把我给骂醒了。回到家，我躺在床上，忽然感到极大的后怕，身体不由自主地抽搐起来。在这段时期，给心灵一些慰藉的，则是从小学起就开始自学而持续写的旧体诗作品，不过，也仅此而已。

让我内心开始走出这荒凉的，要到大学时，我接触到了儒、释、道三家经典，以及当代新儒家的著作。这都是因为遇到了刘昆庸老师。他在我大一时，给我们上的是古代文学史课，但他第一次上课，就放王财贵先生的视频《一场演讲，百年震撼》，并提倡我们读经、抄经。最开始的一段时间，我并没有什么反应。后来越来越喜欢上刘老师的课，我也慢慢成为全院读经最努力的那个人：经常早起到操场，别人练英文，我就读经典；听课觉得没意思，又不好逃，也偷偷自己在座位上小声读经典；晚上睡不着，则到寝室的卫生间或走廊继续读。儒家之如《大学》《中庸》《论语》《孟子》《易经》，道家之如《老子》《庄子》，佛家之如《心经》《金刚经》《六祖坛经》《佛说阿弥陀经》《无量寿经》等，都读过至少上百遍，其中大部分经典也全书抄写了多遍。从大学起，我才正式接触到《孟子》。并且觉得刘老师讲课，颇有孟子的气度。刘老师后来更侧重经典方面的授课，一次听到他讲孟子的"可欲之谓善，有诸己之谓信，充实之谓美，充实而有光辉之谓大，大而化之之谓圣，圣而不可知之之谓神"（《孟子·尽心下》），他以水做比喻，在绘声绘色地讲解中，让我听起来非常感动，也隐隐感受到圣贤人格的光明、充实与博大。不过，相对孟子，我大学时更喜欢的还是庄子。后来大学写毕业论文，我觉得这是一件神圣的事，便自己定题，而把孟子与庄子合在一起写。但当时我更用功的是《庄子》，参考了多种研究《庄子》的著作，又逐字把《庄子》全书工工整整地抄写了一遍，然而最后，对《庄子》的义理体会还有很多模糊的地方，对《孟子》则似乎感触极大，也越看越明白，尤其是看到其中"良贵"两个字的时候，似乎一下就能由此贯通整部《孟子》的义理。孟子说："欲贵者，人之同心也。人人有贵于己者，弗思耳矣。人之所贵者，非良贵也。"（《孟子·告子上》）里面大有深意，而且是活泼泼地直入当下生命里的深意。《孟子》于我也仿佛有了光，照进了我的心。我开始更懂孟子，明白他那种大自信是从哪里来的，反过来对我自己体内的"良贵"也隐隐约约有所亲证。然而，由于当时还没有进入修身工夫的层面，故还只是类似醒悟或觉受的收获而已。尤其到大学将毕业时，我开始强烈地感受到人生看不到方向，希望能找到终极的生命归宿。这其中，孟子学起到了决定性的作用。因为"良贵"而得以稍稍贯通其心性义理，我对性善初步有了一些切身体会，尤其是从四端之心进去，更加笃信不疑。

大学四年，我一直跟随刘昆庸老师进行中国文化方面的深入学习，内心对刘老师颇为敬佩与信任。渐渐地，我懂得了孟子所述的"豪杰之士"的精神，而这样的精神，似乎一直就深深潜藏在我的生命中。

在深圳教书时，一次偶然间读到了作家雪漠的新书《一个人的西部》，书中描述了他为实现梦想和蜕变生命进行的漫长而艰辛的奋斗经历，行文中随处流露出来的激励人心的感言，令我印象甚深，刚好当时他在深圳就有《一个人的西部》的签售活动，于是我便过去见他。后来，又将他持续写出的所有著作都反复阅读，并常年到佛山、广州、香港、山东等地去见他。雪漠老师在他文字里散发出来的那种般若智慧对我触动极大，他的自律精神、人生见解、时代眼光都对我颇有影响。但在他涉及儒家的一些观点方面，我则难以信服。可能，我天生就是儒家的人吧！又可能是曾经读了多部当代新儒家著作，加上自己的亲身体验，对儒家已隐隐有了比较深的洞见。这一点，当遇到霍韬晦先生时，更是强烈地复苏了我骨子里的儒家情怀。

说到这，就得先回到大学时读到的当代新儒家著作那里了。那时候，我最喜欢的是唐君毅、牟宗三两先生的著作，因为读他们的书，我的生命马上就会涌生起强烈的文化意识，一度我就想如何能会通唐、牟之学，觉得这是一件很庄严的事。相对牟先生，我更契应唐先生的学问，可能是生命的气质类似，也可能是他的仁者气象令我很向往。尤其是他与钱穆先生一起草创新亚书院的经历，更让我难忘，曾撰联赞之："办学岂惧艰难？但有精神在，终将久大；招魂虽满苍凉，因闻木铎声，毕竟沛然！"所以我很渴望能穿越时空，去当时的新亚书院读大学。巧的是，在大学毕业后不久，我就有机缘到香港法住机构向霍韬晦先生学习。但其时，我对霍先生了解还不多，更多是带着对唐先生的景仰及对新亚精神的向往去的。第一次学习，在霍先生的指点下，我对"仁"就有了极亲切的体会，生命由内而外地散发出一股喜耀。我向霍先生描述我的感受，他当下指点：这就是"仁"啊！那一刻，我的生命被点醒了，我所读到的《四书》中有关"仁"的内容也被点醒了。也是从那一刻开始，我渐渐能由情善入性善，明白孟子四端之心的真实内涵。这种明白，在大学时是一种略带虚渺的觉受，而这时则是实实在在的印证了，并且直通当下的具体生活。霍先生已年过七十，但他身上所散发出来的常人所没有的朝气、自信、魄力，让我完全被他所折服，而愿意一直这样跟随他学习。好多次，听他讲课，我都暗自流泪。从他那里，我明白了什么叫"讲学"、什么叫"传道"，也明白了什么叫"士"。于是，"豪杰之士"的精神开始更强烈地在我的生命里鼓荡，令我经常有"涌身千载上"的深深感动。每一次到香港，我几乎都必去香港中文大学的新亚书院凭吊唐先生，偶尔也会到新亚研究所那里去，仿佛亲见年迈的唐先生就从这里出入，而抽泣良久。后来，我有机会随朋友一起到台湾拜谒唐、牟两先生之墓，更是加深了这一份道缘。霍先生本身与唐先生之间的道缘就很深，他在法住事业二十六周年时，写文说："我也许比较幸运，能够有缘从唐君毅先生问学十五年。唐先生是真正的儒者，世所共许。他指出'理性的思考，必归于反复循环，终无了日，最后还须隶属于性情之下，人生始能重见光明'（见唐先生著《生命存在与心灵境界》〈后序〉）。唐先生此义对我及法住中人启发甚大，我决定以此重释《论语》，并建立性情学，同时以性情学之进路来做事。法住二十六年之许多工作都是这样做出来的。"（霍韬晦《时代需要承担者》）霍先生也有意栽培我，让我跟随他学习，我毅然放下原来的工作，愿意一辈子从学于他。只是此后大概半年左右，霍先生即病逝。那一刻，对我有如天崩。我哭了好久，持续一个多月。童年时，奶奶的去世让我第一次感受到亲人离开的痛苦。霍先生之归道山，则不仅仅是亲人去世而已，更是追随的仰望对象的消失。我的生命开始产生了巨大的迷茫和虚无，我也看见了死亡。但在持续同法住中人一起深入体会霍先生的学问后，我逐渐感受到大死之后的大生，发现精神的真实与有力。或者说，那一刻起，我的生命开始有了所谓终极的信仰，且是立于儒家层面的信仰。迄今回顾，当时的点点滴滴，还历历在目。没有深入到骨髓里的求索和痛苦，就没有深入到骨髓里的明白与坚定。

　　带着对这不死之精神的体证，我又在思考：这一生，我的路该怎么走？

看多了生死，也看多了是非，我越来越笃定地认识到求道是人生第一大事。我想彻底化去生命里的荒凉，想做一个真正的明白人。我的死亡具体在什么时候，我不知道，但我知道它早晚会到来。因为从大学起，我就对当代新儒家有特别的喜爱和触动，毕业后又得以从学于霍先生，我隐隐中自许为当代新儒家的传人。我发现，我的生命里孕育着一股巨大的自信，清楚地知道在当时还有些木讷的外表下，深藏着一个别人不容易看出来的不简单的我。而如何接下唐先生、霍先生的文化之棒继续往下传？我思考了许久，终于想明白了：一方面是结合我的喜好和特长去进行国学教育，另一方面则是更自觉地走在修身这条路上。霍先生将牟先生提出来的"生命的学问"，补充为"生命成长的学问"，并践行了出来；又继承了唐先生的性情学，发展为性情教育，而具体落实；还提出"体会的方法论"，常年亲执教鞭，让诸多学子对自己的性情都有亲身的体会。这都是实实在在的生命儒学。结合霍先生对我的教导，在我的经历与观察中，我开始意识到儒家修身工夫很有重新明确的必要，但这种明确，不仅是概念研究层面的明确，更得是生命践行层面的明确。佛家各宗派都有各自深入的修习工夫，儒家的心性之学又怎么会没有呢？或许宗旨不同，但都当以身亲践则是相同的。于是，在日常生活中，我更加注重察端工夫的训练，也在存养工夫方面下了一定的工夫。这些，是由唐、霍一脉下来，更是直接来源于孟子。察端，也就是体察四端之心，这是自己的四端之心，也是别人的四端之心。我常会去深入体会自己或别人当下活生生的言行背后的动力到底是什么，层层剥进，而真切地感受到人性的光明正在暗中喷涌。"四端之心"之为"端"，想要去扩充，就要有存养工夫的接续。孟子说："存其心，养其性，所以事天也。"（《孟子·尽心上》）当加强了对四端之心体察的敏锐力，自觉地让自己存养于其中，我的生命便开始时常感受到一份踏实、朴实、真实。这里面即含藏了孟子所说的"良贵"。察端看似小，但很不简单。在孟子对心性的论述方面，这其实是一个很关键的切入点。从孟子学本身，再回到我日常的生活，对此我都有了印证。生命的终极安顿，绝不是靠一时之醒悟或觉受就可以解决的，必落实为身心持续的转变方可。那一种童年就有的莫名的荒凉，便这样逐渐地被化去了。

此外，我颇留意现在国内一些儒学研究动态，以及具有儒家情怀甚至儒家信仰的人。虽然学界在儒学研究方面不断有专著、论文出来，但跟我心里深服的唐、牟诸先生比，总觉得还差得远；民间儒学虽然活力十足，却没见到多少能让我引以为同道的人。我有些悲叹儒门的衰落，又清清楚楚地感受得到这个时代潜藏在人心里无穷的文化元气。而我，亲身经历过几个文化事业从兴盛走向消亡，又从消亡转出另一种形态，所以努力做着一些事，但已破除了很多执着。对当时的我而言，修身为大事，求道为大事，陪伴挚爱之人为大事，其他的尽力而为就可以了。我愿意这样活着，等待死亡的到来。这一阶段，我似乎明白了孟子所说的："夭寿不贰，修身以俟之，所以立命也。"（《孟子·尽心上》）虽然生活中还会有一些习气烦恼，但我已常常能感受到这颗心深层次的安宁了。

后来，经由多年前结识的挚友旭辉兄介绍，我结识了逝夫兄。有趣的是，我与二位兄长的结识都是跟《大学》有关，准确地说，都跟《潘子求仁录辑要》这本书有关。大学时，我对《大学》中的"格物致知"产生了极大的兴趣，但久久不得其解，即便后来读到朱子与阳明的见解，也很难完全信服，直至在刘昆庸老师的推荐下读了《潘子求仁录辑要》，从此笃信不疑，视此书为传家宝。而潘子学，根基其实就是孟子学，他正是回到孟子那里，去解开"格物致知"的真义。因为明白潘子的深意，我再看其他人对《大学》的见解，总感觉远逊于潘子。加上年轻气盛，一次知道旭辉兄要讲《大学》，便在网上与他争锋起来，不想因此结识了一位同道。当时，我即为他加了一个标签："儒门真友。"另外一位同样有此标签的，则是逝夫兄。旭辉兄对儒学有独到的洞见，也有真实的信仰，而他的精力更多放在编辑整理上，其完整性的儒学著作当时被我读到的尚不多。故我读到逝夫兄的《大学释义》《中庸释义》，因为自己在日常生活中已有一些儒门工夫的实践，即知逝夫兄这两本书很不简单。逝夫兄不仅深通学理，也久践工夫。与逝夫兄，我们一聊如故，颇有缘分。似乎我一直期待能读到类似逝夫兄这样学行兼得的儒者所写出来的文字，期待了好久都读不到，现在终于读到了。于是，每次读逝夫兄所作之文，总会激起我内心无穷的感受与思考。逝夫兄也常常不吝与我分享他在儒学方面的修习成果，对我助益甚多。有一次，他与我分享了他的《生命之生与生命之命》一文，我仔细读下来，震撼极大！在这一篇大文中，他将我一直以来对儒学很深的信仰用现代叙述方式十分清晰地表达了出来，那一刻，生命里很多珍珠开始被串联起来，从《易经》的"天行健，君子以自强不息""生生之谓易"，到熊十力先生的《新唯识论》所展现出来的大易精神，再到唐君毅先生在《人生之体验》里所描述的再一度新生，然后就是霍先生对我日常的指点及其逝后让我感受到的精神不死与薪火相传。我对自己的儒学信仰更加笃定，生命里残存的一些因学理上还看不清而产生的困惑一下都扫尽了。在逝夫兄的不吝分享及与他的交流中，我开始把眼光上溯，从对当代新儒家的关注转向对宋明诸贤的关注，并对他们的学问体会更深了。前面说到，潘子学其实就是孟子学，而不止潘子，宋明诸贤的学问里多多少少都有孟子学的成分。逝夫兄曾撰文对此有很精辟的阐释，此则不赘述。

因为对儒家生生之道无论从学理，还是从工夫都已经完全无疑，我也就更自觉地往这方面在生活中去践行。渐渐地，我在观象而体认生生之道的工夫上修习得更纯熟了。从之前的察端、存养，到现在的观象、体认，内外相融，感觉已被打成一片。由此，我经常能感受到一份从生命深处涌出来的快乐，这份快乐近似于孟子所说的："万物皆备于我矣！反身而诚，乐莫大焉。"（《孟子·尽心上》）近来，我又在深入研习船山学。船山承横渠而重"气"，这上溯到孟子的养气说便能更见其要。船山还承横渠而重"良能"，也是一个颇值得留意的地方。良能，本就是孟子学的范畴。对于船山，我少年时即与之有着一种精神上的感应，但在学问方面，却一直不得其门而入。逝夫兄说，由船山的孟子学便能进入。现在想起来，逝夫兄此言极有见地！无论是与我的生命有很深因缘的船山，还是潘子，都与孟子分不开；也无论是我的恩师刘昆庸老师，还是霍韬晦先生，他们所展现出来的文化气度，也都与孟子很相应。兜兜转转，这一路下来，我是始于孟子，启于孟子，也归于孟子。由此我再回顾童年时那一个异常的声音："我愿承受世上一切人的苦难！"一直以来，我都认为这是佛家的，而有些将之玄化。然而，现在再仔细体会，发现并没有什么神奇，归于孟子学来看，就会看得很明白。人生命里那最深的性，本身就是纯善无恶，即孟子所说的性善，"我愿承受世上一切人的苦难"，这其实就是性在生命的某一刻因机而直接喷涌出来，是恻隐之心的自然流露。但四端之心，从来都不是分开而独立的，所以既是恻隐之心，也是羞恶之心、辞让之心、是非之心，方便说是四端之心，合而为一并深进去看，即是仁，或说即是道，此如孟子云："仁也者，人也。合而言之，道也。"（《孟子·尽心上》）不忍自己如此受苦，当下一念自觉，也不忍别人如此受苦；由此苦再往外延伸，则不忍自己与别人受一切的苦。人人都有这样的不忍之心，只是经常被自己给漠视掉了。一念省察，即见善机。然而必须有所扩充，不然终会随习气之发作而隐伏。童年时，若这一个异常的声音在我的脑中响起，即有人来指点我看到这其中心性层面的关键，生命里的荒凉当不会持续那么久了。不过，这样的经历也是我人生的一笔宝贵的财富。只有感受过真实痛到骨髓深处的荒凉之人，才会更懂得别人生命里所深藏的荒凉，也才会更懂得生命寻得终极安顿的重大意义。最怕就是麻木或甘愿自我麻木的人，即孟子所说的"自暴自弃"者："自暴者，不可与有言也；自弃者，不可与有为也。言非礼义，谓之自暴也；吾身不能居仁由义，谓之自弃也。仁，人之安宅也；义，人之正路也。旷安宅而弗居，舍正路而不由，哀哉！"（《孟子·离娄上》）现在再读孟子这段话，对其中的"安宅"之"安"、"正路"之"正"，我也有了更不一般的深入的戚戚之感了。

人到底为什么要活着？

——专访邓秉元教授

王归仁

　　邓秉元教授不仅是一位享誉学林的孟子学学者，更是一位切实践行孟子精神的儒者。笔者受《孟子学》辑刊之邀，于 2023 年 4 月 17 日，在沪上虹桥天地的一间茶室里，与邓教授面对面做了长达三个半小时的访谈，邓教授详尽分享了自身多年的治学历程和心得，他轻松从容的讲述，令人如沐春风，终身难忘。现将访谈整理出来，以飨读者。

王归仁：秉元老师，您当年为什么从理工科转到人文学科？

　　邓秉元：以前也有同学、朋友问我这个问题，有时我会简单说因为有兴趣，但实际上并不尽然。高中时代虽然对文科也有一点兴趣，但并没有想过以此为专业。我在性情上可能还是跟宋明儒者比较接近一点，对一些身心性命问题比较敏感。当然类似问题很多人都会在人生的某一个阶段遇到，但性格不一样，感触也会各不相同。对我来说，当时最主要的问题就是，人活着到底有什么意义？人为什么要活着？小的时候，很多人都会突然想一下这个问题，但是大都是一闪而过，不一定深究。可能跟我的性格有关系，高中的时候疑问已经比较强烈，上大学以后就一发不可遏止了。强烈到什么程度呢？好像你不去搞清这个事情，那你活着干吗呢？人生似乎完全陷入虚无之中。我那时学电子工程，像数学的各种分支就有好几门的样子，各门课程都是非常理性的训练，对此我其实也不是没有兴趣，甚至一直以为自己将来就应该从事科学工作。但生命中却突然出现另外一个物事，你活着到底有什么意义呢？

　　如果只是一般地陷入虚无主义，其实也可以在没有信仰的同时做一个好人。我的性格可能有些不够通透，总是追问：如果生命终结以后，世界就是一片虚空的话，那么到底这个生命意义何在？久而久之，就变成一个问题。

　　后来我看梁漱溟先生的著作，梁先生一直强调自己是个问题中人，他也是年轻时便遭遇到很多问题，甚至还自杀过。跟王国维有点儿相似，他父亲梁巨川后来的自杀也成为一个事件，虽然可能都有具体的原因，但同时也都跟文化有关。梁漱溟的生命里其实也有这些问题，不仅难以绕过去，甚至还越来越强烈。我虽然没有严重到那个程度，但也是很难跨越的障碍。"垂死病中惊坐起，暗风吹雨入寒窗"，元稹的这句诗，对我来说简直是写实的。你突然会觉得，这个问题如果不解决的话，整个天就要塌下来，生命就没有任何出路。现在重新反思的话，可能多多少少是一种精神的问题吧。这件事其实对我造成了很大的困扰。

　　后来自己乱想，这个世界可能不止我一个人遇到这样的问题，我既不是第一个，也不会是最后一个，那么古人是怎么处理类似问题的呢？可能也是一念之间，我正好看到上海古籍出版社在做广告，说要出一套影印的诸子百家丛书，于是我就邮购了一套。那套丛书是小开本，印得非常好，从王弼注《老子》下来，好几十本，古色古香，捧在手里也很容易。看了之后觉得也挺喜欢，但是里边在说什么，却不大看得懂。

　　不懂当然想去找老师，但其实也没地方找老师。当时南理工几乎是纯粹的理工科大学，也没什么文科。不像后来还可以随便到其他大学去听课，那时候还比较少。后来就自己去找书，一开始去找古代的蒙学著作，如《三字经》《百家姓》《千字文》《幼学琼林》《声律启蒙》《千金裘》《增广贤文》等，不少都还背诵过。今天回想起来，古代蒙学虽然很浅，但是可以了解传统文化的底层逻辑，所以我们不能小瞧它们。从蒙学进入古典，会和现代人直接进入典籍，看到不一样的东西。与此同时，还要尽快学好古代汉语，否则也很难进入古典。

王归仁：我觉得第一关还是文言文关，文言文不怎么好懂。

邓秉元：其实文言文过关并不难，只要把王力编的那四本《古代汉语》好好地啃上两遍。除此之外，我当时还阅读、背诵《古文观止》，常常翻阅历代正史中感兴趣的部分，当然也看现代人写的关于古汉语、文献学、训诂学方面的入门书。我读《古文观止》的时候已经二十来岁，算不上童子功了，所以后来会忘，但背诵过和没有背诵过，还是不一样。首先对语言的感受整个就不一样了。《古文观止》选文以散文为主，骈散兼收，都是历代名篇。不仅适合初学，而且很体现古人眼光。你读这些东西，不仅是在领略历代大家的文笔，也会吸收他们的思想。

大学的时候开始慢慢走上这条路，一个关键是读到宋元人注的四书五经，也是无意间买到这一套，中国书店影印的。老的繁体竖排，没有新式标点，只有基本的断句。这是理学系对四书五经的注解，像《四书》就是朱子的《章句集注》，我最早读《论语》《孟子》就是这个本子。也接触过一点《周易》，尤其看朱子的《周易本义》，其实也看不大懂，但很有兴味，完全被打开了一个新的世界。朱子书中有一个观念后来一直影响了我很久，就是他讲的"卦德"，好像很有意思，虽然还不能确切地理解。当然也确实很难，为什么？朱子的《周易本义》实际是针对程颐的《程氏易传》，他认为《程氏易传》并没有真正的揭示伏羲、文王各自的本义。此书非常简略，但用意很深，朱子心中羲、文、孔子三圣之义其实是不同的。所以读懂这本书的前提，是要对此前理学对《周易》的理解比较通透了才可以。读书一定要讲究次序，我却一上来就选了一本这么难的书。

《四书章句集注》后来我一直给学生推荐，先从宋儒之学进来，宋学跟我们的身心性命有直接关系。你想想看，如果那个时候读清人的东西，名物训诂固然讲得很好，但是跟自己的问题不相干。你那时求的问题是古人怎么面对生命，怎么解决他的生命问题。并不是纯粹知识性的问题。何况对我来说，世上那么多事情，我对其他很多事物也想去了解，不一定非得对这些事情感兴趣。

《论语集注》前面引用程子等人的语录，其中特别提到，读《论语》要从自己身上去体贴，而不是把它只是当成跟自己没关系的知识。学儒学的话，性格淳朴一点儿的人往往更容易，淳朴一点儿的人比较愿意尊重前人的规则。学问是这样的，有的时候是要不疑之处有疑，但有时也要看具体情况，跟修身、生命有关的问题，还是要尊重前人的经验。别人的经验，你不妨去试一试。等试了之后不是这么回事儿再说。但是如果一开始就先拒之千里，你就没有机会进来。尤其你要问的这些对象，也都是历史上公认在这个方面有独到见解的人物。我们现实中很少能有机缘遇到这样的老师，如果遇到了，那是自己的幸运。但是在没有遇到的时候怎么办？其实就是孟子讲的尚友古人，这是以古为师。

王归仁：您读这些书主要是在大三的时候吗？

邓秉元：主要是在大二、大三的时候，到大三的时候，已经开始考虑考研了。我本来一直想考自己原来专业的研究生，甚至都快四年级了，其实也还在犹豫。也是因为前面读了两年人文著作，感觉有点儿发酵，有些欲罢不能。虽然读出一些味道，但原来的问题还没有真正解决。精神的问题，特别是跟人生或者信仰有关的问题，解决起来最难。即使是父子之间，再信任的人跟你说，也不一定有用。我们要尊重自己的性情和内心体验，就像晚明学者说的，每个人要找到能让自己吃饱的那碗饭。这当然也是一个缘，看你跟哪一路相契。后来我慢慢理解人类各大宗教背后，并非简单地说这个对那个错，其实各有来历。关键是我们跟哪一路契合，那才是我们要走的一条路。

王归仁：研究生是完全不同的专业和学校了，请您谈谈在复旦读书的情况吧。

邓秉元：我的硕士导师樊树志先生主要研究明代的经济史和政治史，因为听课的关系，很自然的，我的学术生涯也从明代开始。但我的主要兴趣并不在经济史，对政治史倒是有兴趣，但也还不能完全解决我的问题。所以我读博士时就跟随朱维铮先生，跟他研究思想史。朱先生关心的其实主要是政治史，由政治史的角度去看思想。特别是两汉到清朝的官方意识形态，朱先生称之为经学。这个路数与纯粹做思想本身的研究其实还不太一样。但也因为受周予同、朱维铮两位先生影响的缘故，我开始去学习经学史，在这个过程中，我慢慢发现两位先生对经学的定义和传统不大一样。我当时对这个问题还没有完全想明白，但已经意识到不只是政治影响学术，学术其实也可以影响政治。所以我博士论文做了一个比较折中的题目，因为一方面自己对思想学术本身有兴趣，但另外一方面又要兼顾政治对学术的影响，所以我博士论文的题目是研究晚明王学和政治之间的互动，既有官方意识形态的内容，当然也有学者的政治理念。

王归仁：那您这时候想深入四书或者是经学的话，主要是靠什么呢？

邓秉元：这方面其实主要还是自己的兴趣。那时候读书环境已经稍微好一点，像钱穆、牟宗三这样一些海外儒家学者，他们的书在 80 年代已经慢慢回来，到了 90 年代就比较容易找到了。我最早接触新儒学，是大学的时候在图书馆里看到刘述先的一本书。刘述先是牟宗三的学生。但那本书写得很学术化，我当时完全看不懂。后来我自己在精神上跟新儒学比较近，特别是熊十力、马一浮、梁漱溟、牟宗三。最初受到的影响并不在学术路数上，而主要是精神的感召。在新儒学看来，儒学讨论的主要是跟生命有关的学问，不只是要解决现实的政治意识形态问题。当然新儒学也有政治这个维度，所谓以内圣开出新外王。新儒学在精神上接的是宋明理学，而理学的最大贡献是在汉唐以后，重新找回早期儒学对生命的精微理解。个中的关键当然是受到佛教的刺激，因为佛教的刺激，所以宋儒才找回了孟子。我们知道，孔门学术大体可以分四科，德行、言语、政事、文学。文学科是做学问的，德行科则是哲人。德行科发展了孔门的心性之学，而孟子可以说集其大成。《孟子》在汉代本来是诸子，唐宋以后才逐渐成为经典。关键的原因是通过孟子，儒学才真正能够与佛教相抗衡。本来在中古时代，很多人觉得佛教与中国文化相比，一个像大海，一个充其量只是江河湖泊。譬如唐太宗的感受便是如此。因为佛教阐发的是整个宇宙的问题，而儒学似乎只能安顿一下社会问题，和佛教根本不在一个层次。只有当颜曾思孟一系儒学被重新接引回来之后，中国文化才能够堂堂正正地跟佛教平起平坐。

王归仁：这也是宋明理学的一个极大的贡献啊。那么您基本上也是在做博士论文这个时期对孟子开始有一些深入研究吗？

邓秉元：其实这个时候也说不上深入研究，只是喜欢而已。而且也没有完全集中在儒学。我那个时候其实喜欢乱读书，读研究生时有一部分精力是放在西方哲学上，也听过西方哲学的课，但还说不上研究。我自己比较喜欢的，像德国古典哲学，像海德格尔的存在主义哲学，等等。我自己读书有幸也有不幸，历史专业上也遇到好的老师，但涉及生命方面的问题却一直左冲右撞。这方面主要还是通过读书，除了宋明理学之外，当时还比较喜欢庄子。我后来自号涣斋，最初便来自庄子。这个其实正好与《周易·涣卦》相通，所谓"风行水上"。

王归仁：您对西方诸如海德格尔存在主义等感兴趣，是想找一些内在联系的东西吗？还是说就是纯粹感兴趣？

邓秉元：我们刚才提到虚无主义，其实就是存在主义学说的起点。他们面对的正是尼采所说的这个"上帝已死"之后的世界。我读存在主义的著作，其实是想看一看，用西方哲学的方式怎么去解决类似的问题。当然我后来发现他们也不一样，比如像萨特，所谓无神论的存在主义，强调自我决定，跟儒家的心学有点儿像。当然萨特也有他的问题，他的学术缺少天这个维度，所以这一路还不可靠。

王归仁：这一时期，东西方的您同时都看，后来也一直都是这样吗？

邓秉元：有那么一个时期，看书比较杂。但这个兴趣习惯一直保持着。中国的东西看久了，有的时候会去想看看其他的东西，换换脑子，也蛮有意思的。其实人类的东西，它的基调还是有相通的东西，所以是"同而异"。

王归仁：我看您在《孟子章句讲疏》里讲过这一点，他们好像没有孔孟这么圆融？

邓秉元：西方学术有他们的深度，他们触及的问题也有非常了不起的地方。中国文化的主导性思维，我称之为德性思维。这里的德性跟一般意义上的道德理性不是一回事儿，而是一种理解世界的方式。德性思维的圆融形态体现在儒学里面，特别是《周易》。相比之下，西方的主导性思维是一种纯粹的知性思维，知性建立在人我分离的基础上，自我的状态被调到一种与对象完全无关的状态，这样才可以发生客观的认识。比如说我们俩是朋友，我对你有一种潜在的好感；或者如果咱们是敌人，那我就可能存在恶感。我要是带着这个成见，我对你的理解就不会客观。为了达到某种客观性，就得把这种关联尽量抽离。另外比如一个医生，要给亲人、朋友做手术，一定要把亲人、朋友当成一个普通病人，甚至只是一个物件，做手术的时候才能下得去刀。否则一看是自己的朋友，这个手术刀怎么割呢？或者看这是我的敌人，恨不得就捅他一刀。所以，作为医生，一定要在心理上把这层关系给忘掉。西方文化好就好在这里。

现在有些人，一提到中国文化，就说自己比西方如何高明，对此我不敢苟同。不要有这个心理。人家有比我们高的东西，过于自负，无论对一个人还是对一个民族都没有好处。要互相平视，他有他的优点，我们可能有我们的优点。也不必妄自菲薄，像20世纪很多国人就是很自卑的，认为中国人什么都不行，所以才会数典忘祖，把老祖宗都骂上一遍。就好比说今天自己家里穷了，就去骂自己的祖宗，为什么没给自己留下什么好东西。这样的人，难道不是不肖子孙吗？你自己做得不好，你不能怨祖宗没给你留下什么东西。不过最近似乎又有一种相反的情形，自负我们中国文化了不起，了不起在什么地方呢？你要是真了不起，你会面临近现代的惨况吗？再说你现在真有那么了不起吗？这都是很可悲的，不行的时候就自卑得不得了，自己感觉行的时候又瞧不起别人。这就是因为内心缺乏真正的主宰。

所以我们讲儒学，一定要知道，真正的儒学首先就是强调人的自主性，但与其他文化不同，儒学的自主性是以人与天相通为基础的。我们形容一个人能够自主，常常说他有脊梁，为什么？有脊梁就能站得起来，就能够自立，甚至还能由立己而立人。所谓"为天地立心"，立的就是这个心，没有内在的东西就挺不起来。当然我必须重新强调一下，只有真正的儒学才有自主性，儒学的最大障碍是虚伪。学儒学的人一定要过真伪关，否则口号喊得再响也没有用。

当然，自主并不意味着随性，人的性情常常会有偏颇，会无意中把我们带到某个方向去，这也是应该加以反思的。

王归仁：您刚才讲的西方理性思维，主客体分离的思维，对我这样一个理工科出身的人来说启发甚大。

邓秉元：这个观点当然不是我的发明，其实学术上也是老生常谈了。但与20世纪许多认为只有知性才能通向真理的人不同，我只是把知性看作理解世界的不同方式中的一种。我们日常的功利算计，也是知性思维，所以知性思维本身是有普遍性的。同样，德性思维其实其他文明也有，但在我们这边发展得最充分。而西方实际上从古希腊时代开始，知性思维就已经达到一种极高的自觉程度，这是西方文化了不起的地方。可能跟我以前学理工科有关系，对于知性思维在西方所达到的高度，我其实是感到由衷的赞叹。你看欧几里得、牛顿、爱因斯坦这些人物，你不能不赞叹，确实是历史上的人杰。甚至直到现在，人类在自然科学上最主要的成就也大多是西方人做出的。为什么？他们从古希腊就奠定了这个传统，中间虽然也有挫折，但脉并没有断，所以现在在科学上仍然是领先的。而中国文化虽然在先秦也有墨家、名家在知性思维方面达到很高的成就，但此后两千年这条脉基本断了，除了宋朝之外，我们的知性思维可能一直没有超出常识的层次。近代中国当然也有少数像杨振宁这样了不起的科学家，但是在整个民族里比例是很小的，为什么？因为过去给我们留下的文化传统具有势能，就像跑步的时候有个惯性，尽管可能突然有一两个分子游离出去了，但大多数还在原来的轨道上。我这样说可能很多人不服气，但不妨提出两个例子。譬如在年轻人的流行文化中，对超常规世界的想象，西方科幻文化会相对多些，而中国上一代人主要流行的则是武侠，现在是玄幻。另一个例子是网上看到的一个中西顶尖大学图书馆借阅排行榜的对比，我印象中西方那所大学借阅前十名的书籍主要是《理想国》等哲学书籍，而中国那所大学借阅最多的却是武侠小说与路遥《平凡的世界》。

当然我这里所说的可能有很多人不愿意听，尤其在当下。也不必要因为这样就觉得我们什么都不行，关键是你要意识到别人真是有他的长处，以便取长补短。如果连这个长处都不承认，只是会说自己很好，好在什么地方？不仅如此，我对中国历史有个基本判断，就是我们的古典文明早就断掉了。我说的是狭义的中国文明，也就是说礼乐文明断掉了。至少从宋朝结束以后，只有明朝中后期有一批士大夫想要振作一下，希望回归礼乐文明，除此之外看不到太多光明的东西。

王归仁：按照您这样一个观点，礼乐教化的恢复应该是不可能的。对不对？

邓秉元：也不是不可能。我说这些并不意味着我们注定只能如此，而是说现代人应该知道自己的责任，"道之不绝在人"，"知耻而后勇"。何况说到礼乐，真正的礼乐固然体现为具体制度、仪节，但关键还是背后的精神原则。有人说只有中国文明才是礼乐文明，就是不明白这个道理。其实哪个文明不是礼乐文明？同样，判断文明的高下，也是要基于其背后精神原则的高下。不妨举个例子，如果我们两个人都想要去竞争一个东西，一种情况是有规则的竞争，另一种是看谁的拳头更硬，换言之，一个是讲礼（理）的，一个是讲力的。有人固然可以强辩说，讲力也是一种规则，但不管怎样说，哪个文明、哪个野蛮其实是很清楚的。文明的最初定义便是走出朴鄙的丛林时代，所以孟子说"人与禽兽相去几希"。讲礼，孟子称之为"任德"；讲力，孟子称之为"任力"。这里不必以辞害意。

王归仁：您刚才讲西方知性思维的时候，谈到他们将自己和观察对象进行分离，保证自己能公正客观地进行观察分析。我脑袋里忽然有个想法，他们是怎么解决身心性命这个问题的呢？或者说如何处理自己和宇宙之间关系的呢？

邓秉元：西方文化并非只有一种思维方式，至少也包含两个维度，除了古希腊的理性文明，还有自希伯来文明过渡而来的基督教信仰，理性和信仰是一对耦合关系。知性思维里人和事物是有鸿沟的，所以有超越性，超越性应该也是从犹太教过渡到基督教的概念。只有在知性思维的意义上才分出来一个超越性。超越是什么？就是跨越。一道鸿沟，怎么跨过去？用对上帝或耶稣的信仰来跨过知性思维这道鸿沟。譬如现代神学家马丁·布伯强调一种相对于"我-他"的"我-你"关系，便是这个道理。这在某种意义上已经非常接近德性思维了。

王归仁：他怎么能够去实现这种跨越呢？

邓秉元：这么讲吧，这就是西方文化的一阴一阳。西方文化这两个维度是耦合的，一方面是纯粹的观察理性，另外一方面就是对上帝拯救的绝对信仰。

拯救意味着重建人和宇宙的一体性。在被拯救状态中的人是绝望的，绝望就是你自己解决不了自己的事，但是你相信上帝一定会来拯救你。相比较而言，东方文化更强调自我决定，比如孟子讲人性善，人性善不是说没有坏人，而是说一个人即使再坏，他还是有向善的可能性，这才叫人性善。俗语说虎毒不食子，最坏的人，也还会对自己的孩子好，就算是他对自己的孩子不好，下意识里也还会对自己好。他仍然有某种恻隐之心在里边，我们不会找到一个完全没有恻隐之心的人。我们可以找到一个很坏的人，很残忍的人，但要说找到一个从出生到死，完全没发过善念，完全没有一点恻隐之心的人是不可能的。

其实这就形成两种文化，比如西方文化不承认中国意义上的圣贤。他们当然承认有英雄，也有圣人，但他们的圣人概念跟我们不一样。他们所承认的唯一一个跟我们的圣人概念差不多的，就是耶稣。只有耶稣才是"道成肉身"，以拯救世人。东方文化则承认每个人都有这个可能性，"人皆可以为尧舜"，关键问题是你愿不愿意去做。当然，"人皆可以"并不意味着真正有此能力，这里仍然存在巨大的鸿沟。

王归仁：我看您在《孟子章句讲疏》尽心篇里讲上帝、基督和圣灵与天性、本心的关系，我觉得非常新奇。

邓秉元：神学讨论问题的维度不一样，他们不承认儒学的本心概念。他们创造了圣灵这个角色，实际上承担了我们本心的功能。耶稣是道成肉身，相当于孟子所说的"性"，也就是人与天地万物相通的"通性"。西方文化其实是三足鼎立，一个是知性思维，一个是信仰，还有一个就是怀疑。如果西方文化是一台戏的话，这三者就是当之无愧的主角。

王归仁：我对西方文化了解得很少。我看您写《周易义疏》，还有《孟子章句讲疏》，也是在这个时期开始的吗？

邓秉元：我 2003 年正式工作以后，首先给学生上经学史。我发现大部分学生完全没读过任何经典，甚至有很多还是研究生，所以我上课时也让他们去读一点，偶尔会讲两次。为什么读《孟子》呢？初衷倒不完全是因为心性之学。记得傅斯年做台大校长，要求大学生都要读《孟子》。在诸子中，孟子的精神最有助于养士气，所谓"贫贱不能移，富贵不能淫，威武不能屈"，让我们知道大丈夫应该如何行事。但在80年代、90年代的语境，包括许多前辈学者，有些人对孟子的大丈夫精神颇不以为然，觉得不过就是假大空。我亲耳听到过不少类似的议论。在某种意义上，这既是个体的，同时也是一个民族的创伤。我们这一代未来什么样还不知道，但不管怎样，有些道理该讲还是要讲，讲和不讲完全会不一样。

王归仁：我的体会也是这样的，像文天祥这样经受了极大的考验，他挺立住了，我们可以说他是有大丈夫精神。但这种精神如果一直不讲，他这个精神关键时刻会这样出来吗？

邓秉元：当然会有那种基于血气之勇，天生正义感比较强的人。但即便禀赋不够，如果你自己有精神上的诉求，或者朋友之间相互切磋琢磨、相互鼓励，还是不一样。孟子讲养勇，勇是可以养的，没勇气的人也可以通过某种精神或者身体的磨练，把勇气慢慢磨练出来。

王归仁：您读完博士研究生以后，好像又做了两年博士后。在这个时期，新经学相当于一个暗线一样，自己一直在研究吗？

邓秉元：应该说我在博士毕业之前还没有完全确定这个方向。当时虽然是在做经学史，也希望能直接进入经学，这个诉求一直都在，但具体如何进来还是有些茫然。我的博士论文做的主要是思想史，但思想史最终还是解决不了我的真正问题。当然这个时候我已经意识到这不只是我个人的问题，也是很多人的问题，甚至也是民族的问题、时代的问题。你会发现中国文化之所以出这么多的问题，跟我们切断了真正的经学传统有一定的关联。甚至这些问题也不是晚清民国才开始的，难道阿 Q 只是晚清才出现？如果仔细去琢磨，你会发现整个民族的精神状态和我们自己的精神状态其实是一样的，是一体的。只不过有的人感受强烈一些，有的人则选择了规避或遗忘。

后来的这些工作在研究生的时候已经想过，但是还没有找到具体的进路。从思想史到经学这个转折，从专业以外来看的话，好像我做的工作一直差不多，但从学术上来讲等于又换了一个轨道。思想史所关怀的问题和方法，与经学是完全不一样的。

这期间给我较大触动的学者是潘雨廷。潘先生 1998 年在辽宁教育出版社出过一本书，《易与佛教 易与老庄》。我是大约在 2001 年看这本书的。其中一篇给我比较大的触动，叫《易贯华严颂》，他用一首诗，把《周易》的境界跟《华严》的境界打通起来。潘先生是 20 世纪 20 年代生人，师从晚年的熊十力，跟马一浮也有交集，他还有另外的老师，像薛学潜、杨践形，都是 20 世纪的传奇人物。潘雨廷先生是他这一辈学者中，罕见的能够把中国文化传统以活的形态表达出来的人物。

经学跟经学史当然有区别，经学史常常是研究死的东西，经学是什么呢？首先是你能够用它来思维，它才是活的。有人说我相信什么，这还不够，你能用它思维，才算真正掌握了。就像我们说数学一样，能够用数学的方式去思考，你才叫真正懂数学。否则的话，普通人也都学过一点，会算算账，但还算不上纯粹的数学。潘先生给我最大的触动是让我下决心去研究《周易》，这对我来说这是一个分水岭。中国文化到底有什么价值？很多人说我们中国有灿烂的传统，比如说书法很漂亮，国画很好看，中医也挺有用。当然后来我才慢慢理解中医之所以有用的原因，不是像有人说的，中医把好多经验总结起来；而是它背后有一套理论，这套理论决定了中医真正的价值。如果中国文化没有在"理"的层面站得住的话，如果没有真理性，或者真正意义上的合理性的话，那就只是一种艺术性的东西。这当然也很可爱，但还不足以让我们把生命托付给它。

这其实就重新回到王国维的问题。王国维受西学影响，读叔本华，读西方哲学，他觉得西方文化是可信的，中国文化是可爱的。后来他把全部精力放在研究中国文化上，这里其实有一种保存国粹的心态。对他来说，因为传统文化的好，所以要去研究它，但研究它的时候其实已经把它判了死刑，这东西是死的。我觉得这其实也就是王国维后来为什么自杀的一个原因，如果他对中国文化有内在的信念的话，他不至于选择那种方式。恰恰他就是一个很纯粹的心灵，他跟普通人不一样，他很纯粹，为了他那个纯粹的所爱，有一种殉道的心态在里面。晚清到了曾国藩、李鸿章，经学活化终于稍见成果，直到后来的北洋政府，他们的文化脉络其实还在。但北伐成功以后，王国维就觉得那个可爱的东西再也不会有了。这当然是个悲剧，却从另外的角度证明了蔡元培所谓"以美育代宗教"其实是一厢情愿。缺少真正的依归，人类的精神是很可怜的，狂狡之徒把天下苍生玩弄于股掌之中，良善之辈则在玉碎瓦全的惨境中选择自戕。

对我来说，《周易》其实是一块试金石。假如在《周易》里面看不到中国文化在根基性上能够立得住的东西，我也没必要再去做这样的研究了。为什么选《周易》？因为《周易》是六经之本，也是六经之首，如果《周易》立不住，那其他的东西就都立不住。所以这时我就决心从《周易》进来，正好潘雨廷先生也是研究《周易》的，我就先去从他的《周易》研究入手。潘先生当时很多著作都没印出来，最早的一本书就是《周易表解》。潘先生的学术有个最大的好处，就是他的整体观，也叫天人整体观，这个观念也成为我研究《周易》的一个基础。此外，我本来注意义理易比较多，潘先生强调象数易，所以我也就开始花时间了解象数易。后来我就读他点校的清儒李道平为唐朝李鼎祚《周易集解》所做的疏，也就是《周易集解纂疏》。

王归仁：能否具体谈一下您研读《周易》的经历？

邓秉元：我们读《周易》，要先去关注它的例。例就是凡例，其实就是一把钥匙，王弼注《周易》，同时撰写了《周易略例》。但是我们读传统易学著作时会发现一个问题，你找不到哪一家是没有变例的。像王弼的易例，大概能走通百分之五六十，那已经很了不起了，但其他经文还是解释不了，这也是我为什么后来下决心研究《周易》。其实很多书一开始并没有读完，包括程颐的，因为一旦读了之后发现悖论，我对他的例就没有信心。虽然可能个别的解释也非常好，许多见解也很高明，但是这跟《周易》到底有什么关系？我没有办法去证明它。让我诚心诚意把这些著作读完，已经是在对《周易》有了定见之后。当时一直在琢磨易例，例就是基本的法则，这是理解《周易》的前提。有些是出于约定，譬如卦和爻是怎么约定，这是最基本的关系。易学史上王弼是划时代的，就是因为汉代象数易的例都被王弼否定了。但王弼讲乘承比应，宋儒也讲乘承比应，这些义理易中最重要的约定在我的书中也只能被否定。为什么呢？因为乘承比应依然只能解释一小部分经文。之所以如此，可能跟我自己早年的学术训练有关，我们说话都要保持逻辑的基本一致，你著作中有那么多突如其来的变例，凭什么说服我呢？现在有些学者，只要你和他客观讨论学问，就端出解释学所说的作者本义不可求，有些时候诚然如此；但如果说所有学问都是如此，那就是"以己之昏昏"了。凭什么说这个时候必须变例，其他时候就不要，这是讲不通的。中土思维当然不是纯粹的知性思维，但我们不能认为古人就不讲逻辑，因为你去读先秦著作，诸子百家没有人明确地违背逻辑。姑且不说墨辩、名家已经在逻辑问题上达到自觉的高度，即便你去读孔孟老庄，也没有人是这样的。逻辑越来越弱化，恰恰是汉以后的事情。现在许多人潜意识里仍把《周易》视为天书，所以否定一切理性的解释，这样才可以让那些东拉西扯的杜撰有继续存在的理由。经学在今天的对话对象是西学，不是说必须用西学规范自己，却必须经得起西学的追问。这与第二期经学和佛教对话所面临的境遇其实是一样的。当然，《周易》因为本身承载着占卜、算命等宗教功能，所以许多人拒绝承认理性的方式可以理解，这也算应有之义。对此我们姑且存而不论。但有些人自己还没有证道，就常常用大道为借口，贬低学术，此风实不可长。今天的传统学术研究，假如仍然满足于中古以降那种东拉西扯的汗漫学术，不愿回到先秦时代那种清明的理性之中，是没有前途的。

　　这里必须提一下 20 世纪最极端的易学著作，这就是李镜池的《周易探源》，李镜池受顾颉刚影响，是疑古派的一名干将。这一派以科学方法自任，他们其实也注意到历代易例难以贯通的问题，但基于否定经学的立场，索性就把《周易》视作占卜记录的汇编，本来无一例，何必苦寻求？所以他就干脆否认存在什么易例。这其实不是历史研究，而是历史创作。因为既然本来无例，那么我可以随便地猜了，比如说我们看到《周易》讲"有孚挛如"，他就直接把这个孚解释成俘虏的俘，他说我这是文字上的相通。你说是不是有这种可能？在古代，当然有这种可能。加一个偏旁，少一个偏旁，读音又相同，是有可能的。说"有孚挛如"像是一个俘虏在那儿被捆着，看起来好像还挺有解释力的。但是问题是你怎么去证明它？没有什么可以证明。但古人历代相传的解释都是把孚解释为信，难道从先秦以来古人都已经忘了这句话怎么解释了？只有现在人突然发现《周易》的本意原来如此？当然这种情况并非绝对不存在，但有两可的情况，关键还是要看哪一种理可以解释通。这也是我们研究《周易》必须面对的，否则《周易》就是一本糊涂账。

不仅如此，假如《周易》只是古人占卜记录的汇编，对于不相信占卜的人来说，那其实就是死的材料嘛。除了在历史学上有点儿价值之外，研究它的意义何在呢？我们把中国文化奠定在这样一堆死的材料基础上，有什么意义呢？它再多上几百年、几千年的历史，也都一样。现在许多人盲目地想用虚假的历史捍卫文明，不知道历史固然有其自身的价值，但假如学术研究只是提供一些碎片的知识而发现不了智慧，其价值是有限的。因为我们现在要讨论的是真理，现在许多人把自然科学对这个世界的理解当成真理，对错姑且不谈；但真理的意义是你要看到世界的实相。假如经学也触及真理的层次，至少可以和西学对话，我看到这个维度，你看到那个维度，至少是能够立得住的东西。不是说我建立在一堆垃圾的基础上，然后我硬要把它说得很高，这样不过是自欺欺人，没有意义。这就是我所以转去研究《周易》的原因，因为《周易》是好多问题的交汇点。当时对我来说，假如在这里看不到真正有价值的东西，我何苦把生命放在这些地方，我们出去干任何事情不是也都有点儿意义嘛。这是我当时的一个初衷。

类似问题萦绕心头好多年，直到 2005 年我去韩国高丽大学访学一年。当时主要带了三本书，熊十力的《新唯识论》，玄奘的《成唯识论》，还有一本就是李道平的《周易集解纂疏》。最初的想法是读《新唯识论》，但读此书的前提是要研读《成唯识论》。还有一本辅助性的著作是熊十力的《佛家名相通释》。此时还没想到会在《周易》方面有什么进展。但在韩国待了大半年之后，突然有一天我觉得好像我提出的例可以走通了。我那本《周易义疏》的"义解"部分都是在韩国做的，只花了一个多月时间，后来稍做修正。"疏证"部分后来又花了好几年，把能看到的历代作品大体重新过了一遍。

我做《周易》，提出的第一个必须满足的条件，就是无变例，64 卦 384 爻，所有的都要按照这个例来，实现逻辑一致，这是我对自己提出的一个基本要求。而《周易》研究的另一个好处，其实是解决了我最初的问题，此后我再也不担忧这个问题。很多朋友说你怎么不信教呢？只有信教才能解决生死问题。我说这个问题我已经解决了，为什么还要去信教来解决呢？当然他会说你不信这个你就不能得到最终的解脱，但我相信儒学其实自有净土。

王归仁：应该说您做这个《周易义疏》是一个根本性转折了，转到经学这样一个轨道。

邓秉元：2006 年完成《周易义疏》，对我来说是个根本性的变化。一方面，多年困扰的生命问题得到解决。另一方面，则是对中国文化升起了真正的信心。以前对传统文化也喜欢，但一直还是怀疑的。直到《周易义疏》完成，才不再怀疑了。这是一个分水岭。

假如是古人的话，既然已经对《周易》做了解读，直接印出来，当然也可以。但我觉得应该等一下，看看古人是否都没有这么想过，或者跟古人有哪些异同，所以我希望给它做一个疏证。疏证时断时续，因为的确不易。解经和泛论不一样，解经必须每一个字都落到实处，写文章则可以有所规避。大约在 07 年的秋天，学校突然要搞通识教育，复旦大学出版社要出一套中国传统经典的精读，听说我讲《孟子》，也来找我，希望选择其中几篇精讲，并尽快写完。我大概花了半年，草创完成了《孟子》前六篇，但出版社却迟迟不出版，后来才慢慢传出来，有一位资深老编辑说我"开历史倒车"，原话就是如此。于是我就想，不出就算了，本来也不完整。当时约稿的责编史立丽女士，感觉过意不去，就自己跟一个做书的朋友说，那人有一个工作室，跟华师大出版社合作。正好他要出一套古籍注解，我那本仅有六卷的《孟子章句讲疏》就这么印出来了。

这本书对我做《周易》其实帮助很大，并不是因为我专门研究过《周易》和《孟子》，才刻意强调它们的重要，而是《周易》和《孟子》分别代表了儒学最基本的两套思维。一套是《周易》的易象学，一套表现在心性论。经学内部的两套思维，看似不同，其实又是合的。如果单纯读《周易》或《孟子》，两套思维很难合起来，但实际上是合的。

王归仁：这两套思维是"合内外之道"这个意义上的"合"吗？

邓秉元：不是这个意义上的，是体相用意义上的。在经学里，经典当然都很重要，五经也各有侧重，但如果要讲思维的话，大体可以被这两套思维所统摄，这是易学和孟子学特殊的地方。

比如说《论语》，讲难度的话，我觉得跟《周易》是差不多的。为什么呢？因为孔子讲得太活了，而孟子则跟很多人辩论，把孔子的学问一点一点拆开来讲。我们读起来虽然也难，其实比《论语》容易。《论语》中的孔子就像一个医生一样，就是开方抓药。如果自己不是对医术了解很深的话，往往看不出门道。反而是孟子把儒学的底蕴揭示出来，这是《孟子》不可替代的地方。

王归仁：孟子讲心性，可以称为什么思维？本体思维或者什么？为什么是这个思维？

邓秉元：心性论可以建立在不同思维上，但孟子心性论的基础是德性思维。我用这个概念的含义与不少学者不一样。德性现在一般指道德理性，但在古人那里，"德者，得也"，德性思维其实是跟知性思维并列的一种对世界的理解。每个事物都从宇宙有所得，所以本身便具有德性，便与宇宙"同而异"。和主张人我分立的知性思维不同，德性思维便从这个"同而异"开始。

在以前已经有不少学者讨论这个问题，比如熊十力创造了一对词汇，性智和量智，量智就是理智，相当于我们的知性思维。熊十力这两个概念是受佛教的影响，佛家讲四智，成所作智、妙观察智、平等性智，加上大圆镜智，分别对应前五识，第六识，第七识和第八识。其中妙观察就是知性思维。佛家讲转识成智，所以妙观察智是就着知性思维而转出的性空之"智"。后者已不是知性思维，层次与儒家仁义礼智之智相应，但内涵不同。

牟宗三讲"智的直觉"，差不多相当于熊十力的性智，其具体内容略等于宋明儒的德性之知。上述这些讲法很接近，那么为什么还要换一个名相来讲呢？一方面因为各家的具体理解层次上还是稍有不同。一方面也因为我们现在所说的德性思维是一种反思意义上的，而德性之知则是指点式的。德性之知到底如何描述，古人其实并没有讲。他只是告诉你，你如果这样思维，就具有了德性之知。但我们这个时代，必须要和西学对话，因此需要对自身的思维做出反省。

王归仁：对这个德性思维，我刚才体会是不是"即感即应"？德性与知性两种思维的区别究竟在哪里？

邓秉元：对，德性思维在达到比较高的境界时，可以做到即感即应或者神感神应。但德性思维本身是一种思维，思维就意味着它可高可低。譬如阿Q，其实便是低级德性思维的一个典型。

至于德性、知性两种思维的区别，不妨举一个例子。比如科学家在观察一个对象的时候，常常假定主客之间完全没有关联。但问题是，这个关联是不是真的就没有了？其实关联仍在，只是被悬置起来了。当然像现代物理学，特别是量子力学，已经意识到，在微观世界，观察者对观察对象的影响是难以完全消除的。在这里面就隐含着事物之间的一体性。德性思维不必否认知性，却时时照顾到事物之间的一体性。

王归仁：就像一般说的普遍联系，是吧？

邓秉元：一体性与普遍联系当然可以相通，但两者的图景并不完全一样。普遍联系只是讲了这么一个关联，至于具体怎么关联，却很难说。一体性隐含着生命意识。

王归仁：您刚才讲这个一体性，现在西方也有整体思维、辩证思维，我感觉这也都是对这个一体性的描述吧？

邓秉元：哲学当然触及一体性的问题，但常常是用理论的方式把分立的鸿沟填平。举个例子，我们说恻隐之心，或者同情，如果按照中国传统的解释，是基于相互感应（或者说感通）。感应并不抽象，而是因为两者之间有一种实际的关联。这种关联可能极快，肉体还没有完全明白，却发生了。就是因为人我之间有一个通路，那边一出来我这儿就已经感受到了。好像两个连体婴儿，感受也是共通的。

这种感应的存在，用哲学或心理学的描述常常是移情，移情是说我有自己的感受，而你的情形很类似，我就把自己的感受投射到你那里。这种情况当然也存在。人在心情不同的时候去看同样的风景感受往往是不同的。但在人我交感之际，移情并没有真正的说服力，他只是创造了移情这个词汇，并没有说出任何真正的东西。但是有的人就满足于被这个词汇给牵着走，好像问题解决了。人我之间的感同身受，实际上是在一体性没有中断的情形下，自然发生的感应。一旦这种一体性被遮蔽了，就会麻木不仁，就对别人的事情无感，甚至还会残忍地对待别人。

王归仁：我也始终坚信一点，中国传统文化一定有它极高明的地方。以前我们长期在农业社会，现在到了工业社会，经济基础发生了根本性变化，以前是家族、宗族、村落，现在是各种组织、单位、公司企业，完全不一样了。我相信中国传统文化那种极高明的东西，一定能够对今天的社会发展起

到重要作用。您是怎么看待的？

邓秉元：《大学》和《孟子》都说"国之本在家，家之本在身"。家这个概念，虽然初始含义是指家族，但在经学里面其实早就被推广了。最近很多学者又在讨论家，仍然主要是在家庭、家族观念下讨论。家庭尽管有解体的趋势，目前仍是社会的基元，但家族呢？现在绝大多数人跟传统家族的关系都断了，是不是未来一定要重新去勾连起来？我觉得意义已经不大了。现实中间很多年轻人宣称断亲，不能说完全没有合理性。为什么呢？因为他已缺少了原来家族那种基本的社会联系了。古人主要是聚族而居的，家族其实是一个共同体，在这种情况下，家族的联系自然超越于朋友之间。而现在很多人跟朋友之间的亲密程度远远超过亲戚，这是一个事实。不是简单地说，我要重新回到血缘关系，就回得去。"小人喻于利"，实际的感受已经不是这个样子。当血缘关系和实际对亲情的感受同步的时候，是以血缘来判断的。如果已经不是这样，即使强扭着，社会就会一定按照这个方向走吗？

所以在传统社会，家的状态本身有它的合理性，因为家族就是生活共同体。随着生活共同体发生变化，家的观念也会变化。春秋战国的时候，儒家也要称家，墨家也要称家，所以才有了诸子百家。社会结构变化，互相聚集起来的群体，其实就已形成了新的组织。

所以家首先是一个社会中的基本单元，是人与人相互连接的一种形态。从这个角度来看，原来有宗族的家，也有后来的儒家、道家、墨家，或者像道教，或者各种集会结社，甚至如南北朝的门阀士族，明朝的会馆，清朝的天地会，理论上都是一种家，公司或民间组织就是我们今天的家。所以修身齐家这个框架还是对的，关键问题就是家的内涵，会随着不同时代发生变化，这才是经学。很多人觉得农业社会的东西怎么到今天还可以讨论现实？这就是局限于他那个具体的思维，缺少抽象思维的意识。

王归仁：您刚才讲的这个我觉得最为关键，这个经学或者说我们具体讲就是《周易》《论语》《孟子》，能够在这个新时代依然具有重要意义，对我们应该有极大的作用。经学的价值就在这里，譬如经济结构看起来好像是跟以前发生变化，但其实社会的本质并没有变。

邓秉元：社会的内容的确会发生一些变化，但它的形式、结构并没有真正改变，也就是说它的整个框架性的东西，还仍然在经学统摄之内。这才是"经者常也"的常道。

具体来说，存在两种家的组织方式，一种是儒家的形态，是以礼的方式来结合的，或者说礼治型的家。还有一种是法治型的，也就是墨家的形态。家的这种组织形态，背后其实隐含着某种一体性。这个一体性，古人用一个观念来描述它，这就是"同"。

儒家强调的是大同，墨家强调的是尚同。尚同就是跟上面保持一致，你跟你的上级保持一致，你的上级跟他的上级保持一致。这两种都涉及我们刚才说到的"齐"。一种齐，就是整齐划一的齐。还有一种齐是什么？是各正性命，以不齐为齐。《周易》讲各正性命，你就成为你，他就成为他，但是大家和而不同。所以孔子说"君子和而不同，小人同而不和"，道理就在这儿。一个对应的是儒家，一个其实就是后世的墨家。虽然墨家当时还没出来，孔子其实已经把这两种形态早就描述出来了。这个世界就是这么组织的，要不然就是各正性命，要不然就是我一个人说了算，所有的东西听我的。就是儒墨两种形态。就算是西方文化，虽然不用儒家、墨家这两个名词，但是实际上也是这样。要不然就是以这种方式组织起来，要不然就是以那种方式组织起来。

王归仁：您刚才讲"各正性命""和而不同"，对我特别有启发。比如说现在的企业组织形式，儒家讲"各正性命"，每个岗位都有自己的价值，都有自己一定的责任，但是大家结合在一起形成一个"同"，我觉得这对现在的企业管理更有指导意义。

邓秉元：治理一个社会和管理好企业还不一样，企业还有"攻城掠地"的使命，具体管理其实很复杂。许多道理要活用。部门之间讲究和而不同，但部门内部有时也要尚同。和而不同可以保持活力，尚同则能够提高效率，关键是所有职责都应该有边界，好的管理者应该学会因时制宜、因地制宜。譬如下级一般要服从上级，但以不违背职守为度。

当然，一体性也有不同的层次，孟子最了不起的一点，便是在《尽心上》里揭示出一体性的四个层次。你是一个公司，自然讲公司利益。如果从更大的层面来看，公司利益又是个小。有人说国家的利益比公司大，但国家之上还有人类，还有整个宇宙。有时为了国家利益也可能去侵略另外一个国家，去涂炭生灵。所以最后的一体性要建立在什么基础上？天的基础上。这才叫"维天之命，於穆不已"，一定要在天的意义上来讲。到这儿不能再往下追了，因为天本身既是一体的，又是开放的。我后来提了两个概念，一个是"开放的一体性"，一个是"封闭的一体性"。要理解这个话题，就必须得把这两个维度讲清楚。否则的话，有人说我做什么都是为了集体，却不知许多坏事儿都是以集体的名义干的。

王归仁：一体性对现代组织来说非常重要。我们都知道个人主义、以自我为中心等对企业冲击特别大。

邓秉元：企业需要善意地去应对，善用这个一体性。个体性和一体性，不能合理调适的时候，就会出现各种问题，因为逻辑不对嘛。这个问题随时随地地发生，比如人身体里为什么会有癌细胞？因为不受新陈代谢约束了。如果受新陈代谢约束，就是"依礼而行"，按理说我们的身体就是顺畅的，假如某个地方积攒起来了，应该代谢的组织留在这个地方，不愿意去新陈代谢了。这个就是瘤。当然，也不能压抑个体性，否则就缺少活力了。

企业怎么做？从理论上说，确实运用之妙，存乎一心，但是也有一些基本的原则。像企业管理的层面，从经学的角度来讲，最主要就是《大学》讲的絜矩之道。现在的民间讲学，流行一种阿弥陀佛式的致良知，好像我一发恻隐之心，就什么事都理顺了。世上哪有这样的捷径！王阳明也是极有谋略的。这个絜矩之道，也就是孟子在《离娄上》所说的，上有道揆、下有法守。我之所以说孟子的心性结构是仁智一体，是因为孟子善用知性，只不过把它用德性给统摄起来了，并不是那种完全无根的知性。从这个角度来讲，孔孟儒学是把西方古希腊和基督教两个传统融合在一起之后的一个更圆融的境界。它其实内在地解决了基督教和古希腊希望解决的问题。但是中国文化在近世历史中的发展为什么好像还不如西方？关键原因是儒学这种精神结构被破坏了，也就因此破坏了儒学的絜矩之道。

絜矩之道，说来并不复杂。比如上级想要对下属有所要求，不妨反问一下，假如我是一个下级，我会怎样去对待上级同样的要求？孔子曾说自己都很难做到，可能是谦虚，也可能他要强调这个问题的困难性。给絜矩之道换一个说辞，就是所谓"直道"。但我们要去判断怎样才是真正的直。比如说别人对我们不好，我们是以德报怨还是以怨抱怨？孔子说都不好，应该以直报怨。这里不是一概说以德报怨不好，《礼记》讲"太上贵德，其次务施报"，最好的境界当然以德为尚，譬如上天，对于宇宙万物都是用德的方式，它不去索取。但是人是不是能这样做？不一定。为什么呢？孔子就说，如果是以德报怨，何以报德？他是这样一个思维。他不是说一定不能以德报怨、兼爱、大公无私，你一个人可以，但你不能慷他人之慨。

怎么去判断什么是直？在企业管理中应该有很多层次，来不及仔细讨论。但作为领导者，应该合理看待员工的诉求。你不能单纯要求员工奉献，奉献是可以，但也必须要有合理的回馈。让员工在通过企业所结成的这个一体中实现自身的成长。

还有一点需要补充，许多有心求道的人喜欢一力求高，不知有时高就是低。作为一个社会人，讲究直道，常常不一定非要显得很高大，而是就好好做一个普通人。比如说我们买东西该怎么算账就怎么算账，不一定非要刻意吃亏，才能表现自己的高风亮节，不是这样的。否则你做君子，谁来做小人？

王归仁：为什么孟子学在当代还能有它的价值和意义，为什么还要用心去研究它，这些都是有内在关联的，是吧？

邓秉元：确实如此。真正的经典绝不只是对古代有意义，对现在就没意义。经为常道，时空的境遇可能发生变化，但是它内在的根源性的东西，结构性的东西，还是一以贯之。

王归仁：2011 年您先后出版《孟子章句讲疏》和《周易义疏》，是不是可以说您在这个时期算是打通了？

邓秉元：不能这样说。"通"是没有限度的，一天通一点点，或者说有些东西自己觉得好像明白一点，这是可以的。说到真正的贯通，谈何容易！疏解《孟子》和《周易》，从我自己的体会，可以说是互相促进。由《周易》《孟子》入手，与其他诸经互相印证，确实有利于我们去理解不同的经典。不通六经，不能通一经，反之亦然。所以疏解过经典和真正的通经，还不是一回事。

08 年，我那时主要精力是做《周易》，如果学校出版社不来找我，我可能不会转身先做《孟子》。但是个中好处只有我自己才知道，花了一段时间做《孟子》，其实对我理解《周易》是个很大的促进。我有时觉得庆幸，甚至感觉冥冥之中自有一种关联。我一般不会去拒绝偶然性，有时候偶然的机缘会给你打开一扇意想不到的窗口。我后来带着学生读《礼记》、读《春秋》，也是如此。教学相长，有些东西要一点一点逼出来。刚才讨论一体性等观念，有些是自己本来形成的，在解读《孟子》的过程中，应该说获得了不少印证，这就是古人所说的"吾心之同然"。

有人说经是圣人之迹，当然不错；但只有通过这个迹，我们才容易理解圣人之心。《周易》说"圣人感人心而天下平"，圣人往矣，只有经有这样的力量。但能否理解经典，主要就是看能否把握住某种一以贯之的东西，这可以作为我们的一块试金石。如果不能一贯，可能不一定错，但是肯定不够好。像王弼、程颐解《周易》，可能某些解释非常好，但还是不够好。当然一贯了也不一定对，但至少是一个值得追求的方向。我们解读经典，要告诉自己说，经典也是开放性的，并非解完就拉倒了。经的维度一般还是要超过具体的解释者。具体的解释者不是说一定就不够高，而是说作为解释者的具体处境可能会对我们有限制。

其实重要的经典诠释者都追求一贯的东西，关键在于是不是能够贯通。前面提到乘承比应，之所以成为例，也是因为《周易·象传》或小象里面，有几处类似的表述，让历代学者认为这就是例。当然乘承比应关注爻位间的关系，尽管很难说是《周易》的本意，但《周易》每爻其实是有明确含义的，这使得爻位之间会蕴含着某种关联，而这种关联有时会与乘承比应有暗合之处。这些地方我们要重新去做具体的研究。

我后来实际上是从《易传》里面重新提炼了一套例，这个例包括爻位的例，比如说初、二、三、四、五、上，借用乾卦的表述，就是潜、现、躁、或、飞、亢，把卦德、爻德和爻位结合起来，便呈现出具体的爻义和爻象。再通过爻象去看文字，文字就好理解了。

历代学者讲《周易》最主要的一个问题，便是执着于文字。汉儒是因文求象，魏晋以下是因文求义。你要知道《周易》是讲象的，象在文字之前，文字是用来表达象的。这一点，朱子还是得了天机的，他说卦爻辞就像解签的那个签文一样，你去庙里抽签，不同的庙里都有上中下签，但是各有不同的签文，常常都是借用不同的历史故事为象。当然《周易》经文来自圣人，不通过经文，无法明卦爻之象。但仍然不必执着于文字，这就是得鱼忘筌、得意忘言。

王归仁：《新经学》您是什么时候开始编辑的？《孟子》后面的八篇也是那时候开始做的吧？

邓秉元：2015 年开始酝酿《新经学》，由于缺乏合适的稿子，所以我决定自己每期撰写一篇《孟子》讲疏，慢慢把后八篇补齐，2016 年开始写第一篇。《孟子》前六篇讨论政治比较多，还比较容易。第一个瓶颈就是第七篇《离娄上》，好多疑问难以解决，后来才突然想明白。这证明了我对《孟子》的一个理解，孟子是仁智一体之学，而不是像牟宗三先生所说的道德理性。牟先生说王学是孟子学，他讲孟子学实际上完全是通过王学来相应的。王学强调德性之知。后来我发现《离娄篇》其实就是儒家的用智之学。离娄是古之明目者，也就是眼睛最好的人。以离娄命名，实际上是对闻见之知的隐喻。

和孔子一样，孟子的德性思维里同时内置了知性维度，形成了一种以德统知或仁知一体的精神结构。当然后边每一篇我觉得都是一个陷阱，最大的陷阱要数最后的《尽心篇》。这篇应该说是最难的，孟子讲尽心、知性、知天，讲存心、养性、立命，由心到性，然后到天，所有层次完全打通。孟子的仁知一体、心性合一之学不是后来理学或心学能限制的，孟子可以统摄后儒，后儒不能统摄孟子。当然无论理学还是心学都有讲得极好的地方。

王归仁：您能不能谈一谈，社会上像我这样不是专业出身的人，我们要学习《孟子》，要注意些什么？该怎样入手？怎么才能读得懂，怎么样才能做到？

邓秉元：首先还是要结合自己的问题、自己的困惑来读。还有一点很关键，要自己真正能够虚心。经典其实就是待问者，像老师一样，等待我们去问的，但前提是要足够的虚心。有什么困惑都不妨直接去问。有一些可能直接就找得到回答，有些则要举一反三。孔子讲"不愤不启，不悱不发，举一隅不以三隅反，则不复也"。虚心的前提是我们对人性要有一定的信心。我觉得最麻烦的是那种玩世不恭的人。只有对人性有一个基本的信心，才会去认真面对前人的经验。在自己遇到困惑解决不了的时候，姑且不说别人是老师，就算是一个朋友、一个长辈，也不妨先去跟他求教，去问个经验。这是我们读经典应有的一个态度。也不要说问到的句句是真理，没有理解的时候，盲从不可取。有时候听到的跟自己的想法不一样，暂时可以先放一下，既不要轻率否定，也不必盲从。即使观点不同，你尊重它，尝试着去理解它，并读到切己的问题中来，慢慢就会有意外之喜。

王归仁：那有没有一个可以具体化的次第呢？包括书籍，从哪里入手容易点儿呢？能否有个指导性的顺序？

邓秉元：想要读书，说明已经有志于此。但读书不必贪多，不是专业学者，好好读读四书、《易传》就够了。像《尚书》，三礼，《春秋》三传，从学术上来讲当然都很重要，但如果没有足够的专业背景，倘若从这些著作进来，即便花了很多年精力，收获也会有限。特别是想要跟生命相应的话，更是如此。对四书的解释也要有选择，我还是推荐先读朱子的。现代人的书，不妨先读有儒学认同的，比如钱穆先生的《论语新解》。要尽量找到当代最好的诠释。

除此之外，像朱子、阳明的语录，读起来方便一点，虽然有些还是会感到难一点，但书读百遍，其义自见，久了之后，有一两句、三五句真正入心了，马上就会感觉有所提高。每个人都有自己的专业，没必要过度追求知识上的拓展。要结合自己的专业知识和人生经历去读，争取触类旁通。再有时间，可以读读近代学者的著作，像梁漱溟、钱穆、牟宗三、唐君毅，都有一些著作相对比较容易读的，他们有时候在报纸杂志发表一些雅俗共赏的文章，像牟宗三的《五十自述》。真正儒者的东西，虽然个人体验不同，但是味道对。就像我们吃菜一样，是不是地道，本地人一吃就知道。读经跟练太极拳一样，就是磨自己的心性，就这么慢慢汲引。所谓圣贤，只不过是把自己的心性调到跟经的维度比较接近了。譬如"君子不忧不惧"，心性到了，人也就从忧惧中走出来了。

人的生命都是有局限的，这些局限让我们感到不自由，达不到乐的境界。许多局限都和身体欲望有关，那么就把欲望稍微消一消，消一消局限就少一点。所以孟子说"养心莫善于寡欲"。这个过程假如能有师友加持最好，可以相互鼓励。

立志、读书、养心之外，还有一点就是不要太固执。孟子强调执中，而不是执一。宋明理学家讲究工夫，许多人把自己的工夫变成学术宗旨去教别人。但有时有效，有时效果并不好，为什么？因为各人的性情不一样，所以工夫也应该相应有所调整。当时理学内部为此势如水火，今天看来，其实大可不必。在这方面不妨回到《论语》《孟子》，孔孟二师都是不拘方法门径，都是根据学生的情况去调他的心性，这是孔子和孟子最了不起的地方。

熊十力先生曾说，"为人不易，为学实难"。最大的难处在于持之以恒，孔子说："少成若天性，习惯成自然。"久而久之，人的心境、气质和气象都会发生变化。

最后，谢谢归仁兄不弃，希望我们以此共勉，多多切磋交流！

新建孟子庙记碑

新建孟子庙记碑拓片

先师邹国公孟子庙记碑

先师邹国公孟子庙记碑拓片

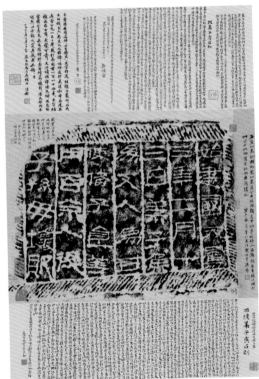

西汉莱子侯石刻初拓片

西汉莱子侯拓片题跋

西汉莱子侯刻石

新石器时代穿孔石斧

商代田庚父铜爵

新石器时代石锯

新石器时代玉环

西周伯驷父铜盘

西周鲁宰驷父铜鬲

朱子社仓

朱子像

过化处

朱子墓

兴贤书院

武夷精舍

白鹿洞

周子墓园

周子墓

青田桥

船山先生墓

湘西草堂

| 文物撷英 |

新建孟子庙记碑：孟庙最早的碑刻

刘　舰

　　今天的孟庙地处邹城市区南部，然而孟庙最初创建时，却是在四基山孟子墓旁。在今孟林享殿西夹室内，有一通关于孟庙最早的碑刻，也是对孟庙来说极为重要的碑刻，那就是新建孟子庙记碑，它记述了孟子的功绩，创建孟庙的缘由、过程、时间等，具有重要的历史、艺术价值。

　　新建孟子庙记碑高 1.95 米，宽 0.76 米，厚 0.22 米，圆额。碑额共 3 行，每行 2 字，以篆书写就"新建孟子庙记" 6 字。碑文以遒劲有力的楷书写就，共 19 行，每行 39 字。碑文由北宋著名学者孙复撰写，文章上半篇用凝练的语言高度评价了孟子的功绩。指出孟子在孔子去世，儒家式微之时，"慨然奋起，大陈尧、舜、禹、汤、文、武、周公、孔子之法"，把天下的民众从思想混乱，不讲伦理道德，可能沦为夷狄的困境中援救出来，并且让"圣人之道炳焉而不坠"。因而西汉文学家扬雄称赞孟子说："古者杨、墨塞路，孟子辞而辟之，廓如也。"意思是古代杨朱、墨翟的思想大行其道，孟子大力驳斥他们的主张，扩大了儒家的影响。而唐朝文学家韩愈赞扬孟子说："孟子之功，余以为不在禹下！"孙复认为，扬雄对孟子的赞誉不如韩愈深刻到位，为什么呢？因为"洚水横流，大禹不作则天下之民鱼鳖矣；杨、墨暴行，孟子不作则天下之民禽兽矣！"意思是说，洪水肆虐时，如果不是大禹治水，那天下的民众都成了鱼鳖了。杨、墨的主张盛行时，如果不是孟子力辟杨、墨，那天下的民众不讲仁义道德，不就都成了禽兽了吗？

文章下半篇则记述了孔子 45 世孙孔道辅兴建孟庙的缘由及历程等。文中记载孔道辅"常谓诸儒之有大功于圣门者，无先于孟子""《祭法》曰：能御大灾则祀之，能捍大患则祀之。孟子可谓能御大灾能捍大患者也"。孟子的家乡在今山东邹城，当时隶属于兖州府。孔道辅出于对孟子的敬仰，在知兖州后，派出官吏四处察访，终于在到任后的第二年寻访到了位于四基山之阳的孟子墓。于宋景祐四年（1037）在孟子墓旁动工新建了孟子庙，景祐五年（1038）六月，又请孙复撰写了这篇《新建孟子庙记》。在文章最后，孙复赞扬孔道辅说："子云能述孟子之功而不能尽之，退之能尽之而不能祀之，惟公也既能尽之又能祀之，不其美哉！"大意是：扬雄（字子云）能说明孟子的功绩但总结得不深刻到位，韩愈（字退之）评述孟子的功绩深刻到位，但不能祭祀他。惟有孔道辅既评述孟子功绩到位又能建庙祭祀孟子，这难道不是一桩美事吗？

孙复（992～1057），字明复，号富春，人称"泰山先生"，又与胡瑗、石介并称"宋初三先生"。晋州平阳（今山西临汾市）人，北宋理学家、教育家。传为武圣孙武第 49 代孙。幼年丧父家贫，却力学不辍，饱读六经，贯穿义理。但四次均于科场失利，未能任官。后退居泰山，专心于讲学授徒近 20 年，是对理学形成具有重要影响的泰山学派的代表人物。孙复隐居泰山期间，虽贫困不堪，但其不以生计为意，安贫乐道，颇有孟子所言"贫贱不能移"之气节，聚书满室，与群弟子讲求儒道。他的弟子中多出贤良之士，如石介、文彦博、范纯仁等，都是一时精英，大有作为。后范仲淹、富弼等推荐孙复，诏命之为国子监直讲，嘉祐二年（1057）卒于家。宋仁宗赐钱治丧，欧阳修为之撰墓志铭。孙复病重时，韩琦言于宋仁宗，命其门人祖无择，协助孙复撰述，得 15 万言，录藏秘阁。

孔道辅（985～1039），字原鲁，孔子的第 45 世孙，为龙图阁直学士，曾经知兖州 3 年，多次拜访孙复，今还存有七言诗《访隐居孙明复山斋二首》。在知兖州的第二年，新建了孟子庙，并请孙复撰文立石。后又访得孟子第 45 代后裔孟宁，奏请朝廷授予迪功郎，邹县主簿，并让他专门主管孟庙的祭祀事宜。孟氏后裔追称孟宁为"中兴祖"，并把孔道辅配享孟庙。

　　新建孟子庙记碑初立于四基山孟庙，清道光十四年（1834）孟夏，孟子嫡裔、70 代孙孟广均将其移入今址。因年代久远，现碑身有 3 处断痕，中下部断痕处字迹多残缺，又因断痕处用水泥黏接，造成 3 处断痕边沿字迹多被水泥抹糊。好在明成化十八年（1482）刻本刘濬编《孔颜孟三氏志》卷六收录了碑文，使今人能完整读到。在碑阴有金代人题诗，楷书写就，共 8 行。碑左侧有楷书题记，仅 8 字可识。碑右侧上部有元代人楷书题记，共 5 行，仅年代可识。碑右侧下部又有宋代人题名，共 4 行，每行 7 字。现在的新建孟子庙记碑静静地矗立在孟林享殿西夹室内，经历了历史沧桑，继续见证着孟子思想的传播发扬！

先师邹国公孟子庙记碑：孟庙三迁的佐证

刘　舰

孟母三迁教子的故事人们耳熟能详。但是你可知道历史上的孟子庙也曾经历过三迁？如今的孟庙坐落于山东邹城市区南部，建于北宋，后历金、元、明、清等朝代，在现址多次重修扩建，形成了今日规模。孟庙在建立初期，亦曾迁移过三处建设地址。现位于孟庙亚圣殿内的先师邹国公孟子庙记碑记录了这段历史。

先师邹国公孟子庙记碑立于北宋宣和四年（1122），高2.33米，宽0.84米，厚0.24米，从中部断为两截，用水泥黏结，碑身下部斑驳脱落已看不到字迹。全碑用青砖镶嵌，立于亚圣殿内孟子塑像西侧，东向，与配享孟庙的乐正子像相对。碑额篆文"先师邹国公孟子庙记"9字，分3行，每行3字。碑文为正楷所书，18行，每行49字，共约860字，约有三分之一的字无法辨认。清光绪十三年（1887）刻本《重纂三迁志》载录此碑碑文时，就注明空缺40个字，说明当时此碑就破损严重。查阅明成化十八年（1482）刻本刘濬编《孔颜孟三氏志》，卷六收录了此碑文，并查到了文章的作者，乃时为北宋监察御史的孙傅。

碑文上半部分记述了孟庙迁建于现址的历程。孟庙于景祐四年（1037）

新建于四基山孟子墓旁，"而距城三十余里。先是尝别营庙于邑之东郭，以便礼谒。元丰六年，诏封邹国公"。因四基山距离位于岗山之阳的邹县城 30 多里，于是在诏封孟子为邹国公的元丰六年（1083）左右，把孟庙迁移到邹县城的东边，以方便瞻仰祭拜。

文中又载"而地颇湫溢。宣和三年，县令宣教郎邵武朱缶，叹其土圮木摧，不称虔恭尊师之意，欲出己奉完之。县士徐羳曰：'庙濒水亟坏，不四十年凡五更修矣。若许改卜爽垲，则诸生愿任其事，不以累公私也。'令许之。羳遂以私钱二百万，徙庙于南门之外道左。乡人资之钱者又数十万，而后庙成。"意思是：迁到城东边的孟庙地势低下，地方狭小。宣和三年（1121），当时的邹县令、宣教郎，邵武人朱缶看到孟庙建筑损坏坍塌，与虔诚恭敬地瞻仰祭拜孟子的氛围不相称，准备捐献自己的俸禄进行修缮。县里的士子徐羳对朱缶说，现在的孟庙因水患屡次损坏，不到四十年已经修了五次了，如果同意将孟庙改建到地势较高、干燥的地方，那么我们这些士子就担负起这件事情，不再劳累您捐献自己的俸禄了。朱缶同意了他的意见。于是徐羳自己拿出了两百万钱，把孟庙迁建到了邹县城南门外道路的东边，当地人又资助了数十万钱，建成了新的孟庙。也就是现在坐落于邹城亚圣路街东边的亚圣庙。民众集资捐建孟庙这段历史也从一个侧面展现了孟子在北宋时期民众中的崇高威望。

碑文下半部分以雄健的笔墨，精辟地阐述了唐朝韩愈提出的"道统"观念，确认孟子得子思之传，是孔子创立的儒家学说的衣钵传人，充分肯定了孟子的崇高历史地位。碑文的论述，可以说是对北宋时期孟子研究成果的记述和总结，充分反映了当时儒家学说传承者对孟子的高度推崇和坚定的正统儒学观念。

碑文作者孙傅（1078～1128），字伯野。海州（今连云港市西南）人。进士出身，历秘书省正字、监察御史、礼部员外郎，迁秘书少监，至中书舍人。靖康元年（1126）召为给事中，进兵部尚书，拜尚书右丞，改同知枢密院。金兵围困汴京（今河南省开封市）时，他误信术士郭京"六甲法"，导致城陷。次年正月，宋钦宗赵桓被俘，以他兼任少傅，辅太子留守。金人又来索要太子，孙傅说："我是太子的师傅，应当与太子同生死。金人虽然不求索我，我应当与太子同行，求见其酋长当面指责他们，或许还有可能把事情办好。"孙傅于是跟从太子出城。守城门的金兵说："金人想要的是太子，留守何必参与呢？"孙傅说："我是宋朝大臣，而且是太子的师傅，应当死从。"当晚，住在城门下，第二天，金人召他前去。1128 年 2 月，死在金人朝廷。孙傅在《先师邹国公孟子庙记》一文中，曾引用《孟子·离娄上》"欲为君，尽君道；欲为臣，尽臣道"之语，当他决定舍生取义，以身殉道之时，肯定也回忆到了他创作碑文时的情景。南宋绍兴年间，孙傅被追赠为开府仪同三司，赠谥号为忠定。

先师邹国公孟子庙记碑是研究孟子生平、思想及其在北宋末年社会历史价值的重要文献资料，具有很高的学术价值。而其记载的孟庙三迁的历史与孟母三迁教子的故事相映成趣。孟庙迁建于城邑东郭后的北宋元丰六年（1083），孟子获封邹国公。迁建于现址后，元至顺元年（1330），获封邹国亚圣公；明嘉靖九年（1530），尊号由邹国亚圣公改为亚圣。在现址孟庙，孟子完成了其由著名儒家学者成为仅次于孔子的亚圣的道路。正是：

孟母三迁，方使孟子学有所成，终成一代宗师；

孟庙三迁，又见孟子地位提升，终有亚圣地位。

为孟庙，为孟子，留下了一段佳话。

"莱子侯刻石" 的前世今生

胡南南

　　孟子故里——邹城市以"孔孟桑梓之邦，文化发祥之地"名世，古有人杰地灵之誉。这块古老的土地不仅有孔孟的脚印可觅，而且有许多的风物、许多的故事供你探幽发微、大快朵颐。今天我说到的这块"石头"——汉莱子侯刻石，堪为大观，值得细说。

"遗珠" 之痕——沉寂千年人不识

　　"华夏之秀，自昆仑以东为岱岳，自岱而南为峄山。二山之间，孔孟颜曾，皆为万世师。故岱曰岱宗，峄为络绎，乃名山之始、圣贤根本之地也！"此为《峄山赋》开篇之语。邹城地处泰沂山脉的余脉，故孟子故里多山，峄山成其大。峄山之美，不在叠嶂层峦，不在秀气氤氲，而在石之灵、石之美！故峄山有"天下第一奇石山"的美誉。当年秦始皇东巡至此，看上了这儿的石头。据《史记·秦始皇本纪》载："二十八年，始皇东行郡县，上邹峄山。立石，与鲁诸儒生议，刻石颂秦德。"是为秦峄山碑。峄山碑为秦丞相李斯书，篆文。原石后来被拓跋焘登山时毁掉，但留下了碑文。可以想见，孟子故里有此"邹鲁秀灵"，足以让千山失色、万石黯然。

莱子侯刻石成于新莽"天凤三年"，即公元 16 年。那年的二月十三日，邹地一个名叫莱子的侯国之君为他的先人整理祭田。孟子故里儒风郁郁，厚德追远的传统犹存，莱子侯不惜重金动用百余人封田祭祀，并请人刻石立碑，告诫"后子孙毋坏败"。

莱子侯刻石即此而生。它与赫赫有名的峄山碑相比，两者有天壤之别——峄山碑是皇家所制，记述的是"秦德"大政，而莱子侯刻石仅是一方诸侯封田的界碑。这块"石头"出生时也许热闹过几天，被立在那里后，栉风沐雨，便渐渐被人遗忘了。

"等闲"之遇——天下谁人不识君

天地有阴阳，世事有合分，正可谓"缘来则聚，缘去则散"。莱子侯这块寂寥的石头在沧海桑田的变换中，在期待着一个约会。可惜，它藏身卧虎山之阳，那是一个群山环绕的僻静处，此地东距峄山约 10 公里，距邹城市区约 16 公里。

它整整等待了 1801 年。"为伊消得人憔悴"，这诗不是写给它的，又似写给它的。谁说青山不老、金石难灭？莱子侯刻石历经一千多年风雨，青春褪去，朱颜已改，但初心不变，那座高不过百米的卧虎山便可以作证。清嘉庆二十二年（1817），滕邹一带地方名绅——颜逢甲和友人孙生容、王补、仲绪山一起游卧虎山，这次出游也许是一场春游，抑或是一次诗友的雅集，我们今天已不得而知。当然，这一问题不重要，正像当年的牛顿为何来到那棵苹果树下一样。颜逢甲和他的朋友们"偶然"一瞥看见了一块石头，看似普通却不普通的它，亦如牛顿和苹果的对撞。我们真要感谢颜逢甲和他的朋友们当年的卧虎山之行。

颜逢甲和他的朋友们"偶然得之"，当时有怎样的欣喜，又是如何劳神费力地把莱子侯刻石收存已不可考。我们只知道他们在碑石右侧刻录了跋文，记述了他们的这次"等闲"之旅和"偶然"发现莱子侯刻石的经历。孟子第

70 代孙孟广均得知后，不惜重金将它收藏，成为其收藏的十件文物精品之一，后一直存放于孟府。

莱子侯刻石即此梅开二度，让天下人惊艳。

误读之殇——从"莱子侯"到"样子侯"

从文化或文物的角度来讲，石无字不灵。莱子侯刻石正是其上面的刻字所携带的历史文化信息，而令人刮目相看，价值连城。莱子侯刻石共刻有 35 字，实为从古篆到典型汉隶之过渡性书体。西汉之隶书，流传下来的书迹甚少，堪称石刻中之"熊猫"。清代以前发现的西汉石刻少得可怜，为世所知的仅有五凤刻石、麃孝禹碑、莱子侯刻石等三五块而已，尤以莱子侯刻石最为出众。清代杨守敬赞其刻字"苍劲简质"。清代著名金石学家方朔誉其"以篆为隶，结构简劲，意味古雅，为西汉隶书之佳品"。莱子侯刻石从汉代至清，沉寂千余年，无人识荆。杨守敬、方朔一发声，便很快声誉鹊起，几乎到了"天下谁人不识君"的程度。

当代大家郭沫若先生曾在 20 世纪 60 年代致函邹城文物部门，称莱子侯刻石"世所罕见，金石研究必从解读此石开篇"。将莱子侯刻石推崇至极高地位。

我们今天常说一句话，"是金子总会发光的"，莱子侯刻石熬到了这一天，那就接受天下"粉丝"的膜拜吧！20 世纪 60 年代，莱子侯刻石即被定为国家一级文物，成为邹城博物馆的镇馆之宝。

值得一提的是，莱子侯刻石文字解读颇费周折，几近被误读。莱子侯刻石在清嘉庆二十二年（1817）被发现，过了三年，嘉庆二十五年（1820），嘉定瞿中溶获见拓本，莱子侯刻石被其命名为《莱子侯赡族戒石》，并详加考释，后收入其《古泉山馆金石文编残稿》中。又过了 15 年，道光十五年（1835）东莱翟云升于所著的《隶篇》中，将莱子侯刻石更名为《天凤石刻》。翟云升还释文："始建国天凤三年二月十三日，莱子侯为支人为封，使偖子良等用百余人，后子孙毋坏败。"这是莱子侯刻石释文最早的文字记录。其后，莱子侯刻石的考释便平静下来。

历史的年轮划进 20 世纪 60 年代，郭沫若先生对莱子侯刻石古释文中的"莱""支"二字进行考证，厘定"莱"为"样"，"支"为"丈"，令莱子侯刻石释文疑点全消。故把郭老订正的莱子侯刻石释文附录如下：始建国天凤三年二月十三日，样子侯为丈人为封，使偖子良等用百余人，后子孙毋坏败。

对莱子侯刻石释文的考释尘埃落定，但也给莱子侯刻石之名是改还是不改留下了一个难题。严格来讲，既然过去对"样"字误读为"莱"，今天理应把此石更名为"样子侯刻石"。但是，这样也有一弊，莱子侯刻石是个"老字号"，人们早已耳熟能详、约定俗成，改名也难，故郭沫若对刻石之名不置一词。

百花有香蝶自舞，拓片传情贯今古。莱子侯刻石由古至今留下了多少拓片，未见精确的统计。但拓片以古为贵，尤以最早的初拓为珍。莱子侯刻石最早的拓片还存世吗？2016 年一条拍卖的信息传到了邹城，给了我们一个惊喜：广东崇正拍卖行春季拍卖会上，一件西汉莱子侯石刻初拓本竟然拍出 2070 万元的高价。

石因"片"贵，莱子侯刻石再次让人注目。

此初拓本为谷牧九藤书屋所藏的莱子侯刻石拓本是嘉庆颜逢甲跋文未刻之前的拓本，为当世仅见，殊为难得。

历史把许多过往零落成碎片，但莱子侯刻石却三生有幸留了下来，我们亦有幸与之相伴，且能从中听到千年足音，怎不令人心飞神驰？故口占一诗云：

大哉邹鲁降孔孟，石头有情毓秀灵，
拙笔细数千年事，吾辈有福生邹城。

邹城馆藏文物精品展（6则）

李　琳

1. 新石器时代玉环

玉环直径 11 厘米，厚 0.3 厘米。1971 年邹城市峄山镇野店遗址出土。玉环由两件单环组成，玉质呈青色，圆形，器体扁薄，肉宽而平，中有大孔，磨制光滑，造型美观，制作规整。玉环作为山东地区新石器时代大汶口文化装饰品的代表性器物，它不仅是大汶口文化居民生前佩戴于臂部的一种装饰品，也是大汶口文化人类丰富精神生活的反映，表明当时人们已经有了装饰打扮的生活习惯。

2. 新石器时代穿孔石斧

穿孔石斧长 13.1 厘米，宽 10 厘米。1971 年邹城市峄山镇野店遗址出土。长方形，器体扁薄，顶端稍平，两侧斜直，刃部略弧，两面磨刃，四边较薄，中间较厚。背部两侧有肩，通体磨光，靠近顶端有一对磨圆形穿孔，两面钻透，顶部略呈微弧形，制作工整，磨制精细。穿孔石斧是新石器时代用于砍伐等多种用途的石质生产工具，是探讨新石器时代社会生产力发展的重要资料。

3. 新石器时代石锯

石锯长 26.5 厘米，宽 8 厘米。1973 年千泉街道南关化肥厂遗址出土。以青灰色花岗石精心磨制而成，背部略厚且较为平直，刃部作弧形，较薄，刃面锋利有使用痕迹，锯齿两面对磨而成。双肩呈内三角状，两侧有对磨圆形穿孔。背部磨有插脊，根据插脊和双孔位置，可以把它嵌进木棍槽中，用绳子通过双孔加以捆缚。石锯为原始社会晚期新石器时代龙山文化时期的加工工具，具有十分重要的历史研究价值。

4. 商代田庚父铜爵

铜爵通高 21 厘米，流至尾长 16.3 厘米。1973 年千泉街道小西苇村出土。杯体偏长，杯壁较直，卵圆形底，圆腹，窄长流，尖尾上翘。口沿边近流处各有一菌状形半圆形柱，上饰漩涡纹。腹部有半圆形素面鋬手，三棱锥状足外撇，鋬内腹壁镌刻阳文 3 字，初识为"田庚父"，应为标记铸器人的族名或私名。铜爵庄重秀丽，形体精巧，是商代青铜制品中的上乘之作，能使我们寻觅到商代青铜酒器的流风遗韵。

5. 西周伯驷父铜盘

铜盘通高 13 厘米，口径 34 厘米，底径 28.5 厘米。1965 年田黄镇栖驾峪村寺顶子遗址出土。敞口窄缘，浅腹，附双耳，圈足，腹饰窃曲纹，足饰斜角雷纹，耳饰重环纹。盘内镌铭文 3 行 15 字："伯驷父乍姬沧媵盘子子孙孙永宝用。"从铭文内容看，该盘属媵器，即陪嫁之物，是鲁伯驷父为其女儿沧姬出嫁时的陪嫁之物。盘是古代洗手时的接水用具，犹如现在的脸盆，是鲁国青铜礼器中弥足珍贵的精品。

6. 西周鲁宰驷父铜鬲

铜鬲通高 11.2 厘米，口径 16.2 厘米，腹径 18 厘米。1965 年田黄镇栖驾峪村寺顶子遗址出土。宽平沿，束颈圆肩，低体浅腹，腹部略鼓，宽裆平底，矮兽蹄形足。沿上镌有"鲁宰驷父乍姬口媵鬲其万年永宝用"15 字铭文。从铭文内容看，是当时鲁国贵族宰驷父为其女儿出嫁时的陪嫁用品，让她世代永远享用。铜鬲铸造精良，纹饰精美，是研究和探讨西周时期鲁国的礼制、社会习俗的珍贵实物资料。

诗以言志

"孟子学的历史意义"学术交流会述怀

毛朝晖、潘英杰、王归仁

赴邹城参加孟子学会议，拜谒孟庙（并序）

毛朝晖

　　癸卯立夏后七日，邹城市文物保护中心、邹城博物馆、邹城市邹鲁文化发展有限公司等共同筹备《孟子学》辑刊，并举办孟子学首期圆桌会谈暨《孟子学》辑刊启动会，由学界主讲，政、商及社会各界有识之士数十人共襄盛举，皆怀诚心而来，聚圣地而坐，切磋经义，拜谒孟庙，于是知中国学术自有本源，而圣贤之教不在身外，悦乐真切，和谐庄严，盖有古人风义存焉。予亦受逝夫兄之邀，襄理其事，参会归来，遂赋此诗，略纪其事，俾知圣学仍切于当代，古风犹存于今日。诗云：

　　　　红尘颠沛几番身，亚圣故乡今始亲；
　　　　犹护遗祠供拜谒，最怜古柏见精神。

诸君端坐岂无意，天道轮回自有春；

此日欣逢浩气长，又添孟庙瓣香新。

与诸兄友拜亚圣，兼述己怀（并序）

潘英杰

癸卯之夏，爽籁拂襟，余久闻邹城之美，心向往之！其美也，承亚圣之教，得民风之朴，令人远至而如归焉。逝夫吾兄常于余之耳畔誉之，惜未一访，今终亲见矣。吾兄叹，斯世也，孔子学、朱子学、阳明学、船山学皆方兴未艾，然孟子学则似式微哉！乃拟创《孟子学》辑刊，以兴其学于当世也。余幸得列其中，而效己绵薄之力焉。数日之聚，诸兄友所言益余甚大，令余感怀极深！归犹念念不忘也。盖孟子之学也，不离其道而为一，吾辈欲弘其学，当通其道以修身。修身，为本也。孟子云：“我善养吾浩然之气！”是气养之久久，自将磅礴而凛冽，由性而心，由心而身，溢乎体外，成其义理之勇矣。知性，则知天也。是以亦径与苍茫之本通焉，其一之故也。得此一矣，则求心之大安，岂由当下天地之外而求之？斯浩浩之天地也，足以安吾心矣！巍巍然，岂不壮哉！余思之，实融身乎其中，舒心证之而不违，乃常欲泪焉。因天道以成人道，则古今之为河也，我在其中矣。知所来也，亦知所归矣！故知夫道不远乎人，日常之行住坐卧、起念履行者皆道也。得乎生生之本而推移，合乎内外之道以惕厉，是《易》之所示、孟子之所践者也。孟子云：“万物皆备于我矣！反身而诚，乐莫大焉。强恕而行，求仁莫近焉。”真过来人之语也哉！其道也，凝乎其学之中，成此七篇之著，以贻世典范矩则，虽今日，所可启者犹至大！吾辈四方远来，存至诚之念，怀肃穆之心，以拜亚圣焉，其心同，其理同也。昔逢晦盲否塞之时，虽无文王，然豪杰必出，直破屯艰而兴起，担乎大义而不让，以今观之也，盖言吾辈者乎！斯意也，自鲁返川，余愈慷慨于心，鼓荡充实不能已，乃作诗一首，略述己怀焉。其诗曰：

时存浩气久为功，径与苍茫本处通；

安我岂由天地外，藏身自在古今中。

日常即道生生易，大化从心惕惕躬；

亚圣七篇贻世矩，远来肃穆拜相同。

与诸师友聚邹城启《孟子学》活动有感（并序）

王归仁

西学盛行于世，各国惟以自身利益为先，世人则以自私自利为怀。长此以往，人欲肆虐，大道倾颓，吾人类直有覆灭之危。癸卯春夏之际，诸师友齐聚亚圣故里——邹城，启《孟子学》，以儒者自任，志愿切身践行孔孟之真精神，正人心而救民命，真有古风重现之感。予近年随逝夫吾师修习儒学，得以厕身其间，与诸师友共学适道，幸何如之！有感于朝晖、英杰二兄即兴赋诗，予不揣冒昧，亦乘兴而述，甚不合诗律，几于狗尾续貂，贻笑大方，幸蒙英杰兄不弃，精心斧正，终而勉可一观。

西学东来今已盛，衰微大道欲何横！

时人遑矣无宁日，长夜经年盼启明。

吾诸师友述思孟，贞下归元有圣功；

任重以仁终不已，接乎道脉待后生。

| 圣迹·人文 |

千载苍茫存远志，再开生面共斯泉

——辛丑年拜谒宋明先贤行记

潘英杰

一、朱子

墓园，是人类肉身最后的栖息地。同样一具肉身，有的人死就死了，有的人却能活出铭刻在历史天空中几乎永远抹不去的意义，像璀璨星光一般，照亮着后人前进的路。当我们感受到这一束束光，由此看到一条人之为人更真实、更庄严、更广阔的路，体会到一种从梦寐中觉醒的喜悦，便会去感激这一束束光的指引，而对之致以最崇高的敬意。体会越深刻，这份崇敬就越真挚。而要感受到这一束束光，除了去读他们所遗留下来的文字，拜谒墓园也是一个真切的路径。在笃实的叩拜中，你将与之产生一种微妙的连接，让你的生命有了别样的意味。

拜谒福建建阳黄坑镇的朱子墓，便给了我这样一种感觉。朱子墓前有一池思源泉，不甚大，数步便可环走一圈；也不深，只手就能触及泉底。水底长满了深绿色的水生植物，甚是繁盛。靠近山脚的一角，有潺潺细流沿着既定的水道往下淌。这一池看似普通的泉水，却异常清澈，水质极为干净。炎夏的正午，将手伸入水底，随即便感受到了一股不一般的清凉，沁入心腑。水中心有泉眼数个，故而，不分冬夏春秋，此泉水位不变。泉边有一朱子雕像，颇有神韵。其侧立有石碑，上书"本源"二字。逝夫兄见此雕像，即对之恭敬行礼，其子阿羽随后亦行礼，动作缓和而规范。见此景，不禁令我遥想当年唐迪风先生带着年幼的唐君毅先生在先贤像前行礼之状，时空或有不同，但这一种言传身教的精神，在逝夫兄与阿羽身上，却似得到了延续。泉名"思源"，复刻有"本源"二字在旁，正点出我们此番拜谒的意义，思源、追源、回源，去接上那源头活水，这其中有景慕之情，有感恩之意，也有向道之心。

我在思源泉边伫立良久，山林间清风徐来，更觉襟怀畅朗。转身继续上山，一眼瞥见了墓碑，以及逝夫兄虔诚跪拜的身影，不禁泪流满面。那一刻，我感受到了逝夫兄对前贤的虔诚，是这般纯粹而深沉，这是一种发自内心的虔敬，且在其行为的细微处体现了出来，没有丝毫刻意。不由感叹：今日，言儒学者多矣，能对儒学有真诚向往、真实工夫、真切体证者，又有几人哉？儒家修身之学，有其通入日常的处世之处，也有其通入高明的天命之处，但都不以言谈思辨为足。抽离了自家的生命主体，谈何修身？文字之考据、典籍之整理、理念之构建，虽也有其价值，只恐已然有悖于圣贤的本意。而从逝夫兄的著述，到其践行，我看到了他的一致，感受到了一份真实，如同黑夜中燃烧的火把，他将他自己所写的一切给点活了。

整个墓园里，只有我们一行人，大家都静静地跪拜行礼。天地清穆，阳光也特别明亮而干净，照在林中的树叶上，片片闪烁着金色的光芒。微风从林中穿过，稍稍拨动着树叶，娑娑作响。悦耳的鸟鸣和虫声持续不绝。偶尔轻轻地，风过树晃，几片泛黄的叶子悠悠地飘落下来，却是这般安详。天空中飘着几朵白云，缓缓移动着，无论是天，还是云，都显得格外干净。

跪拜的过程中，我的内心最初是亲切而伤感的，脑海里浮现出辛弃疾悼念朱子时所写的"孰谓公死？凛凛犹生"。大贤已远，朱子当年的风采已然目睹不到，惟有通过他所留下来的著作、事迹，去感受他那仍旧活着的生命，而这生命本身正具有一种强大的文化影响力，在中华大地上，乃至海外，成了似乎永不会磨灭的存在。而那生命最先所寄托的肉身，就栖息在这青山绿水之间，宁静地、安详地，从天地而来，归天地而去。于是，拜到中途，"天挺人豪"四个字忽然就在脑海里闪现出来，内心不禁为之一震！同样是区区肉身、百年生命，朱子等先贤却有着一种博大、高明、深厚的内在格局，由此撑开了外在的格局，看到了历史的传承、时代的挑战，生命因此向上一提，跳出了常人在私利中浪生浪死的肤浅，走向了更为真实、广阔、光明的生命空间，接续上文化的命脉，兑现了自身的生命价值。百千年前，他们如此，百千年后，我又当如何？心头蓦然就有了一股力量在缓缓积蓄。颜渊曾说："舜，何人也？予，何人也？有为者亦若是！"（《孟子·滕文公上》）当对朱子等大贤的精神生命有了当下的切实感受，我也似乎被提携着趋向那样一种生命境地。他们就像一束束光，照亮了我前进的路。走在这条路上，总会感受到他们还鲜活地跳动着的脉搏，就一直在我的体内，守其先而待其后。

噫！前贤已逝，今我正来！

逐次拜完朱子墓，复又绕墓一圈。墓碑上书"宋先贤朱子，夫人刘氏之墓"，颇见斑驳之意。绕墓的过程中，我用手轻轻抚摸墓碑的边缘，端详碑文之时，哀伤思慕之情不禁再次涌上心头。绕墓后，我们在墓园里或静坐，或静立，在无言中追念朱子，与他对语。时不时，我望向墓碑，也望向周围的树林，又抬起头望向天，而后闭上眼，感受阳光洒落在脸上的暖意。犹记早年读到朱子逝世前的悟道语："圣人应万事，天地生万物，直而已矣！"一个"直"字，所蕴藏的内容极其丰富、深刻，以朱子的异禀天赋、向道博学，到了临终前方才有此透悟，然这一透悟，便正是"朝闻道，夕死可矣"（《论语·里仁》）！此时此刻，在静静站立中，我默默体会着"直"的内涵。那不是文字的概念，而是生命的实证，是把全身心都融入天地中，对天地生万物之"生"由显到微的贯通，从生生之象到生生之气，再到生生之性，进而进入生生之理，终而对生生之道有了全副的洞见，并在圣人应万事的种种表现中，由用溯体，体贴到圣人之心，也即生生之德。《易》有云："生生之谓易。"天地之秘密正在于生生，故天地设位，"易"能行乎其中，因为"易"即此生生，圣人通之，则成其生生之德，由斯以应万事，则成就天地间的生生之意。此即"直"，是从生生之理到生生之象的"直"，也是从生生之理到生生之德的"直"，其性贯通，圆融不二。

于是，我就想，而今朱子会在哪里？那些逝去的往圣先贤又会在哪里？"洋洋乎如在其上，如在其左右！"（《中庸》）天地自是在静默中完完全全呈现着所有的奥秘，关键在人去领悟。从平面的生命，到立体的生命，其不同往往更多体现在内在的格局与境界之中，这必要通过切实的修身，一步步地走进去。没有行动，没有体证，理就永远只是理，解得再明，也与自身的生命关系不大。但明理而后依理而行，理便不失其本意，这可能就是朱子晚年面临严峻处境仍要坚持修订《四书章句集注》的缘故吧！

我就这样静静追念着朱子，直至最后向朱子行礼告别，一行人往山下走，或见有零星的弃物在路旁，便随手捡起放进垃圾箱里。大家默而不宣，都明白这背后的心意。山脚下有一块草地，置有几座雕像，呈现的是朱子讲学的情景，栩栩如生。有正立而侍者，有展卷提问者，有执笔记录者，有听讲入迷者……形态各各不一，而朱子讲学其中，颇显醺然之意。天朗气清，惠风和畅，在此竹林山间，讲学论道，真堪一乐也！《庄子·渔父》中曾提及孔子讲学情景："孔子游乎缁帷之林，休坐乎杏坛之上。弟子读书，孔子弦歌鼓琴。"此诸雕像，真是极得其中的神韵。

次日，我们参访了朱子故里五夫镇。五夫镇，原名五夫里，位于福建武夷山市东南部。"五夫"之名的由来，颇有意思。相传东晋时期，五位士大夫或出生于此，或讲学于此，从而有了"五贤过化"之说，遂得名"五夫"。东晋后，五夫也出了众多人才，如著名词人柳永，大儒胡安国及其子侄胡寅、胡宁、胡宏、胡宪一家五贤，还有抗金名将吴玠、吴璘，刘氏家族的"三忠一文"，等等。而朱子十四岁左右定居于此，先后在此生活了几十年，著书立说、讲学授道，更是使五夫名声大振，而赢得了"邹鲁渊源"之美誉。

首先寻访的自然是朱子故居——紫阳楼。朱子出生在福建尤溪，七岁时随父母迁居到建州，十四岁那年，父亲朱松病逝，临终前将朱子托付给五夫的好友刘子羽，刘氏在自家的府第旁边另建了一栋别院，以供朱子母子居住，这栋别院便是后来名闻天下的紫阳楼。从十四岁左右起，朱子便定居于此，直到晚年迁居建阳，一共在此生活了近五十年，可以说紫阳楼见证了朱子的大半生时光。只可惜，后来紫阳楼毁于兵燹，仅存遗址。我们前去寻访时，只看到在数株百年大树前方，立有一块青石碑，上刻"朱熹故居紫阳楼遗址"。其旁，有后世仿造的一座紫阳楼，供游人参访。

重建的紫阳楼青瓦白墙，很有地方建筑特色。拐进外门，即有一副金字黑底的门联："忠孝持家远，诗书处世长。"正门上方挂有门匾，书"紫阳楼"三个大字，白字黑底。跨进正门，"理学正宗"四个大字颇为引人注目，字体浑厚端正，颇有气度。此四字就近在头顶上方，当我走近，抬头仰望时，不禁肃然起敬。从一侧拐进去，经过一处天井，便看到一尊朱子读书塑像置于厅堂正中，塑像上方有一横匾，题有"紫阳书堂"字样，两侧对联为"鸢飞月窟地，鱼跃海中天"，极显典雅之气。我们逐次向朱子塑像恭敬行礼。当时，紫阳楼正进行升级改造，多处都没有打理好，尚看不明白究竟将如何处置。据朱子《名堂室记》所记，厅堂左室为"韦斋"，乃是其燕居、读书之所，"韦斋"乃朱子父亲朱松之号，可知又有纪念其父的用意。与"韦斋"相对应的右室，名为"礼斋"，为朱子恭迎父辈、接待访友而供其下榻之处。据说，朱子曾在礼斋中先后接待过其师李延平、挚友吕东莱等，在其间品学论道。往里走，后堂名为"晦堂"，晦堂之左为"敬斋"，右为"义斋"，本自于"敬以直内，义以方外"（《易经》），朱子认为敬、义乃为学之要。"晦"之一字，伴随了朱子一生。其早期的老师刘屏山（名子翚，字彦冲，子羽之弟）为其取字"元晦"，他后来自号"晦庵"，晚年又自称"晦翁"，都离不开一个"晦"字。屏山除给朱子取字外，还曾为他写了一段祝词："木晦于根，春容晔敷；人晦于身，神明内腴。"可溯源至《中庸》"君子之道，暗然而日章"之意。我的大学恩师刘昆庸先生为我取字"归愚"，也是看到了生命的沉潜之功，盖惟此方可久可大。从朱子一生字号的变化中，可见其于"晦"有着很深的体悟。

说到屏山，便不得不提一下朱子早年的另外两位老师——胡籍溪（名宪，字原仲）和刘白水（名勉之，字致中），他们三位被称为"武夷三先生"，都是朱子父亲朱松的好友。朱松病重时，除了修书给子羽以托付身后之事，还郑重地对少年朱子说："籍溪胡原仲、白水刘致中、屏山刘彦冲，此三人者，吾友也。其学皆有渊源，吾所敬畏。吾即死，汝往父事之，而唯其言之听，则吾死不恨矣！"朱子童年即已显出异乎常人的天赋和追求，尝向其父追问"天之上何物"，初读《孝经》，即题"不若是，非人也"。有如此之天赋，又有向道之心，不断孳孳求学，而今又因其父而师从"武夷三先生"，得以指点，故而，日后朱子能成为中国文化史上之巨擘，自有其渊源。在朱子的生命里，不仅有其自身，也有其父亲、师尊。朱子对此颇为感念，在他过了耳顺之年后，曾撰一联，曰"佩韦遵考训，晦木谨师传"，可见父亲与老师的教导，直到晚年还一直流动在其生命里。

在紫阳楼中，我还见到了几幅朱子字迹的拓片，于其中一联，甚为喜欢：

> 雪堂养浩凝清气；
> 月窟观空静我神。

其中有着不一般的自在、通透与清爽。我不禁想，旧日的紫阳楼的书房里，窗外白天是淙淙绿意，夜晚是淙淙月光，一阵阵清风从窗外沁入书房，朱子伏案其中，时而放下书，踱出书房，沐身于雪白的月色下，时而转身入内，又拿起书，体会书中所述的生命义理，而其自家生命里的那股浩气、清气、静气，正与这天地间流动的生生之气交相呼应着……

那情景，着实令人神往！

兴贤古街可说是五夫镇"邹鲁渊源"之称的集中体现，它由六个街坊组成：籍溪坊、中和坊、儒林坊、朱至坊、紫阳坊、双溪坊。观诸命名，悉皆颇有儒家思想韵味。古街在中晚唐时期自刘氏家族迁来即已初步形成，到了朱子之后，更趋鼎盛。走在古街上，隔几步路，就能看到一座石坊门，其上镌刻的文字也能见到儒家思想的影响，如崇东首善、五夫荟萃、天地钟秀、籍溪胜地、紫阳流风、过化处等。

说到过化处，逝夫兄看到这三个字，适好我走过来，便很高兴地为我拍照留念。"过化"二字，实不简单，出自《孟子》："夫君子所过者化，所存者神。"甚见儒家精神的普世性。后世对于朱子，常用"紫阳过化"以誉之。朱子祖籍婺源有山名"紫阳"，其父朱松早年曾在此读书，故而，朱子后来以"紫阳"题其五夫住所，故后世以"紫阳"指代朱子。存乎己者，切身涵养，久久保任，而流露出越来越淳厚的德性力量，以见其"神"；过而有教，如风过草，自然拂煦，没有一丝刻意，却又于无形中教导了众生，以见其"化"。逝夫兄高兴地让我在此留影，我也当即明白了他的心意。

行走在古街上，会发现这里留下的历史文化古迹还真不少。如五贤井，相传与胡氏一家五位贤人有关，井口用铁栏罩住，依然可以汲水。历史就这样自然而然地融入了平常百姓之家，成为他们生活的一部分。又如刘氏宗祠，刘氏为五夫镇第一大姓，历代也是人才辈出，对五夫镇影响很大。大门石匾"刘氏宗祠"上方，还嵌有一块石匾，大书"宋儒"两字，气度非凡！惜乎宗祠大门紧闭，无从可入。大门两侧，又有一副对联，据说是朱子写以赠与刘氏的：

> 八闽上郡先贤地；
> 千古忠良宰相家。

刘氏对少年朱子的培养，确实居功厥伟。当年两宋交替，北方已被金朝所占，位于武夷山下的五夫镇，有其得天独厚的自然环境，在人文方面又深受儒学熏染，出现了诸多名将及大贤，其中就以刘姓为盛。前面提到，刘氏家族在那段时期，前后就出现了"三忠一文"。"三忠"指刘韐、刘子羽、刘珙祖孙三代。刘韐、刘子羽父子都是抗金名将，刘珙则是一位为民请命的清官。史书记载，其死后，"民爱之若父母，闻讣，有罢市巷哭相与祠之者"。"一文"指屏山先生刘子翚。此外，还有同是刘氏家族后人的白水先生刘勉之，他不仅是朱子的老师，后来还将其女嫁给朱子。朱子来五夫镇前，已奉父命认刘子羽为义父。由此可见，刘氏家族对朱子的影响何其之深！刘子羽去世多年之后，受义兄刘珙之请，朱子为义父撰写了神道碑，用了长达3725个字，盛赞他抗金的光辉事迹，其意凝练，其情深沉，读来颇为感人。

不禁畅想朱子当年行走在这巷子里的情景，也不禁畅想刘氏家族的人对朱子无论从生活上还是学业上点点滴滴关怀指导的情景。在朱子求学之心正盛的少年时代，能够遇到义父刘子羽，恩师刘子翚、刘勉之、胡宪，又可以在此自然与人文兼美的五夫镇里生活，真是他的幸运！

这何止是朱子的幸运，也是闽学的幸运！中国文化的幸运！曾经，龟山先生杨时就从福建走出去，到北方拜明道先生程颢、伊川先生程颐为师，程门立雪就是讲他对老师、对学问的尊重，当他学成回闽，明道还称许地说"吾道南矣"。龟山后来成为闽学鼻祖，其学传至罗从彦，再传至李侗，终传至朱子。朱子最初受教于"武夷三先生"，而对朱子思想影响最大的还是延平先生李侗，但如果没有三先生对他学问的打底，朱子此后是否能有如此巨大的学术生命力也很难说。因为朱子，闽学取得了与濂学、洛学、关学相等的地位。

朱子的视野不仅仅在福建。他与浙学代表人物东莱先生吕祖谦、湖湘学代表人物南轩先生张栻也多有往来，并称"东南三贤"。流传后世的经典之作《近思录》即出自朱子与东莱之手。朱子与南轩也进行了数番思想碰撞，发生在岳麓书院的"朱张会讲"曾引来无数的听者，甚至达到"一时舆马之众，饮池水立涸"的盛况，被后世传为美谈。此外，受东莱之邀，朱子与复斋先生陆九龄、象山先生陆九渊兄弟在鹅湖寺展开了著名的"鹅湖之会"，思想碰撞极为激烈，影响极为深远。这一切，都让朱子具备了宏阔的思想格局。由此回溯其源，在朱松逝世后，年少的朱子能有五夫镇的刘氏家族来照顾其生活、指点其学业，是多么可贵！

与兴贤古街同名的"兴贤书院"，原是胡文定公创立的文定书堂，后来朱子的老师胡宪将之改建为书院，作为讲学授徒之所，相传朱子早年就是沿着深巷到此求学。书院命名为"兴贤"，有"兴贤育秀，继往开来"之意。旧有的书院在元初已毁于兵燹，而今所见者为清光绪年间重建。现如今惟有第一进的正堂被保留了下来。正堂的摆设较为简陋，且多与朱子有关，悬挂有朱子的《白鹿洞书院学规》，以及后世复制的朱子墨迹。当然，也有对胡氏五贤的简介。

走出兴贤书院，前去寻访朱子社仓。朱子社仓也在兴贤古街中，不过要从主路往旁边的小路拐一下才到。社仓，亦名五夫社仓，因设在五夫镇而得名。社仓大门上的横匾，题有"五夫社仓"四个字。横匾有两个年份，当是明崇祯九年立此横匾，清光绪己丑年间又再修补之。推门进去，一条小巷到底，挂有一个大字——"粮"，走尽这小巷再拐进去，在一边墙上，则整齐立有数个告示牌，牌上图文并茂，介绍社仓的历史。往里继续走，就看到一棵大树，一旁即是风雨走廊，走廊上有长凳，可以坐在这里乘凉，颇为快意。走廊直对着一块大石碑，石碑旁便是社仓。

踏进社仓，右手边是取号处，左手边靠里一点，则是粮仓。为了防潮，粮仓底座与地面隔开，而有一个出粮口，设计很巧妙。在社仓里，也有一些古代用的农具模型，如量具、鼓风车、耕犁、蓑衣等，其中有一些，还是我小时候在家里种田用过的。现在社仓里并没有粮食，然而依然挂有朱子当年订立的社仓规矩，甚是详细。

据记载，在南宋乾道四年（1168）春夏之交，闽北的建阳、崇安、浦城一带出现了较严重的灾情，导致饥民因收成荒馑而有所骚动。当时崇安县知县请朱子等人商量如何救灾，于是，朱子劝当地的一些豪富将家中存粟以平价赈济灾民。后来，朱子又多次上书给当地知府，请求建立社仓，他说：

> 天有不测之风云，今灾解，不可不料后复有前之事。粟偿之后，山民无益存之积，青黄不接之时，又要加倍息借贷于豪富。况官粟存仓，为法甚密，远水解不得近火，请予五夫建仓留赈，每年一赈一偿，又能易新以藏，实为一举二得之举。

朱子的想法得到了官府支持，乾道七年（1171）八月，社仓于五夫建成。朱子还请当地有德望的人来管理，并订立《仓规》。从此，在春夏青黄不接时，就开社仓以赈放，等农民秋冬有收成再偿清，存放到社仓中，大大减少了饥荒情况。后来，社仓救荒之举得到多地效仿。淳熙九年（1182），朝廷对此甚为认可，还将朱子呈请施行的《社仓法》颁布到全国各地。所以，五夫社仓也被誉为"先儒经济盛迹"。为纪念朱子的惠民善政，五夫社仓又称"朱子社仓"。

眼前小小的一个社仓，几百年前居然有如此巨大的作用！孔子说："君子不器。"（《论语·为政》）让我更为感慨的是那时的儒者，比如朱子，有其修学问道之行，有其振兴书院之事，也有其惠民善政之举，生命四通八达，岂以"某某家"自限？我们现在因分科现象较为普遍，故也容易由此判定他们是思想家，教育家，哲学家，政治家……从分科角度一一去了解他们。却不知对他们而言，他们的生命是浑融的，问道求学、修身济世合而为一。但是，这里有一个本末之别：以问道为本，以求学为末；以修身为本，以济世为末。本末一贯，"本"固而其"末"方不偏。若如此分科性地去定位他们，却是将此本末置为价值均等的平面，并外在化地去看他们，往往就会只有末而没有本，只有"家"而没有"人"。盖其学实不以哲学概念的思辨为满足，而是要将自家生命融入其中，让自己对此有真实体证，落实为个人的言行改善，如此方能"变化气质"。他们或也会做一些"纯学问"，但此学问都是出于对文化继往开来之心所做，不忍儒学衰亡，不忍斯文沦丧，这一份沉甸甸的使命感，才是他们做学问的初心。况且有的学问，也有其现实之用。如朱子编《家礼》，也是有意要解决当时婚丧等礼仪紊乱的问题。所以，面对他们，我们知道他们在很多方面都卓有成就，也对他们充满了敬意，但其实一个"夫子"、一个"先贤"、一个"大儒"，恐足以道明一切。

在社仓中，还看到了一首朱子所写挺有意思的诗：

度量无私本至公，存心贪得意何穷。
若教老子庄周见，剖斗除衡付一空。

此诗或有引用典故而难解之处，其实本意在前两句就已全盘托出。建立社仓最难的地方，当在日常管理，尤其是管理者的秉公与否，故他作此诗以诫之。有说社仓并非朱子首创，如在南宋绍兴二十年（1150），魏元履任官时就建过社仓，不过其社仓不收息，因为他认为收息即是聚敛，容易产生王安石新政中青苗法的弊端。但在魏元履之后，其继任者不如他那样恭恪无私，就出现了粟腐于仓、民饥于室的情景。朱子对此教训或有吸收，对社仓各方面创制都进行了更合理的安排。可见朱子社仓能取得成效并长期运转，自有其制度上的完善性。不过从根本因素上看，还是取决于人。

《中庸》言："文武之政，布在方策。其人存，则其政举；其人亡，则其政息。"一项事务的推行，成与否自有各方面的原因，但人是其中的关键。故孔子才会感叹"才难"，孳孳培养人才，由此奠定了儒家一个重要传统：推行教化。制度再完善，时过境迁，也会出现漏洞，需要不断弥补；而人本身不断得到教化，才可能从根本上去完善制度，并保证制度的落实。制度如此，如今的科技也是如此。恩师霍韬晦先生曾说过一句话："科技的进步并不能真的保证社会的进步，只有人的进步才能从根本上保证社会的进步。"这里有霍先生很深的见地。一切都会变，无论是制度还是科技，唯一不会变的就是人，就是人之为人的本性。如何存养这本性的光明？如何由此让民风为之一变？这即是历代儒者念兹在兹的事业。故其或著述、或授徒、或为官，其实根本上还是在推行教化。朱子推行社仓，也是他在推行儒家教化，出于一念之仁，运乎成事之智，让民众免受饥馑之苦，让社会可以更得其法地守望相助。

如今，朱子社仓已完成其历史使命，但此社仓初立背后的用心，则永远不会过时，再读朱子这首诗，依然对现在的我们还有直接的启发与警戒。当我们读懂了这份用心，朱子社仓就依然还在发挥它的作用；当我们把这份用心推广到其他事业上去，那朱子社仓也就由此在更多地方成其"经济盛迹"，如《易经》所言："化而裁之谓之变，推而行之谓之通，举而错之天下之民谓之事业。"

朱子广场也颇值得一去，其中高大的朱子雕像格外引人注目。这里有一大片莲花池，地里种着水稻，当中一条小河沿着河道缓缓流动。我们绕了好久，从远处看，朱子雕像并不是很高；走得越近，雕像则越显高大，终于走到雕像的前方。呵，真是高大！雕像有 71 尺，合朱子的寿命 71 岁之意，折成现在的算法，大概高 23.66 米，是目前体量最大的一尊朱子雕像。在雕像前，我们一一向朱子恭敬地行跪拜之礼。

雕像最吸引人的便是朱子面容，仔细感受，会发现里面有很丰富的内涵，如慈悲、刚毅、深远、坚守……此外，左手轻轻靠胸呈捧心之状，右手持卷而微微斜下，从书卷上能目睹的刻字看，可知这是朱子的那首著名的诗《观书有感（其一）》。在朱子雕像身后，则刻着一摞摞厚厚的线装书，有些书躺着放，有些书立着放。从立着放的书的封面看，是《四书章句集注》《近思录》《延平答问》《易学启蒙》《孝经刊误》《楚辞集注》等一系列朱子的经典之作。再往后，便是一座山，名叫文公山。朱子雕像就这样安然地背靠着文公山。

雕像整体洁白、高大、挺拔，背靠山，从雕像辐射出去，即见一片广阔的平地，平地上种满了荷花和水稻，又有籍溪水从中流过，平地如圆一般形状，为山所包围，山又内外层层分明，指向悠远。从雕像，到荷花、水稻、河流、青山、蓝天、白云……整体都很和谐、静谧。虽然雕像十分高大，却不显突兀，自然景观与人文景观相得益彰，人徜徉于其中，心胸似乎也为之变得宽广。

朱子晚年，南宋发生了庆元党禁。当时，拥立皇帝有功的外戚韩侂胄为打击政敌，以"道学"的罪名将朱子打成"逆党"，连《论语》《孟子》都一时成了科举考试不能引用的禁书。其时，朱子身患重病，却仍以惊人的毅力完成了《周易参同契考异》《楚辞集注》等书，到庆元六年（1200）三月，病情加重，他仍在修改《书经集传》的书稿，并为弟子讲太极图义和《西铭》。在他生命的最后三天，依然在修改《大学·诚意章》。三月九日午时初刻，朱子逝世。当时他依然是朝廷压制的"逆党"，但很多人惊悉其逝世，在家中设位哭祭，到了十一月，不顾朝廷禁令前往送殡者多达数千人，好友辛弃疾更是千里迢迢赶来并撰写祭文。

对于朱子，自不乏崇仰者，当然也有一些人对其有贬意，或以捕风捉影的私德讹闻损之，或以后世形成的官学流弊诋之。早在庆元党禁期间，朱子就受到了诸多抹黑。但其实，看看朱子晚年面对如此大的迫害，他在做什么；看看朱子逝世后，到底是哪些人来为他送殡，很多争论自可迎刃而解。辛弃疾与朱子交情甚深，在他的《酬朱晦翁》中，就写道：

> 西风卷尽扩霜筠，碧玉壶天天色新。
> 风历半千开诞日，龙山重九逼佳辰。
> 先心坐使鬼神伏，一笑能回宇宙春。
> 历数唐尧千载下，如公仅有两三人。

尤其是最后一句"历数唐尧千载下，如公仅有两三人"，更是将朱子推为千古以来第一流人物。以辛弃疾的耿介性格，若非真让其信服，不能出此称许。朱子也对他甚为赞赏，说是"卓荦奇才，疏通远识"。他们还一起同游过武夷山，泛舟九曲，相互应和而作《武夷棹歌》，传为美谈。历史发展总会有一些烟云，但只要这颗心还是向道的、光明的，烟云就不会永远遮住你的眼，你会发现烟云之外那太阳，一直散发着和煦的光芒，与你心头的光遥相呼应。在看到朱子雕像时，我第一眼的感觉，便是觉得这雕像刻出了朱子经历了诸多苦难后的刚毅、坚贞与挺立，令我印象极深。

我对逝夫兄说，昨天我们拜谒的朱子墓所在地，整体的气是往内聚，如同其肉体生命之安然归于天地；而朱子广场的气则是往外散，广阔平实、圆融饱满、层次分明，如同其精神生命之穆然注入历史，成为一种源头活水，不断滋养着后人的精神生命。逝夫兄甚是赞许我的这番体会。那时，阳光和煦，离开时禁不住又回头看一眼朱子雕像，静谧中似乎能感受到这雕像是活的，层层远山，一层层如波心之水荡漾开去，朱子的精神，也如此在历史中一层层荡漾开去。

离开五夫镇，我们前往第三站，也是寻访朱子遗踪的最后一站——武夷精舍，精舍坐落于武夷山天游峰下。在密密的树林中行走，拐过一座桥，便看到一条宽阔的溪流，上面还有游人坐着竹排顺流而下，此水就是著名的九曲溪。往桥下望，溪水甚清。阿羽喊着说，快看快看，在溪的一处角落，聚着好多条鱼，密密麻麻！他说他认得这些鱼，语气中流露出融融的喜悦。往四边望，周围的山也甚是独特，多似一块块巨石天然形成，其上还镌有各种摩崖石刻，奇中不失秀，秀中又藏有雅，自然与人文融合得十分好。望着这些山，心头不禁赞叹天地造化的神奇！恍然便飘入古代，畅想朱子及其弟子来此精舍而走进武夷山时，他们是否也有如此之叹。

沿着桥继续往里走，不一会就到了武夷精舍。在精舍门外，立有朱子讲学的铜像，我们很自然就到跟前行礼。这时，旁边有游人看到了，其中一位好奇地问：你们为什么这样行礼？我就把原因告诉她，她听完觉得很好，也想这样带她的女儿向朱子像行礼，于是我们就教他们一些动作。两个大人带着一个小孩，便开始恭敬行礼，令人看了不由欢喜。

武夷精舍是朱子在淳熙十年（1183）所建，著名的《四书章句集注》就是于此完成。走进精舍，尚能看到的当年遗迹，只有两段清康熙年间重修时留下的夯土残墙，被作为文物保护起来。大部分建筑都是2001年复建的，但白墙、青瓦、红檐，挺有味道！里面有关朱子、精舍及理学的一些介绍，资料都很详尽，建筑设计也颇合精舍的要求，在仁智堂中，还有当时的师生塑像，栩栩如生。其中朱子站在讲席一边，正绘声绘色地讲课，身后即是一幅吴道子所绘的孔子像。两旁各有桌椅相对摆开，也有一些听课学子的塑像落错置于其中。仁智堂颇为安静，这期间除了我们，没有其他人来。我们一一地向朱子像行礼，然后在旁边的座位上找空位坐下，除了几处是学子塑像，剩下的空座位刚好够我们七个人坐下。在我前面，即是一位当年学子听课入迷的塑像背影。渐渐地，我也入迷了，好像听到了当年朱子讲课的声音，好像眼前这一尊朱子塑像活了起来，眼泪忽然就流下来。此前，我去过白鹿洞书院、岳麓书院、鹅湖书院等地，徜徉于古香古色的书院讲堂中，却没有今天这样强烈地感受到那种讲学的氛围。忽然在我脑海里很强烈地闪出两个字：传道！这里在做的最主要的事，就是"传道"！让你回归本分，在日用中做修身工夫，接着打开眼界，去发现天地，以虔诚之心，体证自己与天地在本性上的贯通，一步一步，将自己置于其中，共天地为一体。在我们中国古代，那最核心的"魂"就是依此存在，那一个个人对生命的信念乃至信仰就是依此建立，那活泼泼的对天道人性根本的探求就是依此深入。但这不是假借概念性的解剖，而是把自家生命完全投进去，去发现本存于天道人性里的庄严实事。

慢慢地，我感受到身上的担子开始更重了些。

在精舍中，我看见朱子的一些书法拓片，很是喜欢，其中有一幅字是"涵养天机"，最喜欢！字写得好，内容也意蕴丰富！后来，有一天我对此有了更真切的体会，便写了一首七绝：

> 云卷江流日照山，天机涵养对清颜。
> 浮尘扫尽归心海，鱼跃鸢飞在此间。

"涵养天机"四个字，放诸武夷山水之间，会让人感受更深。儒家所体证到的天，充满了无限活力，天地万物，连同人性根本上的恻隐之所现，都是在此生生不已之天的化育中。故所见皆光明而灵动、实在而通透，云卷江流、旭日高山，而鱼跃鸢飞，在极度的广阔里尽是生机，如《中庸》所言："万物并育而不相害，道并行而不相悖。小德川流，大德敦化。"天地如此，人性同样如此。所以心如天海，也可"溥博渊泉，而时出之"，呈现出生生不已的气象，充满了无限活力，自与外在的天地无别。人体会到这根本，自然会长养其好生之德，与天地和谐相处。这也便是融合了纵向与横向两个层面的"天人合一"，说其深远也深远，说其浅近也浅近，端在有真实的生命体验。几年前，我去鹅湖书院参访时，就看到书院中有一副对联较好地诠释了这种内外合一：

> 鱼跃鸢飞，斯道由来活泼泼；
> 锦明水止，此心本是常惺惺。

虽然这副对联对此或未讲透，但已略见生生之本。这也并不是到朱子才提出，孟子已有存"夜气"之说，及善养其浩然正气的真工夫在，由此而有

"万物皆备于我矣，反身而诚，乐莫大焉"的真切心性体证。孟子实有诸己，但还未完全道破，朱子所示的"涵养天机"即与此同而更加十字打开。"天机"在天，也在人，内外两层而不隔。于此所下的工夫入手，即在"涵养"二字，此则径承孟子的工夫入路而来。

离开武夷精舍，围绕朱子进行的在福建的拜谒之旅就此结束。这两天，从朱子墓园，到朱子故里五夫镇，再到位于武夷山的武夷精舍，我们一一寻访了其遗踪，我内心也感到与朱子更贴近了些。在我家乡附近的小山上，留有一段关隘遗址，上嵌石匾，题"同民安 朱熹书"，此次参访几处朱子纪念馆，我就多次看到这段关隘的照片，那一刻，内心止不住地感到亲切和自豪。当我长大后不断走向弘扬儒学之路，可能也有从小就冥冥之中种下种子的缘故吧！

二、象山先生

说到朱子，即不得不提当年与朱子双峰对峙的另一位大儒：象山先生陆九渊。在很长一段时间里，相较朱子，我更景慕象山。一部《陆九渊集》，对《孟子》从文句到义理，都运用得十分自如，透入骨髓，真如他所言："因读《孟子》而自得之。"故其学径承孟子而有本，堂庑甚大，直指本心。在象山墓前，立有一块石碑，刻着先生说过的一些话，题为《象山先生言论简辑》，内容力道十足：

> 宇宙便是吾心，吾心即是宇宙。宇宙内事乃己分内事，己分内事乃宇宙内事。六经注我，我注六经。道外无事，事外无道。宇宙之间如此广阔，吾身立于其中，须大做一个人。天地人三才等耳，人岂可轻？人生天地间，如何不直立？收拾精神，自作主宰！人皆可以为尧舜，自立、自重、自得、自成、自道，不可自暴、自弃、自屈。人要有大志，常人汩没于声色富贵间，良心善性都蒙蔽了。凡事只看其理如何，不要看其人是谁。学能变化气质，小疑则小进，大疑则大进。既不知尊德性，焉有所谓道问学？

句句打入心底，读起来直令人精神振拔！当我对朱子有了更多了解，发现朱子也有其在"道"上的高明之处。无论是朱子，还是象山等先贤，其学所归都在求道，念念都在如何对道有更深的体证，并据此以传道。故无论是有意成书而传世的朱子，还是无意成书而自得的象山，他们的书里都有融融的生命力，都有一股气，这气里有他们的切身体证，让人读起来总觉得字里行间还有很多沉甸甸的东西。只是很可惜，这样一股气，在今天学人的很多著作中都断了，只剩冷冰冰的推理分析，没有了自己，也容不得有自己了。

象山墓在江西金溪县陆坊乡陆坊村青田桥旁的东山岭上，与其隔得很近的，是其兄长梭山先生之墓。梭山先生，即陆九韶，象山四兄。陆家一共有六兄弟，依序为九思、九叙、九皋、九韶、九龄、九渊，都颇具学识，卓有成就，其中九韶、九龄、九渊三兄弟的成就尤为突出，被誉为"金溪三陆"。梭山与复斋（九龄）之学对象山学问的形成甚有助益，清代全祖望就称："三陆子之学，梭山启之，复斋昌之，象山成之。"三陆学问都做得很好，在当时都颇具声誉，且与朱子等人多有往来。南宋时期即有人为三陆建祠堂，后来临川郡守叶梦得等人又进行迁移并扩建，还请象山弟子包扬之子包恢记其事，包恢于是写了《三陆先生祠堂记》，盛赞他们各自的学问。

当天，我们的车刚一拐进村口，便看到村口立着一座宏伟的石牌坊，牌坊雕工甚细，四柱齐立，直指云天，又有流檐飞脊、斗拱花翅，其正方镌有"百世大儒"四个大字，书法沉雄峭拔、颇见筋骨，一股厚重之气扑面而来。仔细端详牌坊两旁柱子上的楹联，不由拍手叫好：

　　术开一派，能以姓名作冕，天下迄今有几？
　　学贯九渊，敢将宇宙为心，域中旷古无人！

上联讲象山开创心学，成为中国儒学史上重要的一环，心学又因其而称为"陆学"，直以先生之姓为冕，学能至此者，天下迄今寥寥无几。下联讲他的学问气象，通吾心与宇宙为一，化用其名言"宇宙便是吾心，吾心即是宇宙"。对联充满了对象山的赞誉之情，将他那独立不倚、自信不疑、融贯不隔的生命气度淋漓尽致地呈现出来。此外，牌坊的另一面还有一副对联，讲得更加透彻：

> 学苟知本，六经皆注脚；
> 事属分内，千圣有同心。

这副对联化用了象山名言，浑然一体，不见凿痕，有很深的启发性。

一路上，村里没什么人，遍处的青瓦青墙流露着村庄建筑的独特韵味。绕过一座小桥，走进密密的竹林，又踏上山路，转过一个弯，便来到梭山墓前。梭山墓属后来修葺，墓碑比较新，整体构造也与普通人家的没多少区别，但墓前插香用的鼎显出不一般的厚重感。我们陆续向先生跪拜行礼。墓旁树林茂密，有几根竹子高大挺拔，颇引人注目。梭山律己甚严，昼之言行，夜必书之，又勤于治家，将训诫之辞编为韵语，清晨击鼓率众而诵，如其言"听听听听听听听，劳我以生天理定。若还惰懒必饥寒，莫到饥寒方怨命"，甚切日用之行。其实，古来儒学便是通过一位位像梭山这样的人，深入到民间，而起过化之功。他也抓到了儒学一个重要面向，即"通经致用"：用出来，通出来，通向现实人心，不离自家生命，也不离当下生活。如此，儒学才"活"，才不致只是成为纸上学问。

拜完梭山墓，我们便踏往拜象山的路上。一路山林幽静，小路曲折，层层上升，到最后几级台阶上去，便看到了象山墓。墓碑所立年份较新，字写得不错，能隐约透显出象山的风度，但石碑上写着先生是南宋的哲学家和教育家，让人读着总觉得奇怪，似缺了点魂。在象山墓前，与梭山墓一样，都置有一樽插香用的鼎，颇显厚重。墓前相对立有两块石碑，一块刻着先生的生平介绍，一块刻着先生的言论简辑，还立有两根石柱，上刻着对联。整体以象山墓为中心，微微向外开张，简朴中又甚有气象。

从梭山墓到象山墓，我们拜了一回，吃过午饭，念念不舍，又回来再拜一番。当再次拜完象山，我们望着先生的墓碑，若有所思，而略做交流。象山、梭山已经成了这深厚文化土壤重要的组成部分，滋养着如今我们所知道

的那些人物的生命。而无论是朱子，还是象山，在他们背后又有无数光辉的人物在成就他们。我们来拜谒朱子、象山等人，也是在拜谒这深厚的文化土壤，让自己的生命，由此与他们有更紧密的联系，让这文化的生命，因我们而继续绵延下去。

三、胡文定公及五峰先生

离开江西，踏入湖南地界，我们首先去拜谒的便是文定、五峰父子合葬之墓。其实，严格上说，还得加上文定公之妻刘氏，他们夫妻二人及其子五峰先生合葬在一起。文定公，即宋先贤胡安国，谥号文定，后世即以此称之。文定公早年曾拜二程弟子杨时为师，后来在湘潭隐山与其子五峰共办碧泉书院，授徒讲学，影响后世极深远的湖湘学派即由此慢慢形成，可谓湖湘学派的奠基人。文定公之子胡宏，因其长期寓居湖南衡山五峰下，人称五峰先生。先生早年也曾师事杨时，又受父命拜侯仲良为师，但终则志在传其父之学。文定公毕生致力研究《春秋》学，历时三十余年著成《春秋传》，该作与《四书章句集注》并重学林，影响了后世几百年的《春秋》学研究。五峰著有《知言》，被其弟子张栻誉为"其言约，其义精，诚道学之枢要，制治之蓍龟也"，该著作的问世标志着湖湘学派思想理论体系的成熟与定型。湖湘学派由文定公开创，经五峰而完成，其实事求是、经世致用的品质尤为突出，不断涵养着后来的湖湘文化，由此涌现出诸多重要人物，如近现代的曾国藩、谭嗣同、黄兴、杨昌济、毛泽东等。文定公原非湖南人，他出生在建宁崇安，即今天福建武夷山市，后来迁居到湖南来，以后终生都在湖南著《春秋》，推行教化。在文定、五峰父子墓上，有两处碑文，一处碑文说："闽江生出到湖南，学问渊源不等闲。秉笔大书千载史，春秋留给后人看。"意即指此。另一处碑文说："放学三湘恋地形，碧泉驻迹讲诗文。潭州开派分枝秀，留得声名到此今。"讲的便是文定、五峰父子讲学于碧泉书院之事。潭州，即当时书院所在之地。除了这两处碑文，墓碑边还有一副大笔畅书的对联，无论从书法还是内容上看，都极有气度：

　　秉春秋大义；

　　葬天下隐山！

　　隐山，传言是濂溪曾在此隐居讲学而得名，文定、五峰父子便安葬于此。墓碑刻有"始祖胡公文定老大人、母刘氏老夫人之墓，二世祖五峰公附墓"等字样，上方还刻着太极图，气韵颇显不同。在文定公及五峰逝世后，此墓园曾得到当时皇帝的诏令而修葺，然而当我们这次来拜谒，墓冢上却荒草丛生，略显荒凉，不免令人感到心痛。

　　逝夫兄去年就曾来拜谒过文定公及五峰，说那时见到的墓冢，比现在更显荒凉。想起二人作为湖湘学派的开创者、奠基者，功业甚伟，影响颇深，如今墓冢却荒凉至此，真让人唏嘘不已！造成这种情形可能有种种原因，不尽为我所知，但我清楚的是，心头这种痛更多是出于对文定公及五峰的崇敬，并希望他们到今天仍能受到后人的了解与瞻仰，让他们所开创的湖湘学派，依然可以散发出活的力量。五峰在《知言》中就说："义理，群生之性也。义行而理明，则群生归仰矣。"人本有此向善的义理之性，唯有本此广开教化，循理而明，依义而行，人的内心才可能得到真实的安顿。

　　文定五峰墓园颇开阔，墓冢由高大的松树三方围绕，墓前是一处方正的平台，甚为宽广，平台一边还修有一座较为简陋的亭子。从平台下去，两边是水泥铺成的阶梯，中间种满了各种树木花草，这样沿山势往下，到山脚，过一座小桥，便是一条宽敞坦直的大路，路两旁都种满了莲花。大路尽头，直对几棵参天古树，其中有一棵传言是在濂溪手植之树的母株中再生的。虽地方偏远，但整体格局颇好。古树一边有效果图，显示这里原本要打造成古树文化公园，只不知为何后来没有落实。效果图中还显示当有文定公的高大雕像立在山脚，甚是壮观。

　　当我一步一步从山脚沿着阶梯往上跪拜，时而会感受到阶梯上的沙粒尖尖地扎进膝盖鲜血溢出时的刺痛，但内心却感到很平静。对于文定公及五峰，我先了解的是五峰，因为大学时我喜欢读牟宗三先生的书。牟先生在其《心体与性体》中，认为宋明儒学可分为三系，从伊川到朱子为一系，从象山到阳明为一系，从五峰到蕺山又为一系，由此我即知五峰其人。他讲五峰的学问规模：

> 五峰倒却是承北宋前三家而言道体性体，承由《中庸》《易传》回归于《论》《孟》之圆满发展，即承明道之圆教模型，而言以心著性，尽心成性，以明心性之所以为一为圆者。明道只是圆顿地平说，而五峰则先心性分设，正式言心之形著义，以心著性而成性，以明心性之所以一。

又言：

> 此一系统无论是"以心著性"一面，或是"逆觉体证"一面，皆是直承明道之圆教而开出。宋、明儒中最后一个消化者刘蕺山亦是此路。

故在牟先生眼中，五峰学问自有其能与宋明第一流大家鼎足而立的高度，在《圆善论》中他再次称赞道："一本同体是真圆，明道五峰不寻常。"说"真正圆教（所谓同教—乘圆教）则似当依胡五峰'天理人欲同体而异用，同行而异情'之模式而立"。牟先生智解能力极强，他对五峰如此推崇，更引起我想去深入了解其学问的兴趣。

逝夫兄说他今年来拜谒文定公，心中有愧，因为他正在点校文定公的《春秋传》，但还没有点校完。他的话令我内心深有触动。其实，做学问有时更重要的不是面对一堆文字和概念，而是面对这背后那一位位先贤的心，我们是否读懂了，是否生出了一份柔软的体贴之意，去体贴他们的志气、真情、慧思？因为这些文字，更多是从他们的生命里流出来，融入了他们对时代的关怀。如文定公作《春秋传》，也在史事中寓其爱国之情。解析性地了解先贤学问的方式在今天或许不缺，更缺的是一种体贴性的了解。这其实正是中国传统治学的一个重要方式，霍韬晦先生曾称之为"体会的方法论"。从霍先生对其师唐君毅先生那里，我嗅到了这样的气息；从逝夫兄对文定公那里，我再次嗅到了这样的气息。

四、船山先生

船山先生是宋明先贤中，第一位让我的生命有很深触动的人。从他那里，我对"慧命"开始有了一些真实的体证。犹记当时是在初中历史课本上，我无意间翻到了有关船山的那一页，其中竖排印有两行黑体大字"六经责我开生面——王夫之"，那一刻，生命中顿时涌动着一种说不清的震撼，久久不能挥去。从此，"六经责我开生面"这句话深深烙进了我的生命，似乎暗中一直指引着我的人生方向；从此，"王夫之"三个字令我印象极深，我对他开始有了一种莫名的感情，总时不时就想念，好像我很早就懂他似的。

王夫之，明末三大儒之一，因其后来在衡阳石船山下著书立说数十年而终，故世称船山先生。曾经，熊十力先生在《十力语要》中说："凡有志根本学术者，当有孤往精神。"并以船山为例，言："船山正为欲宏学而与世绝缘。百余年后，船山精神毕竟流注人间。"船山这种孤往精神对我震撼极大！其自题中堂联道："六经责我开生面，七尺从天乞活埋！"担当、自信、高洁、贞守、悲愤……都可以直接从文字里喷出。后来，我改其下联的几个字，融入《易经·坤文言》的义理，而言"六经责我开生面，七尺承天乞时行"以自勉。如今，船山学已蔚然成为一大学问，我手头藏有一套厚厚的《船山全书》，正想找时间也来系统了解船山学问。在这之前，船山精神就对我已影响很深、很久了。

记得有一次读今人对船山学的论述，顿时气鼓于胸，先生刚正博大、幽深学广的形象忽就闪现在眼前，不禁抖笔拟了一副对联以诉心声：

年少惊读，六经责我开生面，心叹言者何人，情通万古，气盖乾坤，震雷要凭南岳起；

既冠执教，七尺承天乞时行，学归孔门之道，孺慕先贤，私淑诸圣，大木欲栽姜斋从！

从当年刚读到"六经责我开生面"这句话，到现在二十多年了，但这一份情、这一份向往却始终没有变，反而随着书读得越多、遇到的这样的人越多，而更加清晰、笃定。

所以，这一次拜谒宋明先贤之行，对我而言，最期待的就是去拜谒船山。拜谒船山的过程，却也是这当中最艰难的。从山脚到山间，离船山墓并没有很多级阶梯，但每一级阶梯的石头都不平整，如乱石穿空，一跪下，就不只是像在文定、五峰父子墓鲜血溢出那么简单，而是想跪直都痛苦难耐。在这痛里，我也暗暗回顾着先生的一生。在那一个高压的时代，清政府厉行剃发令和文字狱，他依然以明朝遗民自居，"清风有意难留我，明月无心自照人"（船山联），傲骨嶙嶙，不与苟同，守着明朝时的发饰，更守着中国文化的命脉，矢志著书，不仅学问渊博，更是见识深灼，虽当时很多著作因时代环境不能印行，但几百年后，经后人整理，依然收集到七十多种。清代沈葆桢曾题了一副对联在台湾的郑成功庙上，实则以此对联称赞船山，也不为过：

> 开万古得未曾有之奇，洪荒留此山川，作遗民世界；
> 极一生无可如何之遇，缺憾还诸天地，是创格完人！

郑成功是到台湾开创遗民世界，而船山是将此遗民世界，留在他浩繁的著作中，留在他邃邈的精神世界里。数百年后的今天，我们又将如何秉承他的精神，将这样一个世界，带回中华大地？这正是我们这一代人的责任。

不知不觉，就拜到船山墓前。谁想先生一生悲壮，到他墓前，却感受到异样的清凉！这种清凉不只是一种心灵的体验，在现场你确实能感受到一阵阵清凉沁透你的身体，又不像是有风，却让你一下就放松了下来。周围静静的，一棵棵树都笔直独立，高耸入天，确乎不可拔而有着一股群体性的精神气。但没有了那一种悲壮，静穆中洋溢着淡淡的安详。满眼都是绿，一晕晕清爽的绿。在翠绿的环抱中，便是先生的墓冢，旁边还有其妻郑氏及其儿媳刘氏的墓冢。三处墓冢都呈长条形，并不大，由土堆成，靠得比较近，但没有连在一起。墓冢后面三块嵌在围墙里的汉白玉碑十分显眼，中间碑刻"伟大思想家王而农先生之墓"——"而农"即先生之字，两边碑刻各刻有先生的自题墓志铭及后人对他生平的简介。在墓围立柱的红石上，还分别刻有三副对联，最外一副是："前朝干净土，高节大罗山。"大罗山，即船山墓所在之地。再往内一副是："世臣乔木千年屋，南国儒林第一人。"上联化用了孟子的一句话"所谓故国者，非谓有乔木之谓也，有世臣之谓也"，即赞先生对家国的忠诚之心。最内对联是："自抱孤忠悲越石，群推正学接横渠。"此则化用船山的自题墓志铭。整体墓园与这山林似已浑然一体，船山就像一个平常老者，安详地躺在这里。我们也于此久坐，感受着这一份清凉和静谧。

在船山墓园右下方，有一棵大树，跟山林中的树一样，都是笔直独立，高耸入天，而这一棵最为粗壮。我特地绕到树旁，贴着树往上望，又伸开手抱了一下，感受着树的气息。那感觉，真难忘！仿佛此树就是先生，让我瞻仰，让我去感受他的生命。在贴着树上望时，我看到厚实宽广的树皮似一直绵延到天空，又从各个枝丫处吐出一丛丛绿，好像先生这样的人，正以毕生的精诚努力，托起我们民族文化的新生命。当抱紧时，又感受到他们似化去了一切悲愤，只剩下沉稳、笃定、溥博，这样静静地，立于天地之间。

船山先生，在此！

湘西草堂是船山晚年的隐居地，他在这隐居了十七年，因其坐落于衡阳湘江之西，船山又题联"芷香沅水三闾国，芜绿湘西一草堂"，故名湘西草堂。先生晚年大部分的著作，如《张子正蒙注》《读通鉴论》《宋论》等，即在此写成。

车刚拐进湘西草堂所在的湘西村，周围都显得很平常，山也不是很高，像圆圈一般环合着，稀稀落落有些屋子散布在山脚下，村里走动的人也不多。我没有看到石船样子的山，也没有看到湘西草堂。后来逝夫兄指着一大片平地中央密密的一丛树林跟我说，湘西草堂就在那里，我觉得有点不可思议。

吃过午饭，我们便到这树林里去参访草堂。在树林旁边，是满目迎风招展的荷花，在阳光下显得格外有生机。走进树林，不几步，便看到一座青瓦白墙的民房，这便是湘西草堂，从外粗粗一看，还真觉与一般民房没什么区别。靠上去，门口挂着两副对联，大门上的横匾直书"湘西草堂"四个字，颇有秀逸之气。跨进大门，只见厅堂又窄又长又高，正面挂的是船山全身坐画像，穿戴都是明朝服饰，画像两边便是著名的对联"六经责我开生面，七尺从天乞活埋"，书法苍劲有力，再两边则是两幅木刻画，一边画梅，一边画竹，其隐喻一见即知。在船山像上方，悬有一块巨大的横匾，黑底金字，贴着屋顶顺势微微倾斜，上书"岳衡仰止"四个大字，及数行小字。厅堂两侧墙上也相对地挂了八副对联，整齐罗列，由内而外有序地铺开。这整体形成了一股强大的气场，让人一踏进来，不禁就顿生恭敬景仰之心。我们一一朝船山像行了跪拜之礼。

我跪拜完，转身走进厅堂右边的书房。书房里用展示柜展示了先生的一些书，墙上挂有他的家族世袭表、著作年表及行迹图。书房另一角，靠窗摆了一排书架，书架前是一副桌椅，桌上置有笔墨纸砚。没错的话，船山晚年那些著作就是从这里诞生的。椅子上没有人，但我似乎感受到他就坐在上面，于是朝向这椅子，也行跪拜之礼，眼圈渐渐红了。对望着这椅子，我跪了许久，心头满是感慨！好像一下子回到了几百年前，看到年老的船山正在这里奋笔疾书，眼神中充满了刚毅与睿智。窗外，则是风雨交错，电闪雷鸣。先生应该知道，他用生命写下来的这些书，真的很难传出去，"活埋"的不只是他这个人，他的书可能也会被"活埋"，然而，他为什么还要继续这样写？国破家亡，满腔的热血，却终是报国无门！当千里迢迢跑去偏安一隅的南明小朝廷，想继续拾起报国的那把剑，最终还是为内部的尔虞我诈所失望而离开。离开了之后，又该到哪里去报国？问天无语。回去的那路上，他一定经历了心灵上很大的阵痛，这阵痛，痛了一路，甚至痛了一生！瘦弱的身躯里，却由此撑出更远大的志气，于是他的生命不再属于自己，而属于那心中的中华！这一刻，不需要清政府，也不需要死亡，他早就把自己"活埋"了，他与他的明朝和中华文化共存亡。明朝，真的亡了，他只有以遗民自居。但中华文化呢？他说，他听到了，文化在呼唤他，让他这瘦弱的身躯去担当起继续往前开创的使命！——"六经责我开生面"！于是，他更加刻苦地写，写写写，将心头的浩叹写出来，将心头的睿智写出来，将心头那直欲与千古倾诉的悲愤写出来。纸写没了，墨写干了，笔写秃了，种姜卖姜换点钱，再添点纸墨笔继续写。写写写，写写写，写出了中华文化的生机，写出了仁人志士的奋起，也写出了他那不死的慧命！几百年前，他就是这么普通的一个人，甚至还要受到一些无情的迫害。但他已不怕！"埋心不死留春色，且忍罡风十夜霜！"（船山诗）黑夜，似乎罩住了他，他也不知道这黑夜什么时候才是尽头。窒息！不过，他顶住了，他有更坚韧的毅力，有更灼邃的巨眼，虽然只有七尺瘦弱之躯，体内却孕育着邃邈的精神世界。这世界，足以成为一座高山，让人不见则已，一见就不禁要去深情地仰止！于是，数百年后，一条不大的裂缝，让后人发现了他的一寸光，而继续将这裂缝撕开，他那被"活埋"地下数百年的万丈光芒，一下就照得人快睁不开眼，船山学由此成为一个抹不去的存在。

在草堂里，跟在船山墓前一样，都有一股说不清的清凉阵阵涌来，当我回到厅堂，坐在大门的门槛上感受，更是强烈。这似乎不是自然性的凉爽那么简单，里面有着一股特有的气，这气纯而厚、清而逸、润而透，仿似经历了大波澜之后的平静，看尽了万水千山，终归舟上渔父的那一声欸乃。这种清凉，在这次拜谒先贤之行中，就属这里最强烈，而且是从身体到心灵，都能感受到的强烈。强烈，因为里面的沉淀很深，但触到人身上，却是这般自然！真想久久坐着，就这样坐着，不愿离去。那一刻，也不需要想什么，而且很自然地就不会去想什么，只是静静地在感受。

走出草堂，到周围转转，从左侧绕过去，看到一处雕像，雕的正是年老的船山种姜的情景。再往上走，见有一座亭子，亭子旁还有一处雕像，雕的是他递茶给一个小伙子喝，一对母子看到了，也赶过来。这亭子名"莫急亭"，传言船山就是在这里给路人免费送茶，让他们"莫急"。这时，不禁让我感叹先生作为一个平民也有其生活情致。再往前，指示牌说是有船山弹琴处，但过去寻找，却什么也没有。想起在草堂书房中就看到一张无弦的古琴，估计可能出于什么原因，并没有呈现先生弹琴的情景。然而我却看到一株极老极粗极长的古藤，真像一条巨龙，一直盘到了很远一棵树的树尖上。后来才知，这就是船山所称赞的"藤龙"，已有四百多年了。先生晚年的生活，它也完全看在眼里。我摸了摸古藤，并贴耳上前，想听到一些古老的讯息。又在古藤下坐了一会儿，望着不远处的草堂，偶尔也望一望头上的古藤，静静地感受着，好像数百年，就在昨天。

我来了，你不在。

我来了，你似乎还在。

五、濂溪先生

濂溪先生在我记忆中，最早就是《爱莲说》的作者周敦颐。其实，濂溪还有两部重要著作——《太极图说》和《通书》，这两部著作虽篇幅不长，但字字珠玑，且由此奠定了他作为宋明理学鼻祖的地位。后世黄宗羲在《宋儒学案》中说："孔、孟而后，汉儒止有传经之学，性道微言之绝久矣。元公崛起，二程嗣之……若论阐发心性义理之精微，端数元公之破暗也。"元公即濂溪的谥号。之前我对《太极图说》和《通书》只是泛泛而读，有些内容读不太懂，后来读了逝夫兄的《生命之生与生命之命》，其中有对《太极图说》部分内容的释义，读起来令人印象极深，也由此更敬佩濂溪，他真有不一般的巨眼慧力，能照彻宇宙人生的真实！故著书或不在多，一点莹透，即有永世之光。像先生所有著作加起来，不足万字，但其中一些重要著作，却足以列为儒家经典，让人仔细一读，整个生命都为之一振！

一行人来到位于江西九江的濂溪墓园所在地，穿过一座桥，看到一座石牌坊，上书"宋元公濂溪墓园"七个字。从牌坊看过去，墓园大门还没有开，我们便到旁边的濂溪雕像瞻仰、行礼。雕像整体甚为洁白、高大，先生一手背后，一手持卷，目视远方，颇有深邃空旷之意。底座方方正正，四面都刻着字，正面刻着其生平简介及雕像捐赠者周晨之的简介，左右各刻着《爱莲说》和《太极图说》，背面则密密麻麻刻着出资修葺整个濂溪墓园的人员名单。他们都是濂溪后人。看着这密密麻麻的一串名单，不禁感叹：先生作为宋明理学的鼻祖，其慧命的传承者层出不穷，其生命的传承者也是瓜瓞绵绵。我们不是先生生命的传承者，但作为先生慧命的传承者，对先生的崇仰之意不在其子孙之下，况且我们是更纯粹地读先生的心，在传承他用毕生生命凝聚成的学问，并志于让这一种学问，到现代依然能继续活泼泼地发散出其动人的光芒。

拜完濂溪雕像，转身再回到石牌坊处，墓园大门还没有开，但逝夫兄已开始跪拜了。逝夫兄对濂溪有着别样的情感，景慕之情浓得不可化。他曾多次梦见先生讲学，且愿移居九江，靠近先生而讲学著书。看着逝夫兄恭敬跪拜的身影，我们也开始跪拜。当逝夫兄跪拜到大门处，大门恰好打开了，我们便这样一步一步拜进去。偶尔有三五个游人进来，见我们一行人这样跪拜，或觉奇特，拿出手机拍照，但我们并不在意，继续拜下去。面对先贤之墓，也许没必要跪拜，也可以如他们那样走过去看看就回去。但我们并不是来旅游，不是来看个新奇，我们懂得躺在这墓里的人物的分量，对他们怀有一份深深的敬意，这份敬意弥漫在我们的身心，让我们不由得想用行为表现出来。反过来，当我们用这样的行为来对先贤表达我们的敬意，先贤与我们仿佛更近了，他们就像我们的父母一样亲切，成为我们心头那永远的挂念。这一点，逝夫兄体会极深，每到一个地方拜完先贤，他总想回去再拜一下，像子女面对父母一般，内心孺慕不已，直直洋溢出来，感动着我们。

拜进墓园，拜过一座小拱桥，便是一级级阶梯不断往上升。沿着阶梯不知拜了多久，忽然一抬眼，便看到濂溪墓碑正中大写两个字——"道脉"，心头不禁一颤！道脉在此，我们溯洄从之来寻找道脉；道脉在此，我们满怀虔诚来接上道脉；道脉在此，我们放下自我来融入道脉。道脉就像源头活水，从濂溪那里，流到我们这里，在磕头的一瞬间，这水就流进了我们心中，细细感受，是这般庄严，又是这般自然。我想当初先生也是这般接上了道脉，那隐伏的中国文化的道脉，就这样流入他的生命里，化成了《太极图说》和《通书》，化成了他那光风霁月的人格，并由此成为道脉的一部分，继续流向后世，流向我们。由此道脉上溯，我们溯到了先生，往上又溯到了孔、孟，再往上又溯到了禹、汤、文、武、周公，更往上又溯到了尧、舜、炎帝、黄帝，乃至伏羲。这道脉里有他们的气息，有他们的智慧，也有他们对我们的期待，悄然无声，又似洪钟大吕！中国文化这几千年来的灿烂发展，道脉在里面默默滋养着；中国文化这几千年来的连绵不绝，道脉在里面不断相通着。故由此道脉而纵贯，即是千年的文化长河；由此道脉而横摄，即是各界的文化辉煌。道脉不会死，也不会断，其从隐伏到显扬，却得有一个个虔诚的人来"道成肉身"，道脉便由他们得到显扬，并大放光芒！他们也由此成为道脉的一部分，更滋养了这文化的发展。

终于拜到了濂溪墓前，正中并不是先生的墓碑，而是其母郑太夫人的墓碑，最为高大，"道脉"二字即镌刻在此墓碑的最上方。两侧略微低处，一侧是濂溪墓碑，另一侧则是先生之妻的墓碑，三块墓碑紧紧挨着，而与这三块墓碑紧密挨着的，还有两侧更低一点的石碑，上刻有濂溪画像等图样。盖当时是先生的母亲先葬，等先生及其妻逝世后，后人遵嘱将他们同葬于此。整体墓冢修葺甚为完好，垒石而砌，不生杂草，其后有弧形照壁，嵌有青石碑三块，分别镌着《爱莲说》《通书》《太极图说》，书法工整而秀美。

在我拜完先生，刚要走到一边，一只蝴蝶悄悄飞到我的后背，等我绕墓走时，蝴蝶还静静地停在我的后背上，后来不知什么时候才飞走。晚上吃饭交流，从逝夫兄那里，才得知这只蝴蝶也飞到过他的身上，等到在我前面的殿军兄和坤子来拜，蝴蝶也飞到过他们的身上，甚是奇特。这可能是偶然，不需要怎么惊讶；也可能是天地间有一种冥冥发着作用的力量，就像这道脉一样，值得我们敬畏。孔子说："君子有三畏：畏天命，畏大人，畏圣人之言。小人不知天命而不畏也，狎大人，侮圣人之言。"

濂溪墓园整体修葺得十分好，顺山势而建，除墓冢外，还有爱莲堂、濂溪祠、状元桥、亭子与莲池等，以墓冢的"道脉"处为中线，呈两边对称。其中最外一圈的白墙上，还依序嵌有数十块青石碑，上或刻有反映先生生平重要事件的画像，或刻有后人对先生及其学问的赞誉之辞，名单中不乏苏轼、朱子、阳明等人物。园内树木苍翠，高耸入天，颇为幽静。在这园内久久徘徊，或凭栏远眺，或漫步其间，真不觉就思入千载。

跟濂溪有关的濂溪书院，目前存在多所。据记载，自宋至清末，全国濂溪书院就有千所以上，数量仅次于各地孔庙。我们到湖南的汝城和道县，便见各自有一所风格迥异的濂溪书院。

先生曾在汝城为官，其治绩甚著，其间也写下了千古名篇《爱莲说》，汝城人民为纪念他，在此建祠纪念，后改为书院，故名"濂溪书院"。其最早兴建于南宋期间，目前所见者则为清嘉庆年间重建，整体建筑青砖黛瓦，颇有古风古色的味道。在门外有一个宽阔的广场，画着巨大的太极图，甚是壮观。一进书院大门，那斑驳的石梯即显示出它经历了无数的岁月沧桑，往里走，是一座四合院，濂溪铜像即立在内院中央，背后是希濂堂，其门两侧有对联：

> 窗前草木，原本自家意思；
> 池里莲花，确系君子情怀。

下联出处很明显，出自《爱莲说》，而上联化用了《二程遗书》中的一个典故：

> 周茂叔窗前草不除去，问之，云："与自家意思一般。"

茂叔即濂溪的字。先生之意，或即让窗前草任自生长，他也从这里去体察天地生生之气象。除先生外，其弟子明道喜观鸡雏，由此对生生之仁更有温暖的感受。《易经》言："形而上者谓之道，形而下者谓之器。"道器实不相分，道存于器，器载乎道，我们人本身也是如此。道不可见、不可闻、不可触，因为其不在器的层面，然由器进入，自可体会到道，关键在如何进入。濂溪之观窗前草，明道之观鸡雏，都是他们由器之一端透入道之大全的一种方法。

走进希濂堂，正中是濂溪画像，上有匾题"道学宗主"，两侧有联"学衍道源，德化苍生"，再外又有联"百王道统新吾宋，一代儒宗首此贤"，前方设有宗主之位，简朴大方间流露着一份庄严。在此堂中两侧，也设有四张座位，我便在其中一张坐下，细细感受，恍觉先生就坐在这宗主之位上，我则在一旁前来问道。从希濂堂出来，往四处走，书院的展室甚多，对先生乃至理学等方面都有较完整的介绍。在二楼靠大门处的展室，又有飘窗，直对窗外的绿荫，微风拂来，极是读书佳处。过程中，殿军兄读到一副对联，连连称好：

> 吾道南来，原是濂溪一脉；
> 大江东去，无非湘水余波。

这是清代王闿运所作，融入了典故，十分贴合，上下联都写水，将洛学、闽学等之与濂学的传承关系都写到里面，并有开有合，把道脉的流布体现得淋漓尽致。我看了，也不禁叫好！

同样也有这一副对联的，是在道县的濂溪书院。这书院也是兴建于南宋时期，现存者则是近年湖南省文物文博设计研究院根据书院原来的图纸恢复重建。如果说汝城的书院更像一处读书之地，这里就更像一处祭祀之地，整体建筑庄严大气，顺山势而上，左右开列。在书院大门外，也有一个广场，广场外是一片莲花池。广场两边，则各自排列了数位宋代理学大家及濂溪后人代表，中间画了一幅巨大的太极图，蔚为壮观。走进书院，虽然是近年重建，但大门颇有一股沧桑气，坐在门口乘一会凉，甚感穆然静谧。直对大门，即是一座先生的祠堂，门口横匾题为"万古儒宗"，进到里面，正中是一尊极高大的濂溪木雕，很有气度！祠堂本不大，四四方方，而屋顶甚高，故一进来，即让人感受到一种肃然。我们一一向先生像恭敬行礼。两边墙上挂有后人对先生的赞誉之辞，文句颇美，其中东莱有两句话令我很喜欢：

> 浩浩之气，岩岩之风。
> 其容肃肃，其度雍雍。

此语与黄庭坚赞"胸襟洒落，如光风霁月"有类似的风采。道县的濂溪书院整体设计古朴，甚有巍峨雄壮之势，不过相对而言，我更喜欢汝城的书院，觉其更适合读书。那里整体建筑虽没有这里高大，但如四合院一般，气内敛而润和，又绿荫环绕，或静坐树下，或捧卷窗边，或徜徉院里，都颇为惬意。

道县是濂溪故里，其故居就在这里。故居属后来修建，据管理员介绍，这里原来只剩下几段当年的石阶，现在建筑的大部分都是 2010 年仿造，所以看上去比较新。从出生算起，濂溪在这里生活了十五年左右。

走进先生故居，除了独特的建筑风格，以及一些老式的桌、椅、床，却不见有任何与先生有关的内容。虽然墙上挂着一些有关先生的介绍，但与整体建筑风格不太协调。靠近大门处的两旁屋子空间都较小，且紧紧闭着门，不知是做什么用。转了一圈，整体都挺规整，却没有找到厨房。后来问管理员，了解到厨房是在故居旁边，但坍塌了，还未修成，便没有去看。

故居确实是典型的湘南农村古式徽派建筑，看到门外的指示牌介绍才知，此故居为三间堂式，砖木结构，外围是青瓦蓝灰墙，内部是纯木结构。堂前为照壁、天井、六级石阶，正屋分三楹，中间堂屋设小神龛，左右厢房为居室。尤其让我感到有特色的是其屋瓦构造，在屋顶一侧，直接将屋瓦立起，紧罗成一排来当作装饰，可能也有挡水之用。但相对紫阳楼和湘西草堂而言，尚少了些场景还原，也缺乏有内涵的匾额、楹联等增饰。

记得濂溪早年有一个故事，说他十二三岁时，已读完"四书""五经"等典籍，能写出一手好文章，且有独特的观点。其父周辅成一次与他交流将来的志向，先生说其志不在为官，在以孔孟学说为本而融通百家，使儒学再开生面。此话让其父心头一惊！周辅成本身也是博学能文，志清行纯，先生年少即有此志向，或也有其父的教导之功。由此再观此故居，虽略显粗糙，但在此山水之中，有着一股掩不住的灵气。尤其是背靠道山，前对一大片莲花池，微风徐来，让人心旷神怡。

濂溪甚爱莲，所作的《爱莲说》已广为人知，无论其墓园还是故居前，都有莲花。《爱莲说》字字句句都是先生心声的流露。在中学读到这篇文章，只是觉得优美，但现在对先生有了更多了解，才更读出了一些不一样的味道。唯有生命中确实葆有这般志趣追求，所流露出来的文字才更能打动人心。反过来说，更重要的不是文字，而是写文章的人，他的真实生命境界是怎样的？文字骗不了人，那就像是一个窗口，让你借此去了解文字背后的人。故文章优美可以打动人，但要更深地打动人，则在这个人的生命境界。我们仔细读读中国古代的典籍，很多著名的文章，都是如此，如《滕王阁序》中有王勃的痛苦、反省与志气，《岳阳楼记》中有范仲淹的追求和深情，《茅屋为秋风所破歌》中有杜甫的大仁之心，等等。这些能成为千古名篇，正因为有精神在。虽然他们的寿命已随肉身而尽，但借由这些文字，他们真实的生命境界还一直感动并鼓舞着后人。

千载之下，面对先生，想其人，读其文，那种"胸怀洒落，如光风霁月"的气息似乎就洋溢在我身旁，让我不禁就想脱去身上的俗气。还记得在先生故居前的莲花池中，有一朵白莲，那种晶莹剔透、一尘不染的白，在那一刻会让你忘掉自己，感受到一份净化了心灵之后的美。《庄子》中描写了一位叫温伯雪子的高人，人见之，即赞誉他"目击而道存矣，亦不可以容声矣"，他的眼神中有着一份莹澈，直入人心，深深地被一种高度的精神修养所感染，此时一切自我知见都被打消了。在看到这朵白莲时，我也隐隐有这样的感受。

濂溪爱莲如此之深，或许他当年居住的环境中就有这么一片莲花池。如今，虽然人不在，但我们来寻访，便是在寻访他的这一种精神。新建故居的打造，或还有可精进之处，但对于先生而言，这故居打造得如何，尚不是最重要的。就如黄庭坚所称誉的那样，他"陋于希世而尚友千古"，志向追求并不在此。这些，更多是我们后人所需要的，我们借此去感怀他，是对他所做出的成就的仰视、赞叹和报答，也是希望我们能通过他，让自己更有一份千古之志，从庸俗中脱出，"出淤泥而不染，濯清涟而不妖"。

可能，并不是所有人都能达到濂溪那样的成就，成为其他什么学问的鼻祖，但外在不同成就的背后，相同的其实是一份心，是对自身人格的涵养。我们能被《爱莲说》打动，无论是文字之美，还是人格之美，根源都在自己那一颗向往光明的心。这颗心，就是孔子所讲的"仁"、孟子所讲的"性善"。人与人的禀赋、处境、机遇各各不同，所达到的成就自然也会不同。先生仅留下一篇《太极图说》，一篇《通书》，合起来还不到三千字，却开创了宋明理学的千秋事业，殊为不易。这是文化发展之需，也是文化发展阶段性的喷薄，通过先生喷薄出来，自有先生的禀赋、处境、机遇及其毕生的努力，更重要的，也是中国文化一大特征，即在人——先生光风霁月的洒落胸怀、中通外直的人格修养、香远益清的君子气度……这才是"人能弘道"的根本。《中庸》说："苟非至德，至道不凝焉。"点出来的正是这个根本。

成就有大有小，但千古一致的就是人自我的修养，如《大学》所言："自天子以至于庶人，壹是皆以修身为本。"本立，"道"方生。曾经，我的生命里也有诸多驳杂，当遵循师友之教而一步步化去，更感受到了一份当下的明白、踏实与喜悦，有此体验，更知中国文化自有其生命力、有其永恒的价值性。虽然此次来参访濂溪故居，其打造令我略感失望，但还好由此透上去，看清了更重要的一层内涵。曾经，范仲淹写《严先生祠堂记》，盛赞严子陵，如今，我也想借用其语深情而言："云山苍苍，江水泱泱，先生之风，山高水长！"

在故居附近，即有著名的圣脉泉和道山。当我们走到泉水源头时，有一些村里人正在这洗衣服，将水弄浑了，但圣脉泉还掩不住透出一股不一般的气息。泉水旁边的小石岩上，刻着"寻源"和"圣脉"两个字，字体方正，底涂金漆，让人不禁暗暗萌生一份敬畏。将手探入水中，甚感清冽，似从地下冒出。附近有指示牌介绍说，此泉水"春水多时不混浊，夏水暴时不泛滥，秋冬水竭不枯涩"，且"另有分水线闪烁其中，形成八卦之象，意境幻生"，当时并无留意，对此"八卦之象"没怎么看出来，也许是因为水刚被弄浑之故吧。

在清泉附近的山壁上，也刻有一些字，如"濂溪""道山"，山壁主要都是石岩，石岩上有层次地长着一些青苔等植物，且见到的石岩中多处潮湿，当是岩体内有水渗出。从圣脉泉再往村外走，就到了道岩附近。道岩是道山的西山腰处天然形成的一处溶洞，分三层，高61米，深509米。走进这里，颇凉爽，本是一个好地方，然而在抗战期间，道岩内有568名藏在这里的村民被日军以烟熏火燎的方式杀害，史称"楼田惨案"，故不禁又蒙上了一层悲凉色彩。在我们走出道岩时，也一一回身向道岩行礼默哀。

　　濂溪故里确实很奇异，如这一泉一山，便与众不同。更奇异的地方，当属道县城西十多公里左右的月岩，相传先生年少时曾在这里读书悟道。其《太极图说》对天道的生发有着极高明的阐释，智慧直流，此恐非他在书斋中臆想而得，必有在自然环境中对天道的直接领悟。月岩构造确实奇异，有东西两个洞门，十分巨大，其顶也是一个极大的洞口，直对天云。在月岩里一边的石壁上，有诸多摩崖石刻，但因有落石之故，一般不让人靠近。从月岩一处洞门而入，注目岩顶的洞口，会发现两个洞缘重合处，形成了弦月的形状，越往里走，这弦月就越饱满，直到洞口底下某处，则出现满月形状，十分奇异！明代徐霞客曾到此游览，也赞叹说"永南诸岩殿景，道州月岩第一"。

　　畅想先生年少时曾在月岩中读书，可以想象他对月岩此景象必很入迷，而从东边洞门走向西边洞门，又从西边洞门走向东边洞门，并注目岩顶洞口，细细观察并体会着这过程的月轮变化。乃至月夜时，也如此踱步深思，甚或不止一夜，而是多夜都如此。其见月岩中月轮的阴阳动静之变，又见天上月轮的阴阳动静之变，内心必有深深的触动。也许他当时因为年少，或有对生命的感悟，但还一时摸不透、说不清，等到年龄渐长、智慧更开，又饱读《易经》等儒家典籍，即豁然贯通，成其太极图与《太极图说》，最终畅显儒家宇宙生成的根本义理。由此可见，月岩的鬼斧神工，当有其通天地大道的玄妙所在。而先生被尊为宋明理学鼻祖，良有以也！

六、白鹿洞书院

　　白鹿洞书院，多年前我曾来过一次，这一次是重访。白鹿洞书院在中国书院史上地位显著，所处的地理环境也甚是优美，相对于此行参访的石鼓书院，更蕴有一份灵气。这次重访后，我写了一首七律，略抒己怀：

　　　　匡庐问道云踪在，天性流行倩此传。
　　　　砥柱当仁何有让，龙驹叩圣更挥鞭。

宗门大启山林处，我辈重归鹿洞前。

千载苍茫存远志，再开生面共斯泉。

诗名《重访白鹿洞书院有感兼示同道》，此是逝夫兄读到书院旧日一位山长所写的一首重游书院的七律，指给我看，说我会写得更好，我也大言不惭，觉得如此，便当下次其韵而作。是否更好，不是重点，重点在这首诗确实写出了我的心声。"天"者天道，"性"者本性，人本与天不二，从本性言，本性根源于天，与天道同源；从身形言，身形受养于天，与万物融通。"天性流行"，即一种从天道的根源到万物的展现的生生变化之呈现，眼之所见，即万物的运行不息；性之所通，即大化的光明转动。由表及里，又从里至表，浑然如一，不管人察与不察，都是真实存在的。但人若不察，则人对自身的本性难以反躬深求，更自觉地依本性而行，成其生生之德的愈加光亮，并体证到天道的真实广大，顺天道而行，展现出人之为人更本质、更光明的一面。人对此有先觉后觉之分，这样便得"教"，白鹿洞书院即承此"教"的所在，故言"天性流行倩此传"。

然而书院如今更多成了旅游场所，这种"传道"的气息没那么浓了，也就更需要有担当的人站起来，去继往开来，努力行动，"砥柱当仁何有让，龙驹叩圣更挥鞭"！像孟子说的那样："若夫豪杰之士，虽无文王犹兴！"曾经，书院在朱子的恢复与主持下，重讲儒学，随后历代时有盛况，宗门大启，山林存教。现在，我们也来到这里，在对儒学有更真切的体会后，自然更想去做一点事。千载苍茫，先贤已远，但心头隐约存有那么一份割不断的情、放不下的志，想继先贤而起，再开六经生面，接上那从古流到今的慧命之泉。此情此志，也唯有行动方得其实了。呜呼，勉哉！

2021 年 8 月 1 日至 12 日作于四川内江

2023 年 4 月 8 日修定

编 后 记

　　1872 年，晚清重臣李鸿章在给同治皇帝的奏折中提出"此三千余年一大变局"之说。李氏之说，是就彼时的中国而言的。进入 21 世纪之后，"三千年未有之大变局"已经切实地呈现在全人类的面前，世界格局的变化与重组已然在所难免，人类未来的命运则显得扑朔迷离。而随着科技的日新月异，基因改造、人工智能、元宇宙等，引发了一波接一波的争论，方兴未艾。当今世界的问题已不再以单个切面的方式呈现，而是以多面向、综合性的立体形态呈现。正因为此，种种问题层出不穷，世人应接不暇。倘若依旧围绕着表象打转，结局便只能是疲于应付而于事无补。故而，惟有回归根本，重溯人类起源，反省当下世界局面的形成根由，方能在纷繁复杂的现象下为人类的未来厘清一条出路。令人尤为关切的则是，这个世界的诸多危机一触即发。回归根本，从根本上解决问题，已经成为当务之急。

　　回归根本，必当本于世界诸文明。化解世界的种种危机，是世界诸文明无可推卸的责任。在全球化高度发展、全人类命运与共的今天，中国文明责无旁贷，必将在化解当下世界的危机中承担起举足轻重的作用。而儒家文化这一中国文明的重要组成部分，又将在其间担负着何等的作用呢？这个问题已经有诸多的讨论，可谓仁者见仁，智者见智。笔者自然也有一些自身的思考，大体而言，世界终究是以人类为中心的，绝大多数的冲突和危机是由人类所造就的。问题的答案在于问题本身，问题既然由人类所造就，答案自然就在人类身上。

当今世界问题的呈现虽然千差万别，究其实，则无非出于人类脑海中的一个"分"字：东西方分离，国与国分离，家与家分离，人与人分离，从而使得原本浑然一体的世界七零八落，就此各有各的利益，各怀各的想法，加之世界资源短缺，于是，弱肉强食、巧取豪夺蔚然成风。此即近日因《三体》而盛行一时的"黑暗森林法则"的现实体现。然而，世界的真实状态果真应当如此吗？恐怕未必。至少在儒家看来，世界的真实状态远非如此。笔者研习儒家文化十数年，终而理会到儒家文化可以一言以蔽之，曰：生生之学。儒家论天、论道、论理、论命、论性、论德，乃至于论生而为人的职责，无非是生生。生生二字，贯通乎形而上与形而下，贯通乎宇宙与人生，贯通乎道与器，真可谓彻上彻下，无所不该。笔者尝以图略示此意，其图至简：

天→天命→天性→天德→天职→天责

天者，非他，宇宙本体是也。宇宙本体即理即气，理气不二，其理，即生生之理；其气，即生生之气。生生之气分阴分阳，阳变阴合，而生五行之气，五行之气随机聚合，化生万物。在此过程中，生生之理逐次落实为阴阳二气之理、五行之气之理、万物之理。万物之理，无非是生生。性即理也，则知万物之性，亦无非是生生。《中庸》首句曰："天命之谓性。"此之谓也。性为心具之理，从心所发，悉皆为德，故知：性者，德之体也；德者，性之用也。性由天命，德自是天德，故孟子论德，则必曰"非由外铄我也，我固有之"。德既为天德，生而为人，自当遵德而为，此即人之为人的天职。今生既已为人，不能够履行天职，枉为人也，故又有其天责之所在。概言之，则性、德、职、责，莫不本于生生。性为生生之性，德为生生之德，职为生生之职，责亦为生生之责。人之为人，本于生生而生，自当履其生生之职，尽其生生之责，惟如此者，方可无负乎生而为人。

据此，亦可知宇宙万象无非宇宙本体的创生呈现。其本乃一，万象自然浑然不二。故知，就个体而言，或可见其独立于世；就整体而言，又何曾分离于整体须臾？亦因为此，儒者悉皆体认到天地本一体，万物同根源，而与天地万物共其悲乐。孟子曰"万物皆备于我矣"，明道（程颢）曰"仁者，浑然与物同体"，横渠（张载）曰"民吾同胞，物吾与也"，无非如此。亦知吾辈的一举一动，莫不与宇宙息息相关，我自履行乎生生之职，天地间便多得一分生生之意；我若背弃乎生生之职，便是戕杀了天地间的一分生生之意。然则，敢不慎乎？

明乎此，再回过头来审视当今世界的危机，即可知儒家文化若能兴盛于世，人类乃知世界本来一体，共生共荣，而人人尽其生生之责，如此则种种危机不消化解而自化解矣。故吾知，儒家文化不但可以安放一己的身心，亦可规正世道人心。既然如此，此学又岂可不明？吾辈又岂可不尽力弘扬之？就此而言，《孟子学》辑刊亦可谓应运而生矣。

惟时至今日，儒家文化虽为研究的对象，但切实践行者寥寥无几。加之眼界所限，目前所识心同志同者，不过六七人而已。本辑之所刊发者，正以此数人文字为主，往往还是一人数篇，这一状况想必还会持续一段时日，我也深知如此刊出难免会被学坛讥为"圈子"之学，然而，这也是囿于现实的无奈，不得不然耳。子曰："君子居其室，出其言善，则千里之外应之，况其迩者乎？"（《周易·系辞上》）吾辈虽不敢以君子自居，惟致力于善言善行，亦不可谓不笃也。介乎此，笔者深信日后必将会有同声同气者翕而聚之。谓予不信，敬请拭目以待！

最后应该说明的是，本辑刊由邹城博物馆主办，并得到了绍林兄的友情资助，谨此特致谢忱！

癸卯四月初二日，射阳邵逝夫于郑州归宁堂书斋。